Caroline Seymour

Die Perle der Persephone

www.JoyEdition.de

Autorin: Caroline Seymour

Verlag: Joy Edition · Buchverlag, E-Books and more ...
D-71296 Heimsheim, www.joyedition.de

Druck: Printsystem GmbH, D-71296 Heimsheim
www.printsystem.de

Lektorat: Thomas Schweer und Erik Schüßler

Gestaltung/Umschlaggestaltung: Erik Schüßler

Umschlagabbildung: Shutterstock, Inc.

1. Auflage, September 2017

Der Umwelt zuliebe gedruckt auf umweltfreundlichem, chlor- und säurefrei gebleichtem Papier.

ISBN 978-3-945833-79-7

Inhalt

Kapitel 1

«Pearl, bist du bereit? Wir wollen jetzt los», rief meine Mutter und ich hörte, dass sie langsam wütend wurde. Natürlich wurde sie das, immerhin musste das jetzt schon das zehnte Mal sein, dass sie mich rief. Aber erstens: Was hieß hier *WIR wollen los*? Das ist ganz allein sie, die hier weg möchte, und zweitens hatte ich beschlossen einen Sitzstreik zu machen. Ich wollte. «Nein» zurückschreien aber was hätte das gebracht? Ich würde sowieso nach Saol ziehen, wo immer das auch lag. Mann, ich wollte meine eher kleine Anzahl an Freunden nicht verlassen, ich wollte meine ach so verhasste Schule nicht verlassen, auch wenn ich sie nur noch kurze Zeit besuchen würde, aber wer zieht denn bitte während den Prüfungen um? «*Wir!*» hatte meine Mom darauf geantwortet.

Verärgert rollte ich mit den Augen. Ich setzte mich auf meinen Parkettboden in meinem schon seit Ewigkeiten leergeräumten Zimmer. Ich zog die Beine an meinem Körper und schaukelte leicht hin und her, während alles in meinem Zimmer schrecklich grau und leer wirkte. Meine weißen Wände ohne ein einziges Bild, mein brauner Parkettboden ohne jeden Teppich, mein weißes Bett ohne jeden Bezug. Alles wirkte so kalt. Ich sah rechts von mir in einen Spiegel und musterte die fremde Frau darin. Seit ich heute aufgestanden war, hatte ich fülligeres Haar und meine Augen waren nicht mehr grün, sondern hatten einen bläulichen Ton. Heute Morgen hätte ich fast einen Herzinfarkt bekommen, aber mittlerweile ging es. Trotzdem rätselte ich seit Stunden darüber und warf einen kindischen Gedanken nach dem nächsten in die Tonne. Ich atmete aus, meine Mom hatte es beim Frühstück vor mir gesehen, hatte aber nichts gesagt. Vielleicht dachte sie, dass ich ein wenig rebellieren würde und mir heimlich Kontaktlinsen kaufte, so ein Quatsch. Aber im Moment war sie der letzte Mensch, mit dem ich über irgendwas reden wollte. Eine meiner braunen Strähnen fiel mir ins Gesicht und ich stand auf, strich sie mir hinters Ohr und gestand mir endlich ein, dass ich es nicht mehr ändern konnte. Ich nahm an, so etwas nannte man Schicksal.

Schnell sprintete ich unsere Treppe herunter. Kurz blieb ich noch vor einer Wand stehen, die ich als Kind vollgemalt hatte. Ein Lächeln huschte mir über die Lippen, doch ich konnte spüren, wie meine Unterlippe bebte. Ich wandte mich ab, schnappte mein Handy und rannte fast vor Wut und Trauer geplagt aus dem Haus. Noch einmal drehte ich mich um und betrachtete unser Häuschen, bevor ich ohne ein Wort an meiner Mutter vorbeistolzierte und in den Wagen sprang.

«Ah, da bist du ja. Schatz, ich verstehe ja, dass du Zeit brauchst aber ...»

Jedes Wort brachte mich zum Kochen.«Ja, Mom, jetzt bin ich ja da», quetschte ich zwischen zusammengepressten Zähnen heraus.

Im Auto steckte ich mir in Rekordzeit die Kopfhörer in die Ohren und hoffte innerlich, dass sie mir einen Vortrag ersparen würde. Ein lautes Knallen ließ mich aufsehen, und als meine Mom den Rückwärtsgang einlegte, um aus der Garage rauszufahren, warf sie mir einen *Wenn-Blicke-töten-könnten*-Blick zu. Ich versuchte so zu tun, als hätte ich das nicht gesehen, obwohl ich natürlich einen viel besseren drauf hatte. Aber den hob ich mir für besondere Anlässe auf. Während meine Mom den Motor startete und losfuhr, drehte ich mich nach hinten um und genoss den wahrscheinlich letzten Anblick der Stadt, in der ich aufgewachsen war und dankte ihr innerlich nochmal für die tollen Dinge, die sie mir gegeben hatte. Ganz heimlich lief mir eine Träne über die Wange und hinterließ eine feuchte kühle Spur.

Ich sah während der Fahrt viel aus dem Fenster, bewunderte die mehr oder weniger schöne Landschaft, bis ich langsam in einen seichten Schlaf glitt. Ich träumte eigentlich fast immer und heute war keine Ausnahme. Ich saß auf einer weißen Wolke, sie war weicher als Samt und federnd, wie ein Trampolin. Anfangs war ich sehr misstrauisch, doch im Nachhinein wippte ich ein wenig auf ihr, dann vielleicht ein bisschen mehr und dann immer mehr und höher und höher. Ich wollte natürlich nur testen, wie hoch man damit fliegen konnte. Doch irgendwann wurde ich müde und legte mich keuchend hin. Ich wartete, bis mein Puls wieder einen einigermaßen normalen Rhythmus angenommen hatte und setzte mich dann auf.

Aus dem Augenwinkel sah ich, wie sich etwas bewegte, und als ich nach rechts schaute war da eine Blume, eine lila Blume. Meine Augen weiteten sich und meine Rädchen begannen sich zu drehen. Eine lila Blume? Auf einer Wolke im Himmel? Nein, da war definitiv etwas faul. Ich setzte mich auf die Knie und starrte wie gebannt auf diese seltsame lila Blüte, die definitiv komisch war – aber das ist doch eigentlich ein Traum, oder nicht? Misstrauisch musterte ich die Blume, als könnte sie sich gleich in ein riesiges Monster verwandeln, das mich fressen wollen würde! Aber es geschah nichts. Sie blieb wunderschön und elegant. Ich setzte mich wieder normal hin. «Hmm, auf jeden Fall eine Lilie», stellte ich fest. Die Blume war, um ehrlich zu sein, unbeschreiblich schön und elegant, daran erkannte man die meisten Blumen. «An ihrer Farbe und Haltung», flüsterte ich vor mich hin. Die Blüte war so wunderschön und ich wollte sie unbedingt berühren, also glitt mein Finger auf die Blüte zu, doch bevor ich bei ihr ankam, machte sie eine Bewegung. Eine Bewegung auf meinen Finger zu, wie als reckte sie sich danach. Vielleicht war der Finger gleich ab, aber ich berührte die Lilie. Augenblicklich wurde ihre Farbe strahlender und noch schöner. Ihr Duft wurde intensiver und vernebelte all meine Sinne. Hinter mir gab es einen Knall und ich erschrak und stolperte an den Rand der Wolke. Der blaue Himmel erstrahlte in noch hellerem Licht und ich musste die Augen schließen. Als ich sie wieder öffnete, stand eine Frau vor mir. Eine verboten schöne Frau. Doch als sie mich sah, machte sie ein erschrockenes Gesicht. Sie hatte langes blondes Haar und ein Kleid nur aus grünen Pflanzen. Ihre Augen strahlten fast schon türkis. Jetzt aber starrten sie mich böse an.

«Wie ist dein Name, Sterbliche?» Das letzte Wort sagte sie, als wäre es Abschaum.

Ihr wunderschönes und gefährliches Aussehen machten es mir schwer zu antworten und ich wusste, dass ich es hier nicht mit einem Menschen zu tun hatte.

«Mein Name ist Pearl, Miss», sagte ich und sah dabei fest in ihre Augen, da ich wenigstens versuchen wollte, selbstsicher zu sein. Durchdringend sah sie sich an. Ich meinte, etwas Bewunderung in ihren Augen glänzen zu sehen und stolz stellte ich mich aufrecht hin. Etwas zu stolz fragte ich: «Und wer bist du?»

Jetzt sprühten ihre Augen Funken und zwar wortwörtlich. Rote Funken umgaben sie und ich wollte mich schon wieder verkriechen als sie sagte: « Oh, da hat wohl jemand nicht so gut in Geschichte aufgepasst.»

Ich lief rot an. Jap, Geschi war noch nie so meins gewesen.

«Mein Name ist Demeter.»

Kurz dachte ich nach bevor ich sarkastisch erwiderte: « Demeter? Die Göttin der Fruchtbarkeit?»

«Ja, ganz genau! Und wie bist du auf den Olymp gekommen?», fragte sie mich.

«Ich ... äh ... hab eigentlich ... was? Olymp? Oh nein, nein, nein, nein – bin ich denn von allen guten Geistern verlassen? Den Olymp gibt es gar nicht, dass ist ein Mythos», stellte ich fest, wobei ich in ihren Augen das Gegenteil las.

«Wenn du das denkst, bist du wirklich von allen guten Geistern verlassen. Nein, Pearl, es ist wahr. Wir sind wahr. Aber keine Sorge, schon bald wirst du spüren wie real wir wirklich sind.»

Wow, das hörte sich ja mal ganz anders an. Verdammt, was lief hier nur? Verarbeitet man im Traum nicht eigentlich das, was man am Tag erlebt hat? Verarbeite ich etwa so den Umzug?

Ich fasste mir an die Stirn. Mir wurde übel.

«Du musst jetzt wieder zurück», sagte sie. Sie bewegte sich auf mich zu – Mir fiel jetzt erst auf, dass sie flog – und berührte meine Stirn. Ehe ich mich versah, war ich wieder im BMW meiner Mom.

Ich hatte tierisches Kopfweh. Was war das bitte für ein Traum? «Mist!», fluchte ich leider etwas zu laut und zog damit die Aufmerksamkeit der einzig anderen Person im Auto auf mich, die meiner Mom. Ich sah oft im Auto auf den leeren Platzt neben meiner Mom sie sagte dass er, mein Vater schon bevor er überhaupt wusste, dass ich auf dem Weg war, sie verlassen hatte.

«Oh, Schatz, bist du wach?» Obwohl ich immer noch unglaublich wütend auf sie war, antwortete ich: «Ja.» Was für eine Pannenshow!

«Halt bitte an der nächsten Tankstelle, ich möchte was trinken.»

«Okay.»

Ich sah wieder aus dem Fenster und wir beide schwiegen bis meine Mom auf eine Tanke zufuhr. Ich hatte sie echt lieb aber ich würde den Tag feiern, an dem ich endlich soweit für mich sorgen könnte, dass ich ausziehen dürfte. Aber da meine Mom wollte, dass ich noch ein ganzes Jahr länger im Kindergarten bliebe, bin ich eine 18-Jährige die immer noch zur Schule ging. Manchmal war es cool, die Älteste zu sein, allerdings auch etwas nervig.

Meine Mom parkte und ich stieg aus. Der Wind fegte durch meine Haare und der Duft von Tannen und Benzin lag in der Luft. Die Autos rauschten auf der Autobahn entlang und machten einen laut brausenden Lärm.

Ich betrat den Tank-Shop und sah mich um. Als ich das Kühlregal mit den Getränken gefunden hatte, lief ich schnurstracks darauf zu. Eine angenehm kühle Welle erfasste mich als ich die Tür öffnete und ich brauchte nicht lange, um mich für eine Fanta zu entscheiden. Ich drehte mich gerade um, als mir ein Schauer über den Rücken lief. Ich hatte das komische Gefühl, beobachtet zu werden. Mein Blick schweifte durch den Raum auf der Suche nach etwas Verdächtigem, und tatsächlich bemerkte ich etwas. Es war kein Verkäufer da – einfach niemand! Komisch. Etwas aus einer anderen Ecke erregte meine Aufmerksamkeit. Die Tür zu der Kabine, in welche sich die Verkäufer meist zurückziehen konnten, stand offen, aber es brannte kein Licht. Trotzdem sah ich etwas Goldenes funkeln. Es sah aus wie ein paar Augen. Aufgeregt starrte ich hin, doch dann schüttelte ich den Kopf, und als ich wieder hinsah, war nichts mehr zu sehen.

Ich fuhr mir mit der einen Hand durch die Haare, während die andere vor Kälte langsam wehtat. Plötzlich hatte ich in diesem Shop ein ungutes Gefühl und wollte einfach nur, dass meine Mom endlich kam. Ich ging Richtung Kasse, doch dann flüsterte eine Stimme «Persephone». Ich sah mich erschrocken um, doch da war niemand.

«Oh Pearl, was ist nur los mit dir? Hat dieser Traum dich verrückt gemacht?», redete ich leise mit mir selbst und schüttelte den Kopf. Ich wollte gerade weitergehen, als dieselbe Stimme wieder. «Persephone!» rief, aber diesmal viel dringlicher. Ich fuhr herum, und vor mir erschien ein gewaltiges Bücherregal, das mit Sicherheit eben noch nicht da gewesen war. Meine Augen wurden groß, und vor lauter Aufregung vergaß ich ganz zu atmen.

«Was ist das?», flüsterte ich, und starrte das Regal an. Es war aus Holz und sah sehr alt aus. Römische Zahlen und Buchstaben, die ich nicht verstand, waren darauf eingeritzt. Hinter meiner erschrockenen Fassade bewunderte ich es; es war geradezu malerisch. Vermutlich ein Vermögen wert. Vorsichtig berührte ich es, ich tat es wahrscheinlich auch, um sicher zu gehen, dass es real war. Ich fuhr mit der Fingerspitze die geschwungenen Linien nach. Wie gebannt beobachtete ich es und nach ein paar Sekunden, des Bewunderns sah ich mir auch die Bücher genauer an, die in dem Regal standen. Eines stach dabei ganz besonders heraus. Neben lauter langweilig eingebundenen Büchern war da ein ganz besonderes. Es strahlte geradezu und schien nach mir zu greifen. Vorsichtig legte ich die Hand auf den Band, und es war kaum zu glauben: Wellen der Hitze gingen von mir aus, und ein kleiner Sturm fegte um mich herum. Ich verengte die Augen zu Schlitzen und sah mich verwundert um, während meine Hand das Buch kaum noch loslassen wollte. Doch trotzdem ließ ich es los und sah mich um.

«Das war's, Pearl, du bist verrückt. Kneift mich mal jemand?» Mein Herz pulsierte so laut und mein Atem ging so schnell – was immer das eben war, es war unglaublich. Ich wandte mich wieder dem Buch zu und betrachtete es. Hauchzart, als wäre es sehr zerbrechlich, fuhr ich weiter mit dem Finger die verschlungenen Linien nach und war wie gebannt. Vorsichtig zog ich es heraus, und eine Staubwolke kam mir entgegen. Ich wedelte mit der Hand vor meinem Gesicht herum, während ich hustete. Der Staub kitzelte mich in Nase und Hals. Ich ging ein paar Schritte zurück. «Lästig», flüsterte ich und rollte entnervt mit den Augen. Als ich mich allerdings wieder dem Buch zuwandte, hellte sich meine Miene wieder auf. *Was war das?* Ich pustete die dicke Staubschicht weg und schnappte nach Luft. *Die Götter.* Die Götter? Das kannte ich irgendwoher. Ich glaube, das war mal im Geschichtsunterricht vorgekommen, aber wer passte da schon auf? Jetzt wünschte ich mir auf jeden Fall, dass ich besser aufgepasst hätte, denn es interessierte mich brennend. Ich drehte das Buch um, und was ich da sah, war noch viel schöner und interessanter, als nur der Titel: ein Auge. Es war unbeschreiblich schön. Die Pupille war Lila und die Wimpern waren kunstvoll getuscht und hatten kleine lila und türkise Federn, die es schmückten.

Wunderschön und geheimnisvoll starrte es mich an und ich starrte zurück, musterte es von allen Seiten. Was hatte es wohl damit auf sich? Ich vergaß mein gesamtes Umfeld und war nur noch auf das Buch konzentriert. Ich erwachte aus meiner Trance und schüttelte den Kopf.

«Was tust du da, Pearl?», fragte ich mich selbst und schüttelte wieder den Kopf. Die Tür öffnete sich und meine Mutter schlüpfte herein. Ich drehte mich zu ihr um, sie lächelte mich an und blieb dann geschockt stehen.

«Schatz, hast du da echt ein Buch in der Hand? Wusste gar nicht, dass du lesen kannst», sagte sie und lächelte dann.

«Ha ha. Witzig. Es ist wirklich interessant. Kaufst du es mir?», fragte ich und sah sie bittend an. Sie lächelte. Meine Mutter hatte ein wirklich schönes Lächeln.

«Worum geht es denn?», fragte sie, und ich wusste, dass sie es mir kaufen würde, also lief ich schon auf sie zu. Ich hatte zwar auch eigenes Geld, aber das würde ich niemals für so etwas ausgeben.

«Götter», antwortete ich ihr, und im Schritt hielt sie inne. Sie sah mich nicht an, aber ich hörte ihr Keuchen.

«Nein», sagte sie dann ruhig, und ich sah sie verständnislos an.

«Was?», fragte ich nach, und sie sah mich ernst an.

«Leg' es einfach zurück, Pearl», sagte sie kalt und meine Augen weiteten sich.

«Ist das dein Ernst?», fragte ich. Sie nickte.

«Keine Diskussion!» Diese zwei Worte sprachen Bände. In ihrer Stimme lag so viel Endgültigkeit, dass es mich geradezu erschreckte. Aus dem Hinterraum trat eine Frau heraus. Ihr Blick ruhte ungewöhnlich lange auf mir. Ihr blondes Haar war zu einem strengen Dutt gebunden. Sie trug einen schwarzen Rock und eine blaue Bluse, die ernst im Rock steckte. Ich hörte ihre Stöckelschuhe laut und deutlich. Ihre Augen waren grün und aus ihren Lippen war alle Farbe gewichen. Ich erschauderte und spürte ein warnendes Gefühl im Magen. Misstrauisch musterte ich sie.

«Kann ich ihnen behilflich sein?», fragte die Frau und ihre Stimme klang wie ein gefährliches Zischen in meinem Ohr. Ich sah zu meiner Mom, die anscheinend nicht dasselbe hörte. Statt die Kassiererin komisch anzusehen, lächelte sie und wies nach draußen auf unser Auto, und die Kassiererin nickte.

«Mom ...», flehte ich noch ein letztes Mal, während ich die Verkäuferin genau im Auge behielt.

«Pearl, meine Entscheidung ist gefallen, und du wirst dir das Buch auch nicht von deinem eigenen Geld kaufen», sagte sie. Ich schnaubte vor Wut.

«Um welches Buch geht es denn?», fragte die Verkäuferin und ich musterte sie lange bevor ich es hoch hielt. Ihre Augen funkelten, und sie nuschelte irgendwas, von wegen *Perle*. Es war mir eigentlich auch egal. Sie lief um ihren Tresen und kam auf mich zu. Ungewöhnlich lange sah sie in meine Augen – und ich schluckte, als ich ihre Augen deutlich sehen konnte. Sie waren grün und nahe ihrer Pupille befanden sich schwarze Flecken. Es war unglaublich. Sie nahm das Buch aus meiner Hand. Ihre Fingernägel waren rissig und eklig lang. Ich hielt die Luft an. Was würde sie jetzt machen? Noch nie hatte ich gegenüber jemandem solch ein schlechten Bauchgefühl gehabt. Es war sehr ungewöhnlich. Als sie mich anlächelte, stellten sich alle Härchen bei mir auf, und ein verfaulter Geruch kam mir entgegen. Diese Frau war definitiv zu lange ganz alleine hier gewesen.

«Ach, dieses Buch», zischte sie und ich nickte nur zur Antwort. Noch immer versuchte ich nämlich, die Luft anzuhalten, um wegen des Geruchs nicht zu sterben.

«Es ist so alt, ich schenke es dir.»

Ihre Worte erstaunten mich und es dauerte, bis ich begriff, was sie gesagt hatte. Obwohl ich diese Frau definitiv nicht mochte, hellte sich meine Miene wieder auf, und ich konnte mir ein triumphierendes Lächeln nicht verkneifen. Sie legte das Buch wieder in meine Hände und wandte sich von mir ab.

«Ich hoffe, Sie haben nichts dagegen?», fragte sie meine Mutter und ich verzog das Gesicht, während ich auf ihre Antwort wartete. Sie schnaubte einmal, aber sagte dann. «Von mir aus.» Doch der genervte Unterton war kaum zu überhören. Ich grinste breit und machte mich schon auf den Weg, um den Tankstellenshop zu verlassen. Dabei lief ich noch einmal an der Kammer vorbei und sah dabei etwas sehr Ungewöhnliches: Jemand lag bewusstlos auf dem Boden. Eigentlich konnte ich nur die Beine erkennen. Ich fuhr herum und schüttelte den Kopf. Unmöglich! Ich rieb mir über die Schläfe. Dieser Traum hatte mich anscheinend etwas verwirrt. Ich schüttelte noch einmal den Kopf und verließ dann den Shop.

Draußen empfing mich das Geräusch der rasenden Autos, der Gestank von Benzin und Kälte kämpfte sich heimlich an meinen Beinen hoch. Ich lief in Richtung unseres Autos und wollte gerade einsteigen, als ich wieder etwas Sonderbares erblickte: Aus einer kleinen grünen Stelle zwischen zwei Asphaltplatten war eine Lilie gewachsen, eine lila Lilie. Ich rieb mir die Augen. Die war gerade eben sicher noch nicht da gewesen, und sie sah genau so aus wie die aus meinem Traum. *Oh, Mann …* Kopfschüttelnd stieg ich ins Auto und knallte die Tür laut zu. Wenige Sekunden später stieg meine Mutter ein, und durch den Rückfahrspiegel suchte ihr eingeschnappter, stechender Blick den meinen. Anstatt sie anzusehen, wich ich ihr gekonnt aus.

«Schlag' die Tür vom Auto nicht so zu. Das ist kein Traktor», sagte sie ernst, und ich rollte mit den Augen.

«Nee, ein Schiff», murmelte ich.

«Was?», hakte sie nach, und ihre Stimme klang gefährlich warnend.

«Nix», antwortete ich und lächelte wie ein Engel. Meine Mutter startete den Motor wieder und fuhr von der Tankstelle zurück auf die Autobahn. Ich schaute links aus dem Fenster und sah ein paar Bäume.

Allesamt trugen sie grünes, lebendiges Laub. Zwar hatten sie nicht ansatzweise die Schönheit und Eleganz von Blumen, doch trotzdem erfreute mich ihr Anblick und zauberte mir ein kleines Lächeln auf die Lippen.

Tannen, Eichen und Buchen flogen an mir vorbei, die Sonne strahlte auf ihre grünen Blätter und ließ sie noch intensiver und schöner wirken. An der Scheibe sah ich meine blauen Augen, und ein paar Haarsträhnen fielen mir ins Gesicht. Aber es spiegelte sich noch etwas anderes in der Scheibe. Dieses Etwas war goldfarben und eckig. Es sah alt und fast schon mysteriös aus. Die Fensterscheibe spiegelte das Buch. Ich sah durch die Scheibe wie die lila Pupille des Buches mich durchdringend anstarrte. Neugierig drehte ich den Kopf in Richtung des Buches und musste feststellen, dass ich mir den Blick des Buches nicht eingebildet hatte. Aber Bücher starren doch nicht ... oder?

Der Blick des Buches machte mir ein wenig Angst, und ich spürte, wie ein Schauer sowie ein eiskalter Windstoß mir über den Rücken liefen. Ich bekam Gänsehaut auf beiden Seiten meiner Arme. Langsam bewegte ich meinen rechten Zeigefinger auf das Buch zu. Irgendwie hatte ich das Gefühl, dass mein Finger gleich verschwunden sein würde. Das sah ich an dem Blick, den es mir zuwarf. Irgendwie wollte es den Blickkontakt nicht abbrechen. Zaghaft berührte ich das gold eingebundene Buch, doch komischerweise interessierte es sich gar nicht für meine Berührungen, sondern starrte mich weiter an. Ich schloss meine Hand fester um das Buch und legte es mir vorsichtig auf den Schoß. Ganz vorsichtig, denn es könnte ja zerbrechen! Ich schüttelte den Kopf. Oh, Mann ...

Ich wappnete mich innerlich für irgendwelche komische Ereignisse, die passieren könnten, aber es geschah nichts. Ich musterte es von oben bis unten: die lila Pupille, der goldene Umschlag, die geschnörkelte Aufschrift, die Farbe des Titels. Auf einmal wurde ich neugierig und öffnete den goldenen Verschluss. Ich glaubte zu bemerken, dass meine Mom zusammenzuckte, als sie hörte, wie der Verschluss aufging. Aber es war sicher nur Einbildung, und es war ohnehin direkt vergessen, als ich das Buch von innen musterte. Komisch, von innen sah es aus wie ein ganz normales Buch. Viele Kommas, viele Punkte und viele Wörter. Aber auf einmal verschwamm die Tinte, mit der es geschrieben war, und wurde immer undurchsichtiger und undurchsichtiger, bis die Seiten einfach nur noch vollkommen leer waren. Ich brauchte ein paar Minuten, um zu verstehen was da gerade passiert war. Aber es wurde noch merkwürdiger, denn auf einmal wölbten sich die Seiten auf und formte sich zu einem Hügel aus weißem Papier. Langsam wurden wie von Zauberhand Linien gezeichnet. Und als ich das Auge wieder erkannte, lief mir erneut ein kalter Schauer über den Rücken. Verfolgte es mich etwa??

Es betrachtete mich kurz, bevor ein paar Wörter geschrieben wurden. Was sollte das hier werden? Ich suchte das Auto ab. Wo war die versteckte Kamera? So etwas konnte es nicht geben! Trotzdem untersuchte ich das Buch von allen Seiten und hatte dann irgendwie das Gefühl, dass da ein unsichtbarere Füller schrieb. Deshalb fuchtelte ich zweimal schnell vor dem Buch hin und her um wirklich sicherzustellen, dass mich dieses Buch nicht einfach nur veralberte. Aber es war echt.

Als der «unsichtbare Füller» seinen Satz zu Ende geschrieben hatte, hielt ich kurz die Luft an und hatte das Gefühl, dass mein Herz für einen Moment stehenblieb. Die Erde hörte kurz auf, sich zu drehen, denn ich musste diesen vollkommen unlogischen Satz wieder und wieder lesen. Da stand in verschnörkelter Schrift:

Welcome back, Persephone!

Kapitel 2

Persephone? Ehrlich? Ich wusste nicht einmal, wie man das aussprach, außerdem hieß ich Pearl! Was für ein Schwachsinn. Jetzt verstand ich auch, warum die Frau mir das Buch geschenkt hatte. Es war zu nichts zu gebrauchen. Ich klappte es zu und legte es neben mich. Ich war ein wenig enttäuscht, aber trotzdem zog mich das Buch irgendwie an. Immer wieder glitt mein Blick unbewusst zu dem Buch, und immer wieder schüttelte ich den Kopf und starrte wieder aus dem Fenster. Irgendwie zog es meinen Blick magisch an. Was war nur an diesem Buch, das es so besonders machte? Ich heftete meinen Blick an die Fensterscheibe, doch auch in ihr starrte ich nur das Buch an.

«Persephone», flüsterte eine Stimme.

Erschrocken sah ich mich im Auto um, und mir lief ein kalter Schauer über den Rücken. Was war das?

«Persephone», erklang es da schon wieder. Bei den Worten erzitterte ich und mein Blick wurde wieder nach unten gezogen. Wer ist Persephone?

«Schatz, alles in Ordnung dahinten?», fragte meine Mutter, die meine Verwirrung, wohl bemerkt hatte. Ich sah zu ihr hoch und dachte: Ja, mir geht's bestens. Aber wenn ich heute noch einmal Persephone genannt werde, 'ne Göttin treffe, ganz plötzlich eine Lilie direkt neben mir wächst oder den schrecklichen Mundgeruch einer Kassiererin ertragen mus, dann spring ich im Kreis!

Aber ich sagte: «Äh ja, ich bin nur aufgeregt» – doch mir war klar, dass meine Mutter die Lüge klar erkennen konnte. Das war nur eine ihrer Eigenschaften, die ich als *magisch* bezeichnete. Meine Mutter wusste immer, wann ich log, das war teilweise echt gruselig. Ich schenkte ihr ein schönes Lächeln, doch sie sah mich nur misstrauisch an. Kaum hatte sie ihren Blick wieder abgewandt, schnaufte ich leise aus. Knapp. Böse starrte ich dieses Buch an. Wäre mein Handy noch an gewesen, hätte ich diesen komischen Namen googeln können, aber jetzt ging das nicht. Ich legte das Buch noch weiter von mir weg, nur falls es doch abnormal war, und musterte dann noch einmal das gesamte Auto, bevor ich meinen Blick wieder nach draußen richtete.

So ein komischer Tag. Erst mein Aussehen, dann dieses Buch. Was war nur los? Nach einer Weile des Fahrens kamen wir endlich an, und ich konnte es kaum erwarten, endlich nicht mehr in dieser Karre sitzen zu müssen. Klar, wir hatten einen BMW, eigentlich ein ziemlicher Luxus, aber ich wurde immer ganz hibbelig, wenn ich mich nicht bewegen konnte. Kaum hatte meine Mutter geparkt, riss ich die Tür auf und atmete tief ein. Die Luft war frisch und ich roch, dass ein Waldstück ganz in der Nähe sein musste. Ich schloss die Augen und genoss den Moment, dann stieg meine Mom aus.

«Willkommen zu Hause», sagte sie, und dieser Spruch machte alles kaputt.

«Wohl kaum», entgegnete ich genervt.

«Wie meinst du das?», fragte sie und sah mich scharf an.

«Mom, wir sind schon so oft umgezogen, und jedes Mal sagst du ‹zu Hause›. Ich glaube ganz einfach nicht mehr daran», erklärte ich ihr. Sie schüttelte nur den Kopf.

«Du wusstest immer, warum wir ausgezogen sind. Warum sagst du das jetzt so?», fragte sie geknickt, und meine Worte taten mir leid.

«Klar wusste ich warum, Mom. Aber deine Jobs waren doch nie schlecht. Du bist Anwältin! Du verdienst genug, dass du nicht dauernd umziehen musst. Ich meine, wir leben doch nicht gerade nur von Wasser und Brot oder? Daher kannst du mir meine Meinung nicht übel nehmen», sagte ich und sie nickte.

«Du mir meine Entscheidung auch nicht», sagte sie nachdrücklich und ich nickte, dann holte ich meinen Koffer heraus.

Meine Mom war in den letzten Wochen schon oft bei unserem neuen Haus gewesen und hatte dementsprechend schon vor längerer Zeit alle Sachen dort eingeräumt, deswegen hatte nur ich einen Koffer. Ich betrachtete das sich vor mir erhebende Haus. Es war nigelnagelneu und die Außenfassade war komplett weiß, die Tür hingegen schwarz und die Rollläden auch. Das Haus umgab ein schwarzer niedlicher Zaun und direkt dahinter befand sich ein kleines Blumenbeet. Von außen sah es ganz nett aus, aber ich legte schon lange keinen Wert mehr auf ein Haus. Es würde eh mehr ein Ferienapartment sein, für verlängerte Ferien.

Ich lief auf das Gebäude zu und meine Mom schloss die Tür auf. Der Flur war weiß gefliest und die Wände weiß bemalt. Irgendwie war der Flur groß und kalt, wäre da nicht ein bunt geblümter Teppich mit der Aufschrift ***Welcome*** gewesen. Rechts vom Flur ging es direkt in eine Gästetoilette, die genauso kalkweiß war. Na toll, die Eiskönigin höchst persönlich hat dieses Haus verkauft. Ich stellte den Koffer in eine Ecke und betrat das Esszimmer durch eine Glastür. Hier empfingen mich wenigstens keine weißen Fliesen, sondern ein Parkettboden. Die Wände waren trotzdem ebenfalls weiß, aber das Esszimmer war eine süße Essecke, mit einer Sitzecke, die in einem hellen und freundlichen Orange erstrahlte. Bilder von eingefrorenem Obst hingen an den Wänden und machten echt Lust auf Essen!

Rechts war also die Essecke und links ging es durch eine weitere Tür in eine gigantische Küche. Mit vor Neugierde weit geöffneten Augen erforschte ich das neue Gebäude und ließ keine Kleinigkeit aus. Das Wohnzimmer war riesig und lichtdurchflutet. Große Fenster schmückten es, und Spiegel an den Wänden ließen es größer erscheinen, als es eigentlich war. Ein weißer Kamin machte das Ganze ein wenig gemütlicher und vor ihm ein paar bunte Sitzsäcke. Eine schwarze Couch stand in der Mitte des Raumes und ein gigantischer schwarzer Fernseher ein paar Meter vor ihr an der Wand.

Rechts von mir führte eine Treppe nach oben. Bevor ich sie betrat, musterte ich sie gründlich. Es war eine braune Holztreppe und in ihr ebenfalls braunes Geländer waren verschnörkelte Zeichen eingeritzt. Ich betrat die Stufen, die in einer Wendeltreppen-Form nach oben führten. Neugierde packte mich. Meine Mutter hatte gesagt, dass mein Zimmer in diesem Stockwerk läge. Meine Härchen am Nacken stellten sich auf. Als erstes sah man ein schönes Bad, das ebenso gefliest war, wie der Flur und das Gäste WC. *Surprise, surprise.* Links und rechts führte jeweils eine Tür in ein individuelles Zimmer. Als erstes lugte ich in das linke und fand einen Arbeitsraum vor. Sicher das Büro meiner Mom. Sie war Anwältin und ihre ganzen Akten nahmen wirklich eine Menge Platz ein, außerdem musste sie manche Klienten auch daheim empfangen, und dann zogen sie sich meistens in ihr Büro zurück.

Ich zuckte gelangweilt mit den Schultern und ging in die entgegengesetzte Richtung auf die andere weiße Tür zu. Als ich die Tür berührte, kribbelte meine Hand, und ich wusste, hinter dieser Tür lag mein Zimmer. Vorsichtig öffnete ich sie und hielt zum Spaß die Augen zu, bis ich 3 Schritte gegangen war, dann öffnete ich sie und strahlte. Das Zimmer war groß und wunderschön. Die Wände waren zwar weiß, aber sie waren übersät mit Bildern von Blumen und anderen exotischen Pflanzen, die ich selber geschossen hatte! Der Boden war aus hellbraunem Parkett und ein bunter Teppich lag darauf. Ein weißes Himmelbett zog meinen Blick als nächstes auf sich und ich grinste breit, ich hatte mir schon immer so eins gewünscht, und jetzt stand es da einfach mitten im Raum und war mit einer zauberhaften Bettwäsche ausgestattet und die Vorhänge hingen verlockend herunter. Ich schlug die Hand vor den Mund und lief darauf zu.

Mit einem gewaltigen Satz sprang ich auf das neue Bett und wälzte mich darin. Es war so weich! Nachdem meine Frisur komplett hin war, setzte ich mich wieder auf und sah mich weiter um. Ein weißer Kleiderschrank, ein weißes leeres Regal und ein heller Schreibtisch. Ich sprang vom Bett auf und musterte die zwei Fenster in meinem Zimmer, dann ging ich auf das linke zu, da vor dem rechten mein Schreibtisch stand, und spielte mit den geblümten Vorhängen. Plötzlich sah ich aus dem Augenwinkel einen Schatten und mein Blick flitzte auf die

Straße, die von meinem Fenster aus zu sehen war. Doch da war niemand. Ich zog die Augenbrauen zusammen. Hatte ich mich getäuscht? Alle Härchen stellten sich bei mir auf und mein Bauch tat weh. Wurde ich beobachtet? Aber von wem?

Ich konnte niemanden entdecken. Ich suchte die gesamte Straße ab und auch noch die Häuser dahinter, aber da war niemand. *Komisch.*

«Und gefällt es dir?», fragte eine Stimme hinter mir. Ich zuckte vor Schreck zusammen und fuhr herum. Hinter mir stand meine Mom und strahlte mich an, doch als sie registrierte, dass ich so zusammengezuckt war, sah sie mich fragend an.

«Ich war gerade konzentriert», erklärte ich lächelnd und sie nickte.

«Auf die Straße? Ist alles okay?», fragte sie und sah mich besorgt an. Die Frage war berechtigt. War alles okay? Wohl eher nicht. Sollte ich ihr sagen dass ich verrückt werde? Wohl eher nicht.

«Ja ich weiß auch nicht, aber das Zimmer ist der Hammer, Mom! Vielen Dank!», sagte ich begeistert und umarmte sie stürmisch.

«Als kleine Entschädigung», flüsterte sie mir ins Ohr und gab mir dann eine Kuss auf den Kopf. Ich nickte nur ohne sie anzusehen. Einen Moment schwiegen wir beide und ich wusste, dass wir an die Vergangenheit dachten. Dann schnaufte meine Mom und sagte: «So, morgen ist dein erster Schultag. Mach dich fertig.» Sie sah mich eindringlich an.

«Ich bin 18, Mom», machte ich ihr mal wieder klar, und wie immer sagte sie: «So lange du deine Beine unter meinen Tisch streckst, tust du was ich sage.» Sie zwinkerte und ich rollte nur genervt mit den Augen. Sie verschwand aus meinem Zimmer und ließ mich alleine mit dem Gefühl der Beobachtung. Ich schüttelte mich und ging dann noch mal zu dem Fenster, um zu sehen, ob da nicht doch jemand stand. Als ich zum wiederholten Mal feststellte, dass ich nicht mehr ganz dicht war, ließ ich die automatischen Rollläden herunter und holte meinen Koffer, um mich fertig zu machen. Das war ein wirklich seltsamer Tag gewesen und ich wollte ihn so schnell wie möglich beenden.

Ein wenig später stand ich im Bad und betrachtete mein Gesicht. Das war komplett abnormal. Das war komplett abnormal. Was lief hier nur? Wie war so etwas nur möglich? Ich trank keinen Alkohol und hatte mit Sicherheit nichts vergessen. Mein Haar war viel voller und ich hatte keinen einzigen Pickel. Meine Nase, war nicht meine Nase und auch meine Augen waren mir komplett fremd. Ich betrachtete meine Hände, doch die waren wie immer. Ich verstand das alles nicht, und das frustrierte mich sehr. Immer wieder schüttelte ich den Kopf und stupste mein Gesicht an. Ich wusste nicht worauf ich wartete aber trotzdem stand ich ewig vor dem Spiegel. Wie konnte es sein, dass meine Mom nichts sagte? Sie war immerhin meine Mom! Gerade sie müsste doch die kleinste Veränderung an mir wahrnehmen. Sah sie es etwa nicht? Sah nur ich es? Früher hatte ich mein Spiegelbild gemieden und jetzt schien ich es eine Ewigkeit zu betrachten.

«Pearl?», rief meine Mutter und schnell öffnete ich die Badezimmertür, um ihr zu antworten.

«Was gibt's?», fragte ich und wartete auf die Antwort.

«Du hast dein Buch auf dem Rücksitz vergessen», rief sie von unten und ich biss mir verlegen auf die Lippe. Ich wollte dieses Buch nicht im Haus haben. Es machte mir irgendwie Angst und ich könnte sicher nicht schlafen, wenn es in meiner Nähe wäre.

«Leg' es unten hin, ich nehme es morgen mit», sagte ich, doch sie antwortete nicht mehr. Sie legte es auf die Treppe.

Ich stand noch eine Weile an der geöffneten Badezimmertür und dachte fiberhaft darüber nach, was ich mit diesem Buch anstellen sollte, dann schaltete ich das Licht aus und lief in mein Zimmer. Ich kuschelte mich unter meine Bettdecke und meine Gedanken flogen von hier nach da. Zum einen beschäftigten mich so viele Sachen, und zum anderen bekam ich jedes Mal Zähneklappern, wenn ich an die Schule dachte. Nachdem ich mit dem ganzen anstrengenden Denken fertig war, las ich noch ein Buch, bevor ich mein Nachtlichtchen ausschaltete und die Augen schloss, um zu schlafen. Kurz bevor ich einschlief, hörte ich eine leise, aber sehr klare Stimme. Sie rief: «Persephone, Persephone», als würde sie mich locken wollen. Ich nahm mein Kopfkissen und legte es auf mein Gesicht, doch die Stimme drang trotzdem irgendwie in mein Ohr. Es machte mich ganz wahnsinnig! Was war das?

«Persephone», rief sie erneut. Oh nein, Leute! Mein Name ist Pearl, verdammt nochmal! Ich rollte mich auf den Bauch und presste mir mein Kissen nun auf den Kopf. Insgeheim hoffte ich, die Stimme einfach ausblenden zu können, aber das klappte natürlich nicht, denn ich hörte die Stimme wieder und wieder. Die ganze Zeit rief sie diesen Namen. Allmählich bekam ich Kopfschmerzen davon. Soll ich es nochmal buchstabieren? Pearl! P-E-A-R-L, nicht Persephone! Wer war das überhaupt? Ach egal, im Moment interessierte mich das herzlich wenig. Ich musste jetzt echt schlafen. Morgen musste ich neue Freunde finden, außerdem musste ich mich zurechtfinden, und das ging nicht, wenn ich todmüde dahockte und dauernd nur an ein komisches Buch dachte, das ich mir am Ende wahrscheinlich nur einbildete. Gott, was war nur mit mir los?

Erneut schloss ich die Augen und versuchte zu schlafen, aber diese Stimme wurde einfach nicht müde, weiter zu rufen. Also machte ich mein Nachtlichtchen an, warf die lila Decke nach hinten und ging der Stimme nach. Ich landete natürlich bei dem Buch.Schnell nahm ich es und flüchtete zurück in mein Zimmer, setzte mich auf mein Bett und legte es vor mich hin. Ich begann es zu mustern, aber alles war normal. Naja, normal war wohl gar nichts an der ganzen Sache, aber es sah nicht verändert aus: die lila Pupille und die geschwungenen Wimpern. Ich hörte zwei verschiedene Stimmen in meinem Kopf. Die erste sagte: «Was steht da wohl drin? Hey, vielleicht hat es was mit deinem Traum zu tun. Worauf wartest du noch? Geh der Sache auf den Grund!» Die andere sagte: «Was ist, wenn es gefährlich ist? Was ist, wenn da etwas drinsteht, das nicht für deine Augen bestimmt ist? Sei vorsichtig!» Allein die Tatsache, dass ich überhaupt Stimmen hörte, war schon krank. Hmm, sollte ich vorsichtig sein und das Buch zurücklegen? Nein, das würde ich auf keinen Fall tun. Am Ende trällerte es noch weiter, und darauf hatte ich keinen Bock. Doch ich konnte hier auch nicht ewig sitzen und darauf warten, das es Morgen würde. Also öffnete ich den goldenen Verschluss und schlug das Buch auf. Zu meiner Überraschung waren die Seiten wieder leer, aber das verriet mir nur, dass ich das Ereignis im Auto nicht geträumt hatte. Ein paar Sekunden später wölbten sich die Seiten wieder und ein Auge erschien. Mittlerweile erschreckte mich die lila Pupille schon gar nicht mehr. Aber dieses Mal sah sie erleichtert aus. Aber ... Nein, hatte mein gestriger Geburtstag mich verrückt werden lassen? Ich verbannte den Gedanken und wartete stattdessen darauf, dass es verschwand, aber das tat es dieses Mal nicht. Komisch, trotzdem starrte es mich unverwandt an.

«Was, was willst du? Ich hab dich geholt, so – und was jetzt?»

Das Buch zwinkerte mir zu, dann erschien ein Satz unter ihm: «Ich werde dir deinen Weg weisen. Stelle deine Frage», las ich laut vor, und der sarkastische Unterton war definitiv nicht zu überhören. Hatte es gerade einen Satz erscheinen lassen? Ich sah es allen Ernstes an und sprach: «Du bist ein Buch. Geht's noch? Du solltest eigentlich gar nichts machen!» Empört sah ich es an und wieder blinzelte es, diesmal aber mit Zustimmung. Ich schüttelte den Kopf. Was war hier nur los?

«Okay, sorry, aber das ist echt too much für einen Tag.»

Ich verschloss das Buch schnell wieder und legte mich zum Schlafen. Ich wartete darauf, dass diese – konnte man es noch Buch nennen? – die Stimme erhob. Dochdas tat es nicht. Stattdessen war ich die Unruhige. Ich wälzte und wälzte mich in meinem neuen Bett, bis ich endlich einschlief. Aber eine normale Nacht wäre ja auch zu viel verlangt gewesen, denn traumlos blieb ich in dieser nicht.

Kapitel 3

Ich schlug die Augen auf und keuchte, als ich mich stürmisch aufsetzte und mich umsah. Schweiß rann mir die Stirn herunter und meine Atemzüge drohten mich zu überwältigen. Ich fühlte mich, als wäre ich gerade aus einem schlimmen Albtraum aufgewacht. Ich fuhr mir durchs Haar und rieb mir die Augen, bis sie wehtaten, als ich sie dann öffnete, fiel mir auf, dass der Albtraum wohl eher direkt vor mir war. Meine Augen weiteten sich: Was war denn das? Ich fuhr hoch und sah mich um. Ich drehte mich immer wieder um die eigene Achse. Ich spürte die Zeit, die verging wie eine böse Vorahnung. Mein Herz raste vor Aufregung und mein Atem stockte, als ich realisierte, dass ich mich mitten in einer Wüste wiederfand. Sandböen glitten an mir vorbei und eine glühend heiße Sonne brannte auf mich herunter, ich wartete nur noch auf die Kamele, allerdings blieben die aus.

Nach ein paar Sekunden bemerkte ich, dass ich trotz der tödlichen Sonne keine Hitze spürte, aber ich konnte erahnen wie heiß sie war und warf deshalb immer wieder ängstliche Blicke nach oben. Ich betete, dass was auch immer mich momentan schütze, mich bitte weiterhin beschützen sollte. Verwirrt musterte ich meine öde Umgebung. Nach und nach ließ meine Verträumtheit nach und ich nahm immer mehr Dinge wahr. Mich kitzelte etwas an den Füßen, und verwirrt richtete ich meinen Blick nach unten, um es zu betrachten: Sie waren tatsächlich nackt und zu meinem Erstaunen stand ich auf einem Stück Grün. Es war nur ein kleiner Teil und er war vielleicht so lang wie ich im Liegen. Kleine Blumen funkelten unter mir, und mir fiel auf, was für ein Widerspruch an diesem Ort zu finden war. Dort die gigantische Wüste und hier eine kleine Wiese mit Blumen. Wie konnte diese Wiese nur die Hitze überleben? Müsste sie nicht längst vertrocknet und zu Wüste geworden sein?

Ich drehte mich um und ging vorsichtig ganz nah an das Ende der Wiese heran. Je näher ich dem Ende kam, desto wärmer wurde mir. Nur noch einen Zentimeter vom Ende entfernt blieb ich stehen und sah etwas glitzern. Langsam musterte ich dieses Glitzern. Es sah fast aus wie ein Schutzwall aus Harry Potter, aber das war doch unmöglich, oder? Vorsichtig berührte ich den glitzernden Wall vor mir, und noch ehe ich mich versah schlupfte meine Hand hindurch. Was ich dann spürte, waren Schmerzen von der schlimmsten Sorte. Es fühlte sich an, als würde meine Hand brennen und schmelzen. Ich schrie vor Schmerz und stolperte drei Schritte zurück, bevor ich zu Boden ging. Böse schlug ich auf, meine Hand schmerzte abartig und Tränen rannen mir die Wange herunter. Was war denn das gewesen? Wut keimte in mir auf und ich starrte die Wüste da draußen böse an. Eine tödliche Wüste und mittendrin eine Wiese. Wie bescheuert. Meine Träume wurden wirklich immer fantasievoller.

Ich pustete meine Hand an, doch der Schmerz kämpfte sich immer wieder an die Oberfläche und ließ mich immer wieder schmerzerfüllt zischen. Aus dem Augenwinkel nahm ich wahr, wie die Blumen sich leicht bewegten. Wie in einer Brise, die hier aber nicht wehte, und als ich genauer hinsah, erkannte ich, dass sie etwas trugen. Es war unglaublich und doch wunderschön. Jede Blüte trug ihren eigenen Edelstein. Da waren Diamanten, Smaragde, Rubine und viele andere. Für einen Moment vergaß ich den Schmerz, denn die Edelsteine zogen meine ganze Aufmerksamkeit auf sich, und ich muss zugeben,f für diesen Moment glitzerte und funkelte alles nur noch. Ich schüttelte den Kopf.

«Pearl, was ist nur los mit dir?», flüsterte ich mir selbst zu, doch irgendwie zogen die Blumen meinen Blick wieder an und außerdem war die Tatsache, dass ich mit mir selbst sprach, irgendwie gruseliger als diese Blümchen.

Als hätten mich die kleinen Pflanzen gehört, begannen sie zu leuchten und in meine Richtung schnell zu wachsen. Es sah aus als reckten sie sich nach mir, als hätte ich etwas Lebenswichtiges für sie. Fassungslos beobachtete ich sie bei dem Vorgang und konnte es kaum glauben. Misstrauisch musterte ich sie und fühlte mich dabei ein wenig bedrängt. Ich rutschte nach hinten und benutzte dafür beide Hände, und in dem Moment, als meine verletzte Hand den Boden berührte, wuchsen sie unheimlich schnell und legten sich auf sie. Erschrocken zog ich meine Hand zurück, doch ich spürte eine angenehme Kühle, und nach längerer Überlegung entschied ich mich doch dafür, meine verletzte Hand den Blumen zu überlassen – und zwar aus zwei ganz bestimmten Gründen: 1. Das war nur ein Traum und 2. Es tat dann weniger weh. Ganz vorsichtig und allzeit bereit, sie wieder wegzuziehen, legte ich meine Hand erneut auf den Boden und überließ sie den Blumen, die sich wie halbverhungert darauf stürzten. Sie umschlangen meine Hand und ich spürte ein Vibrieren. Mein Atem ging wieder schneller und ich wurde leicht panisch, als die Blumen blau zu leuchten begannen. Ich kniff die Augen zusammen, bereit für jegliche Situation, doch abgesehen von dem Gefühl der Kühle und Heilung spürte ich nichts.

Ihre Aura veränderte sich leicht bläulich. Die Verbrennung war verschwunden und sie sah wieder so wie zuvor aus. Ich sollte mir wirklich über das Geschehene Gedanken machen, aber ich war einfach noch nicht bereit dazu. Ich legte mich zurück in das grüne Gras und runzelte die Stirn. Das war ein komischer Traum. Wo bin ich hier?? Ich setzte mich wieder auf und erkundete die Gegend um mich herum erneut, aber ohne Erfolg. Ich war noch nie in meinem Leben hier gewesen, vielleicht hatte ich ja irgendein Detail übersehen? Die Wüste um mich herum begann mir Angst zu machen, und mit einem Mal hatte ich Platzangst. Ich hatte das Gefühl, dass die Rasenfläche immer kleiner wurde. Vieleicht war es doch ein normaler Traum. Um die Platzangst zu verscheuchen, legte ich mich wieder hin und sah in den wolkenlosen Himmel.

Ich war fast schon dabei, die Augen zu schließen, als mir eine Hand hingehalten wurde. Verwundert über den Schatten schlug ich die Augen auf und blickte an der Hand empor. Nach dem Handgelenk kam ein starker sehniger Arm. Mein Blick glitt weiter nach oben und blieb an starken Schultern hängen. Ich ließ meinen Blick wieder heruntergleiten und sah, dass die Gestalt ein schwarzes Sport-Shirt trug. Sie war sehr geschmeidig gebaut, und trotzdem wusste ich direkt, dass es ein Mann war. Ich wollte das Gesicht der Gestalt ansehen, aber als ich nach oben sah, erschrak ich: Um das Gesicht des Mannes schlängelte sich weißer Nebel. Der Mann hatte feingeschwungene Lippen, auf denen sich ein spöttisches Lächeln bildete. Anscheinend belustigte es ihn, dass er mir Angst machte.

Schnell ersetzte ich den erschreckten Gesichtsausdruck durch eine Mischung aus einem bösen Funkeln und einer selbstsicheren Miene, was ihn wahrscheinlich aus der Fassung brachte, da das Lächeln auf seinen Lippen verschwand. Ich sah erneut die Hand an und musterte sie misstrauisch, bevor ich meine Hand in seine legte. Wärme schoss durch meine Hand in meinen Körper. Ich dachte, dass ich vielleicht sein Gesicht erkennen würde, wenn ich ihm näher kam. Mit seinen starken muskulösen Armen zog er mich auf die Beine und tatsächlich sah ich in intensive, grün leuchtende Augen, die mich innehalten ließen. Noch nie hatte ich solche Augen gesehen! Ich konnte meinen Blick nicht von ihnen lösen. Wie gebannt starrte ich weiter und versuchte dieses außergewöhnliche Strahlen zu identifizieren. Schlagartig lief ich rot an. Peinlich berührt zog ich meine Hand aus seinem Griff und wandte den Blick ab. Ich sah mich um und fragte mich, wie der Typ hier rein gekommen war.

«Du bist Pearl, richtig?», fragte er. Und als seine raue angenehme Stimme meinen Namen sagte, zuckte ich ohne es zu wollen zusammen und fuhr herum.

«Kommt ganz darauf an, wer das wissen will,» entgegnete ich schnippisch. Es verwunderte mich, dass er meinen Namen wusste, da ich seinen nicht kannte. Misstrauisch funkelte ich ihn an.

«So viel Misstrauen. Ich bin Juhani», stellte er sich vor und deutete eine Verbeugung an. Ich kniff die Augen zusammen.

«Kein besonders moderner Name, würde ich meinen», sagte ich und er lächelte.

«Welche Ironie findest du nicht, Perle?» Meinen Namen betonte er und ich rollte mit den Augen.

«Okay, okay. Woher kennst du meinen Namen?», fragte ich ihn und wieder musterte ich ihn gefährlich. Wer war er? Wie war er hier rein gekommen? Woher kannte er meinen Namen? Er grinste schelmisch, als hätte er erreicht, was er wollte.

«So viele Fragen und doch in eine komplett falsche Richtung gestellt», sagte er und ich trat zwei Schritte zurück. Hatte er meine Gedanken gelesen? Wie war das möglich? Mein Misstrauen wandelte sich in blankes Ensetzen …

«Wie?» wollte ich fragen, doch es blieb mir im Hals stecken. Juhani winkte ab: «Das wirst du alles zu einem späteren Zeitpunkt noch verstehen.»

Der Mann mit dem goldenen Haar sah mich freundlich an, dann setzte er sich und wies auf den Platz neben sich. Ich zögerte und warf einen Blick nach hinten. Mein Rücken lehnte sich gefährlich nah an die Schutzwall-Grenze und ich spürte die Hitze schon wie ein Kaminfeuer im Rücken. Ich schnaubte frustriert und ließ mich auf den Boden sinken, allerdings nicht auf den Platz, auf den er mich verfrachten wollte. Er lächelte mich an und setzte seine Rede fort: «Wichtig ist nur, dass du etwas Besonderes bist und eine sehr wichtige Rolle spielst.» Ich kam nicht ganz mit. Wovon sprach er da und warum? Was wollte er eigentlich von mir? Etwas Besonderes? Ich war ein normales Mädchen und bisher hatte ich gedacht, ich hätte sie nicht mehr alle, aber ich glaube, diese Worte wurden bei ihm neu definiert. Er lachte laut.

«Wenn du nur wüsstest wer ich bin», grinste er triumphierend. Ich sah ihn wütend an. «Was soll denn das? Dann sagen Sie es doch einfach!», entgegenete ich streitlustig und er schüttelte den Kopf.

«Was wäre denn dann noch interessant daran?», fragte er und schenkte mir ein charmantes Lächeln. Herausfordernd sah ich ihn an und er lenkte ein: «Ich werde dir einen Tipp geben. In meiner Gegenwart fürchten die meisten Menschen um ihr Leben.»

Nach diesen Worten musste ich erst einmal nach Luft schnappen, und ich rückte noch näher an diese unsichtbare Grenze heran. Na ganz toll, da draußen lauerte ein Raubtier auf mich und hier drinnen spielte eines mit mir!

«Entschuldige, die meisten Menschen reagieren so wie du», erklärte er, und ich nickte mit aufeinandergepressten Lippen.

«Hätte ich mir gar nicht vorstellen können», meinte ich nur leise und er nickte.

«Ich werde dich nicht töten», sagte er, doch ich glaubte, eine Pause in seiner Stimme zu hören, die mir so viel sagte wie *noch nicht* . Ich nickte nur wieder.

«Sie können Gedanken lesen», stellte ich dann fest und er lachte.

«Eine Kleinigkeit, du wirst es noch verstehen.»

Seine grünen Augen spürte ich am ganzen Körper und versuchte alles zu verstecken, was zu verstecken war. Ich wusste nicht warum, aber je mehr ich mit ihm sprach, desto wohler fühlte ich mich, und irgendwann jammerte ich mehr zu mir selbst als zu ihm.

«Was ist nur los mit mir? Was soll das alles?» Ich richtete meine Worte letztendlich dann doch in den Himmel. Seine Augen wurden ernst.

«Pearl?», meinte er und ich sah ihn an. «Glaubst du an Gott?», fragte er, und verwirrt über seine Frage musste ich länger darüber nachdenken. Dann antwortete ich: «Ja, ich denke schon.» Ich zuckte mit den Schultern und er nickte. Seinen Blick hielt er gesenkt.

«Dein ganzes Leben wird auf den Kopf gestellt sein», murmelte er mit einem unerhörten Lächeln im Gesicht.

«Was?», fragte ich nach, da ich nur die Hälfte verstanden hatte.

«Glaubst du an ein Leben nach dem Tod oder an ein Paradies?», fragte er schon wieder, und langsam machte er mir Angst. Trotzdem blieb ich ernst und antwortete.

«Nein. Ich glaube, dass jeder Mensch eine Chance hat, etwas zu verändern. Und wenn er stirbt, bekommt ein anderer seinen Platz und er vergeht, verschwindet.» Ein kleines Lächeln erschien auf seinen Lippen. Doch es verschwand so plötzlich, wie es gekommen war.

«Das ist eine schöne Vorstellung», sagte er ehrlich, und seine Augen funkelten traurig, als wüsste er es besser.

«Du bist voller Geheimnisse» stellte ich fest und er zuckte mit den Schultern.

«Genau wie du», antwortete er dann, ohne mich anzusehen.

Er stand auf und wendete mir seinen Blick zu. «Pearl, die Welt, in der du lebst, ist nicht halb so friedlich wie du denkst. Dein Leben wird sich von nun an komplett verändern, sei darauf gefasst», sprach er plötzlich mit einer ganz anderen Stimme. Sie klang älter, weiser. Verwirrt sah ich ihn an und stand ebenfalls auf.

«Ich kann dir nicht folgen. Was meinst du?», fragte ich, doch anstatt zu antworten, nahm er meine Hand und gab mir einen hauchzarten Handkuss. Vollkommen durch den Wind beobachtete ich ihn dabei.

«Liebste Pearl, ich möchte nicht, dass du vergisst, wen du als erstes getroffen hast und wer von Anfang an ehrlich und freundlich zu dir gewesen ist. Auf ein baldiges Wiedersehen.»

Und als hätte er damit meine Frage beantwortet, drehte er sich um und ging einfach aus dem Schutzfeld. Viel zu spät verstand ich.

«Nein!», rief ich. «Juhani, es wird dich verbrennen!»

Er sah sich noch einmal um, und als sein Blick meinen traf, funkelten seine Augen in einem ganz anderen Licht. Er lachte laut und schallend, als er sich wieder zum Gehen wandte. Sand wirbelte unter seinen Füßen auf und wurde zu einem wahren Sandtornado. Immer höher drehte er sich um Juhani, bis ich ihn nicht mehr sehen konnte. Selbst ich musste mich vor dem Sand schützen, der wie Pfeile durch den Schutzschild auf mich zu sirrte. Ich ließ mich auf den Boden fallen, um mein Gesicht zu schützen. Genauso wie ich es schon in vielen Filmen gesehen hatte. Nach einer Weile hob ich den Kopf wieder an, da ich das Sirren nicht mehr hörte und kein Gras mehr unter mir spürte. Stattdessen spürte ich meine Decke über meinem Kopf und meine Matratze unter meinem Rücken.

Kapitel 4

Ich lag immer noch in meinem Bett, aber ich hatte das Gefühl, in heiße Lava gesprungen zu sein. Ich glaubte zu glühen, hätte meine Hand nicht leicht auf meinem Bein gelegen. Denn daran bemerkte ich, dass ich wohl eher im Schnee gelegen hatte. Mein Kopf fühlte sich an als würde jemand die ganze Zeit mit einem schweren Baumstamm darauf rumhämmern und mein Körper war schwer wie Blei. Für einen Moment fragte ich mich tatsächlich, ob es wohl wirklich der klügste Einfall war, jetzt aufzustehen und in die Schule zu gehen. Aber dann fiel es mir wieder ein: Wahrscheinlich hatte ich einfach nur Angst, nicht richtig zurecht zu kommen, was in meinem Fall eigentlich nicht ganz ungewöhnlich wäre. Ich bin ja sowieso kein geselliger Mensch. Ich hatte noch nie besonders viele Freunde gehabt, ich war schon immer ein Einzelgänger gewesen – das würde es mir doch umso leichter machen, oder?

Tja langer Rede kurzer Sinn: Ich stand also auf und wollte gerade mein Bett richten, als mir auffiel, dass da, wo ich vor einer Minute noch gelegen hatte, jetzt ein riesiger Schweißfleck war. Genervt rollte ich die Augen und ging ins Bad um mich zu duschen. Ich betrat die Dusche und das Wasser kühlte mein hitziges Temperament ab. Ich genoss das Gefühl der Frische und der Wasserperlen auf meiner Haut. Es war berauschend. Nach einer Weile zwickte mich meine rechte Schulter ein wenig und ich rieb sie mehrmals, doch das Zwicken hörte nicht auf. Im Gegenteil, es nahm zu und wurde schmerzhafter. Anfangs ein kleiner etwas unangenehmer Stich, so als ob man tausendmal an derselben Stelle gespritzt würde; doch als würde dies nicht reichen, schwoll der Schmerz an und wurde immer stärker, bis ich erschrocken aufheulte. Jetzt hatte ich das Gefühl, dass tausend Spritzen gleichzeitig auf mich einstachen und mir irgendein Gift einflößten, da meine Schulter so stark zu brennen begann, als habe sie tatsächlich Feuer gefangen.

Ich schnellte aus der Dusche und fiel in einem Moment der Schwäche mit voller Wucht auf den Boden. Ein stechender Schmerz durchzuckte meine Arme und Beine und ich biss mit all meiner Kraft die Zähne zusammen. Aber leider war meine Zunge noch dazwischen gewesen, und jetzt durchströmte auch noch Blut meinen Mund. Ein metallischer Geschmack überwältigte meine Geschmacksknospen und augenblicklich fing ich an zu würgen und spuckte etwas Blut aus, bevor ich mich wieder meiner Schulter zuwandte. Ich drückte meine Hand so fest ich konnte auf die brennende Schulter, aber das war mal wieder kein Sechser im Lotto, denn der Schmerz in der Schulter nahm sofort zu, als ich sie berührte. Erschrocken keuchte ich auf und entfernte meine Hand in Windeseile von meiner Schulter. Erneut biss ich mir auf die Zähne, ich wollte nicht, dass meine Mutter aufwachte und mich so leiden sah. Und das war es mir wert. Ich schnaubte, um nicht laut aufzuschreien, und erlitt Krämpfe wie noch nie zuvor. Es fühlte sich an, als würde man meine Schulter kleinschnippeln und dann wieder neu zusammensetzten. Schweißperlen rannen mir die Stirn hinunter und vermischten sich mit eisigen Tränen.

Als der Schmerz nachließ, lag ich keuchend und vollkommen fertig auf dem Boden. Scheiße, was war das gewesen? Hatte ich mich verbrannt? Nein, eine Verbrennung würde nie so doll wehtun. Ich war verwirrt. In den letzten 24 Stunden waren bei mir mehr Fragen aufgekommen als in meinem ganzen vorherigen Leben. Was hatte das zu bedeuten? Erleichtert, dass der Schmerz vorüber war, stand ich auf. Schmerz hin oder her, ich würde deswegen einfach nach der Schule einen Arzt aufsuchen müssen.

Die Schule! Oh nein, ich muss mich fertig machen! Vorsichtig stand ich auf und prüfte meine Schulter, indem ich sie kreisen ließ, doch es schien alles in Ordnung zu sein. Halb nackt schlüpfte ich in mein Zimmer und zog mich rasch an. Mein komplett fassungsloses Gesicht war nicht zu übersehen. Das war definitiv nicht normal gewesen! Das war alles andere als normal gewesen! Es hatte sich angefühlt, als würde ich gezeichnet werden! Ich fuhr mir durchs Gesicht und konnte ein Wimmern nicht unterdrücken.

«Was ist hier nur los?», jammerte ich und nahm mir vor, der Sache auf den Grund zu gehen.

Ich zog mir meine Jeans-Short-Hose und ein grünes Shirt an. Wir hatten ja Sommer. Ich will ja nicht unbedingt anders aussehen als andere, aber normalerweise würde mir eine Jeanshose bessergefallen. Die Tatsache, dass Sommer war, erinnerte mich wieder daran, dass ich im letzten Schuljahr war, und da gab es immer einen Abschlussball. Der Gedanke an Tanzen verursachte mir Bauchschmerzen, aber als ich klein war, war das immer mein Traum gewesen. Auf dem Abschlussball mit meinem Prinzen zu tanzen... Ich musste lächeln. Damals hatte meine Mutter mich gefragt, was ich mal werden will, und ich hatte ohne zu zögern «Königin» gesagt. Tja die Realität sieht ein ganz kleines bisschen anders aus.

Um meine Haare rasch zu trocknen, griff ich nach dem von mir aus links liegenden Föhn, aber als sich mein Arm im Spiegel spiegelte, konnte ich ihn nicht mehr festhalten. Der Föhn fiel krachend zu Boden, aber ich zuckte nicht einmal zusammen. Es war wunderschön und gleichzeitig schrecklich. Die feingezogenen Linien die ineinander übergehenden Farben, die geschnörkelte Form. Ich bekam leichte Gänsehaut als ich die geschwungen Linien einer Lilie nachfuhr, die mir gerade auf die Haut tätowiert wurde. Ähh... was?

Sofort hörte ich auf, sie zu berühren und versuchte verzweifelt, es wegzuwischen, zu rubbeln, zu waschen – aber es ging nicht!!! Oh mein Gott! Ich war einfach so tätowiert worden. Hallo, das ging doch nicht! Ich meine, man muss mich doch erst einmal fragen. Aber die Frage, wer es dort hingezeichnet hatte, beschäftigte mich fast noch mehr als die Tatsache, dass es da war. Hatte es jemand im Schlaf getan? Oder gerade eben? Unsichtbar?

Misstrauisch sah ich mich in unserem weißen Badezimmer um, aber da war einfach niemand. Ich schlug mir gegen die Stirn. Wer sollte da auch sein? Ich war ja komplett bekloppt. Genau wie dieses Tattoo. Wieder rubbelte ich heftig, doch abgesehen von einer roten wunden Stelle, veränderte sich nichts. Was würde meine Mom nur sagen? Aber als ich die kleine Blüte wieder anschaute vergingen all meine Sorgen. Sie war so unbeschreiblich schön. Langsam ließ ich meinen Finger auf sie zugleiten, zog ihn aber reflexartig wieder weg, als ich bemerkte, dass sich die Blume auf meiner Schulter bewegte. Sie reckte sich leicht nach meinem Finger, als würde sie unter meiner Haut leben und gedeihen! Und augenblicklich fragte ich mich, ob Lilien nicht doch fleischfressend sind. Aber mir war klar, dass das nicht stimmte, also bewegte ich meinen Finger erneut auf sie zu; doch diesmal berührte ich sie tatsächlich.

Mit meiner Berührung wurde ihre Farbe intensiver, heller, freundlicher. Sie erstrahlte wie die Blume in meinem Traum. Ich wollte sie noch einmal berühren. Um ehrlich zu sein: Ich wollte sie gar nicht mehr gehen lassen. Aber ich hörte meinen Wecker erneut klingeln, also fuhr ich fort, mir die Haare zu föhnen. Als ich fertig war, ging ich in die Küche und machte mir einen Lunch zurecht, bevor ich mir Jacke und Schuhe anzog und aus der Haustür trat. Ein warmer Wind begrüßte mich und liebkoste meine Haut. Ich ging meinen Schulweg entlang eines kleinen Wäldchens und der Geruch von Bäumen, Kräutern und Blumen erfüllte meine Nase. Als ich am Waldrand angekommen war, ging die Sonne auf und schien durch die grünen bis orangefarbenen Blätter des Waldes. Sie ließ den Tau auf den Grashalmen glänzen und wärmte mich. Ein wunderbarer Anblick. Das ist wie eine malerische Landschaft, die so oft auf Bildern zu sehen ist.

Ich wollte gerade weitergehen, als ich aus dem Augenwinkel eine Bewegung warnahm. Ich drehte mich zu dem Punkt um und erblickte eine Lilie. Sie war mir mittlerweile so vertraut, dass ich sie sofort anlächelte, und ich hatte das komische Gefühl, dass sie zurücklächelte ...

«Nein Pearl, Blumen lächeln nicht», ermahnte ich mich und schnellte aus zwei Gründen davon. Der erste war, dass ich Angst hatte, noch verrückter zu werden, was diese Lilien anging, und der zweite war, dass ich an meinem ersten Tag nicht zu spät kommen wollte – verständlicherweise. Als ich über den Parkplatz der Schule lief, wurde ich zuallererst ordentlich angestarrt, gemustert und so weiter, aber das ist, denke ich, überall so. Ich freute mich schon tierisch darauf, das Klatsch- und Tratsch-Thema Nr. 1 zu sein. Was mich aber trotzdem ein wenig verlegen machte, war, dass die ganzen Schüler die vom Alter her einigermaßen so aussahen wie ich, alle mit ihrem eigenen Auto gekommen waren. Klar, ich persönlich zog es vor zu laufen, ich liebte es, spazieren zu gehen – aber ein eigenes Auto? Da würde ich definitiv nicht nein sagen.

Kaum war ich im Schulfoyer, zog ich erneut einige Blicke auf mich. Also ehrlich, das war eine weiterführende Schule, kannte hier wirklich jeder jeden? Okay, jetzt keine Pearl-Aktion! Alles ist gut, es ist nur der erste Tag, dann geht alles wieder, ganz bestimmt. Ich war so in Gedanken versunken, dass ich einen der grünen Mülleimer anrempelte und stolperte. Beinahe wäre ich hingefallen, wäre da nicht eine Hand gewesen, die mich festhielt und wieder auf die Beine zog. Ich lief rot an, denn alle um mich herum lachten. Oh Gott, wie peinlich! Ich drehte mich um und sah in das Gesicht einen Mädchens. Sie hatte grün-blaue Augen und langes blondes Haar. Sie trug eine weinrote Hose und ein dunkelblaues T-Shirt. Auf ihrem Mund bildete sich ein freundliches Lächeln und entblößte ihre unglaublich weißen Zähne.

«Hey, ich bin Vivienne, und wie heißt du?», fragte sie mich mit ihrer zuckersüßen Stimme. Ich konnte meinen ersten Eindruck von ihr gar nicht beschreiben. Sie war wohl das, was man sich unter einer Schönheit vorstellt. Ich hatte keine Ahnung, ob es Eifersucht oder Neid war. Vielleicht war es auch einfach die Gewissheit, neben ihr wohl schrecklich auszusehen, das mich dazu brachte, sie zumindest im ersten Moment ein wenig abzulehnen. Ich hatte noch nie so ein hübsches Mädchen gesehen, aber ich wollte nicht unhöflich sein.

«Hey, ich heiße Pearl», antwortete ich freundlich und beobachtete sie ganz genau. Wie konnte jemand so hübsch sein? Ihre Augen wurden groß und glitzerten als würde sie sich unheimlich freuen.

«Pearl? Wie die Perle auf Englisch?? Oh, ich möchte auch so einen schönen Namen. Deine Mutter muss ich unbedingt kennenlernen.

Vielleicht adoptiert sie mich ja.» Sie brach in schallendes Gelächter aus. Selbst ihr Lachen war toll. «Ach, und nenne mich doch Viv, okay? So nennen mich alle meine Freunde», beendete sie ihren Satz und lächelte mich daraufhin wieder an.

Sie wollte meine Freundin sein? Überrascht sah ich sie an. Irgendwas an dieser Schule ging gewaltig schief. Sie war definitiv ein It-Girl und normalerweise freundeten sich solche Mädchen so was von überhaupt nicht mit Nerds oder Losern wie mir an. Ich stutzte einen Moment doch dann lächelte ich ebenfalls.

«Danke», sagte ich.

«In welcher Klasse bist du?», fragte sie mich fröhlich.

«12b, schätze ich.»

Jetzt wurden ihre Augen noch größer, und ich dachte schon, sie würden vor Freude aus ihren Höhlen hüpfen. «Dann sind wir in derselben Klasse», rief sie erfreut. Sie hakte sich bei mir ein und zog mich eine Treppe nach oben in unseren Klassensaal. Überrascht ließ ich mich von ihr ziehen und warf heimlich einen Blick hinter mich. Die anderen Mädchen im Flur starrten mich und vor allem Viv bitterböse an. Ich schluckte schwer, sah fast so aus, als wäre Vivienne nicht gerade Gesprächspartner Nr. 1. Trotzdem war ich weiterhin überrascht, wie schnell das hier doch ging.

Nachdem wir viele Stufen gestiegen waren, hielt Viv vor einer Tür an und drehte sich zu mir um. Sie zwinkerte mir zu und sah dann an mir herunter. «Waum trägst du eine Jacke, Pearl? Es ist Sommer!», rief sie empört und ich lächelte verlegen, während meine Gedanken um die Blume auf meiner Schulter kreisten.

«Das ist eine lange Geschichte», begann ich, doch Viv sah mich mit einem ganz besonderen Blick an. Dann zog sie blitzschnell den rechten Ärmel meiner Jacke herunter und hatte freien Blick auf das Tattoo. Ihre Augen hellten sich auf, als hätte sie etwas Unglaubliches entdeckt und könne es kaum fassen. Dann funkelte sie mich triumphierend an. «Lass mich raten. Eine wilde Nacht?», riet sie und ich starrte sie fassungslos an. Sie hatte den Ärmel so bestimmt heruntergezogen und dann auch noch auf der richtigen Seite. Sie konnte doch unmöglich gewusst haben... Ach, ich machte mir schon wieder zu viele Gedanken. Bestimmt gibt es irgendwo im Internet eine Studie die beweist, dass sich 90 % aller Menschen auf der rechten Schulter tätowieren lassen ... Sie zog beide Augenbrauen hoch und ich wusste, dass ich jetzt antworten musste.

Ich lächelte. «Ja, das kommt hin», antwortete ich und sie nickte.

«Tief einatmen», meinte sie dann.

«Was?», fragte ich verwirrt, doch da öffnete sie schon die Tür und zum Luft holen hatte ich keine Zeit mehr. Sie zog mich in den Klassenraum und rief «Hey!» um Aufmerksamkeit zu erlangen. Ein paar einzelne hoben die Köpfe, doch kurz darauf ließen sie sie schon wieder sinken. Verwirrt betrachtete ich sie. Die meisten redeten in kleinen Grüppchen miteinander, während andere schnell etwas auf ein Blatt kritzelten. Das war also mein Kurs. Na, super. Eine Brünette kam auf uns zu geschlendert. Sie war komplett anders als Vivienne. In ihren Augen brannte ein unzähmbares Temperament und ihre braunen Haare fielen glatt hinunter. Sie hatte eine weite Hose an und ein kurzes enges T-Shirt. Sie trug weiße Sneakers und eine Sonnenbrille steckte in ihrem Haar. Wenn man sie genau betrachtete, nahmen und gaben sich Vivienne und die Brünette nicht viel. Vivienne war eine typisch deutsche Schönheit und die Brünette orientalisch. Die Brünette setzte cool die Sonnenbrille auf.

«Na, Ariana, mal wieder geblendet von meiner Schönheit?», fragte Vivienne eingebildet und warf elegant ihr goldenes Haar zurück. Ich trat vorsichtshalber einen Schritt aus der Gefahrenzone.

«Eher hätte ich Angst, dass etwas abfärbt», meinte Ariana und sah sie unter der Sonnenbrille herausfordernd an, dann setzte sie die Sonnenbrille zurück ins Haar. «Ich dachte nur, du bräuchtest vielleicht meine Hilfe», sagte sie fest, und Viv streckte die Nase hoch in die Luft.

«Nein, ich komme super klar», erklärte sie und Ariana nickte abfällig.

«Sah nur so armselig aus», meinte sie achselzuckend und steckte die Hände in die Taschen. Sie wollte gerade wieder gehen, als Vivienne. «Halt!» rief. Mit einem selbstgefälligen Grinsen auf den Lippen drehte Ariana sich zu ihr um.

«Bring sie zum Schweigen», hörte ich Viviennes Stimme und ihr Grinsen war irgendwie gefährlich.

«Ich dachte schon, du fragst nie», meinte Ariana und dann ging sie auf die Tür zu. «Aber ganz legal» erklärte sie ihr und Viv nickte: «Ganz legal.»

Ich kam bei dieser Unterhaltung nicht mit. Wie konnten denn die Kinder illegal zur Ruhe gebracht werden? Kam das nur mir so vor oder waren die beiden irgendwie schräg? Ariana legte ihre Hand an die Tür und zog sie zurück, bis es nicht mehr ging, anschließend gab sie der Tür einen Schwung, sodass ich mir schnell die Ohren zuhielt. Mit einem gewaltig lauten Knall fiel die Tür ins Schloss und alles wurde still.

Die gesamte Aufmerksamkeit gehörte uns. Na, super! Ariana zwinkerte Viv zu und gesellte sich zu der Menge.

«Jungs und Mädchen», sagte Viv und ich erzitterte bei dem, was gleich kommen würde. «Das hier ist unsere neue Mitschülerin, Pearl!», rief sie begeistert und sah in die Menge.

«Was meinst du, Viv, will sie uns das nicht selber sagen?» Arianas Stimme klang neckend aber immer noch honigsüß. Ich sah zu Vivienne die Ariana böse musterte und dann mit einer genauso zarten Stimme meinte: «Klar möchte sie das!»

Vivienne sah mich wieder an und schenkte mir dieses Super-Mega-Hammer-Lächeln für das Typen wahrscheinlich sterben würden. Ich allerdings spürte nur einen Stich der Eifersucht, aber ich bewahrte Haltung und schenkte Vivienne ein genauso strahlendes Grinsen (das hoffte ich zumindest).

«Klar, mein Name ist ...» Weiter kam ich mit meiner wahrscheinlich toll gewordenen Rede nicht, da die Tür aufging und der Direktor hereinkam. Er sah mich verblüfft an, dann runzelte er die Stirn.

«Bist du Pearl?», fragte er streng. Ich nickte. Typisch Lehrer, immer diesen strengen Unterton, der einfach vollkommen unnötig ist. Die Schüler haben auch so Respekt vor ihnen, aber das weiß natürlich niemand.

«Dir ist doch wohl klar, dass neue Schüler zu allererst zum Direktorat kommen müssen, bevor sie in die Klasse gehen dürfen», sagte er und ich schämte mich in Grund und Boden. Natürlich ging man zuallererst ins Direktorat. Gott sei Dank ging Vivienne dazwischen, sonst hätte ich mir noch selber ein Loch graben müssen, um zu verschwinden.

«Entschuldigen Sie, Herr Leviz, aber ich muss sie unterbrechen. Dass Pearl nicht zuerst ins Direktorat gekommen ist, ist einzig und allein meine Schuld. Ich habe sie mit mir geschleppt ohne mitzudenken. Ich bitte vielmals um Entschuldigung, aber Pearl hatte keinerlei Schuld.» Vivienne sprach in so einem fachlichen Ton, dass mir die Kinnlade herunterfiel. Ich dachte immer, solche Mädchen würden sich auf keinen Fall so sachlich ausdrücken können, aber anscheinend hatte ich mich geirrt. Der Direktor schien auch überrascht zu sein, aber er schaltete gleich darauf wieder auf seine verantwortliche Lehrerrolle um.

«Wo ist denn Miss Black?» Der Direktor sah auf die Uhr. «Sie sollte doch um diese Zeit schon längst hier sein!», sagte er, dann wendete er sich wieder mir und Vivienne zu. «Da ihr beiden anscheinend schon gut miteinander klarkommt, habt ihr die dritte und vierte Stunde frei. In diesen beiden Stunden wirst du, Vivienne, Pearl das gesamte Gelände der Schule zeigen klar?», fragte er.

Vivienne warf einen Blick zu Ariana und antwortete dann: «Sehr gerne, Sir.» Ich nickte nur abwesend

«Ach, und Ariana ... Du begleitest die beiden», erklärte er streng. Ariana nickte zustimmend. Mein Blick glitt immer wieder zu der seltsamen Person ganz hinten in der Ecke. «Aber für diese Stunde wird Pearl neben Ariana sitzen.»

Oh, oh, jetzt war der Ofen aus. Ariana kahm auf mich zu, hakte sich bei mir ein und grinste Vivienne breit an. Da fiel mir ein unglaublich toller Spruch ein, den meine Mutter immer zu mir gesagt hatte, wenn ich auf jemanden sauer war: «Schatz, vergiss nie: Zu lächeln ist nur die modernere Art, seinen Feinden die Zähne zu zeigen.»

Ariana führte mich an einen weißen Doppeltisch, Vivienne setzte sich hinter uns. Da unsere Englischlehrerin noch nicht da war, durften wir quatschen, aber daran war ich nicht interessiert. Alles, was ich wollte, war, herauszufinden, was es mit dieser komischen Dunkelheit in der Ecke auf sich hatte. Also drehte ich mich nochmal zu ihr um. Irgendetwas zog mich immens dorthin, ob es nur meine Neugierde war oder etwas anderes, wusste ich nicht. Ich konnte den Umriss einer Gestalt erkennen. Ariana musste es bemerkt haben, denn sie sah mich lächelnd an.

«Das ist Darce», antwortete sie auf meine unausgesprochene Frage. «Er ist ein Einzelgänger, weißt du.» Ariana hielt inne als Vivienne sich räusperte: «Ja, aber ein verdammt gut aussehender Einzelgänger, wenn ihr mich fragt.»

Ariana verdrehte die Augen. «Es gibt halt 'ne Menge Klatsch und Tratsch über ihn.» Erneut fiel ihr Vivienne ins Wort: «Ja, es heißt, sein Vater wurde ermordet, und seitdem ist er hinter dem Mörder her. Meiner Meinung nach völliger Unsinn. Wir sind doch hier nicht in irgendeinem schlechten Krimi, oder?» Vivienne sagte das, als wäre es völlig absurd. Sie und Ari begannen schallend zu lachen. «Wir kennen ihn schon sehr lange, aber richtig offen war er noch nie.»

Ariana unterbrach nun Vivienne. «Ja, nicht mal zu unserer tollen und unglaublich hübschen Vivienne», sagte sie übertrieben theatralisch. Unwillkürlich musste ich grinsen. Die beiden waren wie zwei Schwestern, die durchgehend stritten. Vivienne hingegen warf die Haare nach hinten und flüsterte: «Wart's ab, Schätzchen.»

Im nächsten Moment trat eine völlig zerzauste Blondine ins Klassenzimmer. Sie war vielleicht 1,70 m groß, hatte hochhackige schwarze Schuhe, einen karierten Rock und eine blaue Bluse an. Sie hatte die Haare wohl einst einmal zu einem strengen Zopf zusammengebunden aber jetzt waren sie sämtlich aus dem Gummi geglitten und hingen ihr quer verteilt über das ganze Gesicht. Flüchtig rief sie «Good Morning», bevor sie bemerkte, dass der Direktor in der Mitte des Raums stand.

«Sie sind zu spät!», sagte er streng. Die Frau schaute bestürzt drein.

«Es tut mir leid, aber es gab Stau», meinte sie, doch der Direktor zeigte nicht viel Verständnis.

«Das kann ja gut sein, aber dann müssen Sie anrufen, damit sich jemand um ihre Klasse kümmern kann. Außerdem haben sie eine neue Schülerin hier.» Mit einer Hand befahl er mir aufzustehen und zu ihm zu kommen, und ich gehorchte. «So jetzt kannst du noch einmal der ganzen Klasse sagen, wie du heißt.»

Oh nein. Ich hasste diese dämlichen Vorstellungen. Immer diese lästigen Fragen: Wer bist du, was sind deine Hobbys, was ist dein Lieblingsessen, machst du Sport… Zum Heulen so etwas. Ich atmete tief ein, dann sagte ich: «Mein Name ist Pearl, ich bin gerade erst 18 geworden und meine Hobbys sind …» Eine peinliche Stille entstand und ich spielte mit dem Gedanken, einfach schnell rauszulaufen oder eine Ohnmacht vorzutäuschen, aber dann wäre ich in wenigen Minuten nur noch bekannt gewesen als «Die-schon-am-ersten-Tag-in-Ohnmacht-gefallen-ist», und das war das Letzte, was ich wollte.

Langsam lief ich rot an. Ich musste jetzt etwas sagen, sonst würden sie alle lachen. Auf einmal kam mir der rettende Gedanke: « Malen … ja, ich male sehr gerne … aber die Anschaulichkeit ist dann schon wieder was anderes …» Ich begann zu lachen, aber peinlicherweise lachte niemand mit mir, und ich verwandelte mich nun wirklich zu einer reifen Tomate.

Meine Englischlehrerinn ergriff das Wort wieder, bevor ich die Chance hatte, davonzulaufen. «Okay, nice. You can call me Miss Black.»

Nachdem meine Englischlehrerinn ihren Satz vollendet hatte fand auch der Rektor seine Sprache wieder: «Okay, dann sag ich mal herzlich willkommen und viel Spaß in deiner neuen Klasse.» Mit diesen Worten drehte er sich um und stolzierte davon, während ich mich wieder mit gesenktem Blick auf meinen Platz begab.

Oh nein, also schlimmer hätte es ja echt nicht mehr kommen können. Ich wusste nicht warum, aber mein Blick glitt nochmal in die hinterste Reihe zu dem Jungen, der mich durchdringend ansah. Seine grünen Augen sprühten nur so vor Feindseligkeit, und instinktiv fragte ich mich, was ich ihm getan hatte. Ich kannte ihn ja nicht einmal, und trotzdem sah er mich an, als ob ich ihm etwas sehr Wertvolles gestohlen hatte.

Als die Pausenklingel schrill ertönte, zuckte ich kurz zusammen. Ich war gerade noch so in Gedanken vertieft gewesen, dass ich die Zeit gar nicht mehr richtig hatte einschätzen können. Normalerweise hatte ich eine gute innere Uhr, ich wachte eigentlich schon immer mindestens eine Minuten bevor der Wecker klingeln konnte auf und schaltete ihn aus. Ich packte meine Sachen zusammen, doch bevor ich auch nur die Möglichkeit hatte, «A» zu sagen, stand Ariana vor mir, hakte sich bei mir ein und zog mich schleunigst aus dem Raum, wobei sie sich immer wieder nach hinten umdrehte, als würde sie vor etwas weglaufen. Oder sollte ich eher sagen: vor jemandem?

Als wir nämlich gerade ein paar Schritte vom Klassenraum entfernt waren, hörte ich das regelmäßige Geklappere von hohen Schuhen. «Klack. Klack. Klack. Klack», wie eine tickende Uhr, jetzt verstand ich auch vor *wem* Ariana davon gelaufen war, nämlich vor Vivienne.

«Nicht umdrehen», flüsterte sie mir zu. «Tussi auf 6 Uhr», sagte sie, dann kicherte sie leise los.

«Haha Ari, du musst nicht gleich eifersüchtig sein. Ich weiß ja, dass du gern so umwerfend wärst wie ich. Aber weißt du, würde es zu viele hübsche und talentierte Menschen wie mich geben, würde man die perfekten, also auch mich, gar nicht mehr erkennen können.» Sie drehte sich zu mir um. Ich war wahrscheinlich rot wie eine Tomate, denn ich versuchte krampfhaft nicht zu lachen.

«Nicht wahr, Pearl?», sagte sie zu mir, aber es war weniger eine Frage als eine Feststellung. Ariana war rot angelaufen.

«Willst du etwa damit sagen, dass du ...» Doch Vivienne fiel ihr ins Wort: «hübscher, intelligenter, attraktiver, humorvoller, geiler, besser, unkomplizierter, direkter, sexyer bin? Jap, ich denke, darauf wollte ich hinaus, Schätzchen.»

Nun musste auch Ariana lachen. «Du bist so eine doofe Kuh», sagte sie, während sie weiter lachte. Also an Arroganz mangelte es den beiden nicht.

«Komm, du Mega-Hübsche, wir müssen mit Pearl zum Hausmeister», sagte Ariana immer noch schmunzelnd, dabei sah sie Viv eindringlich an, und ich fragte mich unwillkürlich, was ich verpasst hatte. Wir gingen eine lange Zeit einfach nur geradeaus und ich sah mir alles genauestens an. Was mir auch nicht entging, war, wie die ganzen supergut aussehenden Typen alle Ari und Viv hinterherguckten. Anscheinend waren die beiden das gewöhnt, denn sie scherten sich kein bisschen drum. Viele Typen riefen zu ihnen herüber, begrüßten sie und grinsten sie sabbernd an. Allmählich wurde mir das zu viel, vor allem als ich die hasserfüllten Blicke der Mädchen sah, die gerade mit den Typen sprachen, die sich dann extra für Viv und Ari wegdrehten. Vivienne und Ariana machte sich nicht viel daraus, sie grüßten zurück oder schenkten ihnen ein flüchtiges Grinsen.

Als dann auf einmal ein riesengroßer Kerl auf uns zukam musste ich erst einmal schlucken. Er war mindestens 1,80 m groß, hatte dunkelbraune Haare und braune Augen. Seine Haut war von der Sonne gebräunt, was in Deutschland eigentlich eher selten war. Vielleicht ging er ja oft in den Urlaub oder so.

Auf jeden Fall sprach er Ariana an. «Hey Ari, na, alles klar?», fragte er.

Ari rollte mit den Augen und machte eine wegwerfende Hand Bewegung. «Gut Shorn, danke, aber ich muss jetzt leider weiter. Bis dann», antwortete sie, aber Shorn war anscheinend noch nicht bereit, sie gehen zu lassen.

«Äh, Ari? Willst du mir vielleicht die schüchterne Schönheit da vorstellen?» Er nickte mir zu und meine Wangen wurden heiß.

Ari sah ihn bestürzt an und Viv antwortete für sie: «Shorn das ist Pearl. Pearl das ist Shorn.» Shorn verbeugte sie knapp, nahm meine Hand und drückte mir einen Handkuss auf.

«Sehr erfreut», flüsterte er. Ich war vielleicht etwas peinlich berührt, antwortete aber: «Die Freude ist ganz meinerseits.»

Für einen Moment sahen wir uns in die Augen, dann ging Ari dazwischen. «Pearl, du alte Flirt-Maschine, hast du vergessen, wo wir hinwollten? Byebye Shorn!» Sie zog mich hinter sich her.

«Pearl», flüsterte Viv neben meinem Ohr, «lass dich mit ihm auf nichts ein, er ist Herzensbrecher Nummer 1 auf der Schule hier.»

Aha! Ich nickte nur knapp.

Als wir rechts einbogen, befanden wir uns in einem kleinen, engen Raum, in dem abgesehen von einem Holzschreibtisch, einem klitzekleinen Regal und einem kaputten Hocker nur ein Putzwagen stand. Wow, das war schon echt bitter, oder? Vor dem Schreibtisch saß ein älterer Herr. Sein Haar war weiß und zerzaust, seine Zähne waren gelb, und Falten waren über sein ganzes Gesicht verteilt, dafür funkelten uns die blauen Augen intensiv entgegen. Er hatte eine verdreckte braune Latzhose an und darunter wahrscheinlich mal ein weißes T-Shirt, das mittlerweile nicht mehr weiß war ...

«Guten Morgen, Herr Schenke, wie geht es Ihnen?», fragte Viv zuckersüß.

«Vivienne, Ariana. Jetzt seid ihr ja da. Jetzt geht es mir gut.» Seine Stimme war rau und sie hob und senkte sich unkontrolliert. «Wen habt ihr mir da mitgebracht?», fragte er vorsichtig oder eher befehlend? Keine Ahnung ...

«Das ist Pearl, Herr Schenke, und sie braucht unbedingt Ihre Hilfe.»

Ach ja? Wofür brauche ich denn bitte die Hilfe eines so alten Mannes, bei dem ich das Gefühl habe, er könnte einen Herzinfarkt bekommen, wenn ich nur «Buh» sage?

«Sie braucht unbedingt einen Spind», stimmte jetzt auch Vivienne ein.

Aha wahrscheinlich übergab er die Schlüssel für die Spinde.

«Meinen Sie nicht auch, dass ein so hübsches Mädchen ihre Sachen irgendwo ablegen muss?», fragte nun Ariana.

Oh Gott, die sind ja peinlicher als meine Mutter, die, als ich in der 7. Klasse einen Leichtathletik-Wettkampf hatte, das Mikrofon gestohlen hatte, um einfach nur allen im Stadion mitteilen zu können, dass ich ihre Tochter bin. Von diesem Moment an bin ich nie wieder zu einen Wettkampf gegangen.

Der Hausmeister nickte und lief langsam, ganz langsam, zu dem kleinen Schränkchen, und ich fragte mich, wie das wohl noch in Zeitlupe aussehen würde. Er holte einen Schlüsselbund aus seiner Hosentasche und suchte den richtigen Schlüssel.

«Hm, welcher war das nochmal? Ah ... Ja! Der ist es.»

Langsam und mit zitternder Hand versuchte er, den Schlüssel ins Schloss zu befördern, aber er wackelte einfach zu sehr. Normalerweise wäre ich ausgeflippt, aber das war mein erster Tag und ich befahl mir, Ruhe zu bewahren. Als er das Schränkchen quietschend geöffnet hatte, gab er mir einen der Schlüssel heraus. Der Schlüssel hatte ein kleines grünes Märkchen auf dem bestimmt die Spindnummer stand.

Der Hausmeister drehte sich zu mir um. «Hier Phillipa», sagte er ...

Hatte er mich gerade Phillipa genannt?

«Äh, danke, aber ich heiße Pearl, nicht Phillipa», sagte ich.

«Ist doch das dasselbe», sagte er und drehte sich zu meinen beiden Freundinnen um. «Phillipa ist sehr leicht aufbrausend.»

Ari und Viv brachen in schallendes Gelächter aus und zogen mich nach draußen.

«Also Phillipa, wie ist deine Spindnummer?», fragte Ariana.

«Nenn mich nicht so!», fauchte ich sie an.

«Entschuldige», sagte sie.

Zufrieden schaute ich auf die Spinnt Nummer. «131», las ich laut vor. Ich hörte Vivien aufkeuchen und drehte mich zu ihr um. Sie sah Ari groß an, diese schüttelte den Kopf und Viv fing sich wieder und lächelte mich breit an. Ich sah auf den Schlüssel herunter, dann musterte ich sie.

«Was ist mit dem Schlüssel?», fragte ich sie misstrauisch.

«Mit deinem Schlüssel, warum? Hat er denn was?»

Ehe ich weiterfragen konnte, hakten sich beide wieder bei mir ein und Ari sagte: «Komm mit, wir zeigen dir deinen Spind.»

Ich spürte die ganze Zeit, wie Ariana und Vivienne sich gegenseitig Blicke zu warfen, stumm diskutierten und stritten. Immer wieder musterte ich den Schlüssel in der Hoffnung, vielleicht doch noch etwas herauszufinden. Schließlich hielten sie an und Ari wandte sich mir zu.

«So, du gehst jetzt da geradeaus, und dann ist es der erste Spind links von dir. Wir müssen jetzt kurz noch was besorgen.»

«Ach ja?», fragte Vivienne, und Ari sah sie strafend an.

«Du weißt doch, Viv, diese Sache, die wir besprochen hatten.»

Jetzt fiel auch bei Viv der Groschen. «Ach, diese Sache meinst du. Sag das doch gleich. Ja, sorry, Pearl, wir sehen uns gleich.»

Ich ging den beschriebenen Weg, ohne mir weiter Gedanken zu machen, aber als ich abbog, vergaß ich sogar, warum ich gekommen war. Stocksteif blieb ich stehen und sog scharf die Luft ein. Kaum zu glauben. An Spind 130 stand ein Junge, und zwar nicht irgendein Junge, sondern *der* Junge aus dem Klassenraum. Ich atmete tief ein und wieder aus und ging dann schnurstracks auf meinen Spind zu.

Aus dem Augenwinkel sah ich, wie er mich von oben bis unten musterte, und ein Schauer nach dem anderen lief mir über den Rücken. Als ich die unwichtigen Schulsachen in den Spind gepackt hatte, verschloss ich ihn und wollte gerade so schnell wie möglich verschwinden und vor allem Ariana und Vivienne verprügeln. Doch dann räusperte sich der Junge neben mir.

«Hi», sagte er. Seine Stimme hörte sich rau und angenehm in den Ohren an, und als ich in seine Augen sah, war da tatsächlich ein Gefühl des Sich-Verlierens. Ein paar Sekunden sah ich ihn einfach nur durchdringend an und versuchte herauszubekommen, warum er gerade mit mir sprach. Denn in meiner alten Schule waren alle immer glücklich gewesen, wenn «diese Streberin» ihren Mund gehalten und sich nicht in ihre Nähe gesetzt hatte. Jap, diese nervige Streberin war ich gewesen. Meine alte Schule war wirklich grausam.

Ich fand meine Stimme wieder. «Hey», antwortete ich und hoffte, dass es sich irgendwie cool angehört hatte.

«Ich bin Darce», sagte er freundlich und hielt mir seine rechte Hand hin, und der Gedanke wollte mir nicht aus dem Kopf gehen, dass er das wahrscheinlich schon öfter gemacht hatte. Trotzdem ergriff ich höflich seine Hand und grinste.

«Ich weiß», flüsterte ich noch, nachdem ich meine Hand in die Hosentasche gesteckt hatte und hätte mich am liebsten für diese Worte selber geköpft. Wie hörte sich das denn jetzt an? Wie so ein bescheuerter Psycho Stalker, so ähnlich wie bei Pretty Little Liars. Oh Gott, Hilfe!

Er sah mich belustigt an. «Du bist neu hier», stellte er fest.

Blitzmerker. Ich nickte nur.

«Woher kommst du?»

Ich wollte ihm gerade antworten, als eine Gruppe Mädchen an uns vorbei liefen und er ihnen übertrieben auffällig hinterhersah. Sie kicherten laut und ich wurde wütend. Hallo? Interessierte es ihn überhaupt oder fragte er nur aus Langeweile. Ich warf meine Spindtür zu und ging schnellen Schrittes los.

«Hey, Pearl, warte mal», rief er mir hinterher, aber ich dachte nicht daran. So ein blöder Arsch! Er griff nach meinem Handgelenk und brachte mich zum stehen.

«Bist du beleidigt?», fragte er mich als er meinen gelangweilten Blick sah.

«Nein nur desinteressiert. Ach nein, desinteressiert warst ja du!» Damit drehte ich mich um und wollte weitergehen, doch er stand schon wieder neben mir.

«Es tut mir leid. Ich interessiere mich wirklich dafür. Vielleicht können wir das ja bei einem Kaffee nach der Schule besprechen?», fragte er und grinste verwegen.

Ich blieb stehen und lächelte ihn an. «Klar», sagte ich in einem süßen Ton und klimperte mit den Wimpern.

Er verschränkte die Arme. «Du bist so durchschaubar», stellte er dann fest und ich lachte.

«Und du leicht zu verarschen», erklärte ich und lief weiter.

«Ach ja? Warum bist du dann nervös?», fragte er und grinste triumphierend.

Ich war nervös? Woher wusste er das?

«Ja, die Anwesenheit arroganter Mistkerle macht mich sehr nervös», erklärte ich und er nickte wissend.

«Durchschaubar», flüsterte er mir noch zu und zwinkerte.

Böse funkelte ich ihn an. Ich machte mich auf den Weg zu Ariana und Vivienne, während Darce in eine andere Richtung verschwand. Auf dem Weg überlegt ich, welche Blumen wohl auf Arianas und Viviennes Grab kommen würden. Denn nach dieser Sache würden sie nicht lebend davonkommen.

«Na los, Pearl, wir wollen alles wissen», sagte Ariana, als sie mich sah.

«Von Anfang bis Ende», pflichtete ihr Vivienne bei.

Ich wollte ihnen eigentlich erzählen, was vorgefallen war, aber ich musste sie ja auch irgendwie dafür bestrafen, dass sie mich nicht gleich gewarnt hatten, also antwortete ich: «Das würde ich wirklich unglaublich gern machen, aber wisst ihr, ich habe so viel gelacht, dass mein Kiefer ganz weh tut.» Ich setzte erst einen schmerzerfüllten Blick, dann einen unschuldigen Blick auf.

«Wohl eher vom Rummachen» lachte Vivienne auf.

«Nein, das ist nicht fair!!», sagte Ariana.

« Ja, wir haben dir so beim Eingewöhnen geholfen!», stellte Vivienne wiederum fest.

Die beiden waren wie zwei total aufeinander eingestellte Zwillingsschwestern, die sich immer prima ergänzten und immer dasselbe dachten und dabei sahen sie nicht einmal wie Geschwister aus!

Kapitel 5

Noch die ganze weitere Stunde brannten die Blicke heiß auf meinem Rücken und ich hatte das Gefühl, dass einer von ihnen Darce gehörte. Vor meinem inneren Auge erschien der gutaussehende Teenager. Seine Augen waren so atemberaubend, doch warum hatte er sich diese Hunde tätowieren lassen? Und warum an haargenau derselben Stelle, wo ich meine Lilie hatte? Gab es da einen Zusammenhang? Wusste er vielleicht, was mit mir passiert war? Unsicher warf ich einen Blick über die Schulter und ertappte ihn dabei, wie er mich anstarrte. Für einen Moment trafen seine geradezu grün leuchtenden Augen auf meine und ich sah ein Schimmern darin, dann wandte er den Blick ab und Röte stieg auf.

«Miss Pearl? Wären Sie so überaus freundlich und würden Ihre Konzentration auf die momentan sehr wichtige Frage lenken, die etwas mit Mathematik zu tun hat, und nicht, welche Farbe sich noch in Herrn Darce Augen spiegelt?»

Der Professor stand vor meinem Tisch und sah mich durchdringend an. Ich nickte gehorsam und er ging zurück zu seinem Pult. «Ach, und es würde mich auch sehr erfreuen, wenn Sie Ihre Materialien auspacken würden, denn sonst müsste ich diese als fehlend eintragen.»

Wie eine Maschine befolgte ich seinen Befehl. Er nickte einmal knapp und fuhr mit dem Unterricht fort. Ich zog es den Rest der Stunde vor, mich ruhig und unauffällig zu verhalten, doch das leise Flüstern hinter mir, vor mir, rechts und links von mir regte mich leicht auf.

«Glaubst du, sie kennen sich schon lange?» «Vielleicht waren sie ja früher schon mal zusammen.» «Ich denke, sie sind zusammen», hieß es da. Es wurde auch mehrfach die Spekulationen aufgestellt, dass ich seine eifersüchtige Ex sei, die jetzt wissen möchte, ob er eine Neue hat. Ich verspannte mich. Ariana, die neben mir saß, bemerkte das und in einem günstigen Moment sagte sie laut aber trotzdem mir zugewandt: «Ich weiß nicht, was armseliger ist: Leute, die Tratschen, oder Leute, die den Tratsch glauben?!»

Mit dieser Ansage hörte das Geflüster abrupt auf und Ari grinste mich an. Ich schenkte ihr ein dankbares Lächeln und widmete mich wieder dem Unterricht. Nach vier unendlich langen Stunden klingelte es. Meine Sachen waren schneller eingepackt als ich dachte, und ich sprintete geradezu aus dem Raum. Draußen angekommen atmete ich tief ein und lief Richtung Schultor. Ich ging die Treppe hinunter und stolperte über meine eigenen Füße, natürlich! Oh nein!, dachte ich. Ich malte mir schon die Folgen des Aufpralls auf, als mich jemand auffing und solange festhielt, bis ich wieder fest stand. Ich öffnete die Augen, um meinen Retter sehen zu können und erblickte smaragdgrüne Augen, in denen man sich verlieren könnte. Darce hielt mich im Arm.

«Du weißt schon, dass man zum Fliegen Federn braucht?»

Er grinste mich schief an als hätte er den besten Witz überhaupt gemacht. Ich wollte ihm antworten, aber die ersten Schüler kamen schon, also machte ich mich von ihm los. Ich fuhr mit der Hand über meine Kleidung und sah nach, ob noch alles saß, bevor ich mich ihm zu wandte und ein peinlich berührtes «Danke», sagte, ehe ich mich an ihm vorbeischob und auf dem Bürgersteig davoneilte. Ich drehte mich um und sah in seine Augen, die mir interessiert hinterher sahen. Ich fühlte mich ein wenig schlecht, weil er mir wahrscheinlich einen Krankenhausbesuch erspart hatte, also winkte ich zum Abschied noch einmal und schenkte ihm ein schüchternes Lächeln. Verträumt sah ich in den Himmel.

Er hatte mich gerettet! Ich wurde noch nie von einem Mann gerettet! Aber wie hatte er so schnell bei mir sein können. Ich war mir verdammt sicher als erste das Klassenzimmer verlassen zu haben. War er vielleicht der zweite gewesen? Nein, er musste vor mir gegangen sein, er war ja schon unten an der Treppe gewesen. Ich schob den Gedanken beiseite und lief dann, bis ich den Waldrand entdeckte, nur um dann abrupt stehenzubleiben. Die Grasfläche war nur so überhäuft von lila Lilien. Wunderschöne elegante Lilien, die im Wind leicht hin und her wogten. Wie von jemandem kontrolliert lief ich auf die Lilien zu und berührte so viele wie ich nur konnte. Ich sog scharf die Luft ein, sie rochen süß und friedlich. Mir lief ein angenehmer Schauer über den Rücken, als ich eine der lila Blüten berührte. Sie reckte sich in meiner Hand und wurde schöner und schöner, als würde eine ganz neue Lebensenergie sie durchfluten. Ihre Farbe strahlte so auf, dass ich schon dachte dass die Welt aus reinem sanften Lila bestehen würde.

Ich ging durch die lila Reihen. Ich wollte unbedingt eine mit nach Hause nehmen. Sie würde sicher wunderschön auf meinem Schreibtisch aussehen. Wieder glitt mein Blick zu den vielen tausend lila Blüten. Wie sollte ich nur die schönste unter ihnen erkennen? Aus dem Augenwinkel sah ich, dass sich etwas bewegte. Ich fuhr herum. Eine Lilie war in binnen Sekunden bis hoch zu meiner Hüfte gewachsen und strahlte mich gerade an. Plötzlich hörte ich ein erschrockenes Keuchen. Mein Kopf wandte sich in die Richtung, aus der das Geräusch gekommen war, und ich beäugte misstrauisch den Wald. Versteckte sich etwa jemand hinter den Bäumen? Jetzt fühlte ich mich beobachtet, und deshalb wollte ich so schnell wie möglich weg von hier. Ich sah die Blume nochmal an, bevor ich mit meinen Finger leicht über den Stängel strich. Wie in Zeitlupe riss ich ganz langsam die Blume vom Stängel ab und bekam sofort die Rechnung dafür. Höllische Schmerzen überwältigten mich. Mein Kopf schmerzte gnadenlos, wie als würde jemand ganz langsam einen Bleistift in meinen Kopf bohren. Aber noch viel schlimmer war das Gefühl, dass in mir etwas zerbrach so wie ich den Stängel zerbrochen hatte. Ich schrie wie am Spieß, versuchte den verlorenen Teil innerlich zusammenzusetzten. Langsam wurde meine Sicht enger. Tränen und Schweißperlen liefen herunter, der Schmerz nahm mit jeder Sekunde zu. Dann wurde mir schlecht, meine Beine wurden zu Wackelpudding und ich versuchte verzweifelt stehenzubleiben, doch Wiederstand war zwecklos, und ehe ich mich versah, klappte ich zusammen und alles wurde schwarz und ruhig, erstaunlich ruhig, wie eine Erlösung und ich driftete in ein schwarzes Loch ins Nichts.

Kapitel 6

Ich lag auf einer Wiese, überall um mich herum waren Blumen mit verschiedenfarbigen Diamanten. Der Schmerz war verklungen. Ich setzte mich auf und musterte meine Umgebung, und ein Lächeln schlich sich auf meine Lippen. Ich befand in einer trostlosen Wüste, und auf dem einzig grünen Fleck saß ich. Hinter den Grenzen der Wüste würde ich sofort sterben. Dort herrschte eine so große Hitze, dass sie alles verschluckte, was versuchen würde, sich zu bewegen. Erinnerungen stiegen in mir hoch und Trauer breitete sich in mir aus.

Juhani war in einen Sandsturm gelaufen und mir ginge es wahrscheinlich schlechter, wenn ich nicht wüsste wer er wirklich war. Trotzdem hatte ich noch Billionen Fragen, die er mir jetzt beantworten würde. Ein kalter Wind pfiff an mir vorbei und ließ mich aufsehen, als hätte jemand gerufen. Ich sah in die Augen eines Mannes … der genau wie Darce aussah! Oh nein, sag mir bitte, bitte nicht, dass er schon in mein Unterbewusstsein eingedrungen war. Dann fiel es mir ein wie ein Schlag ins Gesicht. Daher hatte ich das Gefühl gehabt Darce irgendwoher zu kennen. Das vor mir war aber nicht Darce. Der Mann sah Darce nur im Gesicht ähnlich. Sein Körperbau war ganz und gar anders und ich konnte die Wellen an Macht, die von ihm ausgingen geradezu spüren. Außerdem war da noch der Geruch von Blut und

Kampf und Schweiß. Das vor mir war Juhani, der Gott der Unterwelt, auch als Hades bekannt.

«Hallo Pearl, schön dich hier wieder begrüßen zu dürfen. Ich fühle mich geehrt.»

«Die Ehre ist ganz auf meiner Seite, Gott der Unterwelt.»

Er sah mich wissend an. «Herzlichen Glückwunsch, du hast es herausgefunden», sagte er anerkennend.

«Ich habe Fragen», sagte ich knapp. Er nickte. «Wie kann das sein? Alles um uns *herum* ist eine tödliche Wüste, wie kann dieser Fleck» – ich zeigte auf den Boden – «hier überleben, ohne von der Hitze zerfressen zu werden?», fragte ich.

Er nickte, als ob er verstanden hätte, und für einen Moment glitt sein Blick in die Vergangenheit.

«Diesen Fleck hat Persephone gemacht, als wir noch zusammen waren. Die Kristalle enthalten eine heilende Lebensenergie, die die Wiese am Leben erhält.»

Ich nickte. «Und du schätzt also die guten und bösen Seelen ein? Ich dachte immer, dass alle Seelen in den Himmel kommen?!», sagte ich, aber ich hoffte, dass er es als Frage verstehen würde.

«Ja, aber findest du das nicht genauso unrealistisch?», fragte er mich.

Darüber musste ich einen Moment nachdenken. Irgendwie hatte er Recht, aber wenn dir über Jahre hinweg etwas erzählt wird, wenn man hört, wie alle um dich herum genau dasselbe glauben, oder wenn man tausend Filme gesehen hat, in denen es genau darum geht, dann wird es irgendwann realistisch und letzten Endes unmöglich, anders darüber zu denken. Aber er hatte schon Recht: Wenn man mal genau darüber nachdachte, hatte die Vision einige Haken. Der Geist eines Menschen sollte nach seinem Tod empor in den Himmel steigen? Der Himmel müsste aber schon ziemlich voll sein.

«Aber wohin verschwinden hier denn die ganzen Geister?», fragte ich.

«Also zunächst bevorzuge ich es, wenn du Seelen sagst und nicht Geister, denn Seelen schwirren nicht auf der Erde herum und suchen Frieden. Pearl, die Unterwelt ist etwas anders, als du jetzt wahrscheinlich denkst. Sie ist unendlich groß, denn mit jedem Mensch, der stirbt, wird sie ein wenig größer. Die Unterwelt liegt in einem Paralleluniversum. Wenn ein Mensch stirbt, kommt er, sofern er ein guter Mensch war, in seine eigene kleine Welt und darf sie nach seinen Wünschen gestalten. Das ist die Belohnung dafür, dass derjenige immer gut war. Falls derjenige in einem Familiengrab liegt, kommt er in die Welt, in der sich schon seine ganze Familie befindet, und zusammen können sie dort für immer leben. Die schlechten Seelen müssen bei mir 50 Jahre für ihre Bösartigkeit bezahlen indem sie bei mir arbeiten. Nach 50 Jahren bekommen sie auch ihren Frieden und eine eigene kleine Welt.»

Erstaunt sah ich ihn an. Das Prinzip war simpel, aber ich persönlich wäre nie darauf gekommen. «Woher weißt du, welche Geis ... Seelen gut und welche schlecht sind?», fragte ich weiter.

Ein Lächeln erschien auf seinen Lippen und ich musste mich zusammenreißen, um nicht in Ohnmacht zu fallen. Er legte seine Hand auf meinen Rücken und führte mich zu der Stelle zurück, an der ich aufgewacht war. Gemeinsam setzten wir uns, und während ich seine tiefen grünen Augen erkundete, redete er fröhlich weiter. Er redete irgendwas davon, dass er ein Gott sei, viele Kräfte besitze und wohl Menschen wie Bücher lesen könnte. Die kleinste Berührung eröffnete ihm die komplette Lebensgeschichte eines Menschen oder so.

«Unglaublich», flüsterte ich.

«Was?», fragte er.

Ich antwortete schnell: «Es ist unglaublich und gleichzeitig schrecklich. Du hast eine schwere Bürde zu tragen. Du musst so viel Leid und Hass spüren, wie kein anderer.» Ich grinste unschuldig und er lachte.

«Wie du meinst.»

«Verrückt ist es aber schon. Das weißt du sicher», stellte ich fest, um das Thema zu wechseln, wobei ich mich dabei wahrscheinlich wie eine verrückte 12-Jährige anhörte. Wieder lachte er und ein angenehmer Schauer lief mir über den Rücken.

«Viel weißt du tatsächlich nicht über Götter, kein Zweifel.»

Röte stieg mir in die Wangen. Oh nein, er hielt mich für eine komplette Idiotin!

«Tja, hätte ich gewusst, dass einer der Götter mich höchstpersönlich zu einem Kaffeekränzchen einladen würde, wäre das vermutlich anders gewesen», gab ich ihm spitz wieder.

Plötzlich kam mir ein schrecklicher Gedanke. Ein Gott würde doch tatsächlich nicht einfach ein Pläuschchen mit einem Menschen halten, also fragte ich stotternd: «Bin, bin ich tot?»

Ich musste die Worte an dem Kloß in meinem Hals vorbei quetschen. War es so? War ich tot und er versuchte gerade es mir mitzuteilen? Hatte er die Sünden meiner Seele schon erkannt und eingeschätzt? Erklärte er mir deshalb den Vorgang und die Unterwelt so genau? Ich sah in seine Augen, er schaute ernst drein.

«Nein, diesmal bist du noch gut weggekommen», versicherte er mir.

Erleichtert atmete ich aus. Vor Freude warf ich mich ihm in den Arm, nur um mich dann schnell wieder zurückzuziehen und eine Entschuldigung vor mich hin zu murmeln. Er grinste nur spitzbübisch. Langsam spürte ich, dass unsere gemeinsame Zeit abgelaufen war, doch eine Frage wollte ich noch beantwortet wissen.

«Wie heißt nochmal dein dreiköpfiger Hund?», fragte ich vorsichtig.

Fragend sah er mich an. «Kerberos? Aber warum möchtest du das wissen?»

«Ach, nicht so wichtig. Hab nur mal seinen Namen gehört, konnte mich aber nicht mehr erinnern», log ich. «Und hat er eine bestimmte Bedeutung?», fragte ich.

«Kerberos bewacht die Unterwelt, also die Ein- und Ausgänge», antwortete er wie ein Lehrer.

«Ja klar, jeder andere hätte sich einen Hund zugelegt, der einfach nur laut bellen kann. Du holst dir einen richtig gruseligen mit Zähnen, die so groß sind wie ich und der blutrote Augen hat – nicht zuvergessen die drei Köpfe!»

«Kerberos bewacht auch die bösen Geister, wie du sie nennst», stellte er fest.

«Oh ein braves Hündchen», kicherte ich. « Und hat er irgendeine Bedeutung? Wenn er zum Beispiel auf Wänden abgebildet ist oder vielleicht auf einer Schulter tätowiert?», fragte ich unschuldig, während ich merkte, wie einige Pünktchen erschienen.

«Wo immer Kerberos steht, verkörpert er die Unterwelt, zumindest bei euch Menschen. Aber für heute hast du genug Informationen bekommen. Unsere Zeit ist abgelaufen. Es war mir wie letztes Mal auch schon eine Ehre, Pearl.»

Er stand auf, nahm meine Hand und zog sie an seine Lippen, dann machte er auf dem Absatz kehrt und ging davon. Ich sah begeistert auf meine Hand und rief ihm noch «Ciao» hinterher. Ein Gott hatte meine Hand geküsst, aber das verriet mir nur schon wieder, dass ich träumte. Ich legte mich ins Gras und schloss die Augen um in die Realität zurückzukehren.

Als ich die Augen aufschlug, stellte ich schlagartig fest, dass ich (mal wieder) schweißnass war! Das ist doch nicht euer Ernst, oder? Schweißausbrüche, Tattoos, lila Lilien, ein mega-durchgeknalltes Buch und die Veränderung meines Gesichtes! Sowas gibt es doch nicht, und das alles in der Nacht meines Geburtstages! Na Happy Birthday, Pearl. Ich kam mir vor wie aus einer irren Geschichte herausgeschnitten und in ein Paralleluniversum gesteckt.

Ich drehte mein Gesicht und bemerkte erst jetzt die Gestalt über mir. Ich musterte sie misstrauisch. Die Gestalt legte mir gerade etwas auf den Kopf und ich zuckte leicht zurück, doch Schmerzen überfielen mich also ließ ich zu, dass die Gestalt mir einen kalten Wickel auf den Kopf legte. Ein leichtes Schwindelgefühl erfasste mich, als ich das Gefühl hatte, heiße Flüssigkeit würde in meinen Kopf eindringen, obwohl der Wickel gerade eben noch kalt war. Doch lange machte ich mir darüber keine Sorgen, denn das Zeug betäubte den Schmerz bis er ganz verschwand und ich die Augen aufschlagen konnte, ohne vor Kopfschmerzen laut aufzustöhnen.

Ich hörte ein erleichtertes Seufzen über mir und als ich auf blickte zuckte ich vor Schreck zusammen. Mein blauer Blick traf auf den grünen eines Mannes, der mich erleichtert ansah. Ich sah Darce direkt in die Augen. Ich wurde rot. Konnte er nicht woanders hinsehen? Ich senkte den Blick und verkniff mir ein Grinsen. Sein blondes wuscheliges Haar fiel ihm leicht ins Gesicht, und das Gefühl, mit meiner Hand durch seine Haaren zu fahren, kam in mir auf, doch ich unterdrückte es. Ich wollte mein Gewicht verlagern, um nicht in Versuchung zu kommen, doch ein stechender Schmerz durchfuhr mich und ich fiel zurück. Darce sah mich so schmerzerfüllt an, dass ich fast das Gefühl hatte, er würde den gleichen Schmerzen erliegen wie ich.

«Psssst, nicht bewegen», flüsterte er. Langsam bekam ich Angst und flüsterte ihm zu: «Was ist nur los mit mir? Was passiert hier?»

Er sah mich verständnisvoll an und ich wurde fast wütend. Für was sollte er Verständnis haben, ich meine, er ist doch normal! Er weiß nicht mal, was in den letzten Tagen alles passiert ist! Er hat doch keine Ahnung!

Die Wut schmolz als Darce mir zuflüsterte: «Es wird wieder gut. Mach dir keine Sorgen, ich bin doch da.» Er grinste mich so zuversichtlich an, als wäre er natürlich die Person, die ich jetzt am liebsten neben mir hätte. Und vielleicht war das ja so. Vielleicht brauchte ich einfach jemanden, dem ich alles erzählen konnte, der das alles mit mir durchlitt – aber wer würde mir glauben? Er schon mal gar nicht, dabei sah er mich an, als wüsste er schon alles. Und als seine Hand die meine suchte, wollte ich ihm alles erzählen. Doch wenn er mir nicht glauben würde, dann wäre ich wieder dasselbe uncoole Mädchen, das in der Pause immer allein saß. Also hielt ich meinen Mund, auch als seine Hand meine fand und beide sich umschlungen.

«Wie hast ... du?», stotterte ich vor mich hin. Er grinste spitzbübisch.

«Also zuerst musst du wissen: ICH BIN KEIN STALKER, okay?»

Als Antwort sah ich ihn vielsagend an. Er hatte mich verfolgt, und es traf mich wie ein Schlag, als ich mich an das Keuchen aus dem Wald erinnerte.

«Du ...? ...», fragte ich und er sah mich schuldbewusst an.

«Schuldig im Sinne der Anklage», stellte er klar, dann breitete sich ein fettes Bad-Boy-Grinsen auf seinem Gesicht aus und er sagte: « Ich musste ja sehen, dass du nicht wieder Vögelchen spielst.»

Seinem Grinsen nach zu urteilen war er sehr stolz auf seinen Spruch. Ich allerdings fand das total peinlich, wie konnte ich nur geradewegs in seine Arme fallen? Er wurde wieder ernst.

«Du musst den Kopf ein wenig heben», sagte er und seine Hand glitt unter meinen Kopf und hob mich in seinen Schoß. Ich spürte, wie meine Kraft langsam zurückkehrte. Ich wollte ihn sehen, seine grünen Augen, mich vergewissern, dass ich nicht immer noch träumte, doch ein paar Haarsträhnen lagen mir im Gesicht. Ich versuchte, sie wegzustreichen, aber ich ließ die Hand sofort wieder fallen, als ein Schmerz mich durchzuckte. Darce bemerkte meine Handbewegung und legte seine Hand für einen kurzen Moment auf meine. Ein Blitz durchfuhr sie, und als er seine Hand wieder von meiner hob, war das Gefühl der Elektrizität verschwunden. Mit großen Augen sah ich ihn an. Ich beobachtete wie seine Hand auf meine Stirn glitt, mir sanft die Strähnen aus dem Gesicht strich. Mittlerweile spürte ich, dass die Taubheit nachließ, und als er seine Hand wegnahm, durchfuhr mich ein Zittern.

Ein ungutes Gefühl stieg in mir auf was tat ich da? Ich kannte ihn erst seit ein paar Stunden. Ich sollte wohl eher misstrauisch sein, dass er hier war. Stattdessen hatte ich das Verlangen, ihm alles zu erzählen. Vielleicht, weil ich das Gefühl hatte, mir selber nicht mehr helfen zu können. Vielleicht weil ich einfach spürte, dass man ihm vertrauen konnte. Ich fing mich wieder und sagte: «Ich denke, ich kann mich jetzt setzen.» Schnell kam Darce mir zur Hilfe und ich setzte mich auf. Er sah ein wenig enttäuscht aus, aber ich schenkte ihm ein entschuldigendes Lächeln. Ich konzentrierte mich wieder auf die wesentlichen Dinge.

«Wie lange war ich weggetreten?», fragte ich.

«So eine Stunde», antwortete er knapp.

Ich erschrak. «Eine Stunde?!» Meine Mom machte sich bestimmt irre Sorgen. Darin war sie besonders gut. Hoffentlich hat sie noch nicht die Polizei angerufen. Auf wackeligen Beinen versuchte ich aufzustehen. Ich musste heim, doch ich verlor das Gleichgewicht und wappnete mich innerlich schon für die nächste Schmerzattacke, aber ich fiel in zwei kräftige Arme.

«Und schon wieder gefangen», sagte er und grinste mich frech an. Ich antwortete nicht sondern versuchte einfach wieder zu stehen.

«Pearl, du bist noch zu schwach, lass mich dir helfen», sagte er für meinen Geschmack viel zu ruhig.

«Nein!» Ich drückte seine Hände weg. «Ich muss zu meiner Mom und ich brauch deine Hilfe nicht. Ich kann ganz prima allein stehen. Oder sehe ich aus wie jemand, der nicht stehen kann?», fragte ich schnippisch. Eigentlich hätte ich dankbar sein sollen, aber ich war wütend. Warum ließ er mich nicht in Frieden? Jetzt verdunkelten sich auch seine Gesichtszüge.

«Ach ja? Das will ich sehen», er ließ mich los. Wackelig versuchte ich mich zu halten, doch ich verlor wieder das Gleichgewicht und landete prompt auf meinen Po. Ich sah zu Darce hoch der mich angrinste.

«Deine Mom ist informiert. Ich habe ihr gesagt, dass wir ein Referat machen müssen und du bei mir bist.»

Mit zusammengekniffenen Augen und einem wertenden Blick sah ich ihn an. «Du bist gut», sagte ich.

Er setzte sich neben mich ins Gras und flüsterte mir direkt ins Ohr. «Ich weiß.»

«Und woher hattest du die Nummer meiner Mom?», fragte ich.

«Sie hat angerufen, ich bin dran gegangen und habe ihr erzählt, du seist auf der Toilette.»

Jetzt musste auch ich breit grinsen. Und als er wieder sein Bad-Boy-Grinsen aufsetze, brach ich in Gelächter aus.

«Also Vögelchen, wie fühlst du dich?», fragte er.

Oh nein. War Vögelchen jetzt mein Spitzname? Erster Tag und schon einen Spitznamen? Aber besser als «die fette Perle» oder sowas. Bei der Erinnerung an meine ehemalige Schule sah ich zu Boden, und als ich Darce wieder ansah, antwortete ich: «Besser.»

In diesem Moment sah er wie Juhani aus mit dem undefinierbaren Blick, der mehr verbarg als man erst dachte, und schnell senkte ich meinen, bevor ich rot werden konnte. Neben mir wuchs eine kleine lila Lilie.

«Ist doch komisch oder?», fragte Darce. Verwirrte sah ich auf.

«Was?», fragte ich.

«Die Lilien, sie sind lila. Ist dir das noch nicht aufgefallen?», fragte er. Ich senkte den Blick. Und wie mir das aufgefallen war, aber ich wollte ihm in einem solchen Moment nicht von meiner komischen Behinderung erzählen, also antwortete ich: «Doch schon, deshalb wollte ich ja eine mitnehmen.»

Er sah mich aus schmalen Augen an, doch ich wich seinem Blick aus. Was genau hatte er gesehen als er mich beobachtet hatte? Ich fühlte mich ein wenig ängstlich, als ich die Lilie neben mir berühren wollte, sie hätten mich ja fast umgebracht. Aber dass ich Angst hatte, sie zu berühren, machte mir noch mehr Angst. Seit ich zum ersten Mal draußen war, habe ich die Natur geliebt. In der Nähe eines Blumenbeetes konnte ich immer am besten lernen oder mich entspannen. Ich hörte ein leises weit entferntes Knurren – oder war es ein Schnurren? Ich hatte es nicht richtig hören können, trotzdem wandte ich mich zum Wald um. Darce bemerkte meinen Stimmungswandel und sah sich ebenfalls um.

«Was? Was ist los?», fragte er.

«Nichts alles okay», antwortete ich schnell. Allein dass ich vor ihm in Ohnmacht gefallen war, weil ich eine Blume gepflückt hatte, ging schon mal gar nicht. Oh Gott, hoffentlich erzählte er es keinem der Mädchen von der Schülerzeitung. Obwohl... selbst wenn... es waren sowieso meine letzten Wochen in der Schule. Ich war im Kindergarten ein «Kann-Kind»: Meine Mom hatte unbedingt gewollt, dass ich noch ein weiteres Jahr im Kindergarten bleibe. Zu der Zeit fand ich das auch cool, aber wenn mich bis vor ein paar Tagen jemand gefragt hätte, wie alt ich wäre und ich mit «17» antworten musste, hätte jeder gedacht, dass ich schon in der 12. Klasse wärer. Doch jedes Mal musste ich peinlicherweise verneinen und erklären, warum ich noch auf der Schule bin und, nein, dass ich nicht sitzengeblieben bin... schrecklich. Aber so war es nun mal. Trotzdem sah ich schon die Titelseite der Schülerzeitung vor mir. «NEUE FÄLLT UM NACH DEM PFLÜCKEN EINER BLUME».

Ich hatte irgendwie das Gefühl, dass immer gerade dann, wenn ich von meinem Leben sagen konnte «Oh so ist es schön, so kann es bleiben», das Leben kommt und sagt: «Ach echt? Lustig. Warte 'ne Minute.»

Aus dem Augenwinkel sah ich, wie Darce mich beobachtete, aber ich machte mir nicht länger Gedanken darüber, denn schon wieder hörte ich ein Knurren, und diesmal war es garantiert ein Knurren und es war viel näher. Blitzschnell fuhr mein Kopf zum Waldrand herum, und irgendwie verspürte ich das Gefühl, jetzt langsam nach Hause gehen zu wollen, bevor ich noch gefressen würde. Meine Hand begann zu zittern und kalter Wind peitschte in mein Gesicht. Ich sah mich um: Auf der ganzen Wiese zogen sich die Lilien zusammen und machten sich klein. Selbst der Himmel verdüsterte sich und meine Hand zitterte immer mehr, als wüsste sie mehr als ich. Irgendwas kam auf uns zu, aber ich hatte keine Ahnung, was es war. Darce schien es immer noch nicht bemerkt zu haben, denn er sah mich weiterhin so an, als würde er aus mir nicht schlau werden. Panik kroch in mir hoch und ich unterdrückte den Impuls, ihn zu schlagen, um ihn darauf aufmerksam zu machen. Irgendwas lief genau in unsere Richtung und es konnte knurren!

«Hast du das gehört?», fragte ich alarmiert.

Sein Blick wurde ernst und er erwachte aus seiner Starre.

«Was?», fragte er.

«Na, dieses Geräusch aus dem Wald», entgegenete ich etwas verärgert. Er musste doch wohl etwas gehört haben. Er stand auf und ging langsam Richtung Waldrand. Er versuchte locker zu laufen, doch ich sah, wie seine Muskeln sich anspannten. Ich war nicht überrascht, als er plötzlich in Kampfstellung ging, als wäre er bereit, jeden, der jetzt kommen sollte, anzugreifen. Ich dachte einen Moment nach. Eigentlich war das total komisch. Darce hatte mir den Weg zum Klassenraum gezeigt, er hatte mich aufgefangen, als ich wohl oder übel versucht hatte zu fliegen, er hatte mich versorgt, als ich vor Schmerzen ins Koma gefallen war, er hatte meine Mutter angerufen und ihr alles erklärt, damit sie sich keine Sorgen machen musste, und jetzt stand er da, bereit, sich einem wahrscheinlich riesigen Monster entgegezustellen (welches am Ende sicher nur ein Hase oder 'ne große Katze war), um mich zu beschützen – dabei kannte ich ihn doch gerade erst einen Tag. Ich war ihm sehr dankbar dafür, und ich war glücklich, dass ich endlich wieder einen Punkt auf der «Das weiß ich»-Liste habe, denn die «Kein Plan»-Liste war in den letzten Tagen um tausende von Punkten länger geworden.

Ganz oben auf der Liste stand ein Buch mit einem Auge, dieses merkwürdige Buch, in dem Schriften auftauchen und verschwinden.

Ich schüttelte den Kopf, das war alles so verrückt und doch so realistisch.

Ich sah wieder zu Darce. Seine blonden Haare lagen perfekt auf seinem Kopf, vielleicht etwas zu perfekt. Seine Augen erinnerten mich wieder an eine wunderschöne Wiese. Mein Blick blieb an seinen Lippen hängen. Sie waren sehr fein geschwungen. Er hatte eine schwarze Lederjacke an und nicht zu vergessen eine Designer-Jeanshose. Ich wusste nicht, was ich von ihm halten sollte. Klar, sein Äußeres war so ziemlich perfekt, aber wie sah es wohl in seinem Inneren aus? Ich hatte oft gehört, dass die richtig gutaussehenden Typen den Charakter einer Mülltonne haben. Sicher, er hatte schon Mitgefühl und Freundlichkeit bewiesen, aber was war mit dem Rest? Die ganze Schule war fest davon überzeugt, dass Darce ein schreckliches Geheimnis hütete, welches ihn dazu zwang, allein die Schulgänge entlangzugehen. Ob er es mir irgendwann erzählen würde?

Eine beunruhigende Stille herrschte. Darce schaute immer noch misstrauisch in den Wald hinein und ich musterte ihn auch immer wieder. Aber es geschah nichts.

«Komm, Darce, lass uns gehen. Vielleicht habe ich es mir doch nur eingebildet.»

Doch er bedeutete mir nur, still zu sein. Ein unglaublich lautes Knurren erfüllte die ganze Lichtung. Es klang böse und blutrünstig. Ich zitterte am ganzen Leib, und als ich jetzt in den Wald sah, erkannte ich rot glühende Augen, die mich vor Hass triefend ansahen. Ich schrie auf und schreckte automatisch zurück. Die Gestalt war groß, massig und bewegte sich viel zu schnell auf uns zu.

«Darce! Was ist das?», schrie ich vor lauter Panik. Ich versuchte krampfhaft, mich schnell zu bewegen, doch es ging nicht.

«Ich weiß es nicht», sagte Darce so entspannt, dass ich mich fragte, ob er es wirklich schon gesehen hatte. Außerdem lag Entschlossenheit in seiner Stimme.

«Was hat du vor?», fragte ich.

Darce begann seine Hände so zu bewegen, als würde er einen Schneeball formen nur ohne Schnee. Dann erschien auf einmal Schwärze zwischen seinen Händen, als hätte er die Dunkelheit geformt. Dunkelheit! Die hatte er auch im Unterricht um sich gehabt! Das Tier kam immer näher und Darce formte immer noch.

«Beeil dich Darce!», schrie ich ihm zu, während meine Angst und meine Panik mit jeder Sekunde wuchsen. Langsam bekam ich Probleme mit dem Atmen. Das Geschöpf hatte mich gehört und es nahm jetzt Kurs auf Darce! Oh nein, Pearl! Darce weiß ja wohl selber, dass er sich beeilen muss. Und ehe ich mich versah, stand er da, ein unnatürlich großer Bär, mit roten Augen und roten Striemen, die sich durch sein schwarzes Fell zogen. Er war auf der Lichtung angekommen.

Darce stand bereit, mit einem schwarzen Schwert in der Hand. Mit einem entschlossenen Blick sah er seinem Gegner, der ungefähr zwei Köpfe größer war als er, in die blutroten Augen. Mein Blick blieb an dem Schwert hängen. Ein Schwert? Darce konnte kämpfen? Nicht, dass mich das überrascht hätte, nachdem er so angriffslustig dagestanden hatte. Langsam versuchte ich aufzustehen. Vielleicht konnte ich ihm irgendwie helfen? Aber es gelang mir nicht. Immer wieder sackte ich zusammen. Ich sah wieder zu Darce, der nun frech grinste, Er grinste? War er jetzt total übergeschnappt? Da steht ein zwei Meter großer Monsterbär vor ihm – und er grinst? Er nahm es also mit Humor. Na, dann musste er ja schon einiges auf Lager haben. Die beiden umkreisten sich, bevor Darce angriff und sich auf das riesige Monster stürzte.

Elegant schwang er sein Schwert, es sah fast schon wie ein Tanz aus, doch Darce konnte nicht wirklich angreifen, er war die ganze Zeit mit Abwehren beschäftigt, und mir war klar, dass er nicht lange gegen den Giganten ankämpfen könne. Irgendwann würde er müde werden und der Bär wahrscheinlich nicht, denn er war nicht das, was man als einen normalen Bären bezeichnen könnte. Was ist, wenn der Bär nie müde werden würde? Am Ende würde er Darce wahrscheinlich noch verletzten.

Darce schwang sein Schwert immer noch sehr gewissenhaft und jeder abgewehrte Schlag baute meine Hoffnung weiter auf. Doch da hob der Bär eine seiner riesigen Pranken und stieß die Krallen tief in Darce' Schulter. Dieser schrie auf und fiel zu Boden. Auch ich konnte mir einen Schrei nicht verkneifen. Der Bär ging auf ihn zu, Darce konnte sich nicht wehren, also musste ich etwas tun. Zeit, meine Behinderung zu benutzen.

Ich setzte mich auf und schloss kurz die Augen, um mir vorzustellen, was ich tun würde. Ich suchte in meinem Körper nach diesem Gefühl, das ich jedes Mal hatte, wenn diese komischen Sachen geschahen, und als ich es gefunden hatte, konzentrierte ich mich darauf. Ich versuchte, es zu formen, es zu spüren und dann spürte ich etwas. Erst war es nur ein Kribbeln, dann wurde es extremer und durchfuhr meinen ganzen Körper. Meine Handflächen begannen zu glühen, dann öffnete ich sie wieder und ein Wind kam auf. Lauter Blütenblätter flogen in einem Wirbelsturm umeinander und formten sich dann zu einer Art Tiger, der auf den Bären zuging. Ein Tiger aus lila Blütenblättern brüllte laut auf und zog die Aufmerksamkeit des Bären auf sich. Warte, war wirklich *ich* das gewesen? Also ich meine… kam das aus *meinen* Händen? Ich war stolz auf meine Illusion. Ich hätte früher nie gedacht, dass ich so etwas könnte. Es war ein unglaubliches Gefühl. Der Bär griff den Tiger an, und als ich vorbeischielte, stand Darce schon wieder. Doch Blut floss aus seiner Schulter. Er schlich auf den Bären zu, der ihm den Rücken zukehrte. Ein Schmerz durchfuhr mich, als ich sah, wie der Bär meinen Tiger zeriss und die Blätter zu Boden fielen. Im nächsten Moment stieß der Bär einen schmerzerfüllten Schrei aus – Darce hatte ihm die Klinge seines Schwertes in den Rücken gejagt. Aber er hatte keine Zeit mehr, sein Schwert wieder herauszuziehen. Und als der Bär sich umdrehte und ausholte, hatte er keinen Schutz mehr. Darce wurde mit voller Wucht über die halbe Lichtung geschleudert.

«Darce!», schrie ich, doch er bewegte sich nicht mehr. Der Bär ging auf ihn zu. «Nein!», schrie ich, wieder um den Bären auf mich aufmerksam zu machen. Aber dem war mein Geschrei egal. Ich nahm meine ganze Kraft zusammen und stand auf. Ich hoffte, meine Kräfte würden jetzt endlich zurückkehren. Und, ja, da waren sie wieder!

Meine Knie zitterten noch leicht, doch ich musste vorwärts kommen. Es funktionierte. Schnell begann ich zu laufen und dann zu rennen, doch kurz hinter dem Bär fiel ich zu Boden. «Mist!» Ich wollte wieder aufstehen. Unter Tränen versuchte ich es, doch es gelang mir nicht. Verzweifelt versuchte ich mich nach vorne zu schieben, aber es waren nur Zentimeter, die ich bewältigen konnte. Krampfhaft hob ich eine Hand. Plötzlich spürte ich etwas unter mir. Sonnenblumen wuchsen und stellten mich auf die Beine. Das war es! Ich schloss die Augen und stellte es mir genau vor. Dann hob ich die Hände, die sich unglaublich warm anfühlten und das Knacksen von grünen Funken wiedergaben – langsam bis zum Himmel – und öffnete die Augen dann wieder.

Die Erde erzitterte und dann brach sie einfach auf und eine riesige Pflanze erhob sich aus dem Riss – direkt zwischen dem Bären und Darce. Sie wuchs und wuchs. Sie war unglaublich dick, und als der Bär ein paar Schritte zurückging, griff sie ihn an während ich zurück ins Gras stolperte. Sie schlang sich um den Bären, der verzweifelt brüllte. Die Pflanze erdrückte ihn und er versuchte sich zu wehren, doch ehe er sich versah, zerplatzte er einfach und schwarze Funken fielen vom Himmel auf die Erde. Es war unglaublich, und ich beobachtete erstaunt, wie die grünen Funken nur so sprühten.

Der Regen aus schwarzen Funken hinterließ den Geruch von verfaulten Eiern. Ich rümpfte die Nase bevor meine Aufmerksamkeit wieder der Pflanze galt, die sich jetzt majestätisch erhob und sich dann langsam in grüne Funken auflöste. Mit großen Augen beobachtete ich den Vorgang, bis die ganze Pflanze vollständig verschwunden war und es grüne Funken regnete. Ein Windstoß fegte die Funken weg. Sie machten einen schönen Bogen und flogen dann mit großer Geschwindigkeit auf mich zu. Ich wollte schützend die Hände heben, doch ich war zu langsam und die gesamten Funken flogen durch meine Brust direkt zu meinem Herzen. Dabei fegten sie mich von den Beinen. Ich wollte mir gerade darüber Gedanken machen, als hinter mir jemand aufkeuchte.

Darce! Er lag immer noch da. Schnell nahm ich mein Handy aus der Tasche und rief einen Krankenwagen, dann ließ ich mich neben Darce nieder und streichelte sein Gesicht, spielte mit seinen Haaren. Seine Wunde an der Schulter schien tief, und als ich ein Stück seines T-Shirts abriss, um die Wunde genauer sehen zu können, erschrak ich. Es sah furchtbar aus, viel zu tief. Er atmete schwer, öffnete die Augen ein wenig und sah fast überrascht aus.

«Du lebst!», röchelte er.

«Ja», sagte ich lächelnd. Ich wusste zwar nicht was ich da gemacht hatte, aber es hatte uns das Leben gerettet, und solange ich konnte war ich stolz auf mich.

«Wie ... hast du?»

Es war lustig, da er jetzt derjenige war, der stotterte.

«Frag nicht, ich hab keine Ahnung, aber es war genial. Du musst jetzt still sein, deine Wunden sind tief», antwortete ich ihm. Ich sah wie ihm auf seiner Stirn Schweiß ausbrach.

Er grinste mich frech an. «Hast du etwa Angst um mich?», fragte er.

«Nein ganz und gar nicht. Aber Vögelchen haben ein Herz für halb verreckte Idioten», antwortete ich grinsend. Er lachte, verzog aber das Gesicht sofort wieder schmerzerfüllt.

Neben mir bewegte sich wieder etwas. Es war keine Lilie, sondern eine Tulpe, was mich leicht überraschte. Ein strahlendes Gelb, das meine Seele wie süßer Honig durchfloss und mich reinigte. Die Blume trug eine weiße Flüssigkeit in sich und diese verströmte einen verführerischen Duft. Mein Schmerz verging, als ich den Duft tief einatmete, der wie ein Nebel aus purem Glück um mich waberte, mich erfüllte und selbst das Dunkelste in mir erlöschen ließ. Gierig sog ich den Duft ein, als würde es um mein Leben gehen, doch Darce unterbrach meine Gedanken, indem ich immerzu seine mittlerweile schwach grün leuchtenden Augen vor mir sah. Grün, tief, geheimnisvoll und ... voller Schmerz! Ich schüttelte den Kopf. Die Flüssigkeit aus der Blume, von der der Duft ausging, würde Darce' Wunden vielleicht heilen oder zumindest lindern, aber wie sollte ich die Blume zu ihm bringen, ohne mir selbst wieder höllische Schmerzen zuzufügen? Misstrauisch und als würden sie nicht zu meinem Körper gehören, betrachtete ich meine Hände.

«Ihr macht jetzt, dass die Blume zu Darce kommt, verstanden?», sprach ich gebieterisch zu meinen Händen.

«Nein Pearl, nicht verrückt werden! Ich werde dir alles erklären», röchelte Darce vor sich hin.

«Ich werde doch nicht verrückt, du Idiot.» Verärgert schüttelte ich den Kopf. Frechheit, da versuchte ich, ihm sein Leben zu retten und er nannte mich verrückt. Aber wenn ich genauer darüber nachdachte hatte er wahrscheinlich gar nicht so unrecht. Ich biss mir auf die Lippe und rollte mit den Augen. Konzentration! Ich streckte die Hände aus und schloss die Augen. Ich atmete aus. Okay, auf geht's. Ein Kinderspiel. Ich stellte mir vor, wie die Blume wuchs, und als ich das Knacken von Funken hörte, umspielte ein triumphierendes Lächeln meine Lippen. Während ich mir vorstellte, wie die Blüte genau über Darce' geschlossenen Augen schwebte, musste ich die Augen aufschlagen, doch diese Aktion unterbrach meine Konzentration, und die gesamte Flüssigkeit entleerte sich über Darce' Gesicht. Ich schlug die Hände vor den Mund und riss die Augen auf.

«Darce, es tut mir so leid», sagte ich während ich meine Hände weiterhin auf den Mund presste.

«Pearl! Ich bin nicht tot okay? Oh Mann!», entgegenete er.

«Erstens bin ich eine Frau, also hör auf mit deinem Gangster-Gebrabbel das nervt. Und zweitens wollte ich das doch gar nicht ich ...»

Aber weiter kam ich nicht, da es mir die Sprache verschlug, als ich erkannte, wie die Flüssigkeit auf Darce' Wunde auf der Schulter zufloss und sie schloss! Die Flüssigkeit verschwand mit dem letzten Tröpfchen in der Wunde und schloss sie komplett, so als ob nie etwas passiert wäre!

«Was? Was ist denn das?» Darce tastete nach seiner Wunde und seine Augen wurden groß. Ich lächelte. Ich hatte es geschafft! Ich hatte Darce geheilt. Bewundernd betrachtete ich meine Hände, und wenn sie die Fähigkeit zu sprechen gehabt hätten, dann hätten sie jetzt bestimmt sowas wie: «Hättest du nicht gedacht, ne? Von wegen Nix-Könner ...» gesagt.

Darce ergriff meine rechte Hand und verblüfft beobachtete ich die Berührung. Wie ein Blitz schoss die Wärme in meine Wangen, doch er fing meinen Blick auf, bevor ich ihn senken konnte.

«Wie hast du das gemacht?», fragte er. In seinem Blick lag so viel Bewunderung, aber auf diese Frage hatte ich trotzdem keine Antwort. Ich starrte wieder auf unsere Hände. Die Berührung sanft, vorsichtig, aber trotzdem irgendwie vertraut. Das war unmöglich, ich zog meine Hand aus seiner und schüttelte leicht den Kopf.

«Wie hast du das mit dem Schwert gemacht», fragte ich stattdessen zurück und grinste, als würde ich die Scham in seinen Augen nicht sehen.

Er sah mich tief an und ich erkannte Unsicherheit. Er wusste nicht, ob er mir vertrauen konnte. Ich hatte mich dagegen entschieden, aber er schien innerlich einen Kampf auszutragen. Das konnte ich ihm nicht übelnehmen, wir kannten uns seit – ach, genau! – einem Tag, aber es fühlte sich an wie Jahre, als würde ich immer, wenn ich in dieses Grün einen Blick warf, jemanden sehen, den ich seit Ewigkeiten kannte. Und doch waren wir Fremde.

Ich wollte aufstehen, weg von ihm, doch er zog mich magisch an, wie der Duft der Tulpe umwaberten seine Augen, sein Gesicht, sein Duft meine Gedanken und verfolgten mich selbst, als ich mich in die hinterste Ecke meines Unterbewusstseins drängte. Da gab es mehr, irgendwas dass ich nicht wusste und natürlich nur mit seiner Hilfe herausfinden würde. Seine Augen glitten von meinen Augen hinunter zu meinen Lippen und ich atmete stockend ein. Sein Blick wanderte zu meiner Hand, die ich aus seiner gezogen hatte. Er öffnete den Mund, doch das Martinshorn ertönt und ich hatte endlich genug Energie, mich seiner Anziehungskraft zu entreißen. Darce ging es viel besser, trotzdem hatte er mehrere Wunden und ich bestand darauf, dass er wenigstens zur Beobachtung ins Krankenhaus fuhr. Er wollte, dass ich mitkam, aber ich bat ihn, hierbleiben zu dürfen, um nach Hause zu gehen. Widerwillig stimmte er zu.

Kapitel 7

Ich stand vor unserer weißen Tür und öffnete sie. Meine Gedanken waren den ganzen Weg leer gewesen, wie weggeblasen, aber ich musste über so vieles nachdenken (und nicht etwa über das schreckliche Ende von meinem Lieblingsbuch. «Die Bestimmung»). Ich trat ein und schloss die Tür hinter mir wieder. Ich zog Jacke und Schuhe aus und öffnete unsere Glastür, die den Flur vom Esszimmer trennte.

Es war dunkel. War meine Mom etwa noch nicht zu Hause? Vorsichtig tastete ich nach dem Schalter. Nein ich habe keine Angst vor der Dunkelheit! Es ist nur dunkel. Ich ertastete den Schalter und drückte ihn.

Das Licht erhellte den Raum und gab die Sicht auf den Esstisch und die gepolsterten Sitzbänke frei. Ich schleppte mich müde in die Küche und warf einen Blick aus dem Fenster. Langsam wurde es dunkel draußen, die letzten Strahlen der Sonne färbten den Himmel in sanftes Lila.

Ich machte den Kühlschrank auf und nahm mir ein Eis heraus, drehte mich um und nahm mir noch einen Löffel, bevor ich mich in die Sitzecke setzte und zu essen begann. Ein Zettel zog meine Aufmerksamkeit auf sich. Ich nahm ihn und erkannte die Schrift meiner Mom.

Hallo Schatz,

Ich bin leider nicht da, um dir was zu essen zu machen, aber bei meinen Kochkünsten bist du sicher froh darüber. Ich habe ein Gespräch mit deinem Direktor. Aber keine Angst, es geht nur darum, dass du jetzt neu bist. Aber vielleicht muss ich mir ja Sorgen um dich machen?

Wer war denn der Junge am Telefon? Du kannst sagen, was du willst, aber ich sollte lieber schon mal den schwarzen Jeep holen. Ich hoffe trotzdem, dass du einen schönen Nachmittag mit IHM hattest. Dein Eis steht im Kühlschrank und ich hab dir in deinem Zimmer Blumentöpfe hingestellt. Es ist schon Erde drin. Ich werde wahrscheinlich erst spät kommen.

Ich hab dich lieb
Deine (Killer-)Mom

Ich schmunzelte, das mit dem schwarzen Jeep hatten wir schon hundertmal. Ich stand auf und stellte das Eis zurück, anschließend schlurfte ich in mein Zimmer und sank zu Boden. Oh Mann, was für ein Tag. Ich zog die Beine an und stützte meinen Kopf mit den Händen. Eine Träne kullerte mir über die Wange. Was war mit mir passiert, was hatte sich verändert und vor allem warum? Hatte ich etwas Falsches getan? Wurde ich verflucht?

Ich nahm die Hände vom Kopf und musterte sie, ich war kein Mensch, zumindest kein normaler. Aber was war ich dann? Ich wusste dass diese Frage nur Darce beantworten konnte. *Er* ähnelte mir, er wusste etwas darüber. Darce hatte ein Schwert geformt! Und zwar aus Dunkelheit, die er anscheinend kontrollieren konnte. *Er* ähnelte mir! Am liebsten hätte ich ihn sofort gefragt, aber mir war klar, dass er das Krankenhaus nicht so schnell verlassen würde, nicht mit den Wunden, die diese Kreatur ihm zugefügt hatte. Aber ich konnte ihm helfen. Das heißt, die Blume konnte ihm helfen. Vielleicht war es nicht ganz so schlecht, aber ich hatte eine Monsterpflanze erweckt, die auf meinen Befehl hin getötet hatte! Ich hatte getötet.

Ich betrachtete meine Hand und schloss die Augen. Ein Knacken ertönte und ich öffnete sie wieder. Grüne Funken umspielten meine Hand wie ein viel zu kleines Feuerwerk. Ich machte eine Handbewegung nach oben und ein einziger Funke flog empor und entzündete sich zu einem kleinen Feuerwerk. Immer mehr Funken flogen hoch, explodierten und wurden zu kleinen verschnörkelten Figürchen. Nachdenklich betrachtete ich meine weißen Wände. Was wohl passieren würde wenn ich… Ich fuhr mit meiner Funken sprühenden Hand über die Wand, und eine Figur wie ein grüner, dicker Stängel von einer Blume erschien. Ich lächelte. Ich stellte mir eine Sonnenblume vor, und als ob die Pflanze an der Wand leben würde, wuchs eine Sonnenblume an dem Stängel. Ich sah wie die grüne Knospe sich langsam öffnete und die gelben Blütenblätter zum Vorschein kamen. «Wow», flüsterte ich wie war so etwas möglich?

Vorsichtig berührte meine Hand die Sonnenblume und das Gelb wurde stärker und greller, die gesamte Blüte wurde kräftiger. Ich zog meine Hand zurück, aber das Lächeln, das meine Lippen umspielte, sprach Bände. Erneut schloss ich die Augen, und als ich sie wieder öffnete, war der Stängel von den verschiedendsten und exotischsten Blumen und den prachtvollsten Farben übersät. Wunderschön verzierten sie meine weiße Wand mit ihrer außergewöhnlichen Farbenpracht. Ich tanzte umgeben von den grünen Funken durch den Raum und ließ nun in den Töpfen die schönsten Blüten erblühen. Aber am herausstechendsten war immer noch meine lila Lilie. Nachdem alle Töpfe voll bepflanzt waren und ich in der Mitte meines Zimmers stand, wurde mir schwindelig und ich fühlte mich plötzlich unglaublich fertig, als hätte ich gerade einen riesigen Berg bestiegen oder an einem Marathonlauf teilgenommen. Leicht benommen wankte ich zu meinem Bett und ließ mich daraufsinken. Binnen Sekunden war ich schwer atmend eingeschlafen.

In meinem Traum schwebte ich im Nichts. Dunkelheit umfing mich und ich wagte nicht, die Augen zu öffnen.

«Perle der Persephone», flüsterte da eine Stimme. «Perle der Persephone», flüsterte sie wieder und kicherte.

Ich öffnete die Augen. Ein kleines Mädchen stand vor mir, und seine blauen großen Augen musterten mich belustigt.

«Redest du mit mir?», fragte ich sie.

«Siehst du denn hier sonst noch eine Perle?» Sie kicherte wieder und ihr schwarzes Haar umspielte ihre Schultern. Sie hatte ein weißes Kleid an.

«Nenn mich doch Pearl», schlug ich ihr vor.

«Nein, du verstehst nicht.»

Ein Baum erschien hinter uns und das kleine Mädchen erhob sich in die Luft. Vor dem Baum ließ sie sich nieder.

«Warte, wie heißt du?», rief ich ihr zu.

Sie hielt ihren Kopf gesenkt, und als sie ihn hob, leuchteten ihre Augen strahlend hell und doch waren sie leer. Ich stolperte zurück.

«Wir haben viele Namen.» Der Mund des Mädchen öffnete sich, aber anstatt der süßen Stimme, sprachen drei verschieden in einem unheimlichen Chor.

«Aber vor allem sind wir ein Orakel. Das Orakel.»

Unfähig, etwas zu sagen, starrte ich das Mädchen einfach nur an. Sie erhob sich wieder in die Lüfte, doch diesmal blieb sie bei dem Baum. Sie breitete die Arme aus, ihre Augen glühten und strahlten. Ohne den leisesten Windhauch bewegten sich ihre Haare wie bei einem Sturm. Drei Geister entwichen ihrem Körper. Ich schlug die Hände vor den Mund. Anfangs konnte ich die Gestalten nicht gut erkennen, doch als sie den Körper des kleinen Mädchens verlassen hatten, begannen sie Farbe anzunehmen. Drei alte faltige Frauen kamen zum Vorschein. Alle drei starrten sie mich durchdringend an und alle drei trugen sie seltsame schwarze Mäntel und keine Schuhe.

Das Mädchen, das immer noch flog, fiel vom Himmel wie ein Stein. Und als wären die drei Frauen ihr gesamtes Leben gewesen, sackte sie zusammen. Ihr Gesicht war bleich, ihre Haare matt und die blauen Augen, die gerade noch geglänzt hatten, waren leer in die Ferne gerichtet.

«Nein», flüsterte ich.

«Was ist, Perle? Gefallen wir dir so nicht? Wie wäre es dann so?»

Die Drei sprachen im Chor und Gänsehaut zog sich über meinen ganzen Körper. Die Angst stand mir bis zur Stirn. Es war ein Wunder, dass ich nicht zitterte. Ich sah mich nach Fluchtwegen um, doch ich saß im Nichts. Hier war gar nichts. Und als ich den Blick wieder den Frauen zuwendete, war das hohe Alter aus ihren Gesichtern verschwunden. Stattdessen hatten alle drei lange goldene Haare, blaue glänzende Augen und eine Top-Figur. In dieser Gestalt machten sie mir nicht mehr so viel Angst. Doch ehe ich mich versah, waren die Falten schon zurückgekehrt. Die Drei lachten laut. Ich musste aufhören, Angst zu haben, das merkten sie. Aber das war schwer bei drei gruselig gekleideten alten Frauen, die noch dazu im Chor sprachen. Trotzdem stand ich auf. Sie rochen ja quasi meine Angst, also musste ich zumindest versuchen, sie vom Gegenteil zu überzeugen.

«Was wollt ihr von mir?», fragte ich laut und musterte sie misstrauisch. Sie sahen sich gegenseitig an. Ich glaube das war gerade keine so gute Entscheidung gewesen …

«Was wir wollen? Das steht nicht zur Debatte. Es gibt eine Prophezeiung über dich, Perle der Persephone.»

«Ich glaube, ihr verwechselt mich da. Ich bin keine Perle, sondern ein Mensch, und wer ist Persephone?»

«Ich denke auch, dass sie nicht die Richtige ist, wenn sie schon zu blöd ist, ihren eigenen Namen zu übersetzen und nicht mal weiß wer Persephone ist», sagte jetzt eine der Drei zu einer anderen.

«Nichtsdestotrotz sie ist die Auserwählte. Also wollen wir, Schwestern?»

Die Drei nahmen sich an den Händen und schlossen die Augen. «Wenn das Herz eines Gottes verunreinigt wurde, wird die Perle der Persephone erwachen und mit Hilfe dreier Helfer das Leben des Abtrünnigen beenden. Opfer wird es geben so wie Wiedergeborene. Doch beachte! Nur die Perle der Persephone vermag das Schicksal zu wenden.»

Erschrocken lauschte ich den machtvollen Stimmen, und nach den letzten Worten verschluckte ein großes schwarzes Loch die gesamte Umgebung, mich eingeschlossen, und ich öffnete eine Minute vorm Klingeln meines Weckers die Augen.

Ich schreckte hoch. Die Lichter waren aus, meine Mom musste sie gestern Abend ausgemacht haben. Nachdem ich vor Erschöpfung so schnell eingeschlafen war, hatte ich gar nicht mehr daran gedacht.

Oh Mann! Ich rieb mir erst über den Kopf, anschließend über die Augen. Seit meinem 18. Geburtstag träumte ich nur noch so wirres

Zeug, und obwohl ich mein neues Aussehen beeindruckend fand, fühlte ich mich wie in einem falschen Körper. Klar, das war immer noch ich, aber ein neues, gewöhnungsbedürftiges Ich.

Der Wecker klingelte und ganz plötzlich stieg kochende Wut in mir auf. Ich nahm den Wecker und wollte ihn gegen die Wand schleudern, hielt aber inne, als ich das Knistern der Funken hörte. Ich beobachtete den Wecker in meiner Hand, der zu brennen begann, doch ich spürte keine Hitze. Der Wecker schmolz in meiner Hand und ich starrte den Vorgang wie gebannt an. Was geschah hier nur? Ich spürte kein Fünkchen Wärme, geschweigedenn Hitze. Die Wut wirkte sich also darauf aus. Vielleicht waren es generell Gefühle aller Art, die so etwas auslösten. Ich dachte an die schönsten Momente meines vorherigen Lebens und der Wecker verformte sich zu einer schwarzen Sonnenblume. Ich legte die Blume auf meinen Nachttisch und stand auf.

Kopfschüttelnd lief ich ins Bad. Ich putzte mir die Zähne und spritzte mir kaltes Wasser ins Gesicht. Als ich das Gesicht hob, betrachtete ich mich selber im Spiegel. Die blauen Augen, das dunkelbraune Haar, die Gesichtszüge, so fremd und doch war ich es. Ich zog mich um, während ich die Lilie an meiner Schulter betrachtete. Sie war bildschön und es kam mir so vor als wäre die Lilie Glück im Unglück gewesen, insgeheim wollte ich mich nämlich tätowieren lassen, aber etwas ganz unauffällig Kleines. Keine Monsterlilie. Ich ging zu meinem Kleiderschrank, zog mir ein weißes Top, eine kurze Jeansweste und eine Shorthose an, anschließend packte ich mein Zeug und ging ohne etwas zu essen aus dem Haus. Mir war durch diesen komischen Traum der Appetit vergangen. Manche Menschen erzählten oft von ihren Träumen aber konnten sich kaum noch an die Hälfte erinnern. So war das bei mir nicht. Jedes einzelne Wort, jedes Gesicht, jeder Atemzug geisterte in meinem Kopf umher und dann dieses Mädchen, dieses arme süße Mädchen, aber sie war sicher nur ein Produkt meiner Fantasie gewesen.

Es dauerte seine Zeit, bis ich an der Schule war, aber das machte mir nichts aus, ich war viel zu sehr mit dem Rätseln an meinem Traum beschäftigt. Ich nahm niemanden um mich rum wirklich wahr. Ich ging zu meinem Spind ohne mich umzusehen, bis mich jemand am Arm fasste. Ich erwachte aus meiner Starre und drehte mich um.

«Pearl, ich habe dich schon drei Mal gerufen. Alles okay?»

Hinter mir stand Shorn, braune Augen, braune Haare, gebräunte Haut und ein neckisches Grinsen auf den Lippen. Ganz tief in mir dachte ich nur «Wow!» Er war atemberaubend.

«Hey! ... Äh ... ja, nur schlecht geschlafen», antwortete ich etwas stockend.

«Oh ja, das kenn ich. Ähm ich wollte dich eigentlich nur fragen ob ...»

Eigentlich hing ich an seinen Lippen, doch ich spürte ein Prickeln auf meiner Haut, und ich wusste, wer von weitem einen Blick auf mich warf.

«Also? Was sagst du?»

Ich war verwirrt was hatte Shorn gerade gesagt?

«Wozu?», fragte ich etwas verdattert.

«Du kommst zu mir zum Essen und anschließend sehen wir uns einen Film an.»

Oh, wow! Er wollte ein Date! Hatte er gerade wirklich um ein Date gebeten? ER wurde rot.

«Klar. Wann?»

Er wirkte ziemlich erleichtert und das brachte mich zum Grinsen.

«Nächstes Wochenende? 18 Uhr bei mir?»

«Dann sehen wir uns», sagte ich und versuchte dabei etwas verführerischer zu wirken.

«Ja», sagte er leicht außer Atem und etwas verdutzt.

Ich drehte mich um und ging breit grinsend weiter, bis ich an den nächsten Typen knallte. Ich hob den Kopf und sah direkt in die intensiv grünen Augen von Darce. Sein Haar sah ungekämmt aus und er übertraf Shorn um Welten. Vielleicht hasste Shorn ihn deshalb so.

«Und ich dachte schon, du wüsstest, dass er nicht gut ist», sagte Darce. Seine Augen waren kalt.

«Wir treffen uns doch nur», antwortete ich. «Aber es ist schön zu sehen dass es dir gut geht.»

Warum hatte ich mich vor ihm gerechtfertigt? Ohne auf eine Antwort zu warten, ging ich an ihm vorbei. Die ganzen nächsten Schultage ging ich ihm aus dem Weg, doch ich bemerkte immer, wie er mich anstarrte, und es machte mir große Mühe nicht hinzusehen. Ich erkundete die Schule nach abgelegenen Plätzen. Nach der Schule ging ich schnurstracks nach Hause, ohne mich umzudrehen doch ich schwor mir, dass wenn Darce mir wieder folgen würde, würde es Ärger geben.

Eine Woche später am Samstagmittag, nachdem ich gerade von einem Spaziergang zurückkam, mir eine Pizza in den Ofen schob und in Rekordzeit meine restlichen Aufgaben erledigte, wollte ich mich eigentlich duschen, doch es klingelte an der Tür. Ich lief runter und öffnete sie. Vor meiner Tür stand Darce.

«Woher weißt du, wo ich wohne?», fragte ich erschrocken.

«Das ist nicht allzu schwer, wenn man in einer Klasse ist und meistens zumindest dieselben Kurse besucht. Pearl, ich muss mit dir reden aber nicht hier. Komm mit, wir gehen zu mir nach Hause», sagte Darce.

Verdutzt sah ich ihn an. «Nein, ehrlich, ich möchte lieber hier bleiben», antwortete ich ihm, obwohl das nicht die Wahrheit war.

«Pearl, du bist anders. Anders als andere, und du weißt, ich bin genauso, nur ich kann dir helfen, deine Neugier zu stillen.»

Er hatte so recht, aber woher wusste er das? Misstrauisch musterte ich ihn. Ich musste mit ihm gehen, aber irgendwie wollte ich es nicht. Schließlich schnappte ich mir Jacke und Haustürschlüssel und schloss die Tür hinter mir.

«Okay», antwortete ich.

Wir fuhren schweigend in seinem Auto, doch ich bemerkte, wie er immer wieder zu mir herüber sah. Ich zwang mich nicht hinzusehen, doch als wir an einer Ampel hielten, überkam es mich einfach und ich sah ihn an. Das blonde Haar, die Gesichtszüge und dann diese verflucht grünen Augen. Eine Frechheit, mir sowas vor die Nase zu setzten. Viel zu schnell drehte er seinen Kopf zu mir und unsere Blicke trafen sich. Vollkommen geschockt drehte ich den Kopf weg und lief rot an, während ich die eine Hand mit der anderen knetete. In meinem Bauch breitete sich ein Gefühl der Scham aus, als würde ich nackt in dem Auto sitzen und ich fluchte. Oh Gott er hatte mich erwischt, das war ja mal sowas von 9. Klasse! Doch als er seine Hand auf meine legte, war das vergessen.

«Du musst nicht nervös sein», sagte er.

Nervös? Ich war nicht nervös! Okay, vielleicht ein bisschen, aber eher peinlich berührt. Ich sah auf unsere Hände hinab. Wärme durchströmte meinen Körper und ich hatte das Gefühl, ich könnte sein Herz schlagen hören. Schnell zog ich meine Hand unter seiner hervor und tat so, als würde ich mir eine Strähne zurückstreichen. Doch das war keine gute Idee. Denn jetzt lag seine Hand auf meinem Oberschenkel. Ich sog scharf die Luft ein.

«Mit Nervosität hat das gar nichts zu tun», antwortete ich. Allerdings konnte ich nur auf seine Hand, die auf meinem Oberschenkel lag, starren. Ich schlug die Oberschenkel übereinander, sodass er nicht mehr dran kam, und atmete dann wieder regelmäßig. Bevor ich ihn ansehen musste, schaute ich wieder aus dem Wagenfenster und verpasste mir innerlich Ohrfeigen. Wir hielten vor einer großen Villa.

«Das ist dein Haus?», fragte ich ungläubig.

«Jap, ganz allein meins.»

«Allein dir?», hakte ich nach.

«Ja, komm mit.»

Ich folgte Darce auf eine schwarze Haustür zu. Die Kinnlade fiel mir herunter, als er die Tür öffnete und ich freien Blick durch den Flur bis zu einer Glaswand hatte hinter der sich ein Whirlpool versteckte.

Elfenbein-Figuren und wunderschöne, bunte Gemälde hingen an den Wänden. Ich zog meine Schuhe aus und ging hinein. Eine schwarze Treppe führte rechts von mir nach oben zu einem kleinen Balkon, der aber nicht draußen, sondern drinnen war. Links von mir führten zwei Treppenstufen zu einem kleinen Kamin mit einer Sitzecke und zwei riesige Fenster bedeckten einen Teil, welcher normalerweise Dachfläche gewesen wäre. WOW!

Es klingelte an der Tür. Darce sah mich an und lächelte schief.

«Ariana und Vivienne sind da. Sie sind auch wie du», stellte er klar. Ich hätte gern gewusst was «wie du» genau hieß, aber Aris Stimme vor der Tür lenkte mich ab.

«Viv, verdammt noch mal! Du siehst gut aus! Hör auf, an deinen Haaren rumzufuchteln, das bringt mich zur Weißglut!»

Darce grinste mich selbstsicher an. Oh ja, er wusste, wie gut er aussah, und das brachte mich zum Grinsen. Mistkerl! Entspannt schlenderte er zur Tür und öffnete sie. Ein kleines braunhaariges Mädchen kam herein, das mit ihren Highheels doch schon groß und mit ihrer tollen Figur wirklich gut aussah. Sie hatte ein gelbes Top mit einem Apfel und eine Jeans-Short an. Das Mädchen, das danach hereinkam, sprengte allerdings sämtliche Vorstellungen. Sie hatte blondes langes Haar, das ihr wie gold-glänzender Samt über die Schultern fiel. Ihre hell strahlenden blauen Augen suchten den Raum nach etwas ab. Sie trug eine enge Hose, die bis zu den Knien ging, und Strandschuhe mit einem ziemlich hohen Absatz. Außerdem eine weiße Bluse mit einem braunen Gürtel. Beschämt blickte ich auf meine mittlerweile hässlichen Chucks. Die blauen hellen Augen erblickten mich und wurden groß. Vivienne drängte sich an Darce vorbei und rief noch im Lauf: «Oh Süße, wir wollten es dir gemeinsam sagen. Darce hat uns alles erzählt.»

Verwirrt glitt mein Blick zu Darce. «Was erzählt?» Obwohl mir eindeutig klar war worum es ging.

«Das auf der Lichtung, mit dem Bären», trug Ari bei.

«Wir werden es dir erklären. Im ersten Moment wirst du wahrscheinlich den Drang haben, eine Anstalt zu kontaktieren, aber du wirst dich daran gewöhnen müssen.» Viv hörte sich ziemlich entspannt an.

«Ok, könnten wir dann aufhören, um den heißen Brei zu reden, und mir vielleicht mal jemand sagen, was Sache ist?»

Alle drei wurden sie still. Eine Ansage hatten sie von mir bis jetzt noch nicht gehört, aber Ari grinste. «Seht euch das an, sie kann sich ja tatsächlich durchsetzen.»

«Sie ist eine Erbin, Ariana!», fauchte Viv sie an. Ich setzte mich auf die weiße Ledercouch hinter mir und schlug die Hände vors Gesicht.

«Es reicht», sagte Darce. «Ariana? Bitte!»

Ariana bewegte sich stumm in die Mitte des Raumes. Sie schloss die Augen und winkelte die Arme an. Goldene Funken begannen zu sprühen und langsam flatterten ihre Haare. Obwohl es völlig Windstill war. Arianas Haare schwebten um sie herum und plötzlich lösten sich ihre Füße vom Boden. Erschrocken schrie ich auf. Ariana öffnete die Augen, doch sie waren nicht mehr haselnussbraun sondern rot glänzend.

«Pearl, sei leise und höre zu!», flüsterte Viv. Stumm nickte ich. «Vor langer Zeit begann alles, als die Göttin Gaia, die dem Chaos entsprungen war, sich in ihren Sohn Uranos verliebte, einen Gott des Himmels. zwölf Kinder gebar sie ihm. Sechs Buben und sechs Töchter, die sogenannten Titanen und Titaninnen. Diese Kinder liebte Uranos sehr, doch die sechs weiteren Kinder, die Gaia zur Welt brachte, gefielen ihm nicht und so ließ er sie in den Tartaros werfen. Diese Tat veranlasste Gaia ihre eigenen Kinder aus Wut dazu anzustiften den Vater zu ermorden. Einem gelang es, so hieß es, und sein Name war Chronos. Dieser befreite die Brüder, doch warf er sie bald darauf wieder in den Tartaros. Diese Tat erzürnte Gaia sehr, doch sie hielt an einer alten Prophezeiung fest, in der es hieß, dass einer von Chronos' Kindern stark genug sein würde, ihn zu besiegen. Im Laufe der Jahre wurde Chronos zum Alleinherrscher.»

Wie betäubt stand ich da und das einzige, was mich wachhielt, waren Arris rote Augen. Außerdem: Was hatte das alles mit mir zu tun? Die komische Stimme, die weder zu Ari passte noch zu ihr gehörte, kam aber eindeutig aus ihrem Mund.

«Chronos hörte jedoch auch von der Prophezeiung und verschlang seine Kinder. Rhea, die Frau von Chronos, war wütend auf ihren Gemahl und erdachte sich gemeinsam mit Gaia eine List. Sie gab Chronos anstatt des neugeborenen Sohns einen eingewickelten Stein. Ihr gemeinsamer Sohn Zeus wuchs jedoch bei einer Nymphe auf, und als dieser ausgewachsen war, mischte er Chronos ein Brechmittel in sein Lieblingsgetränk. Nachdem Chronos es getrunken hatte, erbrach er Geschwister, alle von Zeus: Hestia, Hera, Demeter, Hades, Poseidon und auch den Stein.»

Demeter!

«Demeter! Sie war in meinem Trau ....» Viv hielt mir die Hand vor den Mund ehe ich weiterreden konnte.

«Alle Götter vereint also: Zeus, Hera, Poseidon, Hades, Athene, Apollon, Artemis, Aphrodite, Hermes, Ares, Hephaistos, Hebe, Hekate, Nyx, Persephone und Nemesis. Sie beschlossen, Nachfolger für ihre Throne auszuwählen, die die Tugenden, die ein Gott braucht besitzen würden. Denn erst kürzlich hatten sie gesehen, wie verwundbar sie doch waren. Also ernannten sie die sogenannten Erben, die im Falle eines Falles die Rolle als Gott übernehmen könnten. Die Götter durften ihnen Fähigkeiten verleihen, die zu ihren eigenen Aufgabenbereichen gehörten. Die entscheidende Besonderheit an ihnen ist, dass sie von normalen Menschen geboren werden. Erben sind menschlich bis zu ihrem 18. Geburtstag. Dies war ein Schutzzauber, da die Kinder der Götter, die Halbgötter, sie nicht aus Eifersucht umbringen konnten.»

Langsam fing ich an, den Raum nach versteckten Kameras abzusuchen. Was sollte das denn bitte werden? Glaubten die, ich sei so leichtgläubig?

«Im Großen und Ganzen waren die Götter sehr zufrieden mit der Idee, aber sie wollten noch etwas hinzufügen. Jeder Erbe sollte am Tage seines 18. Geburtstages das gleiche Aussehen seines Gottes annehmen, so waren die Erben also auch mit Schönheit beschenkt.»

Ariana sank herunter und ihre Augen wurden wieder braun. Völlig erschöpft fiel sie zu Boden und, zugegeben, das machte schon Eindruck. Hätte ich nicht gewusst, dass das alles nicht echt war, hätte ich wirklich geholfen. Aber sie logen und das machte mich wütend. Sie machten sich lustig über mich!

«Verstehst du jetzt, Pearl?» Vivienne sah mich an.

«Das war eine tolle Show, ehrlich, aber wenn ihr euch über mich lustig machen wollt, gibt es wirklich Besseres.»

Alle drei schauten mich verdutzt an.

«Nein, Pearl, es ist wahr!», sagte Ari.

Ich schüttelte den Kopf.

«Vögelchen, sieh doch mal, seit wann hast du das Tattoo? Seitdem du zum ersten Mal hier aufgewacht bist? Und hattest du die blauen Augen schon immer? Das volle Haar? Was ist mit Pickeln?»

Darce hatte Recht. In der Nacht auf meinen 18. Geburtstag hatte mein Gesicht sich vollkommen verändert, und an dem Morgen nach meinem Geburtstag hatte ich das Tattoo bekommen. Ich hatte unglaublich viele Pickel gehabt und kaputtes Haar.

«Kommst du dir etwa nicht wie in einem falschen Körper vor?», fragte Darce.

Oh doch, genau dieses Gefühl war es. Misstrauisch beäugte ich sie.

«Süße, du bist eine Erbin. Wir wissen nur noch nicht, wer dein Gott ist», sagte Ari.

«Und ihr? Ihr seid gewöhnliche Mädchen?», fragte ich nach.

Ariana machte große Augen. «Soll das eine Beleidigung sein?»

«Sehe ich etwa so aus?», sagte Viv empört, und ich musste grinsen.

Nein normal waren sie sicher nicht. Die beiden waren geradezu unglaublich schön, wobei Viv Ari noch ein bisschen übertraf. Und dann ging mir ein Licht auf: Die Göttin der Schönheit!

«Aphrodite! Ihr seid Aphrodites Erben!», brach es lachend aus mir hervor.

«Yeah, Baby. 100 Punkte», rief Ari aus, während Viv los johlte. «Aha, die Göttin der Schönheit, der Liebe und des Sexes.»

Dann schlugen sich beide gleichzeitig auf den Po und ihre beiden kleinen Finger verhakten sich, während sie gleichzeitig verschwörerisch «Heiß» flüsterten. Ich musste laut lachen.

«Ihr seid echt die eingebildetsten Tussen, die ich je gesehen habe», sagte ich glucksend.

«Aber auch die bestaussehendsten», antwortete Viv wie selbstverständlich darauf.

«Und, und ich? Wer ist meine Göttin?», fragte ich.

«Keine Ahnung, Vögelchen. Deswegen bist du hier. Wir wollen es herausfinden.»

Ich nickte.

«Also Erbin, lass mal was sehen!»

Ich zögerte, was gab es da zu sehen? Ich konnte es noch nicht kontrollieren und ich hatte auch ein wenig Angst davor. Für sie war das alles selbstverständlich, aber ich musste das erst einmal verdauen. Schließlich hob ich meine Hand und ein Funke schoss heraus. Er flog hoch, explodierte und wurde zu einer lila Lilie, ein paar Sekunden später zerfiel sie wieder in herabregnende Funken. Strahlend, da es geklappt hatte, sah ich sie an, doch sie sahen komischerweise alles andere als begeistert aus.

«Ist das alles?», fragte Ari und am liebsten hätte ich sie angesprungen.

«Du warst mit Sicherheit auch kein Naturtalent, soweit ich mich erinnern kann, Ariana», sagte Darce.

Sie funkelte ihn wütend an.

«Äh … also … ich glaube», stotterte ich vor mich hin, während ich die richtigen Worte suchte.

«Und wie sie etwas kann. Sie hat eine riesige fleischfressende Pflanze wachsen lassen und mir so das Leben gerettet», sagte Darce.

Es stimmte! Ich hatte ihn sogar geheilt!

Ariana schmunzelte. «Eine Pflanze?»

«Demeter», schrie Viv auf.

«Nein, du Erbsenhirn auf zwei Beinen. Demeter ist die Göttin der Fruchtbarkeit», antwortete ihr Ariana, und jetzt war es an mir einen Lachanfall zu unterdrücken.

«Äh … nee, mit Fruchtbarkeit hab ich es, glaub ich, nicht so, aber wenn ihr mal einen Gang runterschalten würdet und mir den Garten zeigen könntet, wäre ich bereit, euch noch mehr zu zeigen.»

Darce kam auf mich zu, nahm meine Hand und führte mich durch den Whirlpool-Raum hinaus in den Garten. Ariana und Vivienne folgten uns. Ich setzte mich hin und sie taten es mir schweigend nach.

«Ari, was ist deine Lieblingsfarbe?»

Verwundert sah sie mich an.

«Gold, warum?», sagte sie.

Ich schloss die Augen und hob die rechte Hand, hielt sie allerdings geschlossen. Wie ein Blitz schlug die Wärme in meiner Hand ein und ich hörte die Funken wild knistern. Ich öffnete die Augen wieder, dann die Hand und hielt sie Ariana hin. Langsam wuchs eine Knospe und öffnete sich. Eine goldene Blüte kam zum Vorschein und in ihrer Mitte ein goldener Edelstein.

«Wow», flüsterte Viv.

Ich stand auf und lief zu einer Ecke des Gartens. Ich ließ sechs Sonnenblumen erblühen und dann fiel mir noch etwas Lustiges ein. Ich konzentrierte mich auf eine Stelle im Boden. Hörte meinen Atem und meinen Puls. Daraufhin wuchsen aus dem Boden viele verschiedene Blumen, die sich ineinander zu verhaken und zu verflechten begannen, und ehe ich mich versah, stand ein Thron aus geflochtenen Blumen vor mir.

«Ups, sorry, Darce das wollte ich nicht, ehrlich», versuchte ich mich zu entschuldigen. Doch Darce sah durch mich hindurch.

«Persephone», sagte er.

«Pulverschnee?», hinterfragten Viv und Ari gleichzeitig. «Nein, nein, ihre Göttin ist P-e-r-s-e-p-h-o-n-e!»

«Die Göttin der Blumen!», jubelten Ariana und Vivienne. «Siehst du Darce sie ist tatsächlich deine Süße.»

«Shorn wird sehr traurig sein», rief Viv.

Ich verstand nicht ganz – Persephone? Das war doch der Name, über den ich in den letzten zwei Wochen andauernd gestolpert war. Aber was hatte das mit Darce zutun? Und warum grinste er schon wieder so? Ich hatte keine Zeit, um es herauszufinden.Plötzlich tönte es schrill in meinem Kopf, ein dumpfer Schmerz erfüllte mich, und als ich mich umsah, lagen Ariana und Vivienne am Boden und hielten verkrampft ihre Köpfe fest. Sie schrien vor Schmerz und ich war so betäubt, dass ich nichts mehr hörte. Nach einigen Minuten war der Schmerz vergangen, doch Ari und Viv lagen verletzt immer noch krampfend am Boden.

«Pearl geht es dir gut?», hörte ich Darce hinter mir.

«Ich glaub ich hab keine Kugel im Kopf. Was zur Hölle war das? Gerade war noch alles in Ordnung und dann, dieser Schmerz!», antwortete ich.

Ich kniete mich neben Vivienne und mit einer Handbewegung erschien die gelbe Blume. Doch bevor ich etwas machen konnte, wurde sie riesengroß und überschüttete uns alle drei mit ihrem heilenden Wasser. Klitschnass saß ich jetzt neben Viv, aber innerhalb von Sekunden hatte ich keine Schmerzen mehr. Reflexhaft sah ich auf die Uhr.

«Oh nein! Schon 17:24 Uhr!»

Darce betrachtete mich verwundert.

«Ich hab ein Date», gab ich mit geröteten Wangen zu.

Darce Blick verdunkelte sich leicht. «Mit wem?», fragte er ausdruckslos.

«Shorn.» Ich grinste vor Aufregung, allerdings schien er das nicht so toll zu finden.

«*Du* gehst mit Shorn aus?», fragte er sarkastisch.

Wütend starrte ich ihn an. «Genau, aber das nächste Mal mit ein bisschen weniger Sarkasmus.»

Er ging auf mich zu und nahm meine Hände. Langsam manövrierte er mich zu einer Wand. Als ich mit dem Rücken dort anstieß, schnappte ich nach Luft.

«Ich kann leider nur nicht so genau sagen, ob ich das gut finde, Vögelchen.»

Darce war mir viel zu nah. Mein Körper prickelte vor Aufregung. Eine Woche hatte ich versucht, ihm aus dem Weg zu gehen, doch es war nicht zu bestreiten, dass es mich unglaublich stark zu ihm hingezogen hatte. Aber warum? Ich kannte ihn nicht. Was war das? Ich fühlte mich, um ehrlich zu sein, eingeengt und unwohl.

«Darce, was wird das?», fragte ich. Er grinste.

«Meine Taktik dich aufzuhalten?», sagte er und grinste wieder.

Ohne dass ich es wollte oder kontrollieren konnte, stiegen zwei Sonnenblumen auf und schlängelten sich um Darce. Belustigt sah er mich an.

«Ist die Variante mit dem ans Bett fesseln zu altmodisch geworden?» Er lächelte verwegen. Jetzt grinste ich auch. Ich ging einen Schritt auf ihn zu und kam ihm sehr nah. Unsere Nasenspitzten berührten sich. Ein Schauer lief über meinen Rücken.

«Nein, das ist meine moderne Variante, dich stehen zu lassen.» Ich nahm eine seiner Haarsträhnen und spielte damit. «Gut, dass Shorn nur zwei Straßen weiter wohnt.»

«Woher weißt du das?», fragte er mich.

«Tja, das wüsstest Du gerne.» Ich grinste stolz. «Wir sehen uns in der Schule», flüsterte ich in sein Ohr. Ich machte auf dem Absatz kehrt und stolzierte durchs Haus und dann zur Eingangstür hinaus.

Ich wollte eigentlich gar nicht mehr zu Shorn, aber mich von Darce nach Hause fahren lassen wollte ich auch nicht. Also ging ich zu Shorn, blieb aber nur zum Essen und sagte dann, dass ich müde sei. Das war ich eigentlich auch, wenn man davon ausging, dass meine Freunde mir gerade erzählt hatten, dass ich, Pearl Secresy, eine Erbin von so einer Göttin war. Ich?! Ich würde so gerne wedersprechen, denn es hörte sich unmöglich an. Das konnte gar nicht sein. Einfach vollkommen unverständlich und unglaubhaft. Immer wieder schüttelte ich auf dem Weg zu mir nach Hause den Kopf. *«Einfach unmöglich!»* war mein Satz des Tages.

Shorn setzte mich ab, doch ich hatte den ganzen Abend weder ihn, noch sein Haus oder sein Auto richtig wahrgenommen. Vollkommen benommen torkelte ich in mein Zimmer. Das erste, was mir ins Auge sprang, war die eigentlich weiße Wand, die aber verziert war. Wieder betrachtete ich meine Hände, vor dem Spiegel mein Aussehen und auf meiner Schulter die Lilie. Verdammt, es ergab alles keinen Sinn! Ich wollte aber, dass es einen Sinn ergab, doch andererseits wollte ich, dass das alles nur ein riesiges Missverständnis war und ich mein ganz normales Leben weiterleben konnte. Früher hatte ich mir immer gewünscht, etwas Besonderes zu sein, aber das war doch nicht so gemeint. Das hier war zu extrem. Und als ich in einem Buch lesen wollte, um den Alltag zu vergessen, begegnete ich meinem Lieblings Zauberbuch wieder. Das war zu viel für einen Tag. Ich lief los und sprang in mein Bett. Die Decke zog ich mir über über den Kopf, denn so hatte ich irgendwie das Gefühl, all die Probleme von mir abschotten zu können. Meine Augen schlossen sich und ich atmete tief ein. Eine Träne kullerte mir über die Wange. Ich fühlte mich eingeengt und konnte nichts dagegen tun. Es würde alles nichts nützten. Kein Schreien, kein Weinen und auch keine weiteren Fragen. Es war, wie es war und damit musste ich jetzt klar kommen. Was mir allerdings nicht klar war, war die Frage: WIE???

Mit aller Kraft wehrte ich mich gegen die Einsicht, suchte verzweifelt nach Gegenargumenten und wälzte mich unruhig in meinem Bett hin und her. Die Frage «Warum ich?» quälte mich. Als ich mich in meinem Bett aufrecht hinsetzte war es bereits 5:05 Uhr morgens und ich traute meinen Augen nicht. Ich hatte überhaupt gar nicht geschlafen! Das war völlig unmöglich! Ich stand auf und lief zu meiner Tasche, um mein Handy herauszuholen. Doch das Display zeigte genau dieselbe Uhrzeit an. Ich legte mich wieder ins Bett, nahm mein Handy aber mit. Ich entriegelte es und checkte meine Nachrichten.

Arianas und Vivienes Nummer hatte ich schon, aber wir hatten in letzter Zeit nicht so viel geschrieben. Ich wusste nicht warum, aber ich schrieb Viv an:

Hi!

Viv antwortete nicht. Warum auch, wahrscheinlich schlief sie. Dafür leuchtete aber ein anderer Chat kurz auf und eine unbekannte Person schrieb:

Hi Vögelchen, schon wach?

Darce?

Der einzig Wahre ;)

Woher hast du meine Nr.?

Autsch, begrüßt man so den heißesten Kerl an der Schule? Wo sind deine Manieren Vögelchen?

Ich glaub die sind in die Hose gerutscht als du versucht hast mich anzumachen.

Ja stimmt, du bist da viel begabter in so etwas.

Ich wurde rot und musste lächeln. Ich hatte wohl ganz schön ins Schwarze getroffen.

Ich spüre, dass du lächelst.

Stimmt doch gar nicht!

Vögelchen, nicht lügen!

Thh, warum bist du schon wach?

Musste an dich denken

An mich?

... Wollen wir uns treffen? In 30 min auf der kleinen Lichtung?

Wo du mich verfolgt hast? Sehr romantisch

Willst du es etwa romantisch? Dann hab ich nämlich einen besseren Ort. Fängt mit –B- an und hört mit –e-t-t auf. Na?

In 30 min auf der Lichtung. BB

Schadeee ☺

Kapitel 8

Ich grinste breit, als ich schon nach zehn Minuten fertig war. Die Lichtung war direkt bei mir um die Ecke. Ich nahm mir noch einen Apfel mit und ging trotzdem schon einmal Richtung Lichtung. Als ich dort ankam, bemerkte ich, dass etwas anders war. In der Mitte der Lichtung stand ein Baum. Ich war die letzten paar Tage jeden Tag hierher gekommen und nie, nie stand dort ein Baum! Da konnte doch nicht von heute auf Morgen einfach ein Baum wachsen! Ich schüttelte den Kopf und sah nochmal hin, doch er verschwand nicht. Eine

Hand an den Kopf gelegt schritt ich zu dem Baum und musterte ihn aber immer noch aus sicherer Entfernung. Es war einfach ein Baum, braun, mit Blättern und mitten auf der Lichtung! Ich ging ein paar Mal um den Baum und musterte ihn noch genauer. Im Nachhinein stellte ich dann fest, dass es eine Eiche war – oder doch eine Kastanie? Halt ein Baum!

«Was machst du mitten auf der schönen Lichtung», flüsterte ich vor mich hin. Natürlich sprach ich nicht wirklich mit der Eiche, Kastanie, Tanne? Whatever, aber der BAUM schien das irgendwie anders zu sehen.

«Sie suchen», gab eine tiefe Stimme von sich Ich drehte mich um und suchte nach der Person die das gesagt hatte.

«Sind Sie Pearl?»

Mit vor Angst geweiteten Augen fuhr ich zu dem Baum herum, und als die braune Rinde sich bewegte und zwei braune Pupillen zum Vorschein kam, ließ ich den Apfel fallen.

«Oh Gott, wer oder was bist du?»

Ein ganzes Gesicht bildete sich, dort wo vorher nur Rinde gewesen war, braune langweilige Rinde! Es war unglaublich. Und was mich noch mehr verwunderte, war, dass ich es nicht einmal sonderbar fand. Es war so viel passiert, man könnte fast sagen, meine Grenze des Sonderbaren hatte sich immens gesteigert.

«Ich bin Horratio, ein sogenannter At. Aber viel wichtiger sind Sie! Pearl? Pearl Secresy?»

Stumm nickte ich.

«Ich bin ein Baumwächter. Persephone schickt mich, sie will euch sehen, doch ihr habt nicht viel Zeit.»

Vor mir erschienen blaue Lichter, die allesamt in den Wald hineinführten. Eines schwebte direkt vor meiner Nase.

«Ein Irrlicht», flüsterte ich. Ich wollte es berühren, doch es war fort, ehe ich dazu in der Lage war, und das nächste, ein paar Schritte weiter, wartete schon.

Ich sah Horation an. «Persephone?»

«Ja, beeilen Sie sich!»

Ich nickte. Weiter Fragen zu stellen, wäre sinnlos gewesen, und ich hörte die Eile, die in seiner Stimme lag, eindeutig. Außerdem glaubte ich, dass, wenn mir wirklich jemand alles erklären könnte, es sicher Persephone wäre. Alles hatte mit diesem Namen begonnen und ich war sehr sicher, dass es auch damit enden könnte.

Ich rannte hinter den Irrlichtern her. Ich lief über Stöcke und Steine, ohne den Boden unter meinen Füßen zu spüren. Zum einen hatten die Irrlichter eine unglaubliche Anziehungskraft und zum anderen wollte Persephone mich sehen! Meine Göttin. Sie würde mir alles erklären können! Sie würde mir helfen können!

Knackende Äste waren um mich herum zu hören und ich schaute mich ängstlich um. Ich sah nicht nach vorn und blieb an einer Wurzel hängen. Ich schrie, während ich zu Boden fiel. Es war so dunkel! Wo war die Sonne? Plötzlich tauchte ein Irrlicht vor mir auf und zwang mich aufzustehen. Mein Arm war aufgeschürft und blutete, doch ich zwang mich, den Lichtern weiter zu folgen. Das letzte Licht erlosch und ich zitterte vor Schmerz und vor Angst, nun wieder im Dunklen zu sitzen. Doch ich war nicht mehr im Wald, sondern auf einer wunderschönen Lichtung.

Grünes saftiges Gras bedeckte den Boden, in der Mitte der Lichtung war ein wunderschöner See, dessen silbriges Wasser in den ersten Strahlen der Sonne schimmerte. Ganz rechts auf der Lichtung war ein Feld, voll mit goldenen Blumen. Ich ging ein paar Schritte auf sie zu und kniete mich neben ihnen nieder. Sie funkelten, und als ich an ihnen roch, empfing mich ein sanfter, süßer Geruch, der mich leicht schläfrig machte. Solche wunderschönen Blumen hatte ich noch nie gesehen. Eine unbekannte Anziehungskraft lenkte mich auf sie zu. Sie sahen aus wie noch nicht erblühte Tulpen, nur in Gold. Ein sanfter Wind wehte und ließ die Blumen leicht erzittern, sodass sie alle zusammen einen kleinen Goldregen von sich gaben. Ihr Duft war süß und verlockend. Auf einmal wurde ich furchtbar müde und ich wollte nichts mehr, als einzuschlafen. Vielleicht, weil ich überhaupt nicht geschlafen hatte. Aber dann würde das doch nicht so plötzlich kommen ...

Langsam spürte ich Taubheit in meinem Körper. Unaufhaltsam nahm sie ihn ein und ich taumelte leicht hin und her. Ich verspürte den Drang, mich zu setzen, doch ich hatte gar keine Wahl – meine Beine gaben nun nämlich den Ton an, und in Windeseile sackte ich zusammen. Ich konnte meine Beine nicht mehr spüren! Panisch schrie ich und versuchte, mich mit meinen Händen weg von den Blumen zu schieben. Doch es war eine Sache von Sekunden, bis ich auch meine Arme nicht mehr unter Kontrolle hatte. Ein schlimmer Gedanke erfüllte mich, was wenn es Gift war? Was war, wenn der Baum mich doch töten wollte?

«Hilfe!», schrie ich wieder und wieder. Ich ärgerte mich. Ich hätte ihm nie vertrauen dürfen! Mein Gesicht begann zu kribbeln, und mit meinem letzten Atemzug schrie ich noch einmal kräftig. Dann umfing mich ein schwarzes tiefes Loch.

«Pearl, wach auf. Es ist alles okay. Du kannst jetzt aufwachen.»

Die Stimme einer Frau erfüllte meinen Geist und panisch öffnete ich die Augen. Ich schrie, als die Frau mir direkt in die Augen sah. Braune Haare, blaue Augen und genau dieselben Zähne. Verblüfft sah ich sie an, während mein zweites Ich mir ein weiches Lächeln schenkte.

Sie sah auf. «Na los, helft ihr!»

Ohne dass ich irgendwas tat, wurde ich auf die Beine gestellt. Nun konnte ich mich (oder sie) genau mustern. Ihre Beine waren dünner als meine, sie war reifer und ein bisschen schmaler um die Hüften, aber wenn ich ihr ins Gesicht blickte, sah ich mich!

«Du siehst aus wie ich», stellte ich verblüfft fest.

Sie lächelte. «Ich glaube eher, dass du aussiehst wie ich, Pearl. Ich bin Persephone, die Göttin der Blumen, und du bist meine auserwählte Erbin.»

Ich machte große Augen, dabei war ich so schön dabei gewesen, es zu verdrängen, aber das konnte ich jetzt nicht mehr. Sie stand vor mir, Persephone in ihrer ganzen Pracht. Sie hatte ein himmelblaues Kleid an, der obere Teil war mit Blumen verziert. Ihr blaues Kleid breitete sich über das Gras wie Nebel aus und verschwand auch ebenso. Ich sah an mir herunter. Short-Hose und ein Top – ich musste echt viel Eindruck machen.

«Warum ich?», fragte ich flehend, die Augenbrauen zusammengezogen..

«Weißt du, Pearl, die Kinder der Götter sind meist arrogant und selbstverliebt, aber ein Gott muss viel wichtigere Eigenschaften besitzen. Er muss mutig, selbstbewusst aber auch verständnisvoll und einfühlsam sein. Natürlich hattest du nicht alle dieser Eigenschaften von Anfang an, aber die meisten. Du hattest etwas. Pearl du musst wissen, dass ich dich vor 2086 Jahren auserwählt habe, und ich habe die Tage gezählt, bis ich zum ersten Mal meine Erbin sehen konnte.»

Sie redete sehr viel, so viel, dass ich nur die Hälfte mitkam.

«Woher wusstest du vor so langer Zeit, dass ich überhaupt geboren werde?» wollte ich wissen, während mein Hirn kräftig daran arbeitete, den ganzen Stoff aufzunehmen.

«Alle Götter haben Hilfe von Hera bekommen. Sie kann in die Zukunft sehen und ist für die Babys verantwortlich. Mit ihrer Hilfe wusste ich, wer du bist, bevor du es wusstest.»

Sie lächelte mich auf so wundervolle Art und Weise an, dass es einfach unmöglich war, was sie erzählte, nicht unglaublich zu finden.

«Wow, ich weiß nicht was ich sagen soll ...»

Sie gab mir ein Zeichen, dass ich mitkommen sollte. Sie lief auf die goldenen Blumen zu.

«Pearl, Erbin zu sein, ist nicht leicht. Halbgötter hassen euch und du musst lernen, mit dem umzugehen, was dir gegeben wurde. Du spielst eine wichtige Rolle in diesem Spiel.»

«Was soll das heißen?», fragte ich.

«Alles zu seiner Zeit», riet sie mir. « Siehst du die Blumen dort?» Sie nickte Richtung der goldenen Blumen.

«Ja, sie sind wunderschön», antwortete ich.

«Nicht nur das, Pearl. In ihnen ist Leben», flüsterte sie. Mit einer Handbewegung neigte eine Eiche sich so, dass ein paar der Sonnenstrahlen auf das Beet fielen – und tatsächlich: In den kleinen Blüten sah man unscharf kleine runde Schatten.

«Die Blumen heißen Flowermooker, genau wie die reizenden Wesen, die in ihnen wohnen. Ein Flowermooker ist ein kleiner Begleiter, der dir noch sehr nützlich sein wird. Ich habe auch welche. Wenn du die Blume berührst, wird sie sich öffnen und dir deinen Flowermooker schenken, aber wähle mit Bedacht, sie blühen nur sehr selten. Ich habe sie schon vor Ewigkeiten extra für dich eingepflanzt.»

Ich ging auf die Blumen zu und ein weiterer Windhauch ließ sie einen kleinen Goldregen erzeugen.

«Wenn Forscher diese Blumen finden würden ...», überlegte ich.

«Das wird nie passieren. Manche besonderen Blumen und Tiere bleiben ihnen für immer verschlossen. Es ist eine Tür, die sie nicht öffnen können, doch du kannst es»

«Was ist mit der Lilie?» erkundigte ich mich und tippte auf meine Schulter.

«Jeder Erbe bekommt ein bestimmtes Tattoo, das seinen Gott ein wenig verkörpert. Und da ich die Göttin der Blumen bin, hast du eine Blume bekommen, aber natürlich eine ganz besondere Blume.»

Ich nickte. Langsam wurde alles etwas klarer. Ich spielte an meinen Händen herum und betrachtete die Blumen.

«Es ist bestimmt neu für dich, einem Gott zu begegnen. Ich kann deine Nervosität verstehen.»

«Oh nein ich war schon oft bei Hades und habe Demeter getroffen.»

«Hades?», unterbrach sie mich.

«Äh … ja, wieso?»

Sie ergriff meine Hände und Wärme schoss durch sie hindurch, wie ein Blitz. Ich zuckte zusammen.

«Was wollte er von dir?», fragte sie hysterisch. Ihr Blick war verwirrt und Angst stand darin..

«Re … reden, warum?»

Plötzlich war mir eiskalt. Warum war sie so hysterisch? Das Gesicht, das vor wenigen Sekunden noch hell wie die Sonne geschienen hatte, war nun bleich und zerbrechlich. Sie fuhr herum und ließ meine Hände vorsichtig los. Das Kleid, das an den Enden zu seichtem Nebel wurde, streifte mich leicht und Kälte, Wärme, Angst und Freude strömten gleichzeitig durch meinen Körper.

«Pearl! Du darfst ihm nichts davon erzählen, dass du meine Erbin bist. Das musst du mir versprechen!»

Ihre blauen Augen musterten mich sehr genau, und ich fühlte mich eingeengt. Ich zögerte mit der Antwort. Warum durfte er es nicht wissen? Was würde das verändern?

«Pearl, dein Leben …»

Sie hielt sich die Hand vor den Mund, jetzt kam auch wieder Farbe in ihr Gesicht, nur diesmal einfach viel zu viel. Persephone wurde rot und als ich ihren Satz nochmal überdachte, schnappte ich nach Luft.

«Was?», fragte ich.

«Gar nichts. Versprich mir einfach, ihm nichts davon zu erzählen, Pearl, bitte, es ist wichtig.»

Ich nickte, aber ich wollte unbedingt wissen, was sie davor gemeint hatte. Ich würde später wohl noch etwas Zeit mit dem Herumrätseln verbringen.

«Gut, danke. Dein Vertrauen bedeutet mir viel. Allerdings sollte ich auch die Einzige sein, der du Vertrauen schenkst. Du bist jetzt eine Erbin. Dein Leben wird nie mehr wie zuvor sein. Ab heute schwebst du in andauernder Gefahr. Hüte dich vor Menschen, die du zu kennen glaubst, aber nicht wirklich kennst.»

Ich grübelte. Ich vertraute ihr nicht, zumindest nicht so sehr, wie sie es gerade ausgedrückt hatte. Aber da war etwas. Etwas Ungewöhnliches. Vielleicht war es das Aussehen, vielleicht aber auch etwas Tiefergehendes. Ich konnte es nicht beschreiben, aber es kam mir so vor, als würde ich sie schon ewig kennen.

Binnen Sekunden lag wieder ein wunderschönes Lächeln auf ihren Lippen und die Sonne schien wärmer und heller zu scheinen.

«Sieh doch, es ist so weit. Du kannst dir nun einen Flowermooker aussuchen, und dieser wird dann dein Begleiter. Du wirst sehen, sie sind tolle Begleiter mit wunderbaren Fähigkeiten.» Sie schwärmte geradezu von ihnen.

Vorsichtig trat ich näher zu den Blumen heran. Sie leuchteten golden und zogen mich in ihren unglaublichen Bann. Ich fühlte mich gut und zufrieden. Dieses Gefühl, wenn ich vollkommen glücklich war. Eine Blume zog mich besonders an. Sie leuchtete nicht so hell wie die anderen, aber sie war trotzdem wunderschön. Ich ging auf sie zu und streckte meine Hand aus. Ganz leicht mit dem Zeigefinger berührte ich die Blume. Ein goldener Faden löste sich von ihr und schlängelte sich um meinen Finger. Obwohl es leicht kitzelte, bewunderte ich den goldenen Faden stumm. Er kringelte sich nun immer wieder um meinen Ringfinger und plötzlich zog er sich in die Blume zurück. Ich lächelte, als die goldene Blüte sich langsam zu öffnen begann. Angestrengt starrte ich auf die kleine Öffnung, und ehe ich mich versah, erkannte ich einen kleinen wolligen Ball mit riesengroßen geschlossenen Augen. In der goldenen Blüte sah er wie ein großer weißer Punkt aus. Mich überkam das Bedürfnis, mit der Hand durch das bestimmt flauschige Fell zu fahren, also berührte ich das kleine Wesen in der Blüte sanft mit dem Finger. Die großen Augen zuckten und öffneten sich anschließend. Riesige grüne Augen, die im Verhältnis zum Körper wirklich unnatürlich groß waren, blickten mir entgegen. Langsam bewegte sich der Wollball und zwei kleine grün-blaue Flügelchen kamen zum Vorschein.

«Hallo Pount», dieser Name war mir unversehends herausgerutscht. Wie war ich nur auf ihn gekommen? Doch dann fiel mir das Bild wieder ein. Er hatte noch vor wenigen Sekunden wie ein weißer großer Punkt ausgesehen. ‹Pearl!› hörte ich eine Stimme in meinen Gedanken und ich sah mich um. Persephone stand hinter mir und lächelte, hatte sie nichts gehört?

«Pearl, es ist Zeit zu gehen, denn ich habe das Gefühl, dass einige deiner Freunde auf dem Weg zu dir sind.»

Augenblicklich fiel mir Darce wieder ein und ich schlug mir auf die Stirn.

«Ich bin jetzt schon sehr stolz auf dich, meine Erbin, und wir werden uns sicher bald wiedersehen.» Mit diesen Worten begann der Boden unter meinen Füßen zu wackeln und ehe ich mich versah, war er verschwunden und ich fiel ich ein schwarzes großes Nichts.

Ich öffnete die Augen und als erstes nahm ich wahr, dass ich immer noch wie gelähmt war. Meine Beine fühlten sich schwer an, genau wie meine Arme, und meine Versuche, mich aufzusetzen, misslangen gründlich. Also gab ich es auf und beobachtete durch das Gras hindurch die Lichtung. Ich hatte also ein paar Minuten, um nachzudenken, und dabei fiel mir ein, dass der At tatsächlich im Auftrag meiner Göttin gehandelt hatte. Ich musste kichern und gleichzeitig hätte ich mir auch gegen den Kopf hauen können. Zum einen machte ich mich über mich selbst lustig, da ich MEINE Göttin gesagt hatte, und zum anderen musste ich die gesamte Zeit immer wieder den Kopf schütteln, wenn ich daran dachte, in welch einer vollkommen verrückten Welt wir eigentlich lebten. Mit Göttern und Erben und Halbgöttern und dann alles auch noch so kopfverdrehend. Wenn ich jetzt über die ganz normalen Teenager nachdachte, die sagten, ihr Leben sei kompliziert wegen irgendwelcher Jungs oder wegen Mathe, konnte ich wiederum nur lachen. Wenn die wüssten!

Ich spürte meine Beine und meine Arme jetzt langsam wieder deutlicher und schaffte es sogar, mich aufzusetzen. Die entspannende Atmosphäre auf der Lichtung genoss ich. Der See in der Mitte der Lichtung begann kleine Wellen zu machen. Ich dachte immer, dass Seen keine machen könnten. Doch als die Wellen immer größer wurden, musste ich mir eingestehen, dass es zum einen doch geht und zum anderen nicht normal war. Eine große Welle verformte sich zu etwas Ovalförmigem und dieses Etwas lief über den Boden. Das Wasser verformte sich, bis ich eine Menschengestalt darin erkennen konnte. Ich sog scharf die Luft ein und sah mich um – wo konnte ich mich verstecken? Aber das wäre völlig unnötig gewesen, da ich mich sowieso niemals hätte so schnell bewegen können. Mit einem *Klatsch* fiel das

Wasser auf den Boden und ein Junge stand vor mir. Nein, wohl eher ein Mann. Er hatte braune kurze Haare, die er sich mit Gel hochfrisiert hatte. Er trug ein Muskelshirt und eine Jogginghose. Im Großen und Ganzen war er definitiv ein Typ für das Modelbusiness. Groß, dunkelhaarig, und dann konnte ich schon seine blau leuchtenden Augen aus dieser Entfernung sehen. Dieses Gesicht vergaß man nicht so schnell. Er hatte einen Drei-Tage-Bart, der ihn ein wenig verwegen aussehen ließ. Ein unglaublicher Typ, der eben noch Wasser gewesen war! Er lief geradewegs auf mich zu, und ich hatte plötzlich das Bedürfnis, mich aufzustylen oder wenigstens mein Aussehen überprüfen zu können. Ich wurde mit jedem Schritt, den er auf mich zukam, nervöser. Immerhin konnte ich meine Glieder nur mühsam bewegen und im Falle eines Falles könnte ich nicht einmal weglaufen. Er blieb vor mir stehen und ich musterte ihn.

«Kann ich Ihnen helfen?», fragte ich.

«Oh ja, Hi. Ich bin Luke, Erbe von Poseidon. Mit wem habe ich das Vergnügen?» Er streckte die Hand aus, doch ich musterte ihn nur weiterhin kritisch. Warum sagte er einfach so, wer er war? Sollte so etwas nicht geheim bleiben? Oder hatte man mir angesehen, was ich war? Was, wenn er einer von diesen Halbgöttern war und das nur sagte, um herauszufinden, ob ich eine Erbin war?

«Wie bitte? Erbe von Poseidon?», hakte ich mit gespielter Ungläubigkeit nach.

Er zog eine Augenbraue hoch und ich wusste, dass ich erkannt worden war.

«Okay, woher wussten Sie es?», fragte ich.

«Hmm … Nummer 1: Hier können nur Erben und Götter hin sowie die reinsten Seelen. Nummer 2: Neben dir sind fünf lila Lilien gewachsen, als ich aufgetaucht bin. Ich schätze, ich habe Eindruck gemacht», er grinste verwegen.

«Kannst du auch erraten, welcher mein Gott ist, du Schlaumeier?» Jetzt war es an mir zu grinsen. Das würde er niemals herausfinden.

Er musterte mich ganz genau. Dann mein Umfeld. «Persephone», antwortete er schließlich.

Geschockt sah ich ihn an. «Wie?», fragte ich.

«Ganz leicht, nur die Erbin der sturſten Göttin bräuchte einen Betäubungszauber, damit die Göttin mit ihr sprechen kann.» Er grinste stolz.

«Eine Kämpfernatur eben.» Ich hielt die Nase in die Luft. Natürlich so extrem, dass es unecht aussah.

«Natürlich!» Der Sarkasmus war kaum zu überhören.

«Und wie hast du es wirklich herausgefunden?», fragte ich noch einmal.

«Du hältst einen Flowermooker in deiner Hand, was offen zugegeben der Wahnsinn ist. Ich habe von ihnen gelesen, aber ich habe noch nie einen gesehen.»

Er setzte sich neben mich und zusammen beobachteten wir den kleinen weißen Fellball. Die Augen des Flowermookers waren geschlossen und sein winziger Körper hob und senkte sich leicht.

«Das ist Pount», flüsterte ich. «Also ein kleiner Herr. Der Name passt. Aber ich denke es wird noch ein paar Minuten dauern, bis er aufwacht. Dann musst du allerdings vorsichtig sein, denn in dem Moment, in dem ihr euch verbindet, wirst du alles viel extremer wahrnehmen. Vielleicht Wut, Freude, Angst – das kommt auf dein Gemüt an», erklärte er.

«Oh danke, Streber», sagte ich und er lachte.

«Bevor du fragst, ich bin hier wegen meiner Freundin. Ich bin verabredet», sagte er stolz.

«Aha, dann viel Spaß», wünschte ich, doch nach ein paar Minuten war er immer noch nicht verschwunden. Frustriert sah ich ihn an. «Und wo trefft ihr euch?», fragte ich.

«Na gleich hier», erklärte er.

«Was?», rief ich aus, und genau in diesem Moment brach ein Junge aus dem Gebüsch und sprang auf Luke zu. Es ging alles viel zu schnell. Ich konnte den Jungen nicht einmal erkennen. Doch dann packte er Luke am Kragen und presste ihn mit dem Rücken gegen einen Baum. Blondes Haar, atemberaubende Augen, muskulöser Körper.

«Darce!», rief ich.

«Hat er dir was getan, Pearl? Bist du verletzt? Ich hab dich schreien gehört!» Er sah ziemlich durch den Wind aus.

«Es geht mir gut, ehrlich. Lass Luke in Ruhe er hat nichts getan.» Ich versuchte ruhig zu sprechen doch dieses Gefühl, dass Darce hier gleich jemandem den Schädel zertrümmern würde, ließ meine Stimme zittern.

«Pearl, er fragt dich nur aus Höflichkeit. Dieser Konflikt zwischen uns hat seine Wurzeln noch tief in der Vergangenheit.» Luke lächelte mich an. Er hatte kein bisschen Angst! Immerhin stand Darce mit finsterer Miene vor ihm und drückte ihn gegen einen Baumstamm.

«Darce, Süßer, lass mich runter. Wir wollen doch nicht, dass du verletzt wirst!»

Der war ja entspannt, dass er Darce noch herausforderte in seiner jetzigen Situation.

«Nenn mich nicht so, ich hab keine Angst vor dir!», fauchte Darce.

«Solltest du aber.» Eine Wassersäule erhob sich aus dem See und flog auf Darce zu. Sie wickelte sich um ihn und warf ihn mit sich in den See. Luke lachte laut, als Darce wütend und patschnass aus dem See stieg. Darce wollte gerade wieder auf ihn losgehen, als plötzlich eine helle Stimme Lukes Namen rief. Eine blonde Gestalt rannte über die Wiese und auf Luke zu. Sie warf sich in seine Arme und küsste ihn. Das erste was ich dachte war: Vivienne trägt keine Absätze!?

Verwirrt sah ich zu, wie Vivienne gar nicht mehr von Luke ablassen wollte. Ihr blondes, lockiges Haar fiel ihr ins Gesicht und verbarg beider Gesichter. Trotzdem spürte ich ungewollt einen eifersüchtigen Stich in der Seite. Sie passten so gut zusammen. Beide sahen sie perfekt aus und beide waren aus demselben Holz. Neugierig sah ich hinüber zu Darce. Ich wollte wissen, ob er das genauso komisch fand wie ich. Seine nassen Haare klebten an seinem Kopf und brachten die grünen Augen noch intensiver zum Vorschein, aber anstatt Belustigung oder Spott aufblitzen zu sehen, erkannte ich nur sein Bad-Boy Grinsen und einen spitzbübischen Blick. Dabei machte mein Herz einen kleinen Sprung und ich hatte keine Ahnung warum. Darce war theoretisch ein Fremder, ich kannte ihn gerade mal zwei Wochen, und doch kam es mir vor wie Jahre. Dieser Blick war wie eine Erinnerung aus einem Traum. Nein! Das ist mal wieder typisch Pearl. Ich bin so naiv!

Darce lief auf mich zu und mir stockte der Atem. Er hielt meinem Blick fest, um jede Emotion lesen zu können, aber, hey, was soll ich sagen, ich war ein offenes Buch. Sein nasses Hemd klebte an seinem

Körper und man erkannte sehr klar die Bauchmuskeln. Schnell wandte ich mich ab. Als ich vor mir auf dem Boden einen dunklen Schatten sah, glitt mein Blick nach oben und ich sah in intensive hellgrüne Augen. Ich schreckte zurück. Allzu leicht wollte ich nun auch nicht zu lesen sein, doch Darce schien gar nicht zu bemerken, dass ich mich von ihm entfernte, denn er grinste mich weiterhin an und sagte: «Die» – er nickte in Richtung der immer noch knutschenden Vivienne und Luke – «wollen sicher sehen ob wir mithalten können. Kannst du mithalten Pearl?», fragte er mich mit einem spitzbübischen Lächeln, und ich wollte ihm schon sagen, dass ich schon ewig nicht mehr so einen flachen Witz gehört hatte, als sich auch bei mir endlich die Rädchen zu drehen begannen und ich verstand, dass er vorhatte, mich zu küssen. Und ehe ich noch eine spitze Bemerkung von mir geben konnte, ging er schon auf mich zu. Alle meine Alarmglocken schrillten. Oh nein, nicht hier, nicht jetzt. Nicht nur, dass ich wohl oder übel noch nie einen Jungen geküsst hatte – ich kannte Darce ja nicht einmal. Er neigte seinen Kopf, und seine Augen funkelten mich herausfordernd an. Meine Gedanken wurden zu einem gewaltig großen Chaos, alles um mich herum begann sich zu drehen und alles, was ich machen konnte, war, in meinem Kopf um Hilfe zu schreien. Obwohl Darce sehr anziehend war, konnte ich das nicht.

Gottseidank wurde mir die Entscheidung, was jetzt zu tun war, abgenommen. Doch von was genau, das konnte ich nicht erkennen. Ich sah nur, wie es sich auf Darce stürzte und der erschrocken zurückschreckte. Er drehte sich und schlug verwirrt nach allen Seiten wie nach einer lästigen Fliege. Er stolperte mehrere Schritte zurück, und als ich ein erschrockenes Keuchen hörte, musste ich leider erkennen, dass Luke und Vivienne uns die ganze Zeit zugesehen hatten. Vivienne sah erschrocken zu Darce, während Luke ihn auslachte.

«Ich liebe Flowermooker», hörte ich ihn sagen. «Hey, Darce, Schätzchen», rief Luke Darce zu, «leg dich am besten nie mit 'ner Braut an, die einen Flowermooker besitzt, egal wie hot sie ist.»

Flowermooker? Mein Flowermooker! Oh mein Gott, den hatte ich total vergessen. Ich hatte ihn vor Schreck ins Gras gelegt, als Darce sich auf Luke gestürzt hatte, und jetzt griff er Darce an. Darce wusste gar nicht, was er machen sollte und wedelte nur wild vor seiner Nase herum, als würde er eine Fliege verscheuchen wollen. Als er Pount dann traf, schrie ich laut auf. Es war als hätte ich den Schmerz gespürt, aber nicht körperlich, sondern seelisch. Sofort eilte Luke zu mir, und auch Darce hielt inne und sah zu mir herüber, während er die Augen zu Schlitzen verengte. Er ballte die Hände zu Fäusten und sagte: «Vier Meter weiter nach rechts, du Poseidon-Würstchen, sonst bist du dran.»

Ich würde bei Darce' Drohung erzittern, Luke aber lachte nur laut.

«Nr. 1: Darce, hast du etwa Angst, dass ich sie dir vor der Nase wegschnappe? Nr. 2: Wenn du, mein Liebling, schon Probleme mit einem jämmerlichen Flowermooker hast...» er hielt inne. «Entschuldigung, mit einem Flowermooker, nicht einem jämmerlichen, hast, dann wird es für mich ein Leichtes sein, dich zu ertränken.»

Ich achtete gar nicht auf meine beiden Streithähne, sondern wandte mich meinem Flowermooker zu, der langsam auf mich zugeflogen kam. Seine kleinen grünen Flügelchen sah man nur verschwommen, aber die großen grünen Augen und die weiße Gestalt konnte man gut erkennen. Vivienne setzte sich neben mich und starrte ihn forschend an.

«Und, sagt er schon was?», fragte sie so ungeduldig wie ein kleines Kind.

«Nein», entgegnete ich ihr und musterte ihn weiterhin. In seinen Augen glitzerte es aufgeregt, aber im Großen und Ganzen sah er aus wie ein schöner runder Punkt. Und das bestätigte mich darin, wie sehr der Name zu ihm passte: «Pount.»

‹Das ist ein schöner Name. Danke, Pearl.›

Ich war geschockt. Er sprach, ohne den Mund zu öffnen!

«Aber jetzt, jetzt hat er was gesagt. Sag's mir, was hat er gesagt?», fragte Vivienne ungeduldig.

«Ich glaub, er hat sich vorgestellt», sagte ich, aber wandte den Blick nicht von dem Flowermooker ab.

«Und wie heißt er?», bohrte sie weiter nach.

Ich lächelte. «Pount, er heißt Pount», antwortete ich, fragte dann aber gleich verwirrt: «Hast du es denn nicht gehört?»

Jetzt sah ich Vivienne an und sie starrte ungläubig zurück.

«Was denkst du? Denn für mich hört es sich nur wie ein nerviges Gequieke an», sagte sie.

‹Ihre Stimme ist auch nicht die angenehmste›, hörte ich Pounts Stimmchen in meinem Kopf. Und ich musste lächeln.

«Warum lachst du? Lästert ihr über mich?»

Erschrocken sah ich sie an. «Würde ich jemals über dich lästern?»

Sie beäugte mich misstrauisch, dann lächelte sie mich an.

Unten am Ufer hörte ich wildes Kampfgeschrei. Darce und Luke kämpften wie zwei wild gewordene Tiger, nur mit ihren besonderen Special Effects. Darce war vollkommen durchnässt, während Luke gerade mit schwarzen Schlingen kämpfte.

«Tja, da wird nie einer gewinnen. Sie sind beide gleichstark, würde ich sagen.» Viviennes Stimme hörte sich plötzlich seltsam verzerrt an. Fragend sah ich sie an und sie wiederholte ihren Satz. Ihre Stimme klang langgezogen und verzerrt, und langsam begann mir schwindelig zu werden. Ich fixierte mich auf einen Punkt am Boden und schüttelte mehrmals den Kopf, doch ich spürte, wie ich wankte und taumelnd aufstand. Vor meinen Augen verschwamm alles und eine Farbe stach besonders heraus. Rot. Rot wie wütende Flammen, die nach allem in unmittelbarer Nähe lechzten. Ich geriet in Panik, als ich diese Flammen plötzlich überall sah. Ich schrie, und dann erschien es mir zum ersten Mal. Stechend grüne Augen, die mich mit einem solch unermmesslichen Hass anstarrten, dass es mich erzittern ließ. Ich hörte auf zu schreien und schien den Boden unter meinen Füßen nicht mehr zu spüren. Diese Augen kamen immer näher, brachten mich zum Stillschweigen und zur Regungslosigkeit, doch innerlich schrie ich vor Schmerz, als die Augen in meinen Körper eindrangen. Ich fühlte mich wie von einem brennenden Seil gefesselt und als ob langsam kleine Dornen in meinen Körper stachen. Tränen kullerten mir über die Wangen. Ich hätte mir gerne eingeredet, dass das die Bindungsphase zu meinem Flowermooker war, aber so war es nicht. Ich sollte das aber denken. Ich begann wieder mich zu wenden und zu wehren. Ich schlug mit meiner Macht um mich. Unkontrolliert und blind schoss ich eine Machtkugel nach der nächsten ab und das Grauen verließ mich. Keuchend fühlte ich den Boden unter mir und bevor ich vollkommen in Panik ausbrechen konnte, nahm mir jemand das Bewusstsein.

Ich schlug die Augen auf und schloss sie sofort wieder, als mich das helle Licht blendete. Ich hob meinen Arm und schützte mich vor der aggressiven Sonne. Ich setzte mich auf und schüttelte meinen Kopf. Ein kalter Schauer lief mir über den Rücken und ich zuckte zusammen. Wie ein Schlag ins Gesicht fielen mir wieder diese ganzen Gefühle ein und mein Atem verschnellerte sich. Meine Augen wurden groß, und binnen Sekunden stand ich auf den Füßen und drehte mich um mich selbst, um zu sehen, was passiert war. Plötzlich bewegte sich etwas hinter mir. Ich schrie auf und fuhr herum.

«Pearl! Ich bin es, alles ist gut, du bist in Sicherheit.»

Ich schüttelte den Kopf. Persephone stand vor mir.

«Was ist passiert?», fragte ich und mein Atem beruhigte sich wieder ein wenig.

«Ich weiß es nicht, aber eins ist klar: Das war nicht deine Bindungsphase.» Sie sah sehr ernst aus und fuhr sich durch die Haare.

«Was? Was ist los?», fragte ich und wieder wurde ich nervös. Sie sah nachdenklich und beunruhigt aus. Dann betrachtete sie mich und schüttelte dann den Kopf. «Sagen Sie es mir!», flehte ich.

«Pearl, du hast Luke verletzt. Du hast ihn vergiftet.»

Ihre Worte waren so irreal, so unmöglich. Ich schlug die Hände vor den Mund und meine Augen füllten sich mit Tränen.

«Ich hab ihn ermordet?», flüsterte ich, und die erste Träne kullerte herunter. Was würde jetzt nur Vivienne denken – und Darce! Ich fuhr mir durch die Haare und drehte mich um, lief auf und ab.

«Nein er lebt. Noch.»

Ich drehte mich um und lächelte erleichtert. «Was heißt noch?»

Persephone sah wieder nachdenklich aus. Sie rang innerlich mit sich selbst. «Pearl, das kann ich dir nicht antun. Er wird die nächste Woche nicht mehr erleben.»

Ich schüttelte den Kopf. «Nein! Nein, nein. Es muss noch eine andere Lösung geben. Ein Gegengift!» Ich sah sie an, und sie biss sich auf die Lippe. «Es gibt ein Gegengift, richtig? Wo ist es? Sagen Sie es mir, ich werde es holen!» Ich war plötzlich voller Elan. Ich musste dieses Gegengift finden!

Sie schüttelte den Kopf. «Das kann ich dir unmöglich sagen. Es wäre dein Tod. Du kannst deine Kräfte noch nicht kontrollieren und so viele haben es auf dich abgesehen. Du bist die einzige Person, die alles hinbiegen kann! Wir brauchen dich hier.»

Mir stiegen wieder die Tränen in die Augen. «Ja, ich weiß, aber ich könnte nicht mit dem Gedanken leben, jemanden umgebracht zu haben. Bitte, helfen Sie mir, das Gegengift zu finden, und ich werde ihre Perle sein und für Sie kämpfen.»

Sie betrachtete mich streng. «Das Gegengift ist auf dem Mount Neckers in North Jember, doch wäre es leicht zu bekommen, dann hätten es schon viele. Es ist eine Blume, aber was für eine, weiß keiner.»

«Was? Aber wie soll ich sie denn dann bitte finden? Einfach sämtliche Blumen ausreißen?»

«Du dummes Kind! Menschen kannst du nicht töten aber Blumen? Du wirst sie nicht abreißen. In dem Moment, in dem du sie vor dir siehst, wirst du wissen, was zu tun ist. Aber du hast nur eine Woche.»

Schuldbewusst starrte ich auf den Boden. «Es tut mir leid. Warum nur eine Woche?», fragte ich.

«Weil das Gift dann sein Herz erreicht.»

Meine Augen wurden groß. «Ich werde die Blume nie rechtzeitig finden!»

«Ich weiß, und deswegen habe ich ein letztes Geschenk für dich. Es gibt den sogenannten Schmuck der Götter. Für Menschen sowie Halbgötter hat er keinen Wert, doch in den Händen von Erben ist er überaus wertvoll und mächtig. Wenn der Gott eines Erben stirbt, muss dieser, um zu beweisen, dass er es wert ist, den Schmuck seines Gottes finden. Du kannst dir also vorstellen, dass er nicht leicht aufzuspüren ist. Doch ein Diamant, den du für das Armband brauchst, wurde vor einiger Zeit gesichtet, und zwar in Weighlington, in dem Keller eines illegalen Restaurants. Es heißt ‹Shetfirecats Bistro›. Doch du musst dir klar machen, dass es eine Herausforderung sein soll, ihn zu finden. Also befürchte das Schlimmste.»

Sie sah mich ernst an, doch irgendwie hatte ich den Faden verloren. «Und dieser Schmuck ist für was? Ich meine, du siehst zumindest im Moment noch ziemlich lebendig aus, oder?»

Sie lachte. «Es ist ein Armband, also nur ein Teil des Schmuckes, der aus einer Kette, einem Ring, einem Armband und Ohrringen besteht. Dieses Armband hilft dir, deine Kräfte zu kontrollieren und verstärkt sie noch. Es funktioniert ganz leicht. Du musst dir nur bildlich vorstellen, was du machen möchtest, und es passiert. Außerdem sind die Diamanten an dem Armband, mit der unendlichen Energie der Lebensblume gefüllt, und diese ziehen sich an. Also je näher du der Blume kommst, desto heißer wird das Armband. Du brauchst alle Diamanten, um zu der Blume zu gelangen. Aber fürs erste ist das für dich.»

Sie hob ihre Hand ins Licht und griff in die Luft. Dabei sah sie sehr mystisch aus, aber ich konnte es nicht verhindern, dass meine rechte Augenbraue in die Höhe schoss. Langsam nahm sie die Hand wieder herunter und streckte mir den Arm entgegen. Sachte öffnete sie die Hand und eine lila Lilie lag darauf. Die Lilie war geschlossen, begann sich dann aber zu bewegen und entfaltete sich. Sie erblühte so wunderschön, wie es keine andere Blume kann. In ihr lag ein zauberhaftes goldenes Armband mit grünen Diamanten-Ansteckern. Mir blieb die Luft weg. Noch nie hatte ich etwas so Wunderschönes gesehen. Drei lila Staubkörnchen schwebten empor und begannen zu funkeln. Das Armband erhob sich und die drei Körnchen begleiteten es in Richtung meines Handgelenkes. Ich sah zu, wie es sich von selbst um mein Handgelenk legte und dann schloss.

«Oh Mann, was ist das nur für ein krasser Traum.»

Scharf sog ich die Luft ein.

«Pearl, bevor ich gehe, möchte ich, dass du weißt, dass das nicht deine Schuld war. Und was ich dir jetzt sage, wird dich erschrecken, aber mach dir trotzdem nicht zu viele Gedanken. Pearl, in der Prophezeiung geht es um eine dunkle Bedrohung, und ich gehe stark von aus, dass es sich dabei um einen Gott handelt. Und gerade eben, als all das mit dir passiert ist, hat sich mein Verdacht bestätigt. Pearl, dein Körper wurde gerade übernommen und zwar von einem Gott.»

Ich schluckte und setzte mich. So ein leichtes Ziel war ich also.

«Nein du warst gar kein leichtes Ziel. Du warst unglaublich stark! Du hast gerade einen Gott besiegt, Pearl! Du hast ihn aus deinen Körper vertrieben und den Kampf gewonnen. Das können nur sehr, sehr wenige Nichtgötter von sich sagen! Doch was ich nicht verstehe: Er hätte dich sofort töten können, verstehst du?», fragte sie. Ich nickte. «Warum hat es jemand auf Luke abgesehen und nicht auf mich?»

Sprach ich quasi aus, was ich dachte?

Sie nickte. «Ich weiß nicht, ob derjenige von dem Gegengift wusste.»Doch das war mir egal. Ich musste es rückgängig machen, um jeden Preis.

«Ich bin sehr stolz auf dich, aber Fakt ist, dass sich dieser Gott heute zum ersten Mal aus seinem Versteck getraut hat, und ich weiß nicht wie oft er es noch versuchen wird. Deswegen musst du vorsichtig sein.»

Jetzt bekam ich Angst. Hatte sie eben meine Gedanken gelesen?

«Auf Wiedersehen, Pearl, und sei bitte vorsichtig. Ich ... wir brauchen dich.» Sie drehte sich um und verwehte wie der Wind.

Ich legte mich ins Gras, um wieder in meiner Welt aufzuwachen. Ich kniff die Augen zu, doch irgendwas hielt mich auf. Ich kam nicht zurück in meine Welt.

«Keine Sorge, kleine Perle. Du wirst nicht immer so gut beschützt oder stark sein, und ich krieg dich früher oder später.»

Die Stimme war tief und rau und brachte eine ganz neue Form der Angst in mir hervor.

«Nein!», schrie ich und kehrte in diesem Moment in meine eigene Welt zurück.

Ich stand auf und das erste, was ich sah, waren Darce' tiefgrüne Augen. Er lächelte mich warm an.

«Sie ist wach! Sie lebt!»

Ich setzte mich auf. «Natürlich lebe ich.»

Ich sah mich um und schlug die Hände vor den Mund. Bäume brannten noch und die gesamte Lichtung war verwüstet. Blumen waren aus den Beeten gerissen. Ein Baum lag mitten auf der Lichtung.

«Oh mein Gott! War ich ...» Ich konnte nicht weiter reden.

«Ja», sagte Darce traurig. «Du bist plötzlich vollkommen außer Kontrolle geraten und hast wie wild um dich geschossen.»

Er schilderte alles wie in einem Drama.

«Das war nicht ich», wimmerte ich. Darce sah mich verwirrt an. Ich fuhr fort: «Jemand hat meinen Körper übernommen. Persephone hat es mir erzählt, und ich weiß auch, das Luke verletzt ist. Ich habe ihn vergiftete oder eher das, was mich besetzt hat.»

Darce' Augen wurden groß. «Oh mein Gott.»

Ich lachte. «Meine Rede.»

Er schüttelte den Kopf. Ich suchte die Lichtung nach Luke und Vivienne ab, und unten am Rande des Flusses lagen sie. Silbriges Wasser schwappte über Lukes schlaffe Finger, während Vivienne seine andere Hand fest umklammert gegen ihre Wange drückte und weinte.

Meine Augen weiteten sich. Was hatte ich nur getan? Ich war noch nicht lange, was ich heute bin, und war doch schon eine tödliche Bedrohung. Und noch dazu eine außer Kontrolle geratene. Tränen stiegen mir in die Augen. Wer konnte so etwas Grausames wollen? Wer wollte unschuldige Menschen verletzten? Ich blickte zu Boden und schüttelte den Kopf. Mit geröteten Augen drehte ich mich zu Darce um und schluchzte.

«Ich kann das nicht. Ich kann ihr nicht in die Augen sehen. Bitte, erzähl du es ihr.» Nur kurz sah ich ihm in die Augen und senkte meinen Blick dann wieder.

«Pearl, du weißt es ist nicht ...» begann er.

«Meine Schuld? Doch das ist es. Sieh sie dir an! Ich habe gerade einen unschuldigen Menschen vergiftet und habe es nicht mal bemerkt! Ich bin gefährlich in diesem Zustand.»

Tränen kullerten mir über die Wange. Wann war ich zu diesem Monster geworden? Mein Herz war schwer und ich wusste, wenn Luke wegen mir sterben würde, dann könnte ich nie mehr in den Spiegel sehen. Ich fühlte mich schrecklich schwer und hatte einen dicken Kloß im Hals.

«Nein, Pearl. Das war nicht deine Schuld! Dein Körper wurde von etwas besetzt, hörst du mir zu?»

Ich hörte seine Stimme hallend. Es war längst zu spät, um Ausreden zu suchen. Ich schüttelte den Kopf.

«Aber ich hätte stärker sein müssen. Mich nicht einfach übernehmen lassen sollen. Ich bin so schwach! Aber das ist egal, ich weiß wie wir Luke retten können. Aber dafür müssen wir erst mich retten.»

Darce' Augen funkelten traurig. «Dich retten?», fragte er und ich nickte.

«Meine Kräfte sind außer Kontrolle, doch ich oder eher Persephone weiß die Lösung. Ich muss nach Weighlington.»

Jetzt sah er interessiert aus. «Weighlington?», fragte er und ich nickte wieder.

« Dort werde ich ein Armband finden, das zum Schmuck der Götter gehört.»

Jetzt weiteten sich seine Augen, doch er fasste sich schnell wieder. Ich war auch viel zu erschöpft, um mir darüber Gedanken zu machen.

«Im Keller irgendeines illegalen Restaurants, mit dem Namen ‹Shetfirecats Bistro›.»

Er sah mich an und nickte. «Wie lange haben wir?», fragte er.

Tief sah ich ihn an und die Worte kamen mir nur schwer über die Lippen: «Sieben Tage, diesen mit eingerechnet.»

Er schien nicht überrascht, sondern sehr ernst.

«Morgen geht's los. Ich hole dich um fünf Uhr morgens ab. Ich versuche den nächst besten Flieger zu bekommen.»

Verwirrt sah ich ihn an. «Wir?», fragte ich und er grinste selbstsicher.

«Du wirst mich brauchen. Außerdem bin ich ein hervorragender Reiseführer und vor allem Begleiter.»

Bei den Wort «Begleiter» fuhren seine Augenbrauen nach oben und er grinste verwegen. Er sah verführerisch aus, doch in dieser Situation ließ mich das kalt. «Nein, ich werde nicht zulassen, dass auch dir noch wehgetan wird, oder noch eher, dass ich dir wehtue.»

Erst sah er empört aus, doch dann grinste er wieder verwegen: «Du machst dir also Sorgen um mich?»

«Was? Nein! Darce, ich diskutiere das hier nicht. Zum einen, weil wir hier gerade mitten auf einer abgefackelten Wiese stehen und ich so viel geheult habe, dass ich mittlerweile wie ein Waschbär aussehen muss ...»

Er grinste. «Kommt hin.»

Ich wollte an ihm vorbeigehen , doch er hielt mich an meinem Arm fest. «Ich komme mit. Ich lass dich nicht alleine und wenn ich mich deswegen Plätze von dir weg setzen oder dir gar heimlich folgen muss, dann werde ich das machen. Denn ich weiß, dass du mir die Gefahr, die dort auf dich wartet, verschwiegen hast.» Er sah ernst und aufrichtig aus und seine umwerfenden Augen funkelten.

Ich lächelte. «Danke», flüsterte ich und er nickte.

«Geh dich ausruhen», sagte er noch und wandte sich dann in eine andere Richtung und verschwand.

Ich dankte den Göttern für einen Freund wie ihn. Ich stapfte los in Richtung Wald als ich eine Stimme in meinem Kopf hörte.

‹Pearl! Du bist so unglaublich! Du hast gerade gegen einen Gott gewonnen, warum bist du so traurig?›

Pount schwebte vor meinem Gesicht und seine unnatürlich großen Augen funkelten mich interessiert an.

«Ja, aber ich habe einen ziemlich hohen Preis dafür gezahlt. Oder besser gesagt hat Luke das.»

‹Vielleicht hat er das, aber stell dir doch mal vor, der Gott hätte deinen Körper übernommen. Hast du eigentlich eine Ahnung was er alles hätte anstellen können? Dann wäre nicht nur Luke verletzt.›

Ich sah Pount dankbar an und seinen riesigen Augen schienen vor Freude zu sprühen.

«Ich bin viel zu müde, um heimzulaufen. Ich glaube, ich lege mich hier hin», sagte ich, als der Boden mir plötzlich so gemütlich vorkam.

‹Nein auf keinen Fall! Hier lass deinen Flowermooker mal machen.›

Interessiert sah ich ihm mit halbgeöffneten Augen zu. Pount setzte sich auf den Boden und begann zu wachsen. Er wurde größer und größer. Seine Haut konnte sehr gut gedehnt werden. Nach ein paar Sekunden stand ein Pferd vor mir, allerdings mit Schafsfell. Jetzt musste ich laut lachen.

‹Hmm daran muss ich wohl noch arbeiten. Aber, Pearl, ich bin ein Gestaltenwandler! Jeder Flowermooker hat eine besondere Fähigkeit, und meine ist Gestaltwandeln. Wenn ich viel übe, dann könnte ich dir sicher gut helfen, und im Moment bin ich sicher sehr gemütlich.›

Ich lachte, doch sein Fell sah tatsächlich unglaublich gemütlich aus. Also ging ich langsam auf ihn zu. Doch ich hatte nicht die Kraft, mich auf seinen Rücken zu setzten. Als er das bemerkte, kniete er sich nieder und ich ließ mich auf seinen Rücken fallen. Langsam stand das weiße Schafspferd auf, und erst jetzt sah ich, dass es viel zu große grüne Augen hatte. Aber ansonsten sah es gar nicht mal schlecht aus

‹Dankeschön›, hörte ich Pounts stolze Stimme.

«Geh raus aus meinem Kopf», sagte ich und hörte sein piepsiges Lachen.

‹Pearl, mit deiner Berührung wurde ich geboren, und dadurch habe ich direkten Zugang bekommen. Ich bin dein Vertrauter, du kannst alles mit mir teilen und ich werde es nie jemand anderem erzählen können. Ich bin der einzige Freund, der dich nie verraten wird›, sagte er und setzte sich in Bewegung.

Mit dem, was er gesagt hatte, hatte er wohl recht. Das sanfte Schaukeln machte mich noch müder und träger.

‹Schlaf ruhig, Pearl. Ich bring dich heim.›

«Du weißt doch gar nicht, wo ich wohne», warf ich ein, aber mir war klar, dass er es längst wusste, und so ließ ich mich in einen leichten Schlaf gleiten.

Was würde wohl in Weighlington auf mich warten? Eine Armee? Eine riesige menschenfressende Pflanze? Dummes Geschwätz. Wahrscheinlich saß da einfach nur ein Wachhund mit spitzen Zähnen oder so.

‹Pearl›, Pounts Stimme ließ meine müden Augenlider aufklappen. ‹Ihr müsst nicht mit dem Flugzeug fliegen. Ich bin viel schneller!›

Ich setzte mich auf. «Kannst du das wirklich?», fragte ich.

‹Festhalten›, sagte er noch und seine Haut begann wieder sich zu dehnen. Binnen Sekunden hatte das Pferd zwei auffällige Flügel. Sprachlos betrachtete ich sie. Unglaublich lang und prachtvoll entfaltete Pount sie und nahm gewaltigen Anlauf. Ich hielt mich an seiner Mähne fest und er sprang ab. Unglaublich hoch flog er und hatte immer mal wieder Probleme damit, die Flügel im Einklang schlagen zu lassen. Ich schrie laut auf, als wir einmal einen Salto durch die Wolken machten und dann noch einen.

«Das ist unglaublich», schrie ich. Sämtliche Müdigkeit war von mir gewichen und Adrenalin durchströmte meinen Körper. Pount spazierte über die Wolken wie ein normales Pferd über den Waldboden. Er flog so hoch er konnte und dann im Sturzflug auf mein Haus zu. Die Luft kühlte meinen Körper überall und ich jubelte. Wir flogen in einer unglaublichen Geschwindigkeit, und ganz knapp vor meinem Haus blieben wir stehen. Er setzte mich auf dem Boden ab. Das war wirklich schnell.

«Das ist super, Pount, das müssen wir gleich Darce erzählen.»

Ich wollte schon mein Handy rausholen, als meine Knie wackelig wurden und meine Augenlider zufielen.

‹Pearl! Du musst schlafen. Du hast heute so viel von deiner Kraft gegeben. Du bist müde.›

Ich nickte. Müde war gar kein Ausdruck. Mit Mühe schloss ich die Tür auf. Ich war heilfroh, dass meine Mutter mich in diesem Zustand nicht sehen konnte. Pount folgte mir in seiner normalen Gestalt hinein ins Haus. Ich nahm um mich herum kaum etwas wahr, nur dass ich an meinem Zimmer ankam und sofort ins Bett fiel. Ich fühlte mich, als hätte mich jemand ausgepumpt. Meine ganze Energie war wie weggeblasen. Mein gesamter Körper war müder denn je, und die kuschelige Decke sowie die angenehme Matratze waren mir in diesem Moment heilig. Vollkommen entspannt und zutiefst friedlich schlief ich ein. Ich war viel zu müde, um mir um Luke Gedanken zu machen. Ich hatte ja noch nicht einmal die Zeit gehabt, auf die Uhr zu schauen. Ich hörte ein entspannendes Surren neben meinem Ohr und friedlich lächelnd schlief ich ein.

Kapitel 9

«Perle!» – eine zarte Stimme rief den Namen unter dem mich jeder kannte. «Perle!» Die Stimme rief mich wieder und wieder, doch ich war so schwach. So müde. Ich wusste nicht, ob meine Beine nachgeben würden, also blieb ich liegen und wartete, bis die süße Stimme verklang. «Perle!», rief sie eindringlicher, und plötzlich spürte ich einen Kraftschub. Ich stand, ohne dass ich es wollte. Meine Beine bewegten sich von selbst. Schläfrig betrachtete ich den Weg vor mir. Ich stand vor meinem Regal. Eines der Bücher leuchtete in einem strahlenden violett. Meine Hand bewegte sich unkontrolliert darauf zu. Das violette Leuchten drang ganz tief in mich ein und ich konnte die süße Stimme immer noch in mir hören. «Perle!», flüsterte sie in meine Ohren. Der Drang, das Buch aus dem Schrank zu holen, war so groß. Ich wollte es unbedingt berühren und über die alte Schrift fahren. Langsam zog ich es aus dem Regal heraus. Ich betrachtet die Vorderseite. Das Auge strahlte mich an und versprühte einen einnehmenden Duft. «Perle!», flüsterte es noch einmal und meine Augen weiteten sich, als ein violetter Funken in die Höhe schoss und eine lila Lilie in die Luft malte. Bewundernd betrachtete ich das Schauspiel vor meinen Augen. Unglaublich schön hatte sie geschienen und das Wort Schönheit neu definiert. Langsam verflog sie und das Buch begann sich zu bewegen.

Fest umklammerte ich es. Es ruckelte hin und her und zog mich teilweise mit ihm. Ich ließ es fallen, und noch im Fall begann es sich zu öffnen. Die Blätter blätterten sich von alleine um und ich betrachtete das Schauspiel aufmerksam vor mir. Was geschah da nur? Ich kam nicht mehr aus dem Staunen heraus. Das alles war so irreal. Das Buch wurde wieder ruhig und ich ging neben ihm auf die Knie. Der unsichtbare Füller begann wieder zu schreiben und ich betrachtete die verschnörkelte Schrift:

Perle, wenn das Herz eines Gottes verunreinigt wurde, wird die Perle der Persephone erwachen und mit Hilfe dreier Helfer das Leben des Abtrünnigen beenden.

Der Abtrünnige beginnt sich zu erheben, verlässt das Versteck. Nur die Perle der Persephone kann den Untergang jetzt noch aufhalten. Gute werden Böse. Das Böse gewinnt an Stärke und die Perle muss ihre Truppen reformieren. So ward es gesagt vom Orakel, so wird es geschehen.

Meine Augen waren starr vor Entsetzen. Ich verstand vielleicht nicht alles, aber das, was ich verstand genügte mir. Mir lief die Zeit davon und heute habe ich gesehen, dass mir jemand nach dem Leben trachtete. Ich zitterte. Was bedeutete diese Vorhersage? Und warum bekam ich sie jetzt? Ein Schauer jagte den nächsten. Was sollte ich nur tun?

«Tja, kleine Perle», hörte ich eine von Bosheit verzerrte Stimme, und binnen Sekunden stand ich gerade und sah mich um. «Dir läuft die Zeit ab», sagte die Stimme und ich hörte ein teuflisches Lachen. Plötzlich stank meine Umgebung ganz fürchterlich nach verfaulten Eiern. «Du hast dich mit dem Falschen angelegt», sagte die Stimme ernst. Langsam wurde ich wütend. Ich stank sicher vor Angst, doch ich würde dem Redner sicher nicht meine Angst zeigen.

«Wer bist du?», fragte ich und starrte wütend um mich.

«Dummes Kind, du stellst die falschen Fragen.»

Dann hörte ich sein tiefes Lachen genau neben meinem rechten Ohr. Ich fuhr herum und schlug um mich.

«Verschwinde!», flüsterte ich und sah warnend um mich.

«Sonst? Fackelst du wieder deine Umgebung ab?» Er lachte rau.

«*Du* warst das! Ist es nicht so? Du hast von mir Besitz ergriffen!»

«Wow, doch nicht so dumm, wie sie tut», sagte er.

«Ich hab dich heute schon aus meinem Körper verbannt und ich schaffe es ganz sicher, dich aus meinem Haus zu scheuchen!» entgegnete ich und meine Augen funkelten vor Wut. Ich war doch keine Marionette! Und ich würde meine Schicksal selber entscheiden.

Plötzlich spürte ich tausend Krabbeltiere auf meinem Körper und dann kamen sie plötzlich aus meinem Mund. Sie waren in meiner Lunge, in meinem ganzen Körper. Ich fiel zu Boden, während ich krampfhaft versuchte, Luft zu holen. Jetzt kniete sich eine Gestalt neben mir nieder.

«Nur um meine Überlegenheit zu präsentieren, kleines Mädchen: Du wirst mich niemals los, denn, sag es nicht weiter, aber ich bin ein Teil von dir.»

Ich hustete und würgte. Ich hatte nicht alles verstanden, doch ich spürte, dass die Person verschwunden war. Ich schüttelte mich, um mich von den Krabbeltiere zu befreien, doch es funktionierte nicht. Mit meiner letzten Kraft konzentrierte ich mich auf die Lilie an meinem Arm, die wie wild kribbelte. Lila Funken umhüllten mich und dann konnte ich wieder atmen. Zufrieden holte ich tief Luft, dann zog ich die Beine an und zitterte wie wild. Wie hatte ich nur denken können, ich hätte jemandem wie ihm die Stirn bieten können? Es war schrecklich, er hätte es gerade fast beendet. Alle sagen, ich sei eine Erbin, aber ich fühle mich viel mehr wie eine Sterbliche, die ein bisschen Voodoo drauf hat.

Ich wiegte mich leicht hin und her. Er hatte gesagt, dass er immer da sein würde – dann würde er mich sicher jetzt sehen können. Ich wollte aufstehen und aufhören zu zittern, doch es funktionierte nicht. Mein Herz pochte wie wild und ich wagte es nicht, in der Dunkelheit aufzuschauen, geschweige denn, einen weiteren Ton von mir zu geben. Ich bewegte mich keinen Zentimeter. Ich blieb einfach an das Regal gepresst sitzen. Das Buch hatte aufgehört zu leuchten und ich fühlte mich beengter und einsamer denn je. Wie sollte ich so etwas meistern? Wie könnte ich es schaffen? Ich, ein Mädchen, das nicht einmal imstande war, sich zu verteidigen, geschweige denn, besondere Kräfte hatte. Klar, ich konnte Blumen befehligen – aber im Ernst? Ihr wollt eine Kriegerin und gebt ihr als Soldaten Blumen? Unmöglich. Blumen konnten nicht kämpfen, sie waren genauso nützlich wie ich in diesem kommenden Krieg. Eine warme Hand strich mir übers Gesicht.

«Pearl. Meine süße kleine Pearl. Du bist das Herz der Blumen, und wenn der richtige Zeitpunkt gekommen ist, dann wirst du, mein Kind, wissen, was du zu tun hast. Und die dir so unnütz erscheinenden Blumen werden deine größten Verbündeten sein. Es gibt weit mehr da draußen, als du dir vorstellen kannst. Und wir glauben an dich.»

Ich sah auf – war das Persephone? Nur sie redete so weise und hatte immer Recht. Der Raum wurde nun durch helle weiße Lichter erfüllt, doch Persephone war verschwunden. Zitternd stand ich auf. Vielleicht hatte die Stimme Recht. Taumelnd lief ich zu meinem Bett und kuschelte mich unter die Decke. Diese Stimme kannte ich irgendwoher. Es war nicht Persephone gewesen. Ich schloss die Augen.

Ich schlug die Augen auf und gähnte kräftig. Wo war ich? Ich setzte mich auf und sah mich um. Als ich erkannte, dass ich daheim war, ließ ich mich wieder ins Bett fallen. Mein Zimmer war stockdunkel. Halb wach, halb schlafend glitten meine Blicke durchs gesamte Zimmer, während meine Ohren gespannt auf jedes Geräusch achteten. Nur einer meiner Rollläden war unten und ich konnte draußen den dämmernden Himmel sehen. Trotzdem konnte ich noch den Mond blass am Himmel erkennen. So rein und unschuldig erleuchtete er unseren Himmel. Er sah alles, er wusste vieles. Ich schlug mir gegen die Stirn: ‹Pearl, worüber denkst du eigentlich nach?!›

Wütend über mich stand ich auf. Ich packte mein Handy und schlüpfte in meine warmen, kuscheligen Pantoffeln. Ich schlich aus meinem Zimmer, um meine Mutter nicht zu wecken. Vorsichtig verlagerte ich mein Gewicht auf der Treppe erst auf das eine Bein, dann langsam auf das andere. Unten angekommen ging ich in die Küche. Ich machte mir eine heiße Schokolade und begab mich nach draußen auf die Veranda. Ich setzte mich auf einen der Schaukelstühle und betrachtete, im Dunkel der Nacht, den Garten, während ich extra laut vor mich hin schlürfte. Mein Handy vibrierte, und als ich den erleuchteten Bildschirm sah, erkannte ich auch gleich wieviel Uhr wir hatten: 4:00 Uhr morgens! Viel zu früh! Eine neue Nachricht? Ich nahm das Handy und tippte fix meinen Code ein. Ich schaute nach meinen Nachrichten und ging auf einen Chat, von dem ich die Nummer komischerweise noch nicht eingespeichert hatte. Aber ich hatte schon mit dem Kontakt geschrieben. Darce! Die tiefgrünen Augen, der verwegene Blick, das blonde Haar, das nie gekämmt war, und dann diese geschwungenen Lippen. Das war Darce und er hatte mir eine Nachricht gesendet.

Na Pearl, schon wach?
Heute geht's los!
Um 5:00 bin ich da
Oder soll ich vielleicht schon früher kommen ;-)

Ich konnte mir genau vorstellen, wie Darce gegrinst hatte, als er den letzten Satz geschrieben hatte. Dafür hätte ich nicht einmal den Smiley gebraucht. Ich schrieb zurück

1. Nein überhaupt nicht wach!
2. Ich brauche wohl eher mehr Zeit ;-(

Meine Antwort war nicht gerade originell, aber Darce war auch wirklich der einzige, den ich kannte, der so früh am Morgen so denken konnte. Ich sah, dass Darce schrieb:

Kaffee ist schon unterwegs.
Hast du schon deinen Koffer gepackt?
Der Flug geht um 7:00 Uhr.

Kaffee? Das ist viel besser als heiße Schokolade! Mir fiel wieder ein, dass Pount angeboten hatte, uns schneller dorthin zu bringen.

Entspann dich, Pount hat gesagt, dass er uns schneller hinbringt.
Komm einfach her. Aber vergiss den Kaffee nicht :D

Darauf antwortete er nicht mehr, doch er hatte es gesehen. Also ging ich davon aus, dass er bald hier antanzen würde. Ich ließ den Kakao auf der Terrasse stehen und rannte in mein Zimmer. Ich riss den Kleiderschrank gerade auf, als ich ein lautes und vor allem schrilles ‹Stopp!› hörte. Ich hielt inne und drehte mich zu Pount um.

‹Warte Pearl. Ich habe etwas für dich. Du musst dafür aber wissen, dass Flowermooker da sind, um ihre Herren zu beschützen. Dafür wurden ihnen einige Fähigkeiten gegeben. Zum Beispiel die Fähigkeit, mächtige Zauber zu bewirken oder eben wie ich dir etwas zu entwerfen.›

Interessiert sah ich ihn an. Er flog auf meinen linken Arm zu. Er drehte sich um den Arm, sodass winzig kleine grüne Funken sprühten und zu einem festen Band wurden. Scharf sog ich die Luft ein, während ich mit geweiteten Augen dem Schauspiel vor mir folgte. Nach einer Weile hatte ich vier goldene Ringe um mein Handgelenk. Bewundernd starrte ich sie an.

‹Mit diesen Ringen kannst du verschiedene Kombinationen drücken und somit deine Kleidung wechseln. Eine deiner wichtigsten ist die Kombination 1, 2, 3. Extra einfach zu merken, für dich.›

Empört sah ich ihn an, dann berührte ich erst den ersten Ring, der daraufhin kurz grün aufleuchtete. Ich sog die Luft ein und berührte den nächsten und dann wieder den nächsten. Kurz leuchteten alle drei auf, und dann kam plötzlich um mich herum schwarzer Nebel auf. Er wand sich um meinen Körper, wie Seide und wurde dann immer fester, bis ich einen Lederanzug ganz in schwarz trug. An den Armen war er rautenförmig offen, und am Rücken spürte ich eine kreisrunde Stelle, die noch offen war. Ich hatte schwarze Stiefel an und einen Pferdeschwanz. Ich ging zum Spiegel und betrachtete mich von allen Seiten.

«Wow», flüsterte ich! «Dass du sowas kannst, hätte ich nie gedacht.»

‹Ja es ist gar nicht schlecht was? Es soll ein Schutzanzug sein, für Kämpfe.›

Mir stockte der Atem. «Kämpfe? Ich kann gar nicht kämpfen!», sagte ich.

‹Dafür hast du deine Kräfte, Pearl. Du musst dich verteidigen können.›

Ich ergriff meine eigene Hand. Ich würde meine Kräfte erst wieder einsetzen, wenn ich sie wirklich kontrollieren könnte. Ich würde niemals vergessen können, was auf dieser Lichtung passiert war.

‹Pearl, hör endlich auf, dir die ganze Zeit über um diese Lichtungsgeschichte Gedanken zu machen. Es war nicht deine Schuld. Sieh es ein. Und du hast Darce vor diesem Bären gerettet! Mit deinen Kräften.›

Ich nickte. Pount hatte recht. Ich schloss die Augen und stellte mir jeden der vier Blumentöpfe in meinem Zimmer vor. Ich stellte mir vor, wie die verschiedensten Blumen wuchsen und mein Zimmer zierten. Und als ich die Augen wieder öffnete, war es genau so: Viele neue Blumen waren dort nun in den Töpfen gewachsen. Ich blickte wieder in den Spiegel, aber jetzt deutlich selbstsicherer. Dann entdeckte ich die runde Stelle an meinem Anzug und sah Pount fragend an.

‹An genau der Stelle ist ein unsichtbares Schild, aber wenn du es berührst, leuchtet es grün.›

Ich schluckte. Das wurde mir langsam viel zu viel Fantasie.

‹Ja, unglaublich, oder? Was so alles möglich ist …›

Ich grinste. Da hatte er wohl recht! Ich wollte schon ins Bad verschwinden, doch Pount hielt mich davon ab.

‹Pearl, warte noch. Jetzt drücke doch mal die Kombination 1, 1, 1›, sagte er noch und ich hatte das Gefühl, dass das auch wieder extra einfach war. Ich drückte die Kombination und die Ringe leuchteten grün, und dann wanden sich die unterschiedlichsten Farben um mich in einem frischen Nebel. Der Nebel verfestigte sich und ich hatte eine dunkelblaue Jeans an und ein schwarzes Top. Ich trug ein goldenes Herz als Halskette und hochhackige Sandalen. Es war nicht unbedingt mein Stil aber schlecht war es nicht. Ich ging ins Bad und putzte mir die Zähne. Ich war gerade fertig, als es an der Tür klingelte. Ich prüfte noch einmal mein Aussehen und spürte dieses Kribbeln in meinem Bauch. Ich lief herunter und öffnete die Tür. Draußen stand Darce.

‹Reiß dich zusammen, Pearl›, ermahnte ich mich selbst. Ich lächelte Darce an.

«Hey», sagte er und hatte diesen Ausdruck in den Augen.

«Hi», sagte ich lächelnd.

So standen wir also da an der Tür und starrten uns gegenseitig an – oder eher *ich* starrte.

«Darf ich rein kommen?», fragte er und ich schüttelte mich aus meiner Trance.

Ich lief rot an. «Äh, klar. Komm rein.»

Ich trat zurück, sodass er eintreten konnte. Er schlenderte entspannt ins Haus und ging in unsere Essecke, als wüsste er genau, wo sich was befand. Er stellte zwei Tassen Kaffee auf den Tisch. Ich schloss die Tür und er lief herein – immer dem köstlichen Duft nach. Ich setzte mich vor ihn.

«Danke. Ich könnte dich küssen», sagte ich, als ich mir einen der Kaffees nahm. Er grinste verwegen.

«Tu dir keinen Zwang an.»

Ich wurde rot. «Wovon träumst du nachts?», wich ich aus.

«Natürlich nur von dir, Vögelchen, und deinem unaufhaltsamen Verlangen, meine Lippen auf deinen zu spüren.»

Empört sah ich ihn an, während meine Lippen leicht prickelten.

«Das wünschst du dir», sagte ich und wandte den Blick von ihm ab.

«Oh nein, *das* wünschst du dir?», fragte er gespielt theatralisch, und ich konnte mir ein Lachen nicht verkneifen. Ich nippte ein wenig an meinem Kaffee, doch mir fiel auf, dass Darce gar nichts trank. Verwirrt sah ich ihn an.

«Möchtest du deinen Kaffee nicht trinken?», fragte ich ihn.

Er schüttelte den Kopf. «Ich hatte schon zwei. Ich konnte die Nacht kaum schlafen.»

Ich nickte und senkte den Blick. Der gestrige Tag belastete uns alle sicher noch sehr.

«Wie hat Vivienne es aufgenommen?», fragte ich vorsichtig und biss mir auf die Lippe.

Darce sah mich ernst an. «Sie glaubt dir, und sie weiß, dass du das niemals absichtlich getan hättest. Ich soll dir sagen, dass sie dir dafür keine Schuld gibt.»

Ich nickte, doch ich wusste, dass er log.

«So ... wie will dein kleiner Freund bitte schneller sein, als die Maschine?», fragte er skeptisch.

Ich sah ihn stolz an. «Tja. Du wirst dich überraschen lassen müssen.»

Mein kleiner Flowermooker kam angeflogen und wandelte sich im Flug in eine Katze. Ich ließ meine Hand über sein weißes weiches

Fell streichen und seine übernatürlich großen Augen funkelten mich freundlich an. Darce streckte die Hand aus und Pount fuhr herum und fauchte ihn an. Darce schreckt zurück. Lachend graulte ich Pount. Es war eindeutig, dass er Darce nicht leiden konnte.

«Du bist wohl kein Tier-Mensch, was?», fragte ich schmunzelnd, obwohl ich wusste, dass Pount das extra tat. Empört sah er mich an.

«Stimmt gar nicht Tiere lieben mich.»

Pount fauchte erneut, und ich konnte mir ein Grinsen nicht verkneifen.

«Du siehst müde aus», sagte Darce. Er lachte, und als ich mich gefangen hatte fragte ich: «Ist das so offensichtlich?»

Er grinste breit. Mit einer Hand verdeckte ich meine Augen. «Nicht, Vögelchen! Deine Augen sind viel zu schön, um sie zu verstecken.»

Ich spreizte leicht die Finger, um zu sehen, ob er die Wahrheit sagte – und er war kein bisschen rot. Ich hingegen war blutrot.

«Wir sollten los oder?», fragte ich und er nickte. Doch dieses komische Lächeln lag auf seinen geschwungenen Lippen. «Und was ist mit meiner Mom? Ich hatte gar keine Zeit, eine Ausrede zu erfinden!», sagte ich wurde plötzlich panisch. Ich wollte meine Mom aus dem Ganzen rauslassen. Aber was war, wenn dieser Gott der meinen Körper übernommen hatte, sich an ihr vergreifen wollte? Meine Augen waren starr vor Entsetzen, als ich mir ein schreckliches Bild vorstellte. Ich schüttelte mich. Darce griff nach meiner Hand und hielt sie sanft. Sein Blick war ermutigend.

«Ariana wird deine Mutter nachher anrufen.»

Ich wollte etwas sagen, doch mein Blick hing an seinen Fingern. Warm und sanft lagen sie auf meinen und dieses kribbelnde Gefühl, machte sich in mir breit, und bevor es mich einnahm, zog ich meine Hand weg.

«Entschuldige. Es war ein Reflex, schätze ich», sagte Darce.

Ich sah ihn an und fühlte mich plötzlich schrecklich.

«Nein, nein. Es war wohl eher ein Reflex von mir», antwortete ich.

Darce sah zur Seite und auch ich wich weiteren Blicken aus. Oh Mann! Ich wusste gar nicht, wie ich so etwas angehen sollte! Ich stand auf. «Wir sollten uns auf den Weg machen.»

Wir standen auf und ich führte ihn raus. Ich zog mir nur ein paar Schuhe und eine dünne Jacke an und schlüpfte aus der Tür. Dahinter blieb ich kurz stehen und atmete tief ein. Ich schloss die Augen und verabschiedete mich von meiner Mutter. Ich wusste nicht genau, wohin es uns ziehen würde. Was würde in diesem Keller auf uns warten? Und was würde danach auf uns warten? Und die allerwichtigste Frage, die ich bisher immer wieder versucht hatte zu verdrängen, war: Würde ich das hier überhaupt überleben? Nach der gestrigen Nacht, war das aber wohl die aller realste Frage. Ich riss mich zusammen. Leute glaubten an mich und ich wollte sie nicht enttäuschen. Ich schloss die Tür.

‹Alles gut, Pearl, wir werden das schaffen, aber ganz offensichtlich habe ich heute die größere Last zu tragen. Ich muss ihn auf mir sitzen lassen.›

Ich lachte und berührte ihn leicht auf seinem Köpfchen.

«So, Pount, dann präsentiere uns doch mal deine Genialität!»

Pount flog in die Luft und wurde immer größer. Er verformte sich, und als er wieder auf dem Boden stand war er ein mächtiger, strahlend weißer Pegasus. Stolz führte er eine Dressurübung vor. Sein Fell sah jetzt schon viel weniger wollig aus, aber seine Augen waren immer noch zu riesig. Ich grinste stolz.

«Klar, Mädchen. Immer diese Pegas.»

Böse sah ich ihn an. «Du musst ja nicht mitfliegen. Ich binde dich an seinen Bauch und lass dich runterbaumeln.»

Pount wieherte vor Vergnügen, die Vorstellung gefiel ihm.

«Immer diese Männer mit ihren Extrawünschen.»

Darce lachte laut. «Wer ist hier das Vögelchen?», fragte er.

Ich zog eine Augenbraue hoch. «Pount, zeig' ihm doch bitte mal, dass wir es drauf haben, dann bekommst du auch einen Keks.»

Pounts Augen funkelten. Er hatte mir letztens gesagt wie sehr er Kekse liebte auch wenn sie so groß waren, wie seine normale Gestalt. Pount wieherte laut. Er machte einen Satz in die Luft und war sofort verschwunden. Gespannt blickte ich zum Himmel auf. Die Sonne stach mir in die Augen, doch das kümmerte mich nicht. Vor Aufregung konnte ich kaum ruhig stehen. Ich hätte nie gedacht, dass ich irgendwann mal den Himmel nach meinem Zaubergefährten absuchen würde, damit er uns zu einem Armband brachte, das magische Kräfte besaß.

Mein absurder Gedankengang wurde von einem lauten Schrei gestört. Der Schrei ähnelte dem eines Adlers, nur war er viel lauter und mächtiger. Ein riesiger Schatten kam auf uns zugeflogen. Wegen der Sonne konnte ich anfangs nur eine schwarze Gestalt mit riesigen Flügeln sehen, doch als die Gestalt die Sonne verdeckte, stockte mir der Atem. Eine unglaubliche Gestalt nährte sich mir. So etwas hatte ich noch nie zuvor gesehen und ich konnte meinen Mund nicht davon abhalten herunter zu klappen. Ein prächtiger Adlerkopf kam in mein Sichtfeld. Sein Schnabel leuchtete in einem dunklen Gold und er hatte Pounts riesige grüne Augen. Sein Hals war weiß, so wie das Gefieder eines Adlers. Sein Körper ähnelte einem muskulösen Löwen, doch nicht wie die meisten Löwen war er dunkelblond, sondern weiß wie Schnee. Ohne auch nur eine dunklere Stelle im Fell. Seine mächtigen Tatzen, kamen mir langsam näher und die scharfen Krallen waren eine so groß wie zwei meiner Finger. Sein weißer Löwenschwanz fegte hinter ihm her. Seine rieigen Schwingen ließen einen solchen Wind aufkommen, dass meine Haare nach hinten geweht wurden und ich die Augen schließen musste. Seine Tatzen berührten nun den Boden, und binnen Sekunden stand er und sah mich stolz an. Ich war noch nicht im Stande einen Ton rauszubringen aber um ehrlich zu sein hätte, ich auch gar nicht gewusst, was ich hätte sagen sollen. Ich meine, sowas wie «Wow!» oder «Unglaublich!» traf es aus meiner Sicht nicht richtig.

Mein Blick glitt forschend zu Darce, der Pount anstarrte, als sei er ein Engel oder irgendetwas, das es eben nicht gab.

«Cool», flüsterte er dann, und Pount stieß vor Freude noch einen lauten Schrei aus. Schnell hielt ich mir fest die Ohren zu.

«Nicht so laut, du Riesenbaby. Die Leute haben Ohren am Kopf!», sagte ich und ging auf ihn zu. Ich betrachtete seinen Rücken, oder ich versuchte es eher. Er war viel zu groß. Ich konnte seinen Rücken nicht mal richtig sehen. Ich wusste wieder nicht was ich sagen sollte, doch mal wieder las Pount meine Gedanken und setzte sich hin. Langsam ließ ich meine Hand über das weiche Fell fahren. Erst berührte ich seine weißen Federn und dann ließ ich meine Hand hinunter zu dem Fell gleiten.

Pount schnaubte: ‹Wenn du mich belohnen willst, dann hör auf, mich zu streicheln und gib mir endlich den Keks!›

Ich musste grinsen und holte einen Keks aus meiner Tasche. Ich warf ihn ihm hin, und genüsslich begann er zu schmatzen. Das war einfach so irreal. Ich sprang auf den Rücken des Adler-Löwens, also des Greifs, und griff in seine Federn, um mich festzuhalten. Darce stand wie festgenagelt, immer noch an derselben Stelle wie zuvor.

Ich grinste. «Mund zu, es zieht, und dann beweg dich hier hoch, also falls die Mitfahrgelegenheit so genehm ist.»

Herausfordernd sah ich ihn an, und sofort schloss er den Mund und grinste schief.

«Joa, gar nicht schlecht. Etwas zum Hinlegen fehlt noch und vielleicht ein Dönerladen aber sonst.»

Er schwang sich hinter mir auf den Greif und ich schlug ihm spielerisch gegen die Schulter. Rau lachte er und seine grünen Augen leuchteten. Ich lächelte ihn an.

‹Okay, war's das jetzt mit dem Anstarren? Dann würde ich jetzt gerne los.›

‹Ich weiß gar nicht, was du meinst›, antwortete ich ihm in meinem Kopf.

‹Sicher doch›, fügte er noch hinzu bevor er anfing, seine gewaltigen Schwingen auszubreiten. Darce legte seine Arme um meine Hüfte und ein angenehmer Schauer lief mir über den Rücken. Wie hypnotisiert betrachtete ich seine Hände und seine schönen Finger, bevor ich leicht lächelte.

«Müsste das nicht eigentlich anders herum sein?», fragte ich und ich spürte, dass er lächelte.

«Du kannst auch gerne deine Hände um meine Hüfte legen, Vögelchen», sagte er verführerisch in mein Ohr.

«Genau, du alter Träumer», sagte ich, und noch bevor Darce etwas erwidern konnte, stieß Pount sich vom Boden ab und mit einem Flügelschlag waren wir über den Wolken verschwunden. Der Wind fegte meine Haare nach hinten und wahrscheinlich genau in Darce' Gesicht. Diese Vorstellung brachte mich zum Lachen. Pount stieß einen weiteren Ohren betäubenden Schrei aus und wir flogen immer höher. Ich konnte unser Haus schon lang nicht mehr erkennen. Pounts Flügel zischten bei jedem Flügelschlag und er hatte ein paar Startprobleme. Er musste sich eben auch erst mal an seinen neuen Körper gewöhnen, doch als er erst einmal wusste, was er tat, flogen wir schneller als jedes Flugzeug es gekonnt hätte.

Es dauerte nur Minuten, dann hatten wir das Meer erreicht. Blau, groß, wunderschön und glänzend lag es vor uns und umnebelte zum Teil meine Sinne. Von oben sah es so traumhaft und geheimnisvoll aus. Wie eine unbändige Kraft. Ich hörte Darce hinter mir ungläubig schnauben. Er war genauso überwältigt wie ich, ich ging davon aus, dass er noch nie geflogen war. Sein Atem in meinem Nacken machte mich nervös und ich spürte wie sich meine Nackenhärchen aufstellten. Er bemerkte es anscheinend auch, denn er neigte sich vor.

«Mach ich dich nervös, Vögelchen?», fragte er.

Ich schnaubte. «Nicht *du*! Die Aussicht und die Höhe und das Tempo, denk ich.»

Er verunsicherte mich! Das war unfair. Er lachte selbstgefällig.

«Selbstverständlich. Alles auf einmal ist halt ziemlich viel für Weicheier», sagte er.

Ungläubig sah ich ihn an. «Weichei? Ich? Und wer war das vorhin, der mit weit aufgerissenem Mund Pount betrachtet hat und sich nicht mal getraut hat aufzusteigen, bis seine Ehre beinahe draufgegangen wäre?»

Jetzt schnaubte er empört. «Ich war von der Sonne geblendet!», sagte er und ich grinste.

«Wohl eher von meiner Schönheit», warf ich ein. Wenn er immer auf eingebildet machte, dann konnte ich das schon lange.

«Ganz genau, Vögelchen. Von deiner Schönheit war ich geblendet.»

Aus seinem Mund hörte sich das wie Spott an. Ich ging nicht weiter drauf ein. Nach einer Weile schien die Sonne auch auf das Meer und das Verlangen einzutauchen wurde größer.

‹So groß ist also das Verlangen einzutauchen?›, hörte ich Pounts Stimme, doch ich konnte nicht ganz folgen. Ich dachte über seine Worte nach, doch viel Zeit hatte ich dafür nicht, denn mein riesiger Vogel-Raubkatzen-Freund setzte zum Sturzflug an.

Laut schrie ich auf und Darce hinter mir ebenfalls, doch dann verstand ich, was Pount vorhatte und hob die Arme, wie auf einer Achterbahn. Laut lachte ich, während mir der Wind das Gesicht merkwürdig nach hinten zog. Ich musste immer wieder blinzeln, da der Wind so extrem war und meine Augen zum Tränen brachte. In einer rasenden Geschwindigkeit kamen wir dem blauen Meer immer näher und Pount zog die Flügel ein, begann sich zu drehen und ehe ich mich versah, tauchten wir ein. Kaltes Wasser umfing mich und ich musste fest die Luft einhalten. Ich sah gerade noch viele bunte Fische, bevor sie allesamt vor Schreck in Verstecke flüchteten. Alle meine Locken waren glatt wie ein Aal, doch es waren nur Sekunden in dem erfrischenden Wasser und den Meeresgrund konnte ich leider nicht einmal richtig sehen, dann schwang sich Pount wieder aus dem Wasser und ich hörte Darce hinter mir keuchen. Ich drehte mich um und sah, wie das Wasser überall von ihm triefte. Auch ich war pitschnass und spürte noch einen Tropfen über meine Nase rollen.

«Was war das?», fragte Darce, dem der Schock noch immer ins Gesicht geschrieben stand.

«Das Riesenvögelchen hatte wohl Lust auf ein Vogelbad, glaube ich», antwortete ich.

Er nickte. «Die Größe passt jedenfalls.»

Ich lächelte und dann fingen wir beide an laut zu lachen. Mein gesamter Bauch kribbelte und ich wusste nicht, wie mir geschah. Plötzlich hob Darce seine Hand und strich mir ein paar der Wassertropfen aus dem Gesicht. Unser Gelächter verklang. Ich musterte ihn. Selbst mit nassen Haaren sah er umwerfend aus. Sein grüner, klarer Blick suchte meinen. Ich wollte ihn berühren, vor allem jetzt, da sein Shirt nass an seinem durchtrainierten Körper klebte. Ich hob die Hand, doch ich hatte Angst. Hilfesuchend sah ich ihn an, und in diesem Moment fühlte ich mich verletzlicher denn je. Doch sein warmer Blick gab mir Kraft. Sein Gesicht kam näher und näher und ich spürte jeden Zentimeter, den es noch entfernt war. Alles um mich herum begann zu knistern. Ich wollte jeden Abstand zwischen uns verringern, ich wollte jede Barriere hinter mich bringen und mich ihm nur noch hingeben. Ein solches Verlangen kam in mir hoch, dass es mich überwältigte, und sein Blick machte mich so schwach. Ich hatte das Gefühl, dass er tiefer als sonst irgendjemand in mich hineinsehen konnte, noch tiefer als Pount. Ich hörte es knacken und knistern, und aus dem Augenwinkel sah ich die grünen Funken, die um uns herum tanzten. Ich wollte keinen Moment länger warten. Wer wusste, was passieren würde, wenn wir ankamen? Wer wusste, ob wir überhaupt ankamen? Niemand.

Meine Nasenspitze berührte seine und sie begann zu kribbeln. Seine Haut war noch immer nass. Ich streckte meine Hand aus und fuhr über seinen Bart. Er lächelte, und gerade kurz bevor unsere Lippen sich berührten, stieß Pount einen ohrenbetäubenden Schrei aus und schüttelte sich. Wie vom Blitz getroffen fuhr ich herum und krallte mich in seinen Federn fest.

‹Pearl! Denkst du wirklich dass es klug ist ihn zu küssen? Du kennst ihn nicht einmal richtig!›

Ich wurde rot vor Wut. ‹Und das entscheidest *du*?›, fuhr ich ihn in Gedanken an. ‹Pount! Misch dich in solche Angelegenheiten nicht ein!›

Ich war stinkwütend, am liebsten hätte ich ihn in der Luft zerrissen. Jetzt war dieser besondere Moment vorbei. Dieser unglaubliche Moment war wie ausgelöscht! Und warum? Weil Pount dachte, er müsste mir sagen, was richtig und was falsch war.

‹Um ehrlich zu sein, Pount, bist du der Fremde, nicht er›, warf ich ein.

‹Du weißt, dass das nicht stimmt. Dazu muss ich gar nichts mehr sagen.›

Es kotzte mich an. Vor allem, da er Recht hatte! Am liebsten hätte ich um mich geschlagen und gleichzeitig wäre ich gerne im Boden versunken. Wie nuttig ich doch war. Fast hätte ich ihn geküsst, ohne ihn richtig zu kennen und wer weiß was dann passiert wäre? Am Ende hätte er mich stehen lassen! Aber das hätte ich nur herausgefunden wenn ich es versucht hätte. Ich schüttelte den Kopf.

Kapitel 10

Ich versuchte verzweifelt diesen Moment aus meinem Gedächtnis zu bekommen, aber das war völlig umsonst. Ich sah diese Szene wieder und wieder vor meinem inneren Auge und ich bekam um mich herum kaum noch etwas mit.

<Soll ich dir helfen?>, fragte Pount.

‹Und wie? Du kannst wohl kaum alles ungeschehen machen›, antwortete ich schnippisch.

<Das nicht, aber ich kann es in den Hintergrund rücken, dann musst du dich aber später damit befassen.>

Das klang sehr verlockend und ehe ich mich versah hatte das innere Filmchen aufgehört. Ich schnaufte erleichtert.

‹Danke. Aber der Gedanke, dass du so in meinem Hirn rumwurscheln kannst, finde ich nicht gerade angenehm›, fügte ich hinzu.

<Das kann ich ohnehin nur mit deiner Zustimmung.>

Ich nickte. Ich vertraute dem kleinen Flowermooker immer noch nicht vollständig, aber das kam wahrscheinlich daher, dass er erst seit gestern *mein* kleiner Flowermooker war. Ich gab zu, seine Anwesenheit war sehr vertraut und ich spürte auch keine Gefahr, aber es war sehr neu und angsteinflößend, dass jemand uneingeschränkten Zugang zu meinen Gedanken und tiefsten Geheimnissen hatte. Ich sah auf das blaue Meer und versuchte mit meinem Blick, darin Halt zu finden. Pount sank ein wenig, sodass er nur ganz knapp über dem Wasser flog. Ich streckte die Hand aus und ließ sie durchs Wasser gleiten.

‹*Denk mal an eine Wasserkugel, Pearl*›, riet mir Pount.

Ich schloss die Augen und stellte mir eine Kugel aus fließendem Wasser vor. Ich öffnete die Augen wieder und hielt tatsächlich eine solche Kugel in der Hand. Vorsichtig sah ich sie mir genauer an. Wasser bewegte sich im Inneren der Kugel und ich glaubte, etwas darin erblicken zu können. Etwas bewegte sich darin. Plötzlich sprang etwas neben mir aus dem Wasser. Ich fuhr herum, doch da war schon nichts mehr. Misstrauisch suchte ich das Wasser ab.

«Was war das?», fragte Darce hinter mir.

«Keine Ahnung», antwortet ich und plötzlich hörte ich auf der anderen Seite etwas ins Wasser platschen. «Unmöglich», fluchte ich. Was war das denn nur? Nahm uns da jemand auf den Arm?

Etwas sprang aus dem Wasser, und diesmal konnte ich es ganz genau sehen: Es sah aus wie eine Frau aus Wasser. Nur hatte die Frau keine Beine sondern eine Flosse! Ich erschrak zu Tode. Fest drückte ich mich an Darce, als das Ding wieder im Wasser verschwand.

«Was war das?», keuchte ich.

«Sag bitte nicht dass du noch nie die kleine Meerjungfrau gesehen hast», sagte er und man hörte die Ungläubigkeit in seiner Stimme. Er hätte sich wenigstens Mühe geben können es zu verdecken.

«Das war keine Meerjungfrau!», fuhr ich ihn an.

Er lachte sarkastisch. «Doch war es, nur eben eine der Echten, nicht die aus Märchen. Sie sind Poseidons Töchter», erklärte Darce und ich nickte nur.

Ich wusste gar nicht, was ich erwartet hatte. Sowas wie Logik existierte hier ja nicht. Wieder sprang so eine Gestalt aus dem Wasser. Sie lächelte mir zu, bevor sie wieder eintauchte. Und als sie das nächste Mal wieder auftauchte, hatte sie einen Delfin im Schlepptau. Zusammen sprangen sie neben uns her. Ihre Augen leuchteten unglaublich hell und jedes, Mal wenn sie das Wasser berührte, wurde ihre Gestalt zu Wasser, und wenn sie heraussprang, wurde sie fest. Ungläubig sah ich ihr zu und konnte mir ein Lächeln nicht verkneifen. Wenn man die

Gestalt näher ansah, war sie wirklich hübsch – so hübsch wie eine Person aus Wasser eben sein konnte ... Irgendwie umfing mich ihr strahlender Blick und ich verlor die Kontrolle über meinen Körper. Ich versuchte zu schreien, doch mein Mund bewegte sich nicht. Mechanisch glitt meine Hand langsam nach vorne. Ich versuchte, sie zurückzuziehen, doch es funktionierte nicht! Die Meerjungfrau grinste spöttisch und messerscharfe Zähne kamen zu Vorschein.

Ich schrie: ‹Pount!› Ehe ich ins Wasser fallen konnte, flog Pount wieder höher und wir ließen die Wasserhexe unter uns. Ich schüttelte mich.

«Pearl!», rief Darce aus.

«Was war das?», fragte ich keuchend.

«Meerjungfrauen, die Töchter von Poseidon, töten Menschen. Sie umhüllen sie mit ihrem Gesang und nehmen der Person die Kontrolle über ihren Körper.»

Erschrocken zuckte ich zusammen. «Das habe ich gemerkt», sagte ich immer noch keuchend. Der Schock war mir ins Gesicht geschrieben. Früher hatte ich nie solche Dinge gesehen – und das waren immerhin 18 Jahre. Hätte ich da nicht mal was mitbekommen können?

‹Nein. Auch für dich ist der Schleier erst gefallen, nachdem du die Wandlung gemacht hast›, erklärte Pount.

Ich nickte. So etwas hatte Persephone auch gesagt.

‹Darce hat aber gerade gesagt, dass diese ekelhaften Dinger, Menschen töten.›

Es herrschte Stille. Anscheinend dachte Pount über seine Antwort gut nach.

‹Ich würde niemals zugeben, dass der Trottel Ahnung hat, aber ja, ein paar Menschen wurden von ihnen angelockt, aber nicht getötet. Sie haben meist die Sinne von Seefahrern benebelt, und diese haben sich dann eigenhändig in eine Felsenschlucht gelenkt und ihr Schiff hat geankert.›

Was eine verrückte Welt. Ich hatte zwar noch nie von diesen Geschichten gehört, aber trotzdem kamen sie mir so real vor. So, als hätte ich sie schon mal selbst gesehen.

‹Warum hast du so lange für deine Antwort gebraucht?›, hakte ich nach. Vielleicht gab es ja einen wichtigen Grund, aber ich war wohl eher einfach neugierig.

‹Ich hab darüber nachgedacht, ob Trottel eine passendere Bezeichnung als Idiot ist.›

Ich rollte genervt mit den Augen. Es war mir schon vorhin klar geworden, dass Pount sich nicht damit anfreunden konnte, dass Darce dabei war, aber so war es nun mal. Doch als ich jetzt hörte, wie er von ihm sprach, musste da doch eindeutig was dahinterstecken.

‹Ich trau ihm nicht, Pearl. Irgendwas ist komisch an ihm.›

Ich konnte nicht ganz folgen. ‹Was genau meinst du damit?›

‹Nicht wichtig. Solange ich hier bin, wirst du es nie rausfinden.›

Argh! Erst so etwas sagen und dann einen Rückzieher machen!

«Pearl?», hörte ich Darce' Stimme hinter mir und ungewollt lief mir ein kalter Schauder über den Rücken.

‹Da siehst du. Du fühlst dich auch nicht wohl bei ihm.›

Ich ignorierte Pounts Worte und drehte leicht den Kopf. «Sieh doch.» Ich sah nach vorne. Die Wolkenschar vor uns lichtet sich ein wenig und ich erkannte Land! Ich wusste nicht genau, was dort vorne lag, doch voller Freude und gleichzeitiger Anspannung setzte ich mich aufrecht hin und beugte mich nach vorne. Pount flog so schnell, dass wir innerhalb weniger Sekunden, schon über die Stadt hinwegflogen. Die Freiheitsstatue winkte uns schon aus der Ferne und die Skyline von New York war atemberaubend. Hunderte von gelben Taxis fuhren in den Straßen und auch die ein oder andere Limousine. Pount drehte noch eine Runde über New York und flog dann weiter. Meine Augen leuchteten vor Freude. Unglaublich! Die USA von oben. Das ist der absolute Hammer! Der Wind wirbelte durch meine Haare und ich warf einen Blick auf Darce' hinter mir. Seine Augen strahlten und er lächelte. An dieses Bild hätte ich mich gewöhnen können. Er sah mich an. Er lächelte weich, doch dann wurden seine Augen groß und er rief laut aus: «Sieh mal da ist West Virginia und wenn du darüber guckst, kannst du schon Kentucky sehen.»

Pount war so schnell, dass es gar nicht lange dauerte, bis wir schon Missouri überquerten. Pount flog einen Umweg, sodass wir Orlando sehen konnten und auch Kalifornien. Wir konnten für einen winzigen Moment die Mammutbäume bewundern, die uns aber längst nicht das Wasser reichen konnten. Wir flogen über Oregon und kurz darauf waren wir in Washington. Pount suchte einen Platz wo wir landen konnten, während ich immer noch dasaß, die Augen vor Bewunderung geweitet. Ich musste meinen Mund fest zuhalten, damit ich nicht wie ein kleines Kind aufsprang und schrie: «Nochmal! Nochmal!»

Das waren gerade die absolut unglaublichsten Momente in meinem Leben gewesen und ich wollte nur noch die Zeit zurückspulen. Pount setzte zur Landung an, in irgendeiner hinteren Gasse.

‹Okay Pearl, das reicht jetzt, du klingst wie ein Kind.›

Ich schwieg. Peinlich berührt blieb ich stumm – in Gedanken und äußerlich. Meine Beine zitterten noch ein wenig vor Aufregung. Darce sprang hinter mir von Pounts Rücken.

«War das nicht unglaublich?», fragte er und hielt mir seine Hand hin. Seine grüne Augen leuchteten und es gelang mir nur schwer, seine Frage zu beantworten.

«Ja. Es war wunderschön», antwortete ich. Ich stieg von Pount ab und stolperte. Aus Reflex schützte ich meinen Kopf, doch mal wieder fing mich Darce auf. Schockiert schnappte ich nach Luft. Das war mal wieder knapp gewesen. Ich brauchte wirklich jemanden, der mich vor jedem Stein warnte. Ich sah auf und stellte mich wieder auf meine Füße.

«Langsam, langsam, Vögelchen», sagte Darce fast schon schnurrend wie eine Katze. Ich fuhr aus seinem festen Griff zurück.

«Lass das! Ich hätte das auch prima ohne dich geschafft», sagte ich schnippisch.

«Sicher», antwortete er sarkastisch und drehte sich um.

«Hey! Du kannst doch nicht einfach sowas behaupten und dann weggehen», sagte ich empört.

«Ach nein? Sieh zu und lerne, Vögelchen.»

Mutig und viel zu sehr von sich selbst überzeugt stapfte er los. Ich zog mein Handy aus meiner Jackentasche und ging auf Googlemaps. Ich hatte dieses komische Restaurant vorhin schon eingespeichert und jetzt würde ich die Navigation starten. Allerdings bräuchten wir ein Taxi. Ich blickte stumm wartend auf mein Handy, bis es die Route geladen hatte, dann sah ich zu Pount.

‹Du hast die Wahl zwischen einem Hund oder vielleicht einem Hund? Was nimmst du?› Ich grinste breit als Pount sich vor meinen Augen in einen kleinen knuffigen, weißen Pudel verwandelte. ‹Sehr originell. Jetzt brauchst du unbedingt einen neuen Namen.› Ich dachte nach und rief ihn dann. «Poupu! Komm her Poupu!»

Ich verfiel in einen unaufhaltsamen Lachkrampf und Pount fragte mich in Gedanken. ‹Bitte sag mir, dass das nicht dein Ernst ist.›

Ich musste noch lauter lachen. «Komm Poupu, kein Gemecker. Wir müssen uns beeilen.»

Ich lief an eine Straße und hob die Hand, in der Hoffnung, dass ich ein Taxi erwischen würde. Darce trat neben mich und betrachtete mich, als wäre ich ein Teenager.

«Du guckst definitiv zu viele amerikanische Filme», sagte er und seine eine Augenbraue wanderten nach oben.

«Phh. Sieh zu und lerne», antwortete ich selbstbewusst und hob den Arm noch höher. Ich winkte energisch und eindringlich, doch irgendwie übersah man mich. Tausende gelbe Autos fuhren an uns vorbei. Die Sonne war nun klar am Himmel zu sehen und schien auf uns. Wir hatten so ungefähr 18 Grad und ich fror. Meine Kleidung klebte immer noch leicht nass an meinem Körper und der sanfte Wind machte dies nicht gerade wett.

Da stand ich also, umgeben von Wolkenkratzern und winkte wie eine Verrückte. Kurz dachte ich daran, vielleicht so zu tun, als wäre ich schwanger. Dann würde sich ein geeignetes Taxi sicher schneller finden lassen. Aber dann kam mir dieser Gedanke doch zu absurd vor und ich verwarf ihn wieder. Darce sah mir amüsiert zu und langsam kotzte es mich an, ihn damit zu unterhalten.

«Möchtest du mir vielleicht mal helfen?», fragte ich, doch er grinste nur schief und antwortete: «Nee, nee. Du machst das schon echt gut.»

Vernichtend sah ich ihn an und winkte dann weiter. Langsam fing ich an, drüber nach zu denken, wie es wohl aussah, so am Straßenrand zu stehen. Nass, die Haare ungekämmt und zerzaust vom Wind und wie eine Bekloppte winkend. Da würde ich auch nicht anhalten. Ich hörte auf zu winken und schüttelte die schwer gewordenen Arme aus. Enttäuscht schnaubte ich, da fuhr plötzlich doch ein Auto an die

Seite. Es war gelb und es stand *Taxi* drauf, und ich war kaum noch vor Freude zu halten. Ich sah Darce selbstverliebt an und warf dann mein zerzaustes Haar in den Nacken, bevor ich die Tür öffnete und einstieg. Darce lachte hinter mir tief und leise, sodass nur ich es hören konnte. Er stieg hinter mir ein und Pount, verkleidet als Poupu, hinterher. Darce schlug die Tür zu und das Taxi fuhr los.

«Siehst du Darce. Ich kann es eben doch», sagte ich stolz und konnte mein breites Grinsen nicht aufhalten.

Da sagte der Taxifahrer: «Es tut mir leid dass es so lange gedauert hat, Sir. Aber es war Stau. Ihr Anruf kam so kurzfristig.»

Ich hielt die Luft an. Was hatte er gerade gesagt? Darce lächelte. «Kein Problem», antwortete er.

Ungläubig sah ich Darce an.

«Was? Ich konnte dir doch den Traum deines eigenen amerikanischen Filmes nicht zerstören.»

Böse sah ich ihn an. «Wir müssen ins *Shetfirecats Bistro»,* sagte ich zum Taxifahrer gewandt und ignoriert Darce übertrieben. Selbst Pount lachte.

‹Poupu! Hör auf zu lachen, sonst schrei ich den Namen raus und du wirst ihn nie wieder los›, warnte ich, um meinen Stolz zu wahren.

«Ähm … wie … zum Bistro? Ich dachte ins Hotel …?»

Verwirrt sah ich Darce an. «Was für ein Hotel?», fragte ich ihn.

Ertappt sah er mich an. «Ins *Hilton Washington*. Dort können wir uns kurz ausruhen und uns dann fertig machen. Ich weiß, wir haben nicht viel Zeit, aber so viel Zeit muss sein.»

«Nein! Wir gehen sofort dahin», erwiderte ich. Wir wussten nicht, was da auf uns wartete und wieviel Zeit es uns kosten würde.

«Pearl …» begann Darce, doch ich schüttelte den Kopf.

«Nix ‹Pearl›. Wir fahren sofort dahin», sagte ich laut.

«Könnten Sie sich jetzt bitte mal entscheiden?» gab der Taxifahrer entnervt von sich.

Ich drehte mich zu ihm um. «*Shetfirecats Bistro*.»

«*Hilton Washington*», sagte Darce gleichzeitig. Finster sah ich ihn an und er lachte. «Vögelchen, wenn du den Mund nicht halten kannst, muss ich dich wohl anders zum Schweigen bringen.» Seine Augen funkelten und er hatte dieses unglaubliche Bad-Boy-Grinsen drauf, dem ich auf jeden Fall verfallen würde, ginge es hier nicht um Leben und Tod! Ich öffnete den Mund, schloss ihn aber ganz schnell wieder als Darce mich herausfordernd ansah. Ich sah schmollend aus dem Fenster und wandte ihm so den Rücken zu.

«Wie besprochen», sagte Darce zu dem Fahrer, und am liebsten hätte ich ihm die Hölle heiß gemacht. Doch ich hielt mich zurück. Ich betrachtete die Straßen und die Leute, die auf den Bürgersteigen liefen. Ich blickte auch in andere Autos, während wir an Ampeln standen, und ich hatte das Gefühl, dass wir dauernd eine rote Welle hatten. Das Taxi roch ganz neu. Neue Autos hatten immer diesen frischen Geruch, und bei manchen bereitete er Kopfschmerzen. Daher konnte ich es kaum erwarten, bis ich hier raus konnte. Mein Handy vibrierte und ich holte es aus der Hosentasche. Meine Mom hatte mir etwas geschrieben.

Hey Süße,
Ariana hat gerade angerufen und mir von eurem Ausflug erzählt. Ich finde es schade, dass wir die Feiertage nicht zusammen verbringen können, aber ich finde es schön, wenn du so gute Freunde hast. Das heißt, es war richtig herzuziehen. Ich wünsche euch viel Spaß, aber kein Alkohol und keine Drogen und naja du kennst den Rest.
Liebe dich, mein Schatz
Deine dich vermissende Mom.

Ich lächelte und meine Augen wurden feucht. Ich hatte mich nicht verabschiedet. Wenn mir etwas geschehen würde, hätte ich mich nicht einmal verabschieden können. Ich schüttelte den Kopf. Ich hätte es nie geschafft einfach *tschüs* zu sagen.

So saß ich da und sah aus dem Fenster, doch ich war blind für das, was draußen vor sich ging. Ich war überall und doch nirgendwo. Plötzlich hielt das Taxi an und Darce stieg aus. Ich erwachte aus meiner Trance und sah mich um. Das Hotel war riesig mit tausend Fenstern. Ein Page öffnete mir die Taxitür und hielt mir die Hand hin. «Miss …» Er wollte dass ich ausstieg, doch ich konnte ihn nur anstarren. Meine

Mom verdiente viel Geld, keine Frage, aber wir waren noch nie in einem Hotel gewesen. Sie hasste es zu reisen und so hatte ich das noch nie erlebt. Langsam streckte ich meine Hand aus, der Page ergriff sie und zog mich fast schon aus dem Auto. Ersteinmal ausgestiegen sah ich mich um: Vor mir befanden sich vier weiße Säulen die ein kleines Dach stützten. In goldener Schrift stand darauf «Washington Hilton». Weiter hinten standen zwei weitere Pagen bereit, nur um mir die Tür zu öffnen. Langsam schritt ich darauf zu.

«Ihr Gepäck, Sir?», fragte einer und Darce antwortete: «Nein, das ist schon oben.»

Ich lief einfach weiter durch die geöffnete Tür. Es roch sauber und es war hell und schön. Überall standen teure Vasen und edles Mobiliar. Darce lief zum Check-In, während ich mich umsah. Ein Bediensteter trat zu mir.

«Champagner Miss?», fragte er und ich schüttelte den Kopf.

«Kein Alkohol, danke.»

«Dann vielleicht einen alkoholfreien Cocktail?», fragte er und ich nickte.

«Gerne. Aber … Sie können ja deutsch!» Und dann fiel mir auf, dass auch der Taxifahrer deutsch gesprochen hatte. *Komisch. Warum sprechen die alle deutsch?*

Ein kleiner Hund bellte neben mir und ich erkannte Pount. ‹Mir ist nichts aufgefallen, Pearl. Wahrscheinlich ist es einfach nur Zufall.›

Ich nickte. *Vielleicht – vielleicht auch nicht.*

«Sie haben Recht, ich komme aus Deutschland. Sie suchen hier immer auch fremdsprachiges Personal, damit wir mit Leuten kommunizieren können, die kein Englisch können.»

Ich lächelte. «Verstehe.»

Er überreichte mir ein Glas, buntgefüllt und mit einem Regenschirm verziert. Er trat beiseite und ich roch an dem Glas, nur um dann angewidert das Gesicht zu verziehen. So viel zu alkoholfrei. ‹Bäh, das rieche ich ja bis hier›, hörte ich Pount und nickte. Ich drehte mich zu Darce um, der sich angeregt mit der Rezeptionistin unterhielt. Diese lächelte ganz nervös und kicherte immer wieder sehr ekelhaft. Plötzlich hatte ich das Gefühl, das Glas, das ich in der Hand hielt, zerbrechen zu können. Und als ich dann viele kleine Stiche im Bauch fühlte, die absolut gar nichts mit Eifersucht zu tun hatten, wurde ich fast schon wütend. Ich verschränkte die Arme vor der Brust und wartete darauf dass das Flirten aufhörte. Die Rezeptionistin gab Darce einen Schlüssel und ein kleines Zettelchen in die Hand. Er lächelte sie noch einmal an, bevor er sich mir zuwandte. Kurz blieb er vor mir stehen.

«Na? Fertig mit Flirten?», fragte ich, und er sah mich mit diesem *Na? Eifersüchtig?*-Blick an.

«Ich habe nicht geflirtet, aber du scheinst ganz schön eifersüchtig zu sein.» Jetzt lächelte er stolz.

«Ich bin nicht eifersüchtig!», fauchte ich ihn an. «Flirte doch, mit wem du willst.»

«Okay, Vögelchen. Jetzt komm!»

Hatte er gerade *okay* gesagt? Das sollte ihn doch davon abhalten, weiter zu flirten.

Wir stiegen stumm in einen Fahrstuhl und Darce drückte eine Etagenzahl. Ich hatte nicht hingesehen. Die paar Sekunden im Fahrstuhl zogen sich unglaublich und waren furchtbar unangenehm. Als der Fahrstuhl sich öffnete, atmete ich tief ein und trat auf den Flur. Darce übernahm die Führung und ich starrte auf den Boden. Wir liefen an Türen vorbei, doch das einzige, was ich richtig sah, war der Perser-Teppich auf dem Boden, in dem ich am liebsten versunken wäre. Darce blieb stehen und ich hörte, wie er ein Schloss und dann die Tür öffnete. Er hielt sie mir auf und ich trat ein.

Es war riesig! Wir hatten unglaublich große Fenster und Vorhänge und sogar so etwas wie ein Wohnzimmer! Ein riesiges Bad aus Marmor wartete in einer anderen Ecke auf mich, und ich drehte mich in dem riesigen Apartment. Darce lachte als ich sagte: «Das ist unglaublich schön, und sieh mal die Aussicht …»

Er kam auf mich zu und stellte sich neben mich. «Ich dachte, wenn du schon einmal in Washington bist, dann richtig.»

Sein Blick war so warm, trotz unseres Streites und ich war wieder überglücklich.

«Es tut mir leid. Ich hätte dir nichts unterstellen dürfen.» Ich sah zu Boden. Seine Hand legte sich um mein Kinn und er hob mein Gesicht.

«Ist nicht schlimm. Ich kann es dir nicht verübeln», sagte er und sah so aufrichtig aus.

«Ehrlich?», fragte ich und er lächelte.

«Ja. Ich bin eben ein verdammt heißer Typ, da werden alle eifersüchtig.»

Es dauerte ein Moment bis seine Worte mich trafen. Ich boxte ihm gegen die Schulter.

«Au, für was war das?», fragte er.

«Für den megaschlechten und alles zerstörenden Egospruch», antwortete ich, doch ich konnte mir ein Grinsen nicht verkneifen.

«Ich sag doch: super», sagte er und zeigte auf sich selbst. «So und jetzt musst du dich ein wenig ausruhen, es könnte eine lange Nacht werden», sprach er. Ich nickte; da könnte er Recht haben. Bis wir das Ding gefunden hatten und es in unseren Händen hielten, würde viel Zeit vergehen und wir mussten dabei wach und konzentriert bleiben. Wir brauchten den Schlaf dringender als alles andere.

Ich suchte das Schlafzimmer und entdeckte eine kleine Treppe, die in einen anderen Raum führte. Ich stieg die Stufen empor und hörte, wie Darce mir folgte. Drinnen angekommen hielt ich die Luft an. Ein wunderschönes Himmelbett erhob sich in der Mitte des Zimmers und direkt vor dem Bett war ein riesiges Fenster, von dem aus man die gesamte Skyline sehen konnte. Meine Augen wurden groß und mein Mund ziemlich trocken. Die Wände waren mit wunderschönen Bildern verziert und der Teppich allein wirkte wie ein gemütliches Bett. Gegenüber war ein breiter Fernseher und ganz links im Zimmer befand sich eine Minibar. Das Bett sah so verführerisch aus, und ich konnte nicht anders, als Anlauf zu nehmen und draufzuspringen.

Darce lehnte sich gegen die Wand und sah mich weich an. Diesen Blick hatte ich bei ihm noch nie gesehen. Ich fühlte mich total beobachtet, also nahm ich ein Kissen und warf es nach Darce.

«Komm schon» rief ich und er lachte.

Er hob es auf und warf es nach mir, doch es prallte an meinem weißen Panter ab, der ihn anknurrte. Ich musste laut lachen.

«Das ist unfair», sagte er. «Sag deiner Mietze: sitz!»

Pount wuchs zu einem Säbelzahntiger. «Na, du kleines Fossil. Bist du beleidigt?», sprach Darce zu Pount.

«Pount lass es›, gab ich zu verstehen, und er schrumpfte zu seiner normalen Gestalt.

Darce setzte sich auf das Bett und betrachtete mich.

«Sieh mich nicht so an», sagte ich und verdeckte mein Gesicht.

«Wie denn?», fragte er.

Ich spähte durch einen Schlitz zwischen meinen Händen: «Genau so.»

Er lachte tief und sah weg. Ich legte mich unter die Decke und gähnte laut. Mein Kopf versank fast in dem Kissen, doch ich konnte Darce immer noch ansehen. Seine Gesichtsmuskeln und seine geschwungenen Lippen und diese Augen, die mich zum Schmelzen brachten ... Ein Lächeln schlich sich auf meine Lippen und mein Bauch kribbelte wie verrückt. Ich schloss die Augen. Die Kissen dufteten so frisch und sauber und ehe ich mich versah, trieb ich langsam weg in einen leichten Schlaf.

Kapitel 11

Leicht öffnete ich die Augen und blinzelte ein paarmal. Draußen war es dunkel, so viel konnte ich erkennen. Ich spähte neben mich und da saß er, das eine Bein angezogen und das Hemd geöffnet. Ich konnte seinen unglaublichen Körper sehen und wollte schon zu zählen anfangen, als er mich bemerkte und den Kopf zu mir drehte. Ich sah ihn einfach nur an und er mich. Versuchte in seine Tiefen zu sehen.

«Hey», flüsterte er dann und ich lächelte.

«Hi.»

Wir verfielen wieder in ein angenehmes Schweigen und es fiel mir furchtbar schwer, seinen Körper nicht anzustarren. Ich setzte mich auf, um mich zu besinnen.

«Gut geschlafen?», fragte er.

«Ja, danke. Und du?», entgegnete ich.

«Nicht viel. Aber sonst ja.»

Ich fuhr mir durchs Haar und stand dann auf.

«Wohin gehst du?», wollte er wissen.

«Ins Bad, Mom.»

Er lachte. Ich ging die Treppen hinunter und lief Richtung Bad. Doch dann entdeckte ich ein längliches Paket auf dem Sofatisch.

«Darce? Was ist in diesem Päckchen?», fragte ich laut, damit er es auch in dem anderen Zimmer hören konnte, doch er stand schon im Raum.

«Öffne es, dann weißt du es.»

Misstrauisch sah ich ihn an, doch mein Bauch kribbelte schon vor Aufregung. Langsam ging ich auf das Päckchen zu und hob die Hand, die ebenfalls kribbelte. Ich musste lächeln, ehe ich wusste, was es war. Vorsichtig nahm ich den Deckel ab auf dem in verschnörkelter Schrift *Marie Blanc* stand. Ein schwarzes Kleid war darin. Es war wunderschön, und als ich es herauszog, sog ich scharf die Luft ein. Ich fuhr mit dem Finger über den weichen Stoff. Rund um den Brustkorb war es mit schwarzer Spitze verziert und alles Weitere war ab der Hüfte schwarz. Es ging nicht mal ganz bis zu den Knien. Ich hielt es mir an und meine Augen waren vor Bewunderung geweitet. Es war mehr als wunderschön und das Unglaublichste war – es war von Darce! Ich drehte mich zu ihm um.

«Es ist wunderschön», seufzte ich. «Bitte sag mir, dass du nicht so viel Geld für mich ausgegeben hast!» Ich betete innerlich, dass es vielleicht einen Schlussverkauf gegeben hatte. Doch er blickte verlegen zur Seite.

«Gut, dann sag ich es dir nicht, aber dann solltest du dir besser nicht die Schuhe anschauen.»

Ich fuhr herum und spähte in das Paket – und tatsächlich waren da auch Schuhe. Es waren Stilettos mit einem Ketten-Design. Sie waren schwarz und hatten hinten einen kleinen goldenen Reißverschluss. Sie funkelten mich geradezu an. Ich drehte mich zu Darce um.

«Das kann ich nicht annehmen», sagte ich und legte das Kleid zurück.

«Du hast keine Wahl, denn so» – er betrachtete mich von oben bis unten – «lassen sie dich nicht ins Bistro.»

Da hatte er Recht.

«So, und jetzt zieh dich an. Unser Taxi kommt in einer halben Stunde.»

Ich lächelte und ging auf ihn zu. Ich umarmte ihn fest und gab ihm einen zarten Kuss auf die Wange: «Danke.»

«Gerne», hauchte er zurück und ich drehte mich um und ging ins Bad.

‹Das Kleid ist wirklich hübsch, aber seine Absichten nicht›, hörte ich Pounts Stimme. Doch ich ignorierte sie.

Nach ein paar Minuten hatte ich das Kleid angezogen. Ich hatte mir das Gesicht gewaschen und nun kämmte ich mir die Haare. Ich machte mir einen schönen Dutt, schminkte mich aber nicht. Ich zog die Schuhe an und betrachtete mich in einem Spiegel an der Tür. So gefiel ich mir tatsächlich mal. Mit diesen blauen Augen, die das Kleid perfekt zur Geltung brachte. Ich ging auf die Tür zu und legte meine Hand auf den kühlen Griff. Ich spielte mit dem Gedanken, vielleicht nicht doch lieber hier zu bleiben, doch dann nahm ich allen Mut zusammen und öffnete die Tür. Ich schlüpfte heraus, sah mich nach Darce um und entdeckte ihn in einem Smoking vor einem der riesigen Fenster. Dort stand er und sah nach draußen. Ich schloss die Augen und stellte mir die lila Lilie im Fenster vor. Als ich die Augen wieder öffnete, funkelte eine Lilie im Fenster und Darce erschrak leicht. Doch dann drehte er sich um und lächelte.

«Dein Tattoo ist wunderschön», sagte er, und ich lächelte zurück. Erst jetzt begriff ich, dass mein Tattoo frei lag, doch es war mir zum ersten Mal egal. Ich war eben, wer ich war. Ende.

«So wie du», flüsterte er.

Ich sah auf und war erst erschrocken – mit solch einen Kommentar hatte ich nicht gerechnet. Ich errötete leicht und sah zu Boden. «Danke.»

«Wir müssen gleich los», sagte er und ging auf ein Tablett mit zwei Getränken zu. In dem einen Glas befand sich Champagner, in dem anderen Orangensaft. Er gab mir das Glas mit Orangensaft. Er hatte dran gedacht!

«Danke», flüsterte ich und nahm einen Schluck. Ich lächelte ihn scheu an und wusste tatsächlich nicht, was ich sagen sollte, also nippte ich nur immer wieder an meinem Saft.

«Also komm. Es geht los», sagte er und stellte sein Glas ab. Er griff nach der Tür, doch dann hielt er inne. «Pearl. Ich weiß, dass da etwas ist, das diesen Diamanten beschützt. Und egal, was jetzt passieren wird …»

Ich unterbrach ihn. «Nicht. Sag sowas Dummes nicht!» Ich hob energisch die Hand.

«Okay», er öffnete die Tür und ich ging hinaus.

Die Zeit war viel zu schnell davongelaufen und ich wollte nicht wissen, was da unten war. Ich wollte nur die Zeit zurückdrehen, doch genau das war es, was ich nicht konnte. Ich sog die Luft ein und beschleunigte meine Schritte.

‹Pount? Wie kommst du mit?›

‹Ich bin auch noch am Kniffeln, denn Poupu bin ich sicherlich nicht mehr, und ich weiß leider gar nicht, ob dort Tiere erlaubt sind.›

Ich dachte nach. Das wusste ich auch nicht. ‹Du kannst ja noch einmal Poupu sein, und wenn das nicht erlaubt ist, dann müssen wir uns wohl was anderes überlegen.›

Ich stieg in den Fahrstuhl. Weder Darce noch ich redeten großartig. Wir bereiteten uns beide innerlich auf das, was kommen würde, vor. Ich versuchte, die innere Quelle zu spüren, um zu sehen, dass ich sie vielleicht ein wenig unter Kontrolle hatte. In mir spürte ich ein wildes Brodeln und meine rechte Schulter heizte sich ungemein auf. Der Fahrstuhl gab ein kaum überhörbares *Bing* von sich und die Türen öffneten sich. Ich trat heraus und lief durch die Lobby Richtung Ausgang. Neben dem Ausgang war einer dieser riesigen Spiegel, die in einem goldenen Rahmen, bis zur Decke reichten. Im Vorbeigehen bewunderte ich noch einmal dieses unglaubliche Kleid. Ich konnte nicht glauben, dass Darce es für mich besorgt hatte. Darce lief hinter mir und ich spürte seinen Blick auf meinem Rücken. Sofort hatte ich wieder das Gefühl, zu wenig anzuhaben und ein kalter Schauer lief mir über den Rücken.

Die Nachtluft umhüllte mich erschreckend warm, aber das kam wahrscheinlich daher, dass ich vor Aufregung glühte. Ich sog die frische Luft ein und ging dann weiter. Ein Taxi wartete schon auf uns und einer der in Schwarz gekleideten Pagen machte mir breit grinsend die Tür auf. Ich bedankte mich mit einem Nicken und setzte mich in den Wagen. Während der eine Page neben mir die Tür zufallen ließ, öffnete ein anderer Darce die Tür auf der anderen Seite. Nachdem seine Tür auch geschlossen worden war, fuhr das Taxi los. Darce sagte dem Fahrer anscheinend, wohin wir gefahren werden wollten, doch ich hörte nur einzelne Gesprächsfetzen. Ich sah aus dem Fenster und war komplett in meinen Gedanken versunken. Pount setzte sich in seiner Flowermooker Gestalt, direkt auf meinen Schoß und sah mich mit seinen großen grünen Augen aufmunternd an.

<Es wird alles gut, Pearl. Ich verspreche es. Und wenn tatsächlich etwas passieren sollte, dann bin ich als dein unglaublich mutiger, tapferer und gut aussehender Flowermooker zur Stelle.>

Ich grinste: ‹Hast du nicht einige deiner unglaublichen Eigenschaften vergessen?›

Er dachte kurz nach. <Ich denke nicht.>

‹Oh doch, das hast du. Zum Beispiel Einbildung, überkompensierter Stolz, Arroganz …›

Entgeistert sah er mich an. <Ich glaube, du verwechselst mich mit der Dumpfbacke neben dir>, antwortete er und ich kicherte.

‹Ihr gebt und nehmt euch nicht gerade viel.›

Darauf antwortete er nur mit einem empörten Schnauben. Eine kleine Diva war er wohl auch. Alle drei schwiegen wir und hörten im Radio Musik. Nach einer Weile begann der Taxifahrer mitzusummen und es dauerte nicht lange, da mussten wir uns auch schon seinen schrecklichen Gesang anhören. Entgeistert sah ich Darce an und der presste so fest es ging die Lippen aufeinander, um nicht laut loszulachen. Mein Bauch kitzelte mich von innen. Ich hielt meinen Mund zu so fest es ging und starrte krampfhaft auf einen Punkt auf dem Boden. Doch ich konnte nicht mehr. Als ich mich zu Darce umsah konnte ich mich nicht mehr halten und wir beide prusteten wie wild los. Mein Körper bebte vor Lachen. Der Taxifahrer hatte zu dem Lied «Titanium» gesungen, und er hatte Glück, dass die Fenster seines Autos noch nicht zersprungen waren. Er warf einen Blick nach hinten zu uns und fragte uns auf Englisch, wie viel wir schon getrunken hätten. Nach einer Weile beruhigten wir uns wieder und es kam nur noch zu vereinzeltem Hicksen.

Washington bei Nacht war unglaublich. Alles war beleuchtet und von oben musste es aussehen wie der Himmel, mit all seinen schön leuchtenden Sternen. Die Straßen waren überfüllt mit Autos und Fußgängern. Selbst jetzt sah man schon betrunkene Menschen. Riesige Wolkenkratzer beleuchteten den Himmel und so war mein Blick fast dauerhaft nach oben gerichtet. Ein Lächeln lag auf meinen Lippen. Es war wunderschön hier.

Es dauerte kaum mehr 10 Minuten, bis wir vor einem Restaurant hielten. Ich sah zu Boden und dann zu Darce. Aufmunternd lächelte er mich an. Ich wollte zurücklächeln, doch es gelang mir einfach nicht. Es war kaum zu leugnen, dass ich Angst hatte. Ich war nicht so stark wie Darce oder Ariana. Ich kam nicht mal halbwegs an sie heran! Es war selbstverständlich, dass ich Angst hatte. Doch lieber mich meiner Angst stellen, als damit leben zu müssen, dass jemand durch meine Hand gestorben wäre. Darce verstand, was ich dachte und nahm meine Hand. Erst durch seine warmen Hände spürte ich, wie kalt meine waren. Ich sah auf sie hinab und wusste nicht, was ich tun sollte.

«Wo ist das Armband, dass dir Persephone gegeben hat?», fragte er und ich zeigte ihm mein rechtes Handgelenk. Ich schloss die Augen, und als ich sie wieder öffnete, strahlte es in all seiner Schönheit und verzierte mein Handgelenk wie kein anderes es gekonnt hätte. Bewundernd sah Darce es an, doch er fasste sich schnell wieder.

«Es ist wunderschön, oder nicht?», fragte ich, und Darce sah mich an. Seine Augen leuchteten.

«Nein. *Du* machst es erst so schön.»

Meine Augen wurden groß. «Oh ... ähm ... Danke ...» Ich zog meine Hände weg, da mein Bauch gefährlich kribbelte. Ich stieg aus dem Taxi und Darce folgte mir, nachdem er den Fahrer bezahlt hatte. Während ich das Restaurant musterte strich ich mein Haar zurück. Es sah komischerweise ziemlich französisch aus. Darce lief vor und öffnete mir die Tür. Warmes Kerzenlicht umfing mich und der Geruch nach köstlichem Essen führte mich tiefer in das Restaurant. Es war nicht voll, aber auch nicht gerade leer. Der Boden war aus Mamor und rechts von der Tür befand sich eine große Bar, hinter der vier junge Männer standen und fleißig Getränke mischten. Links von mir führten sechs Stufen zu den Esstischen. Auf allen Tischen brannten Kerzen und sämtliche Tische waren mit Silberbesteck gedeckt. Die Tischdecken waren allesamt weiß, und im hinteren Teil des Raumes erklang entspannende Musik von einem Klavier.

Ein Bediensteter trat zu uns und fragte, ob wir reserviert hätten. Ich antwortete, dass wir das nicht hätten und ob trotzdem noch etwas frei wäre. Der Mann nickte und begleitete uns zu einem Tisch. Mir fiel auf, dass trotz des Gewimmels an Menschen, die hier waren, alles ziemlich ruhig war. Der Mann fragte außerdem, ob wir Stammgäste oder zum ersten mal hier seien. Darce beantwortete die Frage, während ich mich weiter umsah. Noch etwas weiter hinten im Raum führte eine Treppe nach unten, doch ich konnte nicht sehen wohin genau sie ging.

«Junge Dame? Sie haben wohl schon die Treppe zu unserer kleinen Disco entdeckt. Gerne dürfen sie dort vorbeischauen», sagte der Bedienstete und ich musterte ihn misstrauisch.

«Vielen Dank.»

Warum sprechen sie hier alle Deutsch, warum sprechen hier so wenige Englisch? Die Frage schoss mir wieder und wieder durch den Kopf und Pount, unter meiner Hand versteckt, wirkte auch unzufrieden mit der Umgebung. Ich wollte Darce nicht unnötig aufregen, deswegen erzählte ich ihm nichts. Er bestellte irgendwas, doch ich war mit den Gedanken ganz woanders. Ich belauschte die Tische neben uns, um heraus zu finden welche Sprache sie sprachen. Auf beiden Seiten wurde englisch gesprochen. Komisch. Trotzdem fühlte ich mich hier gar nicht wohl. Unruhig rutschte ich auf meinem Stuhl hin und her. Mir gefiel das alles nicht und ich hatte andauernd das Gefühl beobachtet zu werden.

«Pearl», ermahnte mich Darce und ich sah ihn entschuldigend an.

«Irgendwas stimmt hier nicht», flüsterte ich, obwohl er das schon längst wusste.

Er nickte. «Verhalt dich nicht so auffällig», befahl er mir und ich erstarrte.

Er hatte Recht! Was wenn die Typen das bemerkten? Ich erzitterte. Ich war für solche Dinge einfach nicht gemacht.

«Ist Ihnen kalt?», fragte einer der Bediensteten hinter mir und ich zuckte zusammen.

«Äh, nein … Ich meine ja … ein wenig …»

Darce stieß mich unter dem Tisch leicht an.

«Soll ich Ihnen ihre Jacke bringen?», fragte der Bedienstete, während ich verzweifelt versuchte, meine Angst herunterzuschlucken und aufrichtig auszusehen.

Jacke? Hatte ich eigentlich eine dabei gehabt? «Nein danke. Ich werde mir eh gleich die Disco ansehen, und da brauch ich hoffentlich keine Jacke mehr.»

Der Bedienstete nickte freundlich und entfernte sich, doch ich konnte wie tausend Nadelstiche spüren, dass sie mich beobachteten. Atmen Pearl, atmen nicht vergessen.

‹Pearl! Du machst mich ganz fummelig, entspann dich endlich. Ich sag dir, wenn Gefahr droht›, hörte ich Pounts Stimmchen.

‹Machst du Witze? Dieser ganze Raum, das ganze Restaurant trieft geradezu vor Gefahr.› Ich heftete meinen Blick angespannt auf das Besteck vor mir.

‹Geht gar nicht, denn der ganze Raum stinkt nach deiner Angst.›

Wütend starrte ich ihn an. ‹Ich binde dich irgendwo an, Poupu!›

Pount knurrte und das zauberte mir ein Lächeln auf die Lippen. Ich sah zu Darce.

«Ich geh jetzt da runter. Ich kann nicht mehr warten.»

Ich stand auf.

«Pearl, nein, setz dich wieder», flüsterte er, doch seine Stimme klang gefährlich. Ganz Mechanisch setzte ich mich wiederhin. «Ich check die Lage und hole dich dann.»

Ich schüttelte den Kopf. «Nein, ich komme mit», antwortete ich.

«Pearl! Tu nur einmal was ich dir sage», entgegnete er, doch jetzt sah er wütend aus. Meine Augen wurden groß. Ich hatte ihn noch nie wütend gesehen, und als ich es sah, wollte ich das auch wirklich, wirklich nicht.

«Fein! Dann beeil dich wenigstens», fauchte ich zurück – aber im Flüsterton. Er grinste sein Bad-Boy-Grinsen und ich spürte, wie meine Beine trotz meiner Wut auf ihn wackelig wurden.

«Als könnte ich lange von dir entfernt sein», antwortete er ,und ich rollte mit den Augen, konnte mir ein Lächeln aber nicht verkneifen. Darce stand auf und zwinkerte mir noch einmal zu. Schnell schaute ich weg, sonst hätte er mich noch grinsen gesehen! Ich saß also da und wartete und wartete. Es verging meines Erachtens eine Ewigkeit. Ich schnappte mir mein Handy, um nachzusehen, wie spät es war. Als sich das Display aufhellte, stockte mir der Atem. Es waren erst fünf Minuten vergangen. Ich stützte meinen Kopf auf meine Hände und stöhnte.

«Kann ich ihnen noch etwas Gutes tun?», fragte wieder ein Bediensteter und ich schreckte hoch. «Vielleicht etwas zu trinken?», fragte er und ich nickte.

«Haben sie Sekt?» Ich hatte noch nie wirklich Alkohol getrunken, doch jetzt hatte ich es dringend nötig. Der Mann nickte und verschwand wieder. Ich wartete weiter. Das Kerzenlicht machte mich schläfrig und ein Gähnen ließ nicht lange auf sich warten.

‹Pearl! Nicht einschlafen!

Ich setzte mich aufrecht hin. ‹Bin total wach, hab alle fünf Sinne beisammen – oder sechs ...?›

Vor mir wurde ein Sektglas hingestellt und ich bedankte mich. Mit zwei großen Schlucken kippte ich das Getränk herunter und verzog dann wegen des bitteren Nachgeschmacks angewidert das Gesicht. Pount lachte laut. ‹Du hast noch nie Alkohol getrunken? Ehrlich?›

Wieder starrte ich ihn böse an. ‹Bin eben kein Säufer. Aber ich glaub, du hast auch nicht gerade viel Erfahrung, du vor zwei Tagen geborenes Früchtchen.›

Beleidigt schnaubte Pount und ich merkte, wie mir ein wenig schummrig wurde. Ich schaute auf die Uhr. Mittlerweile waren zwanzig Minuten vergangen. Ich stand auf.

‹Was machst du denn da?›, wollte Pount wissen. ‹Er hat gesagt, dass du sitzen bleiben sollst.›

‹Ja, Mom. Das ist mir aber egal. Ich sehe jetzt nach ihm. Und seit wann kümmern dich denn seine Anweisungen?›

Pount hüpfte in meine Hände und sagte: ‹Sie kümmern mich nicht!› Zusammen gingen wir Richtung Treppe. Die Treppe war schwarz gefliest und führte erst einmal ins Dunkle.

‹Was ist, wenn ihm da unten was passiert ist?› fragte ich Pount.

‹Ts, sehe ich so aus, als würde mich das interessieren?›, fragte er zurück und ich grinste.

‹Nein, natürlich nicht›

<Gut, ich hatte schon Angst.>

Ich lachte. Dann ging ich die Stufen hinunter und die Dunkelheit umfing mich wie schwarzer Nebel. Hier unten war es viel wärmer und die Luft war stickiger. Musik dröhnte mir laut entgegen und tausend verschiedene Farben beleuchteten eine Tanzfläche, die ich aber noch nicht sehen konnte. Eine riesige Discokugel hing von der Decke hinab und drehte sich. Ich befand mich auf einer Art kleinem Balkon. Rechts von mir war eine Treppe, die hinunter zur Tanzfläche führte. Ich trat an den Rand und sah nach unten. Ganz links von der Tanzfläche entdeckte ich eine große Bar, vor der mehrere Männer und Frauen saßen. Gelächter war zu hören und lautes Jubeln. Vor der Tanzfläche, stand ein DJ und arbeitete fleißig mit irgendwelchen Platten. Mit sowas kannte ich mich gar nicht aus.

Von der Tanzfläche stieg ein starker Geruch von Schweiß auf und ich erkannte auch warum: Die Tänzer tanzten unheimlich eng beieinander. Es sah eigentlich kaum nach Tanzen aus. Die meisten Frauen hatte kaum etwas an und ich konnte sogar die Schweißtropfen der Menschen erkennen. Eine Frau hatte ein schwarzes Kleid an, das einen dermaßen tiefen Ausschnitt hatte, dass ich für meinen Teil sofort den Blick abwendete. Auch ihr halber Rücken lag in einer ovalen Form fast bis zum Hintern frei. Wenn sie sich drehte, flogen die Enden des Kleides sehr hoch. Sie tanzte mit einem blonden Typen, glaubte ich, doch es war ein wenig zu dunkel um die Haarfarbe zu erkennen. Sie tanzten wirklich viel zu eng, so wie eigentlich alle Paare. Der Mann sah zu der Discokugel auf und ich erkannte seine Augen. Selbst in der Dunkelheit leuchteten sie wie Sterne nur in grün. *Darce?!* Er war es tatsächlich. Je näher ich hinsah, desto besser erkannte ich ihn. Da saß ich also zwanzig Minuten oben und wartete, bis er mich abholt, und dann fand ich ihn beim Tanzen mit einer Frau, die mit Sicherheit keinen ehrbaren Beruf hatte.

<Siehst du, Pearl. Er ist ein Arschloch. Meine Sinne trügen eben nie.>

Jetzt konnte ich nicht mal wiedersprechen aber das wollte ich auch gar nicht. Wie konnte er nur? Wut kochte in mir hoch und ich überlegte, was ich machen sollte.

1. Ins Hotel zurück rennen
2. Ihn vor allen zur Rede stellen
3. Selber nach dem Edelstein suchen und ihn hier dann einfach zurück lassen oder
4. Diese Göre umbringen

Viertens gefiel mir am besten. Ich war so wütend, aber ich wollte, dass Darce wusste, dass ich ihn gesehen hatte. Also lief ich die Treppen hinab und ging ziemlich nah an den beiden vorbei. Doch ich tat so, als würde ich zur Bar wollen. Ich drehte mich um und erwartete Darce hinter mir – doch da war niemand! Hatte er mich nicht gesehen? Natürlich hatte er das! Was für ein arrogantes, stinkendes, hässliches ....

Ich kochte vor Wut, von Angst keine Spur mehr. Die kochende Hitze, die unnatürlich stark von mir ausging, füllte den Raum und verdickte die Luft. Fest umschlungen tanzten die Paare, auch Darce mit ....ja, dieser Frau. Ich konnte mich kaum noch halten, als tausend eifersüchtige Stiche durch meinen Körper flogen. Ich streckte meine Hand aus.

<Warte, Pearl, ich brauche noch Popcorn. Das wird witzig.>

Ich ignorierte Pount, während ich mir genau vorstellte, was jetzt passieren würde. Die Frau blieb stehen und umklammerte ihren Bauch. Sie taumelte ein wenig hin und her, während sie versuchte stehenzubleiben. Immer mehr schnürte ich ihr die Luft ab, aber ich ließ ihr genug, damit sie überlebte. Böse grinste ich. Das tat so gut. Die Frau fiel nach vorne auf Darce, der sie natürlich breitwillig auffing und furchtbar unauffällig einen Blick in ihren Ausschnitt warf. Meine Augen wurden zu Schlitzen und mit einer Handbewegung brachte ich sie wieder zum Stehen. Sie war meine kleine Puppe, doch ich spürte wie ich schwächer wurde und ließ langsam los. Darce fragte diese dumme Frau, ob sie etwas zu trinken bräuchte. Sie nickte eifrig und sah ihm nach.

Darce ging Richtung Bar und musste nur den ersten Schritt machen, als er mich schon erkannte. Ich grinste ertappt, drehte mich leicht, bestellte einen Wodka und lehnte mich an die Bar. Darce kam auf mich zu und sah selber auch ein wenig ertappt aus. Doch dann verfinsterte sich sein Blick. Schnell kam er auf mich zu und erhob schon den Finger.

«Ich hab dir doch gesagt du sollst oben auf mich warten», sagte er.

«Damit du hier mit dieser ekelhaften Frau rummachen kannst?» fuhr ich ihn an. Wütend starrte er zurück. Die Luft um uns herum begann zu knistern und schien geradezu zu brennen. Ein unstillbares Verlangen überkam mich und ich krallte mich mit den Fingernägeln an meinem Stuhl fest. Beide sahen wir uns gegenseitig fest an, doch dann wurde sein Blick weich.

«Du bist eifersüchtig», sagte er stolz.

«Langsam habe ich deine Halluzinationen satt», antwortete ich schnippisch und sah in eine andere Richtung. Neben mir wurde das Getränk abgestellt und ich ergriff es.

«Erzähl mir doch nichts. Ich kann das Funkeln in deinen Augen sehen», warf er ein und sah mich triumphierend an.

«Ich bin hier um einem Freund das Leben zu retten, nicht um deine Spielchen zu spielen», fauchte ich und trank das Glas in einem Zug aus. «Aber wenn du spielen willst, dann mach dich auf einen würdigen Gegner gefasst.» Ich richtete meine Haare, stand auf und begab mich auf die Tanzfläche, um mich zum Rhythmus der Musik zu bewegen. Ich warf noch einen Blick hinter mich und sah, dass Darce mich beeindruckt ansah. Mehrere Frauen betrachteten mich voller Neid auf der Tanzfläche, doch es war mir egal. Ihr Neid war mein Erfolg. Apropos – ich hatte definitiv zu viel getrunken, zumindest für meine Verhältnisse, denn ich hätte so etwas niemals gemacht. Herausfordernd sah ich Darce an. Darce bestellte etwas und betrachtete mich weiter.

Plötzlich trat ein großer Mann zu mir. Er war muskulös und todschick gekleidet. Er hatte schwarze Haare und blaue Augen und hielt mir seine Hand hin. Ich ergriff sie und er tanzte mit mir. Er hieß Stevan und war 19 Jahre alt. Er half mir ein wenig auf der Tanzfläche, da ich im Tanzen wirklich fürchterlich war. Aus dem Augenwinkel sah ich, wie Darce dieser Frau etwas zu trinken brachte. Ich konnte mich vor Eifersucht kaum halten. Ich dachte nach und grinste dann hinterhältig. Darce wollte ihr gerade das Glas geben, als ich es mit einer Handbewegung über die Frau kippte. Erschrocken schrie sie auf und ohne noch lange zu zögern verließ sie den Raum. Darce sah mich triumphierend an, formte mit den Lippen *Ich gewinne* und ich starrte ihn böse an.

Nachdem sie weg war hatte ich sogar ein wenig Mitleid aber nur ein ganz kleines bisschen. Da überwog natürlich die Selbstzufriedenheit. Ich grinste breit und drehte mich. Darce fing mich ab und fasste mich an der Hüfte. Er zog mich zu sich und zusammen tanzten wir.

«An deinen Manieren und wie man ein Glas übergibt solltest du noch arbeiten. Weißt du, die meisten Frauen wollen das Getränk gerne im Körper und nicht darauf.»

Ich verkniff mir mein breites Grinsen nicht. Eine Augenbraue wanderte nach oben.

«Pearl, du hast mit deiner Eifersucht alles vermasselt. Sie ist die Tochter des Besitzers.»

Mein Lächeln verschwand und aus meinem Gesicht wich die Farbe. *Er hatte nur versucht zu helfen! Und ich hatte wie ein Kind reagiert!*

«Es … es …» begann ich.

«Tut dir leid? Ja, mir auch. Obwohl … dich so nah zu haben, daran könnte ich mich gewöhnen.» Er grinste verschmitzt und ich schlug ihm spielerisch gegen die Schulter. Seine Hände lagen warm auf meinen Hüften und meine gesamte Haut prickelte darunter wie verrückt. Seine Berührungen machten mich irre. Sein Blick ließ meinen Verstand aussetzten und seine Komplimente ließen mein Herz unnatürlich schnell schlagen.

Ich schluckte angespannt und löste mich von ihm. Hinter mir stand Stevan und hielt mir seine Hand wieder hin. Ich ergriff sie, doch bevor ich noch weiter etwas machen konnte, wurde sein Griff auf einmal steinhart. Ich riss meine Augen auf und fuhr herum: Stevan war tatsächlich zu Stein geworden. Wie eine Statue stand er da, seine Augen weit aufgerissen und sein Mund zu einem stummen Schrei geöffnet. Ich schrie auf und versuchte meine Hand zu lösen, doch aus seiner steinernen Hand konnte ich mich nicht befreien.

Ich drehte mich zu Darce um und fuhr ihn an: «Das war komplett unnötig!»

Seine Augen waren ernst und wachsam. «Das war ich nicht», erklärte er. Und als ich mich umsah, bemerkte ich, dass sämtliche Menschen, die sich in diesem Raum aufgehalten hatten, zu Stein geworden waren – außer uns beiden. Ich überprüfte sicherheitshalber meine Hände und Füße, doch ich sah normal aus.

«Was ist hier los?» flüsterte ich und spürte augenblicklich einen Windhauch. Ich sah mich um. Hier waren keine Fenster. Wo kam der Wind jetzt her? Die heiße Luft war eiskalt geworden und ich fröstelte. Ich zerrte an meiner Hand, um sie frei zu bekommen, doch es war geradezu unmöglich. Angst durchströmte meinen Körper wie kalte Luft. Ich erzitterte wieder und wieder, während Darce im Raum umherstreifte.

«Darce!» rief ich im Flüsterton. Doch er hörte nicht. «Darce!» rief ich lauter. «Hilf mir!»

Die Lilie an meiner Schulter wurde heiß. Ich wollte nach ihr sehen, doch ich konnte sie nicht erkennen. Frustriert schlug ich auf Stevans kalten steinigen Arm ein.

‹Pount?›, rief ich meinen kleinen Flowermooker. ‹Pount! Wo bist du?›

‹Ich bin hier, Pearl. Alles ist gut. Ich werde dich beschützen.›

Das half ein wenig.

«Wir sind nicht alleine», flüsterte Darce.

«Ach echt?! Du Blitzmerker! Jetzt hilf mir!», antwortete ich.

Etwas bewegte sich hinter mir und ich zuckte zusammen. Fest biss ich Zähne aufeinander, um nicht zu schreien.

«Sei still», sagte er. Darce legte seine Hand auf sein Tattoo und flüsterte etwas. Als er sie wieder wegnahm, hatte er etwas auf seiner Hand. Er setzte es auf dem Boden ab und es wuchs. Es wurde größer und größer. Ehrfürchtig sah ich dem Tier entgegen. *Kerberos, der Dreiköpfige Hund.* In all seiner blutrünstigen Pracht stand er – oder besser: alle drei – vor mir und hielt seine Nase hoch.

«Natürlich. Mal wieder die Herren der Unterwelt. Jeder normale Mensch legt sich einen Wachhund zu, aber ihr Herren braucht natürlich einen übergroßen, gruseligen und blutrünstigen Killer.»

Darce lachte: «Wir sind aber nicht normal.»

Darauf konnte ich nur nicken. Normal wäre viel zu einfach. Es durfte generell nie einfach sein.

Kerberos suchte etwas. Erschrocken sah ich zu Darce, der mich herausfordernd ansah.

«Na, das kannst du nicht toppen was?»

‹Pount? Muss ich dazu noch etwas sagen?›, fragte ich.

‹Machst du Witze? Er hat gerade sein Todesurteil unterschrieben. Jetzt geht die Party los.›

Ich fühlte mich gleich besser, und als Pount wuchs, vergaß ich für einen Moment unsere Umgebung. Pount wuchs ein langer Schwanz und löwenartiges Fell. Seine Augen leuchteten rot, und als er das Maul öffnete, sah man unglaublich scharfe Zähne, die im seichten Licht glänzten. Sein Schwanz kringelte sich und hatte eine gefährliche Spitze, wie die eines Skorpions. Mächtige Flügel erhoben sich in die Luft.

«Ein Mantikor», flüsterte Darce. «Nicht schlecht.»

«Ich weiß», antwortete ich stolz und Darce kam auf mich zu. Pount stellte sich vor ihn und brüllte mit seiner gewaltigen Löwenstimme. Selbst mir lief ein eisiger Schauer über den Rücken. Die Wände neben uns bröckelten ein wenig. Ein Windstoß erfasste mich und sofort riss ich wieder an meiner Hand. Ich wollte hier raus und zwar schnell. Wie eine ablaufende Uhr tickte es in mir und ich spürte jede Sekunde, die vorüberging wie einen Schlag in die Magengrube. Etwas befand sich hier. Kerberos suchte den Raum ab, während Pount sich stolz präsentierte.

«Mit diesen zwei Beschützern kann uns ja nichts passieren», sagte ich mehr, um mich selber zu beruhigen. Darce sah mich nicht an.

«Naja. Um genau zu sein, haben wir nur einen.» Mit dem Kopf wies er auf Pount. «Kerberos, kann nicht kämpfen. Und er ist nicht gerade zum Anfassen. Er ist irreal.»

Meine Augen wurden groß. «Irreal?» Sofort begann ich wieder auf Stevans steinernen Arm einzuschlagen. Panik stieg in mir auf und mein Atem wurde schneller. Die Zeit hatte aufgehört zu ticken. Wie angewurzelt blieb ich stehen. Es war hier jetzt unglaublich still und ich wusste nicht, ob ich das gut fand oder schlecht. Doch dann wurde die Entscheidung für mich getroffen.

Ich hörte etwas schwer atmen. Anscheinend sahen es Pount und Darce nicht, doch Kerberos hatte es im Visier. Dunkelrote Augen starrten mich voller Hass an. Etwas in mir explodierte und ich schrie laut auf. Darce und Pount fuhren herum, doch es war zu spät. Ein riesiges Monster löste sich aus dem Schatten und griff Pount an. Es schleuderte den riesigen Mantikor gegen die Wand. Ich schrie so laut ich konnte. Es war schwarz und groß. Der Körper sah von hinten wie der einer Spinne aus, doch diese hatte nur sechs Spinnenbeine. Das Ding drückte Pount gegen die Wand und drückte ihm die Luft ab. Pount schrie und schlug immer wieder mit seinem skorpionartigen Schwanz nach dem Vieh, doch er verfehlte es wieder und wieder.

‹Pearl!›, rief er und Tränen rannen mir die Wange hinunter.

‹Ich komme, Pount!›

«Darce!», rief ich und erkannte ihn kaum noch. Er war umhüllt von tiefster Schwärze. Er absorbierte die Dunkelheit aus allen Ecken, bis diese sich zu einem Schwert verformt hatte. Er sah das Vieh gefährlich an und wollte auf es losgehen, doch da wurde er schon zurückgeschleudert. Seine Augen waren geweitet, als er quer durch den Raum flog und gegen eine Wand knallte. Sein Schwert flog durch die Luft und hackte Stevans Arm ab. Ich war frei! Schnell entfernte ich noch die letzten Steinbrocken bevor ich die Augen schloss. Ich sah den riesigen Ball aus Macht anstelle meines Herzen und rief ihn auf. Ich spürte, wie die pulsierende Macht durch jede meiner Poren floss. Die Luft um mich herum begann wild zu knistern, und als ich die Augen wieder öffnete, wusste ich, dass sie grün leuchteten. Mein ganzer Körper leuchtete grün. Ein grüner Ball aus sich windender grüner Macht erschien in meiner Hand, und ohne zu zögern schoss ich ihn in Richtung der Kreatur ab. Das Tier jaulte auf und dann war es still. Es roch verbrannt und ich zitterte am ganzen Leib, ließ die pulsierende Macht aber nicht los.

‹Perle der Persephone. Es ist schön, dass du mich aufgesucht hast. Jetzt werde ich dich nämlich ausliefern können und dafür werde ich reich belohnt werden.›

Die Stimme ging mir durch Mark und Bein und ich drehte und wand mich, um das Vieh zu finden. Ich suchte nach Hilfe, doch meine beiden Kameraden waren außer Gefecht gesetzt. Pount lag am Boden und regte sich nicht mehr. Ein tiefes Loch war in die Wand gerissen worden. Ich sah zu Darce. Er lag stöhnend auf dem Boden und sein Bein sah leicht verdreht aus, doch er rappelte sich langsam auf.

«Was bist du?», fragte ich und sah mich nach einem Ziel um.

‹Was ich bin? Ein neu geschaffenes Wesen. Aber du stellst die falschen Fragen, kleine Perle. Viel wichtiger ist: Wer hat mich geschickt?›

Ich erzitterte. «Wer hat dich geschickt?» Meine Stimme klang haargenauso wie ich mich fühlte. Ein alles erfüllendes Lachen war zu hören und dann ein Knall. Ich fuhr herum. Vor mir löste sich ein Schatten von der Wand und Dunkelheit begann sich wie ein Netz um mich zu legen. Es roch nach Tod und Blut. Blutrote Augen funkelten mich an. Es kam auf mich zu und trat ins Licht. Meine Hand verschloss meinen Mund: Es war eine riesige Spinne. Sie hatte nur sechs Beine, die anderen beiden sahen aus wie die Scheren eines Krebses, nur monströser. Sie hatte ebenfalls einen langen Schwanz, der am Ende einen Stachel in Form eines Haizahns hatte. Ich hatte das Gefühl, keine Luft mehr zu bekommen, doch zum Trödeln oder um in Ohnmacht zu fallen war keine Zeit. Luke hatte diese Zeit nicht!

Ich feuerte einen Machtball auf das Wesen ab. Und dann noch einen und noch einen. Das Vieh rannte durch den Saal und ich schoss in sämtliche Richtungen, um es zu treffen. Ich spürte meinen schnellen Herzschlag und meine immer mehr schwindende Kraft. Mein Atem ging wie ein Maschinengewehr. Ich stoppte und schon wieder war es totenstill. Ich sah mich um, während ich voller Adrenalin kaum Luft bekam.

«Pearl!», krächzte Darce, doch da fiel ich schon. Etwas hatte mir die Beine unter dem Körper weggezogen und ehe ich schreien konnte, hörte ich schon einen dumpfen Laut von meinem Kopf. Ich schrie vor Schmerz und wurde augenblicklich von höllischen Kopfschmerzen geplagt. Ich krümmte mich auf dem Boden und hielt mir den Hinterkopf. Ich fuhr durch meine Haare, bis zu einem glitschigen warmen Punkt. *Blut!* Der Raum begann sich zu drehen, doch ich zwang mich aufzustehen. Ich fiel zwar sofort wieder auf den Hintern, aber sitzen war schon ein Fortschritt.

Von vorne kam etwas blitzschnell auf mich zu und ich hob die Hände, um mich zu schützen. Ich sah den messerscharfen Stachel auf mich heruntersausen, und dann ging alles ganz langsam. In meinen Ohren hämmerte mein Puls, doch dass ließ mich nicht die Dinge um mich herum überhören. Schweißperlen rannen mir über die Stirn, während der Stachel immer näherkam. Ich schloss die Augen und betete. Als ich sie wieder öffnete, schlug der Schwanz gegen ein grünes Kraftfeld. Das Kraftfeld schleuderte das Tier zurück und es fiel gegen die Wand.

«Pearl! Pearl? Wo bist du!»

Ich hörte seine Stimme nur summend, doch ich erkannte sie. Ich wollte mich nach ihm umdrehen. Doch das musste ich gar nicht, denn ich sah auch so, dass mich dieser unheimliche Nebel umschloss und meine Worte wie Nahrung verschlingen würde. Ich kauerte mich auf dem Boden zusammen und bewegte mich kaum. Aus der Entfernung schlug etwas gegen meine Barriere. Und dann schlug es nochmal und nochmal. Mit aller Kraft hielt ich dagegen an, aber es war zu stark. Der Druck, der auf mich ausgeübt wurde, war zu groß. Wieder glitt eine einzige Träne über meine Wange und ein erstickter Schrei entfuhr meiner Kehle. Meine Hände zitterten und meine Arme waren müde. Mit einem letzten Aufruf an meine Magie zersplitterte die Barriere in tausend grüne Funken und von mir gingen zu allen Seiten grüne Strahlen aus. Dann wurde ich gegen den Boden geschleudert und das war's. Nur noch endlose Schwärze und ein tiefer traumloser Schlaf.

Kapitel 12

Sauerstoff! Tief einatmend schreckte ich hoch. Die Sonne stach mir ins Gesicht und ich wagte nicht die Augen zu öffnen. *War ich tot?* Ich ließ meine Finger blind über mein Gesicht streifen. Jup, ich war zumindest kein Geist. Vorsichtig öffnete ich die Augen und musste tausendmal blinzeln, bis ich mich an das helle Licht gewöhnt hatte. Eine leichte Brise wehte, aber ich schwitzte wie noch nie zuvor. Es war so heiß hier! Ich sah mich um. Um mich herum waren überall nur steile Felswände. Ich war quasi umzingelt. Wie war ich hier nur her gekommen?

‹Pount?›, rief ich aus einem Reflex heraus, doch niemand antwortete mir. Ich wartete noch ein paar Sekunden, bevor ich ihn wieder in Gedanken rief, doch aus irgendeinem Grund antwortete er einfach nicht. «Was ist hier nur los?», fragte ich mich und rieb mir den Kopf. Ich spürte eine raue Stelle, fast schon verkrustet. Ich betrachtete meine Hand, sie war rot. Ich hatte am Hinterkopf geblutet!

Plötzlich wurde ich panisch. «Pount?» rief ich und wollte ihn auf dem Boden suchen, doch da war kein Boden. Meine Augen weiteten sich, als ich unter mir nur ein dünnes Netz sah. Etwa zwanzig Meter unter dem Netz brodelte es rot und gefährlich und jetzt verstand ich auch warum mir so warm war. Ich saß auf einem dünnen Netz über kochender Lava. Ich befand mich in einem Vulkan! Mein Atem beschleunigte sich panisch und ich suchte auf allen Seiten nach Fluchtwegen. Aber da war nicht viel zu sehen. Um mich herum waren Felswände, es würde schwer werden, sie hoch zu klettern.

Meine linke Hand rutschte ein wenig nach links und berührte etwas Glitschiges. Langsam drehte ich den Kopf zur Seite und biss mir auf die Lippe, um nicht zu schreien. Grüner Schleim hing an meiner Hand, und eine ganze Spur davon ließ mich aufsehen. Sie führte zu etwas schwarzem Großen, das mit dem Rücken zu mir lag. Ich sah es, und auf einen Schlag fiel mir alles wieder ein. Leise wimmerte ich vor Schreck und schluckte meine Tränen runter. Ich musste still sein, denn wenn dieses Vieh aufwachte, würde es mich töten und zwar ohne zu zögern. Aber es sah verletzt aus. Doch hieß das auch, dass es schwach war? Ich wusste es nicht, aber was ich wusste, war, dass ich so schnell es ging verschwinden sollte. So lange das Monster noch so dalag und schlief.

Ich hielt meinen Körper fest umschlungen, als ich mit wackeligen Knien versuchte aufzustehen. Als ich stand, atmete ich tief und leise ein. Ich sah mich zu beiden Seiten um, um eine geeignete Felswand zu finden, an der ich hochklettern könnte. Doch leider gab es nicht allzuviele Möglichkeiten. Ich teilte die einzelnen Felswände in «keine Chance», «unmöglich» und «gaaaanz sicher» auf und versuchte, eine von ihnen zu wählen. Ich entschied mich für eine der «Unmöglichen», da ich ja in letzter Zeit prinzipiell gelernt hatte, dass man in dieser Welt das Unmögliche möglich machen konnte.

Ich wollte mich gerade in Bewegung setzen, als etwas meine Aufmerksamkeit erregte. Etwas blitzte in Smaragdgrün auf. Mein Kopf fuhr herum und ich erkannte, selbst aus dieser Entfernung, einen der Steine. Da war also der Stein den wir gesucht hatten! Am Hals dieses Ungeheuers. Ich war so doof! Hätte ich das nicht erraten können? *Ehrlich Persephone, dass du so auf Klischees stehst, hätte ich ja nicht erwartet*, ging es mir durch den Kopf, während ich überlegte, wie ich dem Ding den Stein wegnehmen könnte. Ich sah auf das dünne Netz unter mir und die heiße blutrünstige Lava, die mich mit ihrer unerträglichen Hitze umhüllte. Vorsichtig machte ich den ersten Schritt in Richtung des schwarzen großen Monsters.

Tja Pearl, du solltest dich wohl langsam dran gewöhnen. Normale Menschen wären jetzt einfach gegangen, aber nein, du bleibst hier und holst den Stein. Warum steckst du dir eigentlich nicht gleichen einen Apfel in den Mund. Ich meine, du präsentierst dich ja sowieso schon wie auf einem Silbertablett.

Ja, so führte ich also meine altbewährten Selbstgespräche, während ich vorsichtig einen Fuß vor den anderen setzte und hoffte, dass die ganze Schokolade nicht zu viel war. Immer mal wieder warf ich einen Blick nach unten, mit dem Ergebnis, dass ich das Gleichgewicht verlor. Wackelnd kam ich wieder zum Stehen. Ich schloss die Augen und öffnete sie nach einem langen tiefen Seufzer wieder. Ich konzentrierte mich so fest ich konnte auf diesen Stein, und Funken begannen um mich herum zu sprühen. Meine Fingerspitzen leuchteten in einem sanften Grün und als ich aufblickte, leuchtete der Stein auch. Überrascht sah ich von meinem Fingern zurück zu dem Stein und wieder auf meine Finger. Ich schloss die Augen und stellte mir vor, wie sich der Stein vom Hals des Tieres vorsichtig löste und zu mir geflogen kam. Ich öffnete die Hände und kurz darauf spürte ich etwas Warmes in meiner Hand. Nein, nicht warm – es glühte geradezu. Ich hätte laut jubeln können, doch ich musste still sein.

Schnell sah ich mich nach einer geeigneten Wand um und lief so schnell es auf sie zu. Mein Körper hatte sich in meinem Leben noch nie so schwer angefühlt. Ich lief weiter und starrte den leuchtenden Stein an. Er funkelte geradezu. Es sah tatsächlich aus wie die Funken, die bei mir sprühten. Plötzlich blieb mein Schuh an irgendwas hängen und ich konnte nichts mehr machen. Es waren nur Sekunden, doch kostbare. Sekunden, in denen ich zu Boden ging und vor Schreck den Stein fielen ließ.

«Nein!», schrie ich und wollte versuchen ihn zu fangen, doch er rutschte mir weg und durch einen der Schlitze im Netz durch. Vollkommen geschockt und wie automatisch streckte ich meinen Arm durch das Netz und hielt den Stein in letzter Sekunde auf. Da hing ich nun. Nur noch mit dem Unterkörper über dem Netz. Fest umschloss ich den Stein und versuchte, mich nach oben zu hieven. Mit einem erstickten Laut rollte ich mich auf das Netz zurück und wischte mir als erstes den Schweiß von der Stirn.

Apropos Aussehen. Ich sah an mir herunter – ich hatte noch immer das Kleid an, das Darce mir geschenkt hatte, aber es war jetzt viel kürzer und zerrissen. Die hohen Schuhe hatte ich komplett nicht mehr. Ich riss mir den letzten Fetzen des Kleids vom Leib und drückte die Kombination, die Pount mir genannt hatte. Um ehrlich zu sein, wusste ich gar nicht mehr, was es für Kombinationen gab, doch letzten Endes hatte ich dann den Schutzanzug an. Ich sah mich um, drehte mich einmal, den Blick auf das Netz gerichtet. Es war ganz ruhig, aber irgendwas fehlte.

Wo ist das Vieh? Es war wach! Ich fuhr herum, und da, an einer Wand, lauerten die roten hasserfüllten Augen.

‹Du bist flinker als ich dachte, kleine Perle, aber nicht mehr lange›, hörte ich es in meinem Kopf. Seine Stimme schmerzte geradezu.

«Raus aus meinem Kopf!», schrie ich und hörte als Antwort nur sein verächtliches Lachen. Hinter meinem Rücken entfachte ich zwei Machtbälle in meiner Hand.

‹Sag Lebewohl, kleine Perle›, lachte es und funkelte gefährlich.

«Lebewohl», sagte ich und feuerte den ersten Machtball auf ihn ab. Er war viel zu schnell. Das Monster raste über das Netz auf mich zu und es waren Sekunden, in denen ich auf die Idee kam. Ich feuerte den zweiten Ball direkt vor mir ab und das Netz riss. An einer Felswand klammerte ich mich fest und versuchte, schnell hochzuklettern. Angsterfüllt sah ich mich um. Das Vieh war nicht mehr zu sehen. War es tot?

Plötzlich rutschte ich von der Felswand ein wenig herunter und der scharfe Stein schnitt mir in die Haut. Ich schrie vor Schmerz und Blut begann mir den Arm herunterzulaufen. Viel zu viel Blut. Ich hörte das Monster hinter mir und drehte mich um. Auf der anderen Seite stand es und setzte sich nun in meine Richtung in Bewegung.

‹Dachtest du, du wirst mich so schnell los?›, fragte es.

‹Ne›, dachte ich, ‹aber ist Wunschdenken denn verboten?›

Ich hievte mich mit aller Kraft hoch und kletterte so schnell ich konnte die Felswand empor. Oben angekommen, sah ich das Ding immer noch laufen. Schnell blickte ich mich um.

«Komm schon, komm schon, komm schon!» flüsterte ich erst, dann wurde ich immer leiser. Ein gewaltiger Felsbrocken stand an einer Klippe. Ich rannte zu ihm und versuchte ihn mit aller Kraft zu bewegen, doch ich war zu schwach und die Zeit lief mir davon. Ich machte eine Handbewegung und der Stein löste sich mit tausend grünen Funken und rollte herunter, genau auf das Spinnenwesen zu. Es schrie laut und qualvoll, während der Stein eine ganze Lawine auslöste. Der Vulkan gab ein unglaublich lautes Brummen von sich und die Lava brodelte gefährlich und sprang unnormal hoch. Eine heiße Luftwelle und dann eine Staubwolke kamen mir entgegen. Mir wurde klar, was jetzt gleich passieren würde. Ich musste hier weg. Ich rannte los, doch ich bemerkte, dass ich mich immer noch auf der Spitze des Vulkans befand – und das war verdammt hoch. Ab hier ging es nur steil herunter.

Hinter mir wurde der Vulkan immer lauter und Rauch begann aufzusteigen.

«Argh! Das ist doch nicht dein Ernst!», schrie ich in Richtung des Vulkans gewandt. Ich lief auf dem Gestein angespannt hin und her. Was sollte ich jetzt tun? «Hilfe!», schrie ich, aber es war zwecklos. Niemand würde mich hier hören. «Pount! Wo bist du, wenn man dich braucht?»

Der Vulkan wurde immer unruhiger, je länger ich dort stand. Ich schloss die Augen. «Das darf wohl nicht wahr sein!» Ich rannte los, so schnell ich konnte, bis an den Rand der Klippe und dann ... sprang ich. Der Wind peitschte mir ins Gesicht und ich spürte durch den freien Fall nur noch ein schreckliches Kribbeln im Bauch. Ich fiel in den Abgrund, einfach so.

Ich schlug die Arme über meinem Kopf zusammen und hinter mir explodierte etwas. Eine Welle heißer Luft schleuderte mich weit nach vorne, wobei ich mehrere Saltos machte. Ich bekam eine Gänsehaut. Ob vor Kälte oder vor Angst – das wusste ich nicht. Ich schrie so laut wie noch nie zuvor und sah dabei zu, wie ich den Bäumen unter mir gefährlich nahe kam. Ich musste doch irgendwas tun können. Ich streckte die Hand aus, doch es geschah nichts. Voller Panik versuchte ich Funken zu sprühen, doch meine Kräfte ließen mich im Stich. Eine Träne rann mir die Wange hinunter, als ich verstand, dass es zu spät war. Es war eine Einsicht, die nur schwer zu verdauen war. Aber bei der Geschwindigkeit, mit der ich fiel, würde es nur noch Sekunden dauern, bis ich auf dem Boden aufkam. Ich schloss die Augen und atmete aus. Ich hörte auf zu schreien und richtete meinen Blick noch einmal in den Himmel. Dann schlug ich auf.

Ich erwartete das Gefühl von Schmerz und dann vielleicht ein quälendes Nichts – aber so war es nicht. Ich wartete darauf, Schmerz zu empfinden – aber der blieb aus. Als ich dann plötzlich einen starken Windstoß fühlte, öffnete ich schlagartig die Augen. Ich lag auf etwas Weichem und es flog. Es dauerte ein wenig, bis ich verstand, was mich da aufgefangen hatte, doch dann war ich über glücklich. Pount!

Ich spürte hinter mir zwei Arme, die mich hielten, und ich fuhr herum – und da war er. Seine Augen waren ängstlich geweitet und er sah aus, als hätte er Tage nicht mehr geschlafen. Er hatte sich nicht rasiert, und meine Hand zuckte bei dem Verlangen, ihn zu berühren.

«Sag mal Vögelchen, dass mit dem Fliegen checkst du nicht, oder?»

Ich war voller Adrenalin, und in meinem stürmischen Gemüt fiel ich ihm um den Hals und drückte ihn fest.

«Du hast mir das Leben gerettet!», rief ich aus und er lächelte.

«Schuldig.»

Tief atmete ich seinen Duft ein. In den letzten Stunden hatte ich so viel traumatisches Zeug erlebt, dass er mir jetzt wirklich Trost spendete, und ich war so unsagbar glücklich, dass er es war, der mich gerettet hatte.

‹Ja, ja. Vergiss mich ruhig. Ohne mich hätte er dich zwar gar nicht gefunden und ihr wärt beide verreckt, aber … hey! Kopf hoch.›

Ich lachte und streichelte ihn. «Ja, ich danke dir, Pount, mein Retter», sagte ich laut, damit Darce wusste, worüber wir redeten, und er lachte mit. «Dafür gibt's extra viele Kekse.»

Pount hatte wieder seine Greif-Gestalt angenommen und jagte über eine Insel … eine Insel?

«Wo sind wir hier?», fragte ich verblüfft, während meine Beine immer noch zitterten.

Darce sah zu Boden und antwortete dann: «Hawaii.»

Meine Augen wurden groß. «Hawaii? Unmöglich! Wie …», stammelte ich. «… bist du da gelandet?»

«Wir haben keine Ahnung. Wir haben in den letzten drei Tagen ganz Amerika nach dir abgesucht und ...», begann er zu erklären, doch dann begannen sich die Rädchen in meinem Kopf zu drehen.

«Drei Tage?» flüsterte ich erst und wurde dann immer lauter. «Luke!» schrie ich und mein Atem ging wieder schneller. Ich hörte mein Herz laut pochen.

«Ja wir ... wir konnten dich nicht finden.» Er fuhr sich durch die Haare.

Ich verfiel in Panik. «Nein! Nein! Darce ich kann nicht ... ich ...» Mir steckte ein Kloß im Hals. Ich wusste, ich könnte niemals mit der Schuld leben, jemanden umgebracht zu haben. Das könnte ich einfach nicht. Mich verfolgte der Gedanke jetzt schon in den Träumen.

‹Pearl, das wissen wir, und wir werden alles tun, um ihn zu retten. Versprochen›, sagte Pount und Darce umarmte mich, während ich mir immer wieder durch die Haare fuhr. Ich sah zum Himmel. Bis wir daheim wären, würde die Sonne noch lange nicht untergegangen sein. Vielleicht könnten wir heute schon weitermachen. Aber so wie Darce aussah, so wie Pount sich anhörte und so fertig wie ich war, würden wir nicht weit kommen. Dass bedeutete, ich hätte nur noch zwei Tage um Lukes und auch mein Leben zu retten. Zwei Tage. Wie sollte ich das nur schaffen? Meine rechte Schulter glühte und als ich sie berührte wusste ich, dass ich nicht allein war. Das Gefühl erwärmte mich zwar, konnte aber die Angst in mir nicht wegschwemmen. Also ließ ich mich den restlichen Weg in Darce' Arme gleiten und versuchte, wie ein normaler Mensch zu atmen. Ach ja, und die Tatsache, dass ich komplett abnormal bin, genau wie die Person, mit der ich fliege, und dass ich überhaupt fliege, versuchte ich auch zu vergessen. Wenn ich gewusst hätte, dass das alles geschehen würde, hätte ich mich daheim, dort wo ich geboren wurde, festgenagelt oder so. Ich wusste, dass ich auf hohem Niveau jammerte, dass sich jedes andere Mädchen meine Situation wünschen würde, doch ich blieb bei der Meinung, dass Leute wie ich in ein Buch gehörten und nicht in eine Welt, wie diese.

Ich beobachtete die Wellen unter mir, bis ich Land sah. Die Sonne schimmerte warm über den Dächern der Häuser, und der Himmel strahlte in seinem vollen Blau. Diese Farbe war mir fast schon zu vertraut. Ein warmer Wind wehte, und die sanften Flügelschläge, des Greifs, auf dem ich saß, machten mich müde. Plötzlich setzten wir zu einem steilen Sturzflug an, der sich am Ende als missglückter Landeversuch entpuppte aber mittlerweile störte mich kaum mehr etwas. Ich war viel zu müde, um meine Füße scharf zu sehen. Welch Ironie, immerhin hatte ich ja noch vor nicht ganz so langer Zeit drei Tage geschlafen. Tja ist halt auch anstrengend, und warum sage ich die ganze Zeit *Tja?* UNNÖTIG!

Darce half mir von dem Greif herunter, und ich konnte spüren, wie erschöpft er war. Ich richtete mir die Haare. Er brachte mich noch zur Tür, und kurz bevor ich sie öffnete, drehte ich mich zu ihm um. Mit halb geschlossenen Augen sah ich ihn an und lächelte.

«Ich will nicht wissen, wie ich aussehe», sagte ich und lachte.

Darce nahm meine Hand und sagte grinsend. «Wie eine Göttin.»

Ich lachte. «Ironie des Schicksals, würde ich sagen», antwortete ich und er nickte lächelnd. Ich hob den Kopf und sah in seine Augen.

«Darce, ich muss dir noch einmal danken. Du hast dein Leben für mich aufs Spiel gesetzt und es gibt einfach keine Worte dafür», sagte ich aufrichtig, denn ohne ihn und Pount, hätte ich meine Mutter nie wiedergesehen. Ein Lächeln huschte über seine Lippen und er nahm meine Hand, die sofort wie ein Haufen Ameisen zu kribbeln anfing.

«Wenn nicht für dich, für wen dann?», sagte er sanft und es berührte mich so tief, wie noch nie etwas. Meine Augen wurden feucht und ich musste lächeln. Doch sofort blickte ich zu Seite, bevor er das wahrnahm.

«Was ist los Vögelchen?», fragte er und ich lachte.

«Nichts. Es ist nur ... so etwas hat noch nie jemand zu mir gesagt.»

Seine Hand berührte mein Gesicht und drehte es leicht zu sich, sodass ich ihn ansehen musste.

«Dann hatten die wohl alle Tomaten auf den Augen», flüsterte er. Jetzt war ich wie festgebrannt und eine kleine Träne rann mir über die Wange. Sanft entfernte er sie mit seinem Daumen und kam mit seinem Gesicht näher. Meine Lippen prickelten vor Verlangen und mein Körper erzitterte leicht. Alles in mir schrie danach, ihn zu küssen, doch ich wartete, starrte in seine intensiv grünen Augen und ließ das

Kribbeln meinen Körper lenken. Ich spürte seinen Atem auf meinem Gesicht. Darce zeichnete einen kleinen Kreis auf meiner Wange und dann entfernte er sich. Er drehte sich um und ging. Er ging einfach! Ich wollte nach ihm greifen, doch ich bekam nichts mehr zu fassen. Er ließ mich komplett verdutzt an der Tür zurück und stieg in sein Cabriolet, das, seit er vor vier Tagen gekommen war, noch immer dort stand – und das alles, ohne sich auch nur umzudrehen. Selbst als er wegfuhr, warf er mir keinen Blick zu, nicht mal einen flüchtigen. Er ignorierte mich einfach komplett.

Ist das zu fassen? Wütend schloss ich die Tür auf und stapfte rein. Da ich keine Schuhe mehr anhatte, ging ich in meiner ganzen verdreckten, stinkenden Müdigkeit nach oben und sprang unter die Dusche. Ich versuchte, die dunklen Ereignisse abzuwaschen, natürlich ohne Erfolg, und das so lange, bis mein Körper von der Reibung geradezu rot war. Die ganze Zeit verfolgte mich aber auch die Frage, warum Darce einfach gegangen war? Ohne mich zu küssen oder mich auch nur noch einmal anzusehen!

Ich schüttelte den Kopf und hielt ihn unters Wasser, um meine Gedanken zu klären. Dann stieg ich aus der Dusche und zog mir frische Kleidung an. Anschließend ging ich zurück ins Badezimmer, um das Kleid zu holen, bevor meine Mom es sehen konnte und trat in ein unnatürlich schwarzes Bad.

Schwärze wie Nebel waberte darin und die Tür fiel hinter mir zu. Ich fuhr zur Tür herum und versuchte den Griff zu fassen, doch ich griff ins Nichts, und dann wusste ich, dass ich längst nicht mehr im Bad war. Angst durchströmte mich, doch genauso stark auch Wut. Wer auch immer dies hier tat, hatte meine Freunde verletzt und versucht, sie zu töten – und mich ebenso. Jetzt war ich sauer.

«Perle», flüsterte eine Stimme, so nah an meinem Ohr, dass ich den Atemstoß spüren konnte. Ich schrie und fuhr herum. Sofort sprühten meine Funken gefährlich und warnend um mich herum.

«Oh, denkt die kleine Perle etwa, sie hätte ihre Angst verloren?», fragte die gefährliche Stimme höhnisch.

«Du hast meine Freunde verletzt! Zeig dich!» schrie ich und erhellte meine schwarze Umgebung.

«Ha! Denkst du etwa, ich wäre so dumm wie du?», fragte er.

«Nein, denn so feige wie du bin ich nicht» warf ich dem Jemand an den Kopf, und ich spürte eine wallende Hitze der Wut.

«Du wirst lernen, mich zu fürchten, Perle. Denn gegen etwas wie mich kannst du nicht siegen. Du bist machtlos, denn im Gegensatz zu dir brauche ich keine Gefühle, keine Gnade – und ich habe sie auch nicht! Du bist nichts, kleine Perle.»

Wie durch Magie verringerte sich mein Selbstbewusstsein. Zögerlich antwortete ich: «Wenn ich keine Chance habe, wieso wurde ich dann auserwählt?» Ich versuchte aufrecht zu stehen, doch ich war viel zu müde.

«Weil die Leute etwas brauchen, woran sie glauben können, doch jeder weiß, dass du sterben wirst.»

Ich erschrak und ging zwei Schritte zurück. «Das ist nicht wahr, du lügst!», schrie ich und ich bemerkte wie ich die Fassung verlor.

«Sicher, kleine Perle. Rede dir ruhig alles ein, was dich nachts besser schlafen lässt», sagte er und seine Stimme färbte jeden Teil meines Körpers mit Schwärze. «Ich werde dich bald wieder besuchen.» Die Stimme schmunzelte. «Gute Nacht, kleine Perle.» Und mit einem Schlag war die Dunkelheit verschwunden und ich fiel auf den Boden im Bad. Schon in einer Konversation verlor ich gegen die Person. Bereits beim Reden war sie schon stärker als ich – wie sollte ich da in einem Kampf gewinnen?

Mühsam stand ich auf und sah in den Spiegel vor mir. *Wie soll ich, bitte, etwas so Gefährliches besiegen?* Wie sollte ich es schaffen am Leben zu bleiben? Oder wurde mir eine Zeile der Prophezeiung verschwiegen? Vielleicht eine Zeile, die mit meinem Tod zu tun hatte? Wut pochte in mir und vermischte sich mit den Gefühlen von Angst und Hintergangenwerden. Ich fühlte mich wie ein wütender Wirbelsturm und meine Hände begannen zu kribbeln. Noch bevor ich meinen Kräften freien Lauf ließ, schlug ich mit einer gewaltigen Wucht in den Spiegel. Binnen Sekunden sprangen die Scherben und glitzerten, Blut spritzte von meiner Hand, doch ich spürte keinen Schmerz, nur Hass und das Gefühl, Betrogen worden zu sein. Ich zog die Hand zurück und verließ den Raum. Meine schweren Glieder übernahmen die

Kontrolle und führten mich zu meinem Bett. Und noch bevor ich komplett auf der Matratze lag, fiel ich in einen sanften Schlaf, ohne an die Blutlache zu denken, die sich schon in wenigen Sekunden, auf meinem Bett ausbreiten würde. Alles, woran ich denken konnte, war nur diese alles einnehmende Müdigkeit in mir – und das war's.

Kapitel 13

«Du hattest versprochen, ihr würde nichts geschehen, und jetzt sagst du mir, du wusstest drei Tage nicht, wo sie war?»

«Sie wurde entführt, das war nicht geplant.»

«Nicht geplant? Du hattest gesagt, du wärest auf alles vorbereitet, und jetzt sieh sie dir an. Dunkelheit hat ihr Herz berührt.»

«Denk über deinen Ton nach, Teuerste. Dunkelheit hat jedes Herz berührt und sie braucht sie, um zu überleben.»

Zwei Stimmen. Ich hörte zwei Stimmen sprechen. Die eine war meine Mutter, aber wer war die andere? Ich versuchte zu lauschen und hielt die Augen geschlossen.

«Sie hat überlebt, das ist die Hauptsache. Ich muss gehen. Sie wird bald aufwachen.»

‹Nein, geh nicht!›, rief ich in Gedanken und schlug die Augen auf, doch da saß nur meine Mutter an meinem Bett und streichelte mein Gesicht.

«Da bist du ja endlich wieder. Ich habe dich so vermisst.»

Alarmiert setzte ich mich auf und sah mich um.

«Na los, ich möchte alles wissen. Wie war der Campingausflug mit Ariana?» Sie hörte sich drängend an. Misstrauisch sah ich sie an.

«Mit wem hast du gesprochen? Ich habe zwei Stimmen gehört», sagte ich und wartete auf ihre Antwort, doch sie sah mich verständnislos an.

«Ist alles okay?», fragte sie dann lächelnd. «Sag nicht, ihr habt Drogen genommen oder so etwas?»

Ich unterbrach sie abrupt: «Nein, Mom, was denkst du denn von mir?»

Sie schüttelte den Kopf und zuckte gelichzeitig mit den Schultern. «Du hast die Schule verpasst, da ist das eine berechtigte Frage», antwortete sie mit ihrem ernsten mütterlichen Blick.

«Nein, eine komplett *unnötige*. Wir hatten Probleme mit den Zelten», behauptete ich, und es tat mir so in der Seele weh, sie anzulügen, denn wir waren sonst immer ehrlich zueinander. Was hat dieser Umzug nur aus uns gemacht? Was hat er mit mir gemacht?

«Zelte? Ich dachte, ihr wärt im Wohnwagen gefahren?», fragte sie und ich zuckte zusammen.

«Ja mit dem Wohnwagen hin, aber mit Zelten gezeltet. Ist doch klar. Der Wohnwagen war ja quasi nur 'ne Küche zum Mitnehmen. Apropos – das Essen war super.»

Moms rechte Augenbraue wanderte nach oben. «Na dann. Und ich dachte, du wüsstest, dass ich sehe, dass du lügst – aber gut. Deine Entscheidung.»

Sie stand auf und ging aus dem Zimmer. Ich setzte mich auf und fuhr mir durch die Haare. Gerade warf ich die Decke zur Seite und wollte ihr hinterher, als ich etwas bemerkte. *Unmöglich.* Ich musterte meine rechte Hand und bemerkte, dass die Wunde verschwunden war, so als wäre sie nie dagewesen. Sofort betrachtete ich die andere – vielleicht hatte ich ja nicht genau hingeschaut. Aber so war es nicht. Beide Hände waren klinisch rein.

Ich sprang vom Bett auf und warf sämtliche Kissen und Decken herunter. Ich suchte das Laken nach einem Blutfleck ab, aber ich konnte nichts finden. Gar nichts. *Wie ist das nur möglich?* Ich lief ins Bad und konnte es kaum glauben. Das Kleid war verschwunden und der Spiegel war intakt! Vorsichtig berührte ich die, vor noch gar nicht so langer Zeit zerbrochene Glasscheibe und ließ meine Hand darüberstreichen.

Daraufhin betrachtete ich meine Finger, als würde ich versuchen, einen Traum auf seinen Wahrheitsgehalt zu überprüfen, doch ich wusste sehr genau, dass die Scheibe kaputt gewesen war und dass meine Hand geblutet hatte. Das war real gewesen, es musste real gewesen sein!

In meiner ganzen schockierten Art stapfte ich in mein Zimmer und dachte fieberhaft darüber nach, was das gewesen sein konnte. Ich zog mir schon wieder etwas Frisches an, weil ich mich in meinen Klamotten unwohl fühlte. Ich zog mir eine lange Jeans an und einen grellgelben Pulli, der hinten am Rücken, bis unter die Schulterblätter, abgesehen von ein paar Schnüren, frei war. Ich lief in meinem Zimmer hin und her, bis vor mir eine weiße Katze saß und mich nachdenklich ansah.

<Ich würde deine Besorgnis gerne teilen, aber dann lägen wir beide falsch>, sagte Pount in meinem Kopf und ich schmunzelte.

‹Ich schwöre es dir: Ich habe zwei Stimmen gehört und ich kann dir auch schwören, dass der Spiegel kaputt und meine Hand geradezu in Blut getränkt war›, entgegnete ich ebenfalls in Gedanken, damit meine Mutter nichts hörte. Tatsächlich empfand ich seit dem Ereignis eine Art Misstrauen gegen sie. Ich wusste genau, was ich gehört hatte, und ich war der festen Überzeugung, dass die Stimmen real gewesen waren. So leicht würde ich mich nicht verarschen lassen.

<Dann müssten wir davon ausgehen, dass deine Mom mehr weiß als sie vorgibt zu wissen.>

Ich nickte und verzog nachdenklich mein Gesicht. ‹Das kann ich nicht beurteilen. Mein Kopf ist so voll mit Problemen und Rätseln. Ich glaub, ich sollte mir mal meinen Namen aufschreiben, bevor ich ihn noch vergesse.›

Pount schmunzelte: <Pearl, mittlerweile bewundere ich dich echt.>

Ich sah in seine unnatürlich großen Augen: ‹Ach ja?›

‹Ja. Da steckt so viel Unsinn in deinem Köpfchen und du schaffst es trotzdem, einigermaßen den Überblick zu behalten›, sagte er frech. Zur Antwort starrte ich ihn böse an. Dann klingelte es an der Tür. Ich ging nicht hin, sonder setzte mich auf meinen Schreibtischstuhl. *Vielleicht finde ich etwas in ihren Sachen?*

«Pearl?» rief meine Mutter, «hier sind zwei Mädchen und ein Junge, die dich sprechen wollen.»

Sofort war mir klar wer da unten stand. Ich sprintete die Treppe herunter und war binnen Sekunden an der Haustür. Dort standen Ariana, Darce und Vivienne, die mich alle drei in ihrem göttlichen Glanz anstarrten. Ich lächelte zurück und bat sie herein. Ariana trug eine weite Jogginghose und ein kurzes, bauchfreies, enges Top. Ihre Haare waren frisch gewaschen und dufteten nach einer tropischen Frucht. Lang und gewellt schmückten sie ihren Körper und ließen ihre zierliche Figur eisern wirken. Vivienne trug ein fröhliches Sommerkleid, mit einem äußerst aufmerksamkeitserregenden Ausschnitt und ihre langen Haare schmückten ihre Schultern wie Gold. *Ich würde mal sagen, dass sie ihrem Stand, als Erbin der Göttin der Schönheit alle Ehre machten.*

«Hi Süße», begrüßten sie mich beide quietschend und umarmten mich. Ich fühlte mich ein wenig überrannt, da ich ja nicht einmal gewusst hatte, dass sie kommen wollten.

«Hi», krächzte ich unter ihren Umarmungen. Sie schlüpften unter meinem Arm durch und vor mir stand Darce. Seine grünen Augen blickten unsicher zur Seite und sein goldenes Haar, fiel in sein Gesicht. Er hatte sich gewaschen und sah auch wieder aufgeweckter aus. Er hatte ein schwarzes Muscleshirt und eine Jeans an. Mit anderen Worten: Er sah unglaublich aus. Meine Lippen kribbelten und mein Körper vibrierte, allerdings vor Wut. Ich wusste nicht, ob ich ihn schlagen oder küssen sollte.

«Hi», sagte er schließlich.

Wut pochte in mir und erstickte das Verlangen. Ich versuchte so zu tun, als ob er mir genauso egal wäre wie ich ihm vorhin. Ohne ihn zu begrüßen ließ ich ihn an der Tür stehen und drehte mich zu Ariana und Vivienne um, die sich einen verstohlenen Blick zuwarfen und dann selbstsicher nickten. Entnervt rollte ich mit den Augen.

«Setzt euch doch», sagte ich und wies mit einem Nicken auf unsere schwarze Ledercouch. Ariana und Vivienne setzten sich und jetzt waren nur noch genau zwei Plätze nebeneinander auf der Couch frei. Ich warf ihnen einen Blick zu und sah, wie sie sich angrinsten. *Ha, das werden wir ja noch sehen.* Quer setzte ich mich auf die Couch und grinste sie an.

«So, was gibt's?», fragte ich und warf einen flüchtigen Blick zu Darce, der mich frech wie er war angrinste. Ohne zurückzulächeln drehte ich mich wieder zu meinen beiden Freundinnen um und wartete auf eine Antwort.

«Wir haben gehört was passiert ist», sagte Ariana und sah zu Darce.

«Ach ja?», hakte ich mit einem gewissen Unterton nach.

«Ja, dass du entführt wurdest und ihr deshalb so lange wegward. Ich bin so froh, dass du wieder da bist. Wir hatten solche Angst.»

Mit einem flüchtigen, fast schüchternen Blick sah sie zu Viv.

«Viv, es tut mir so leid was passiert ist und ich wusste nicht, dass das alles passieren würde. Ich könnte gut verstehen, wenn du mich nicht sehen willst», sagte ich ihr zugewandt schuldbewusst. Immerhin war es meine Schuld, dass der Mann, den sie über alles liebte und mit ihrem Leben beschützen würde, nun im Sterben lag. Ich sah zu Boden.

Viv nahm meine Hand und sagte: «Das warst nicht du. Du hättest Luke niemals freiwillig verletzt.»

Ich nickte. «Aber ich habe es getan», flüsterte ich.

«Nicht du! Sondern die schreckliche Person, die deinen Körper übernommen hat. Aber Pearl, wir stehen hinter dir und werden dich beschützen», beschwichtigte sie mich und ihr Blick wanderte zu den beiden anderen im Raum.

Ich nickte und lächelte sie dankend an. Dann fuhr ich hoch und rief: «Darce! Hast du …» Meinen Augen waren vor Schreck geweitet, doch eine Hand berührte mich von hinten an der Hüfte und ich entspannte mich, bis ich mich wieder erinnerte und die Hand wegschlug.

«Das hat aber lange gedauert», sagte er grinsend und legte mir etwas in die Hand, mit der ich seine weggeschlagen hatte.

«Fass mich nie wieder unerlaubt an», fauchte ich und er lachte. Ich betrachtete, was er mir in die Hand gelegt hatte. Es war ein Stein, auf den ich mich nun konzentrierte. An der Wand kletterte eine Pflanze hoch, und ehe ich mich versah, schlang sie sich um Darce' Bauch und zog ihn zur Wand. Weitere Pflanzen fesselten seine Arme und Beine an der Wand fest.

«Wird das jetzt zur Gewohnheit?» , fragte Darce genervt

«Entschuldige, hattest du etwas gesagt?», fragte ich und grinste ihn an. Die Mädels hinter mir lachten.

«Der Stein ist echt unglaublich», sagte ich, und in dem Moment begann er sich zu erhitzen. «Ach du Scheiße, was ist denn jetzt los?», gab ich wie aus einem Reflex von mir.

«Was?», fragte Viv. «Was ist los?»

«Er erhitzt sich», gab ich zurück und verzog das Gesicht.

Langsam begann er zu leuchten und erstrahlte dann immer mehr. Im Zimmer war es plötzlich ganz still und alle starrten wie gebannt auf den Stein. Funken sprühten unkontrolliert aus meiner Hand und hoben den Stein aus ihr empor. Langsam flog er auf mein Armband zu, wobei ich ein wenig zurückzuckte, doch ich wusste, dass er sich mit dem Armband verbinden wollte. Eine kaum zu beschreibenden Hitze ausstrahlend brannte er sich in das Armband ein und nahm dadurch an den Ecken gar eine leicht rötliche Färbung an. Schließlich kühlte er sich langsam wieder ab und alle Edelsteine am Armband begannen hell zu leuchten. Funken sprühten und fügten sich in der Luft zu einer glitzernden Blume zusammen – eine grüne Lilie. Nach einer kurzen Zeit zerfielen sie wieder in einzelne Körnchen und verloschen. Noch Minuten später standen wir alle da und starrten den Edelstein an. Solange bis Ariana sich als erste fing.

«Wow», sagte sie und Viv nickte. «Das war ja fast umwerfender als ich», fuhr sie leicht entsetzt fort. «Und was ist jetzt anders? Fühlst du dich anders? Stärker?».

Ich war leicht überfordert. Im Moment fühlte ich nur Unglauben, Ensetzen und Magie. Ich zuckte mit den Schultern: «Wir könnten es ausprobieren. Fang doch damit an, dass du mich hier herunterholst», sprach eine Stimme und ich fuhr zu Darce herum, der immer noch an die Wand gefesselt war.

«Kommst du da etwa nicht raus?», fragte ich und grinste selbstgefällig.

«Ich will dir nur nicht weh tun, Vögelchen», sprach er mit solch einem gewaltigen Unterton, als wäre ich ein Nichts gegen ihn. Eine Schlinge begann sich um seinen Hals zu schlängeln, allerdings nicht fest. Ich ging auf ihn zu. Nah, ganz nah.

«Ich denke du solltest deine Drohungen für dich behalten, solange ich am längeren Hebel sitze», flüsterte ich ihm zu.

«Ach ja.»

«Ja», sagte ich und mit einem Schnipsen zogen die Pflanzen sich zurück und liesen Darce fallen. Er landete auf den Knien und grinste zu mir hoch. Jetzt konnte auch ich es mir nicht mehr verkneifen.

In einem Reflex schwang meine Hand in Richtung seiner Wange, doch er hielt sie rechtzeitig fest. «Zu langsam», grinste er triumphierend. Ariana und Vivienne lachten laut. Ich drehte mich zu ihnen um und mir fiel wieder das Erlebnis mit meiner Mutter ein. Ich warf einen unsicheren Blick zur Treppe. Unmöglich könnte ich hier mit ihnen sprechen.

«Habt ihr Hunger? Also ich habe Riesenhunger», sagte ich und die drei sahen sich verwundert an.

«Also, um ehrlich zu sein, habe ich keinen …», begann Viv. Doch bevor sie ihren Satz beenden konnte, rief ich laut herein: «Sehr gut. Lasst uns gehen.»

Ich nahm die Hände der Mädels und schob die beiden zur Tür hinaus. Darce folgte unaufgefordert. Wir fuhren mit Darce' Auto.

«Pearl, was soll das?», fragte er ernst. Ich hielt mir den Zeigefinger vor die Lippen und bedeutete ihm, still zu sein. Selbst als wir schon längst auf dem Weg waren, verbat ich jedem den Mund. *Das ist so lächerlich Pearl. Wir sind doch hier in keinem Krimi.*

«Was?», fragte Darce protestierend.

«Tu einfach was ich dir sage», entgegnete ich schroff und funkelte ihn warnend an. Widerstrebend, änderte er die Richtung. Die gesamte Fahrt sah ich durch den Rückspiegel und fummelte an meinem Pulli herum. Manchmal berührte ich vorsichtig den Stein, um zu sehen, was geschehen würde. Doch nichts Außergewöhnliches geschah mehr.

Wir hielten auf einem der Parkplätze vor dem Laden und ich schwang die Tür auf. Voller Erleichterung sprang ich aus dem Auto und hüpfte dem Duft von Essen entgegen. Bevor wir reingingen drehte ich mich zu meinen Begleitern um und sagte ernst: «Ich muss mit euch über etwas sprechen, aber zu Hause ging das nicht. Es ist wichtig, dass uns niemand belauscht. Wir bestellen jetzt wie ganz normale Menschen und essen dann auch genauso. Dabei erzähle ich euch dann alles.» Alle drei nickten.

Wir gingen rein und eine gewaltige Hitzewelle kam uns entgegen und mit ihr ein Duft von leckeren Burgern, Pommes und Mayo. *Yummi.*

«Sag mal, ist das immer so heiß hier drin oder bin ich das?», fragte plötzlich Vivienne.

Ich konnte mich nicht mehr halten und lachte laut los.

«Sorry, Süße, das bin ich», sagte Ariana und ging an uns dreien vorbei. Wir stellten uns an, sprachen aber keinen Ton miteinander. Jeder war in seine eigenen Gedanken vertieft, bis wir an der Reihe waren. Ich bestellte mir zwei Burger und Darce gleich drei. Ariana nahm einen Salat und Viv zwei Eis. So gingen wir also an einen der freien Plätze und wurden trotzdem von allen angestarrt – was ich nicht verstehen konnte. Im Nachhinein begriff ich aber, warum sie uns ansahen, als wären wir von einem anderen Stern (was wir ja auch irgendwie waren): So viel Essen, wie wir auf unseren Tabletts vor uns hertrugen, war eben auch echt abnormal.

Zwischenzeitlich hatte ich das Bedürfnis zu rufen: *Hey, hört auf, so blöd zu glotzen oder wurdet ihr mal von einem wütenden Spinnen-Monster verschleppt und drei Tage außer Gefecht gesetzt, he?* Aber ich entschied mich dann dagegen, denn das wäre echt schräg gewesen.

Nachdem ich ein wenig gesättigt war und mich an die Blicke der Fremden gewöhnt hatte, begann ich zu erzählen: «Nachdem Darce mich daheim abgesetzt hatte, war ich so müde, dass ich nach dem Duschen direkt ins Bett gefallen war. Als ich wieder aufgewacht war, habe ich zwei Stimmen gehört. Genau neben mir! Sie redeten über mich und über den Ausflug. Sie wussten, dass ich entführt wurde. Der Grund, warum wir das nicht daheim besprechen konnten, ist leicht zu erklären, aber auch ziemlich schockierend. Meiner Mutter gehörte eine der Stimmen, die andere konnte ich nicht erkennen.»

Alle hörten sie auf zu essen und starrten mich an, bis auf Ariana, die sich verschluckte und wie verrückt zu husten begann.

«Ist das wahr? Bist du dir sicher?», fragte Vivienne, während Darce nachdenklich zur Seite blickte. Alle drei ignorierten wir die immer noch hustende Ariana.

«Ähm, Leute … ich verrecke hier …», keuchte sie und winkte.

«Warte noch kurz, bevor du verreckst. Nur bis wir wissen, was das mit Pearls Mutter ist, dann kannst du weitermachen», sagte Viv zu

Ari gewandt, die sie böse anstarrte und langsam mit dem Husten aufhörte.

«Aber ganz ehrlich, Pearl», begann Darce, und es hörte sich nicht gut an, «ich habe mich die ganze Zeit gefragt, was es mit deiner Mom auf sich hat. Normalerweise sterben die Mütter der Erben schon bei der Geburt, oder beide Elternteile werden von Halbgöttern ermordet ...»

Ariana und Vivienne nickten und wurden ganz still. Schmerz übermannte mich. Diese drei hatten ihre Eltern schon so früh verloren? Sie nie gekannt? Ein weiterer Punkt, den ich der Contra-Liste des Erben-Seins hinzufügen musste.

«Aber warum lebt meine Mutter dann noch?», fragte ich Darce, doch er zuckte mit den Schultern: «Das verstehe ich selber nicht. Vielleicht hattest du einfach Glück.»

Ich legte meine Hand auf seine und sah Viv und Ari an. «Es tut mir so leid aber wie sah eure Kindheit denn dann aus?», fragte ich taktlos.

«Die Götter waren unsere Schutzengel und sonst waren wir eben im Heim. Aber die Götter führen Erben immer zusammen, also haben wir drei uns schon im Heim kennen gelernt, sind dann abgehauen und haben uns falsche Ausweise besorgt», erzählte Darce ich sah die drei entsetzt an.

«Okay, Themawechsel. Hast du noch mehr Beweise was das mit deiner Mutter angeht?», wollte Ariana wissen und ich nickte.

«Ich äh ... ich kann euch das nicht sagen. Auf jeden Fall habe ich im Bad den Spiegel kaputt gehauen und meine Hand hat wie wild geblutet, und so habe ich mich dann schlafen gelegt. Ihr könnt euch vorstellen, wie mein Bett hätte aussehen müssen, doch als ich aufgewacht bin, war von Blut keine Spur. Mein Bettlaken war quasi klinisch rein, der Spiegel hatte keine einzige Kerbe und meine Hand» – ich zeigte sie ihnen – «war wie neu.»

Darce berührte sie leicht, um sicher zu sein, und sah mich dann mit einem nachdenklichen, aber zugleich entsetzten Gesicht an, auf dem ein dickes Fragezeichen zu prangen schien.

«Und ich schwöre, dass das alles real war und kein Traum», fügte ich noch hinzu. Alle drei nickten.

«Unmöglich», flüsterte Viv.

«Du solltest erstmal vorsichtig sein daheim», sagte Ari.

Darce schlug vor: «Ich weiß, das wird dich verletzten, aber vielleicht könntest du deiner Mutter hinterherspionieren. Vielleicht findest du auch in ihren Unterlagen etwas oder an den Akten der Angeklagten, die sie verteidigt. Vielleicht hat sie ein bestimmtes Schema.»

Ohne ihn anzusehen, nickte ich.

Er hatte Recht. Ich musste herausfinden, was daheim los war, und am besten ging dies, wenn ich ein wenig nachforschen würde. Erstmal knabberte ich aber weiter an meinem Burger. Plötzlich begann Ariana zu lachen und Viv auch. Ich blickte auf und sah sie fragend an.

«Der Typ am Nachbartisch steht auf Viv», flüsterte Ari. Ich sah hinüber. Drei gutaussehende Jungen saßen dort, und der eine sah immer wieder zu Viv und lächelte. Er hatte braune Haare, braune Augen, ein schmales Gesicht und einen guten Körper. Ich betrachtete die anderen Jungen am Tisch – und wurde erwischt. Einer der Jungen bemerkte mich und lächelte mir zu. Er hatte blonde Haare und haselnussbraune Augen. Er sah nicht schlecht aus. Ich lächelte zurück, und neben mir konnte sich Ari vor Lachen nicht mehr halten.

«Jetzt hat es Pearl auch getroffen!»

Ich drehte mich zu ihr um. «Du musst zugeben, schlecht sehen sie nicht aus. Vor allem der Blonde.»

Darce lenkte meinen Blick auf sich. «Aber leider nicht halb so gut wie ein Erbe», sagte er hochnäsig.

«Redest du von jemand bestimmtem?», fragte ich und nutze seine Eifersucht aus. Es tat so gut, ihn zu ärgern, also fuhr mein Kopf wieder herum, genau in dem Moment, als der Dunkelhaarige aufstand und herüberkam. Elegant nahm er einen Stuhl und setzte sich zu uns, während seine Kumpels laut jubelten.

«Hi, ich bin Matti», stellte er sich vor und lächelte Vivienne an. Vivienne wirkte ziemlich abwesend. «Und wie heißt du?», fügte er noch zögerlich hinzu, und ich musste mir den Mund zuhalten.

Vivienne sah auf und lächelte. «Schlag's im Wörterbuch unter ‹perfekt› nach. Da müsste es stehen», sagte sie und zwinkerte ihm freundlich zu. Er lächelte zurück und ging wieder an seinen Platz, wo er sich mehrmals durch die Haare fuhr. Ich boxte ihr spielerisch gegen die Schulter.

«Du bist so gemein», sagte ich zu ihr.

«Glaub mir, das war gar nichts. Willst du wissen, wie du die Ehre jedes Mannes in einem Satz zerstören kannst?», fragte sie mich und ich lachte. «Frag ihn einfach beim Sex, ob er schon drin ist. Das war's.»

Jetzt lachte Viv auch. Neben uns standen die Jungen auf und gingen anscheinend. Matti sah nicht mehr herüber, doch der blonde Junge legte mir im Gehen noch eine Serviette auf den Tisch; dann schlüpfte er durch die Tür. Ari begann zu jubeln und ich grinste breit und nahm die Serviette auf der dick **JARED** und eine Telefonnummer stand.

«Uhhhh… Jared also», sagte Viv. «Deiner sah viel besser aus als meiner», jammerte sie und ich lachte nur, während Darce an seinem Getränk schlürfte.

«Wärt ihr dann soweit? Ich würde gerne gehen», sagte er trocken und alle nickten.

«Ich geh nochmal aufs Klo», fügte ich meinem Nicken hinzu und stand auf. Ich lief Richtung Bad und verstaute die Nummer in meiner hinteren Hosentasche. Ich ging aufs Klo, und als ich mir die Hände waschen wollte, sah ich etwas im Schatten. Zwei rote Augen, die mich beobachteten. Ich atmete tief ein und wieder aus. Jetzt durfte ich nicht zögern. Ich fuhr herum und feuerte einen grünen Machtball ab, der aber ins Leere ging.

«Wer auch immer du bist, du bist anscheinend wirklich geil auf Bäder», sagte ich ins Nichts.

«Du solltest mehr Respekt haben. Außerdem hatte ich mich doch angekündigt.»

Die höhnische Stimme durchfuhr meinen Körper wie tödlicher Frost und ich zitterte leicht.

«Ah, schon besser.»

«Zeig dich endlich und lass es uns gleich hier zu Ende bringen!», rief ich aus, doch nichts geschah.

«Kämpfen? Jetzt hier kleine Perle? Ich bevorzuge es, wenn meine Gegner eine Chance haben – wenn auch nur eine kleine. Irgendwann, wenn du auf dem Niveau bist, mit dem ich geboren wurde, werden wir kämpfen … wenn ich dich davor nicht töte.»

Höhnisch lachte die Stimme, und das Lachen schallte von allen Ecken des Bades wider während meine Angst unaufhaltsam wuchs. Das Lachen kroch in meine Psyche und verfestigte sich dort. Vor Angst versteckte ich mich unter einem der Waschbecken. Die Tür flog auf und Ariana und Vivienne rannten hinein. Vivienne stürzte sich neben mich auf den Boden und flüsterte mir Worte zu, während Ariana den Raum absuchte. Misstrauisch betrachtete sie jeden Winkel ganz genau. Zitternd sah ich Viv an, die mir beruhigende Worte zu sprach, und nach und nach erholte ich mich wieder.

Ohne ein Wort zu sagen stand ich auf und verließ das Bad. Ich lief zur Tür hinaus, und die Kälte ging mir durch Mark und Bein. Ich fröstelte, ließ es mir aber nicht anmerken. So ging ich einfach aufs Auto zu, an dem Darce schon wartete.

«Warum hat das so lange gedauert? Ist alles klar bei euch?», fragte er aufgeregt, doch ich antwortete ihm nicht. Ich hatte das Gefühl, mein Mund wäre zugefroren. Stattdessen setzte ich mich einfach ins Auto und sah aus dem Fenster. Steif saß ich da und wartete, dass der Wagen los fuhr. Ich spürte Darce' Blick auf mir und seine Verwunderung. Schließlich kamen auch Viv und Ari und setzte sich, genau wie ich, ohne ein Wort zu sagen ins Auto. Darce stieg vorne ein und musterte uns drei. Viv schüttelte nur den Kopf und Ari schien ihm mit ihrem Blick sagen zu wollen, dass sie später reden würden. Ich blieb weiterhin stumm. Was hätte ich auch sagen sollen? Dass irgendein Verrückter mich heimsuchte und versuchte, mich zum Selbstmord zu treiben? Warum erzählte ich nicht gleich von der Prophezeiung? Im schlimmsten Fall würde diese Person sie dann auch heimsuchen und ihnen an der Psyche nagen. Ich musste das einfach durchstehen, bis ich wissen würde, wie ich die Person besiegen könnte.

Autos flogen wie große bunte Sternschnuppen an mir vorbei, während ich die Regentropfen auf der Fensterscheibe betrachtete. Ich beobachtete, wie sie die Scheibe runterrannen, andere sich ihnen anschlossen und es immer mehr wurden. Ich machte das solange, bis Darce die beiden Mädels nach Hause gebracht hatte. Ich konzentrierte mich auf meine Atemzüge und dann hielten wir an. Aus dem Fenster sehend erkannte ich im strömenden Regen mein Haus. Ich hatte Angst auszusteigen. Der Himmel war bereits dabei, sich arg zu verdunkeln, und ich wusste nicht, was da drinnen auf mich warten würde. Meine Mom mit einem Geheimnis? Meine uneingeschränkten fantastischen Träume? Oder eine Schattengestalt, die nach meinem Blut trachtete? Schlimmstenfalls alles zusammen. Andererseits würden wir morgen den Berg besteigen müssen. Ich sollte ausgeschlafen sein. Aber wie sollte ich jemals wieder in diesem Haus schlafen können?

Die Autotür öffnete sich und Darce stand vor mir. Er hielt mir seine Hand hin und ich musterte sie. Wenn ich sie nehmen würde, würde er mich sicher ins Haus bringen und es gäbe keinen Weg zurück mehr. Ich sah ihn an und erkannte dabei ein Spiegelbild meiner selbst. Er sah genauso unsicher aus wie ich, und in diesem Moment legte ich meine Hand in seine weiche. Er zog mich aus dem Auto und warf die Tür hinter mir zu. Die Regentropfen fielen auf mein Gesicht und meine Haare, meine Kleidung, meine Schuhe, und als wir an der Haustür angekommen waren, waren wir beide klitschnass, was mir ein kleines Lächeln auf die Lippen zauberte.

Wir standen wieder vor der Tür und sahen uns an. Wieder dieselbe Szene, wie beim letzten Mal. Wasser tropfte von seinen Haarspitzen auf seine Wangen und seine Nase und lief weiter herunter. Seine Haare lagen durch den Regen glatt auf seinem Kopf. Wir hielten einander immer noch die rechte Hand. Da hob er die linke Hand und strich mir eine Haarsträhne hinters Ohr. «Oh Vögelchen, was tust du nur …», flüsterte er und drehte sich zum Gehen um. Doch ich hielt ihn rechtzeitig fest. Er sah mich nicht an, sondern blieb einfach stehen.

«Bitte, bleib. Ich denke, ich habe Angst alleine.»

Aufrichtig wartete ich darauf, dass er sich umdrehte – und das tat er und nickte. Ich schloss die Tür auf, wir zogen unsere Schuhe aus und gingen zusammen in mein Zimmer. Meine Mom war wieder nicht daheim.

Als hätte er meine Gedanken gelesen fragte er: «Wo ist deine Mom?» So laut, dass jeder es im Haus hätte hören können, erwiderte ich: «Weiß nicht» und warf ihm über die Schulter einen vielsagenden Blick zu. Er nickte als Zeichen, dass er verstand.

In meinem Zimmer angekommen, schloss ich die Tür hinter uns und drehte mich dann zu ihm um. Bewundernd betrachtete er mein Zimmer, was mir ein wohliges Gefühl bereitete. Er ließ seine Hand durch die verschiedenen Blumen streifen, die ich hingezaubert hatte, und sah mich dann mit einer hochgezogenen Augenbraue an. Ich lachte und musterte seine starke Gestalt weiter. Immer wieder sah ich peinlich berührt zur Seite, weil ich eigentlich gar nicht hinsehen wollte. Er drehte sich zu mir um und sah dann aufs Bett. Vielsagend glitt sein Blick zu mir und ich warf ein Kissen nach ihm. Er lachte und warf es elegant auf das Bett zurück.

«Und? Willst du dich nicht umziehen?», fragte er frech und seine Augen funkelten.

Ich wurde rot und grinste. «Ja, ich denke, das sollte ich», antwortete ich und hob den linken Arm, an dem die drei Armringe hingen. Schnell tippte ich eine der Kombinationen, die Pount mir beigebracht hatte, ein, und ehe ich mich versah, trug ich blaue Shorts aus weichem Stoff und ein schwarzes Top. Ich sah an mir herunter und betrachtete das Wunderwerk, das immer alltäglicher zu sein schien. Darce musterte mich grinsend und ich rollte mit den Augen. Er sprang auf mein Bett und machte sich schön breit. Nachdem er sich eingekuschelt hatte, wies er mit einem frechen Nicken auf dem Platz neben ihm.

Oh Mann. Wie soll man da denn widerstehen? Langsam ging ich auf ihn zu und setzte mich auf die Bettkante. Stumm musterten wir uns. Ich öffnete den Mund um etwas zu sagen, doch er kam mir zuvor.

«Pearl, was war das in diesem Bad, das dir auf gelauert hat?» Ernst sah er mich an und ich beobachtete sein Gesicht.

Ich saß stumm da und sah zu Boden, kämpfte mit dem Gedanken, ihm von den Träumen und der Dunkelheit zu erzählen, aber das, was mir auflauerte, wünschte ich keinem anderen.

«Etwas, das nur ich allein schaffen kann», flüsterte ich, ohne ihn anzusehen.

«Warum denkst du das? Was ist es, Pearl?» So verlockend vertrauenswürdig klang seine Stimme an meinem Ohr.

Ich schüttelte den Kopf: «Ich weiß nicht, was es ist oder wann es kommt. Ich weiß nur, dass es mich am liebsten tot sehen will.»

Ein Schauer ging mir durch Mark und Bein und ich zuckte zusammen, als ich zwei starke Arme um meine Hüfte spürte. Tröstend hielten sie mich und ich erging mich für einen Moment wieder in Selbstmitleid. Doch dann zog ich mich aus seiner Umarmung zurück und setzte mich vor ihn.

«Danke», begann ich. «Aber ich will kein Mitleid. Davon hab ich genug.»

Darce nickte und musterte meine Reaktion genau. «Ich wüsste so gerne, was morgen auf uns zukommt. Sicher müssen wir wieder gegen irgendetwas kämpfen. Ich gehe davon aus, dass die Blume bewacht ist», sagte er, um das Thema zu wechseln und sein grüner Blick schweifte im Raum umher. Ich konnte nur nicken, doch dann fiel mir etwas ein.

«Das Buch!» es platzte aus mir heraus – und plötzlich war ich überglücklich. Ich hatte das Buch völlig vergessen gehabt. Wie konnte es mir nur entfallen sein? Endlich könnte ich es jemandem zeigen. Ich sprang vom Bett, während Darce hinter mir, mit einem fragenden Unterton «Buch?» sagte, flitzte zum Bücherregal, um es mit einem Handgriff hervorzuziehen. Schnellen Schritts lief ich wieder zurück und legte es auf meine bunte Bettdecke. Darce betrachtete es und seine Augen funkelten voller Neugier.

«Magie ...», flüsterte er und ich nickte. Langsam öffnete ich es und betrachtete ein weiteres Mal die leeren Seiten.

«Da steht doch gar nichts», sagte Darce empört. Doch anstatt ihm zu antworten, wies ich auf das Buch, und der unsichtbare Füller begann zu schreiben:

Willkommen Persephone,
Was wünschst du zu erfahren?

Darce stockte der Atem und ich grinste breit.

«Unglaublich oder?», fragte ich und er nickte. «Du wolltest doch wissen was auf uns zu kommt. Sieh her.» Ich nahm meinen Füller, der auf meinem kleinen weißen Nachttisch stand und schrieb:

Was erwartet uns auf dem Wogelberg?

Kurz geschah gar nichts und ich lauschte Darce' Atemzügen. Dann regte sich etwas auf dem Papier:

Der Wogelberg ist für die Menschen eine Illusion.
In Wahrheit hat es noch kein Mensch an die Spitze geschafft.
Es bedarf besonderer Fertigkeiten, um den Berg zu erklimmen.

«Eine Illusion! Das ergibt Sinn!», sagte Darce erfreut. Ich musterte ihn nur verwirrt.

«Klar, eine Illusion», sagte ich, um meine Verwirrung ein wenig zu überspielen – aber was sollte ich auch sagen? Ich war ein offenes Buch.

«Eine Illusion ist eine von Göttern erschaffene Fälschung der realen Welt», erklärte er fachlich. Ich starrten ihn weiterhin nur an.

«So, und jetzt bitte noch mal in meiner Sprache», bat ich und fühlte mich schrecklich dämlich. Aber Darce grinste. Und dann fing er an, die Dunkelheit aus den Ecken des Zimmers zu ziehen, und sofort schlangen sich von überall Fetzen um seine Finger und waberten dort wie Nebel herum. Er ließ den Zeigefinger kreisen, sodass er einen kleinen Wirbelsturm aus Dunkelheit entfachte und dann ... Bämm! ... lag eine schwarze Rose in seiner Hand. Ihre Stacheln erhoben sich gefährlich in die Höhe und ihre schwarzen Blüten glänzten edel. Der Stängel war grün und saftig. Als Darce sie mir hinhielt, griff ich nach ihr, doch meine Hand ging einfach durch sie hindurch. Aber komischerweise hatte ich sie wirklich gespürt, sogar einen der Stacheln. Ich ließ meine Hand nochmals hindurchgleiten und beobachtete das Ganze.

«Siehst du, eine Illusion», sagte Darce hinzu, und ich nickte erstaunt.

«Sie sah so echt aus» schmunzelte ich und er nickte.

«Das ist es ja. Menschen können das Reale, nicht vom Irrealen unterscheiden. Eine normale menschliche Hand hätte die Blume wie jede andere anfassen können», erklärte er weiter, und ich merkte, wie müde ich schon wieder wurde.

«Klingt einleuchtend.»

Mehr oder weniger ... Ich fuhr mir durchs Haar und wurde plötzlich von einer Welle der Trauer mitgerissen. Wenn das alles nie passiert wäre, würde meine Hand wie die jedes normalen Menschen, einfach eine normale Rose fühlen, und es wäre so schön. Ich müsste das alles nicht lernen.

«Was ist los?», erkundigte Darce und holte mich so aus meinen Gedanken. Er musste erkannt haben, wie es in mir aussah.

«Ach, nichts. Es ist nur … Ich wollte das alles nie. Ich habe die Geschichten in den Büchern toll gefunden, aber ich habe sie mir nie gewünscht. Wenn früher jemand gesagt hat, ich sei hübsch, bin ich errötet. Aber jetzt? Jetzt bin ich nicht mehr ich. Das …» – ich wies auf mein Gesicht – «… bin nicht ich.»

Ich stand auf und stellte mich vor meinen Spiegel.

«Ich hab einfach das Gefühl, ich kenne mich selbst nicht mehr.»

Ich starrte in das fremde und doch mittlerweile sehr vertraute Gesicht. Blaue Augen, braune Haare, volle rote Lippen, geschwungene Augenbrauen. Darce stand auf und stellte sich hinter mich. Er legte mir die Arme um die Hüfte und ich spürte das vertraute Prickeln, das er in mir auslöste. Ich schüttelte den Kopf.

«Ich möchte kein Mitleid», sagte ich und er drehte mich zu sich um. Er sah zu mir herunter, während seine grünen Augen aufrichtig funkelten.

«Wir können nicht ändern, wer wir sind, wir können nur das Beste daraus machen. Ich weiß, wie du dich fühlst. Ich hatte mich selbst verloren. Aber der Trick ist, sich wiederzufinden und weiterzukämpfen. Denn wenn ich eins weiß, Pearl, dann ist es, dass man immer eine Wahl hat. Ich habe meine getroffen. Ich habe mich dazu entschieden, mich meinem Schicksal zu stellen. Und sieh, wohin es mich gebracht hat. Ich habe dich kennengelernt.»

Er streichelte mir federleicht die Wange und hielt meinen Blick fest. Ich lächelte.

«Oh Mann, das ist so unfair», jammerte ich.

«Was meinst du?», fragte er.

«Ich bin so eine Heulsuse, und du bist so perfekt, und trotzdem hältst du es mit mir aus.» Ich sah zu Boden.

«Das ist es mir wert», flüsterte er. «Obwohl du ja nicht mit allem Recht hattest … Aber dass ich perfekt bin stimmt. Wobei ich ja nach einer überaus geschätzten Meinung mehr als perfekt bin», sagte er stolz.

Ich lachte laut und boxte ihm spielerisch gegen die Schulter.

«Von wem geschätzt?», fragte ich und lachend antwortete er: «Na von mir.»

Nachdem wir gelacht hatten, legten wir uns erschöpft schlafen und mit Darce' Hand auf meiner Hüfte schlief ich traumlos und geradezu friedlich ein. Oder auch nicht …

Ich öffnete die Augen. Hauchzarte Lichtstrahlen der Sonne krochen durch die kleinen Öffnungen in meinen Rollläden. Zufrieden gähnte ich laut und setzte mich auf. Ich fuhr mir durch die verwuschelten Haare, mit der Absicht, sie etwas in Form zu bringen – aber ohne Erfolg. Müde schwang ich die Beine aus dem Bett und stand auf. Erschrocken ließ ich mich sofort wieder aufs Bett gleiten. Ich war in etwas reingetreten. *Wasser?* Doch es war klebriger und dickflüssiger als Wasser. Und als ich meine winzige Nachtlampe einschaltete, war mir der Schock ins Gesicht geschrieben: Neben meinem Bett befand sich eine riesige Blutlache. Meine rechte Hand fuhr zu meinem Mund und der Schock fesselte mich zu sehr, als dass ich hätte wegsehen können. Nach Sekunden, Minuten oder Stunden des Schweigens sah ich mich im Zimmer um und erkannte Schleifspuren, die mit Blut vermischt waren. Langsam stand ich auf und folgte ihnen. Vorsichtig setzte ich immer einen Fuß vor den anderen und trotzdem fiel es mir schwer, das Gleichgewicht zu halten. Ich folgte den roten Blutspuren, bis zu einem meiner bepflanzten Töpfe und konnte es nicht glauben: Eine meiner Pflanzen war getränkt von frischen Blut und wie eine fleischfressende Pflanze leckte sie sich die Lippen. Voller Ensetzen betrachtete ich sie, doch dann zog etwas anderes meine Aufmerksamkeit auf sich. Eine Hand. Abgehackt und zerfetzt lag sie da und blutete noch immer. Ich schrie wie am Spieß und meine Augen begannen, unkontrolliert zu tränen. Ein Gefühl der Übelkeit überkam mich und mein ganzer Körper zitterte. Ein anderer Schrei hallte durch das Zimmer und ich fuhr herum. Meine Mutter stand dort in ihren Schlafsachen und sah mich entsetzt an. Wie einen Fremden sah sie mich an und ihre Lippen formten das Wort *Monster.*

«Nein!», schrie ich. «Das war ich nicht!»

Doch die Tür schloss sich und meine Mutter war fort. Sattdessen hallten ihre Worte in jeder Ecke wider: «Monster. Monster. Monster!»

Ich hielt mir die Ohren zu und musste feststellen, wie die widerhallenden Stimmen ihr eigenes Leben entwickelten.

«Du warst das nicht?», fragten sie wie im Chor und ich drehte mich im Zimmer, um den Ursprung der Stimmen zu finden, doch ohne Erfolg. Die Stimmen kamen von überall und doch von nirgends. Ich war ganz allein im Dunklen.

«Das ist deine Pflanze. Du hast sie erschaffen! Du hast es getan! Monster!» keiften die Stimmen und unter Tränen schrie ich. «Nein!»

Kapitel 14

Ich fuhr hoch und keuchte noch immer. *Es war nur ein Traum.* Meine Decke hatte ich im Schlaf weggeworfen und mein Kissen hatte Darce, der ruhig neben mir schlief. Ich beruhigte mich wieder und meine Atemzüge normalisierten sich. Ich ließ mich zurück ins Bett fallen und konnte mir den Traum nicht erklären. Er kam mir so real vor. Ein wenig Sonnenlicht kroch durch die Rollläden und verlieh meinem Zimmer ein friedliches Aussehen. Ich schaltete die Nachttischlampe an und versuchte mich zu entspannen. In Kürze würde ich aufstehen müssen und ich konnte es mir nicht leisten, heute unkonzentriert zu sein. Eine Sekunde lang hielt ich die Luft an und hörte Darce ganz leise schnarchen, was mich wieder in die Realität brachte. Ich drehte mich zu ihm um. Friedlich und unwiderstehlich lag er da und schlief tief und fest. Stumm beobachtete ich, wie sich seine Brust sanft hob und senkte und wie sich seine Augen leicht bewegten, als würde er im Traum Ausschau halten. Ich lächelte, während ich ihm weiter zusah. Nach einer Weile drehte er sich leicht zu mir, aber hielt die Augen weiter geschlossen. Der ließ sich aber durch nichts wecken.

«Du beobachtest mich», sagte er plötzlich. Ich erschrak und fiel sofort wieder auf meine Seite.

«Stimmt doch gar nicht», gab ich empört zurück.

«Doch. Ich konnte deinen Atem auf meinem Gesicht spüren», sagte er immer noch mit geschlossenen Augen.

Ich wusste nicht warum, aber ein angenehmer Schauer lief mir über den Rücken.

«Ach ja.»

«Ja», antwortete er.

«Ich würde dir ja zustimmen, aber dann lägen wir beide falsch», ahmte ich Viv nach – plötzlich war er ganz wach und lachte herzlich.

«Typisch Viv», sagte er und mir fiel wieder ein, dass er sie viel länger kannte als ich. Er drehte sich zu mir und stützte seinen Kopf mit der Hand. Er sah auf mich herunter, und da war schon wieder dieser Ausdruck in seinen Augen. Dieser Ausdruck, der mich ganz schwindelig machte und mein Herz viel zu hastig und laut schlagen ließ. Das Glitzern in seinen grünen tiefen Augen machte mich ganz wild und ich sah ihn erwartungsvoll an. Eine kleine Stimme protestierte in mir: «Lass dich nicht ablenken. Du musst Luke retten.»

Zwei Tage noch! Der Gedanke traf mich mal wieder wie ein Schlag in die Magengrube, und plötzlich fühlte ich mich eingeengt. Doch als Darce mir näher kam, war es vorbei. Ich sprang auf und stieß mit voller Wucht gegen seinen Kopf. Schmerz pulsierte in mir und warf mich wieder zurück. Stöhnend hielten wir uns die Köpfe.

«Oh Mann, Vögelchen, der hat gesessen», stöhnte er, und die Röte stieg mir ins Gesicht. Ich versteckte mich hinter meinen Händen und schämte mich in Grund und Boden.

«Es tut mir so Leid», quetschte ich unter pochendem Schmerz heraus und setzte mich wieder auf. Ich schwang die Beine aus dem Bett und drehte mich zu Darce um, der mich neugierig beobachtete und trotz des Vorfalls freundlich ansah.

«Ich geh dann mal duschen», sagte ich und starrte ihn weiterhin an.

Nach einer Weile fragte Darce: «Soll ich mitkommen oder warum wartest du?»

Erneut stieg mir die Röte ins Gesicht und ich schüttelte den Kopf. Was war nur mit mir los?

«Der Zusammenstoß hat mich aus der Bahn geworfen», sagte ich lächelnd und ging aus dem Zimmer heraus, während ich mir immer noch die Stirn rieb. *Oh Mann, Pearl, das hast du ja mal wieder toll hinbekommen.*

Ich trat ins Bad und ging duschen. Ich versuchte das Ereignis abzuschütteln und abzuwaschen – aber ohne Erfolg. Wieder und wieder spielte sich die peinliche Szene vor meinem inneren Auge ab, und ich konnte rein gar nichts tun, außer zu versuchen, an was anderes zu denken. Immer wieder machte ich mir klar, dass ich mich konzentrieren müsste, aber mein Unterbewusstsein lachte mir frech entgegen und ließ die Szene weiterlaufen. Genervt und angepisst von mir selbst trat ich aus der Dusche. Ich föhnte mir die Haare. Als ich fertig war und eine meiner unglaublich coolen Kombinationen auf meinen Armreifen gedrückt hatte, ging ich nach unten.

Unten angekommen stieg mir ein unwiderstehlicher Geruch in die Nase und wie hypnotisiert folgt ich ihm. *Kaffee!* Darce stellte eben zwei Tassen ab, und als er mich sah, deutete er freundlich nickend auf einen der Kaffees hin und ich setzte mich.

«Oh Mann, ich könnte dich küssen», sagte ich, ohne drüber nachzudenken.

«Wenn mein Kopf dabei heil bleibt, habe ich nichts dagegen», gab Darce zurück und grinste frech. Ich zog eine Augenbraue hoch und widmete mich dann meinem Kaffee. Ich genoss ihn in vollen Zügen.

«Wir müssen gleich los», sagte Darce und seine Miene schien wie versteinert. Er hatte Angst und wollte es nicht zugeben, doch ich konnte es in seinen Augen sehen – und wer hätte es ihm übelnehmen können? Beim letzten Mal wären wir beide beinahe draufgegangen. Ich hatte auch Angst. Jetzt, wo Darce hier war, war alles okay, aber was würde danach passieren? Würde dieses Ding mich anfallen? Mich töten? Wartete es nur darauf, dass ich allein war? Eines war klar: Es trieb mich in den Wahnsinn. Ich fühlte mich überall beobachtet und selbst jetzt stellten sich mir alle Härchen auf. Ich atmete durch. Darce holte tief Luft und sah mich dann an. In seinen Augen funkelten so viele Gefühle. Und ich wusste, dass er dasselbe in mir sehen musste. Ich lächelte ihn aufmunterndes an und er erwiderte es. Dann stand er auf und hielt mir die Hand hin.

«Ready?», fragte er, und sein englischer Akzent brachte mich zum Grinsen.

«Bist du es denn?», fragte ich und sah ihn an.

In seinen Augen spiegelten sich die verschiedenen Antworten, und ich erkannte, wie er mit dem Gedanken spielte, ehrlich zu sein oder zu lügen.

«An deiner Seite immer», sagte er und ich legte meine Hand in seine. Mit einem Ruck zog er mich hoch.

«Gute Antwort», flüsterte ich ihm zu und er lachte.

Wir zogen uns Schuhe und Jacken an. Das Auto meiner Mutter stand in der Einfahrt, aber ich hatte sie noch nicht gesehen. *Komisch.* Wir stiegen in Darce' Auto ein, und bevor er den Motor startete, sah er mich ein letztes Mal an. Ab da schwiegen wir. Die gesamte Fahrt. Wir mussten beide versuchen, mit den schlimmsten Gedanken und Vorahnungen umzugehen und sie in Schubladen zu stecken. Meine Schulter prickelte und ich wusste, dass mein Mal mir Trost spendete. Und tatsächlich – binnen Sekunden fühlte ich mich besser. Ich setzte mich aufrichtig hin und atmete tief ein und aus. Ich würde Luke retten!

Darce brachte das Auto auf einem großen fast leeren Parkplatz zum Stehen. Nervosität stieg in mir hoch und lähmte mich für einen kurzen Moment. Ich umklammerte mein Handy, das in meiner Hand lag, und kratzte mit meinen Nägeln die gesamte Zeit an der Hülle. Langsam und widerwillig zwang ich mich dazu, Darce anzusehen. Er schaute ernst auf den Berg vor uns und seine Brust hob und senkte sich angespannt schnell. Seine Kiefermuskeln zuckten und ich konnte mir nicht vorstellen, was er gerade dachte oder sich von diesem Trip versprach. Nach einer kleinen Weile drehte er sich zu mir um und nahm so schnell meine Hände, dass ich sie ihm nicht verweigern konnte.

«Pearl, egal was heute …»

Weiter ließ ich ihn nicht sprechen: «Nicht!» Ich riss eine meiner Hände aus seiner Umklammerung und fuchtelte damit vor ihm herum. «Ich will es nicht hören! Tu das nicht!», befahl ich und er nickte, während er zur Seite sah.

«Aber …» begann er. Doch ich legte meinen Zeigefinger auf seinen Mund. Tief sah ich ihm in die grünen Abgründe und sorgte auch dafür, dass ich all seine Aufmerksamkeit hatte.

«Jemand ganz Besonderes sagte mir mal, dass wir nicht ändern können, wer wir sind, aber wir können das Beste draus machen. Darce, das hier ist unser Schicksal. Es gibt Personen da oben, die wissen genau, was hier passiert und noch passieren wird. Und trotzdem haben wir die Wahl. Wir können uns zurückziehen und uns unter der Bettdecke verstecken oder wir können für unser Schicksal kämpfen. Wir sind Erben. Wir konnten uns nicht aussuchen wer wir sind, aber wir können für die Person kämpfen, die wir sein wollen. Dank dieser besonderen Person habe ich mich für das Richtige entschieden. Wie sieht es bei dir aus?»

Beeindruckt lächelte er mich an und nickte. Er stieg aus und öffnete anschließend meine Tür.

«An deiner Seite werde ich immer kämpfen», sagte er. Mit einem Lächeln, das so viel mehr sagte als Worte oder Blicke es je gekonnt hätten sah ich ihn an. Er nickte, hielt mir seine Hand hin und ich ließ meine sanft in seine gleiten. Leicht wie eine Feder zog er mich aus dem Auto, und zusammen traten wir dem so bedrohlich wirkenden Berg mit einem unerschütterlichen Mut entgegen. Ich war noch nie so stolz für etwas kämpfen zu dürfen.

Auf dem Parkplatz standen noch zwei andere Autos, ein silbernes und ein rotes. Es war so still um uns herum, dass es gar nicht nötig war, die Ohren zu spitzen, denn jede Bedrohung hätte man noch weit entfernt hören können. Also beobachtete ich meine Umgebung ganz genau. Wir gingen Richtung Waldeingang und bäämm! ... Da stand ein Baum! Außerdem sah ich noch ... *Bäume, und noch mehr Bäume, und noch mehr Bäume und oh! Einen Busch. Na, klasse. Das war für einen Wald nun wirklich nichts Besonderes. Aber ... ich lauschte ganz genau.*

«Hörst du das?», fragte ich Darce, doch er schüttelte den Kopf.

«Ich höre gar nichts», antwortete er und ich nickte eifrig.

«Findest du das nicht komisch? Wir stehen vor einem Berg, der eigentlich abgesehen von dem Gestein komplett aus Wald besteht, und ich höre nicht mal einen Vogel ...», erklärte ich.

Seine Miene hellte sich auf, nur um dann direkt wieder dunkler zu werden.

«Du hast Recht», sagte er verschwörerisch und ich nickte.

Wie eine lauernde Raubkatze untersuchte Darce jeden Winkel, des äußeren Erscheinungsbildes des Waldes mit seinen Augen.

«Wo ist eigentlich dein kleines Vieh?», wollte er wissen er und sah mich erwartungsvoll an. Ich schlug die Hand vor den Mund.

«Oh Gott. Das habe ich ja total vergessen», stieß ich hervor und Darce lachte.

«Gott sei Dank hast du keine Fische. Den armen Viehchern würde ich bei dir nicht mal 'ne Woche geben», entgegnete er frech. Ich boxte ihm daraufhin gegen die Schulter, dann ging ich in meine Gedanken.

‹Pount? Kannst du uns finden?›, fragte ich und wartete schweigend auf eine Antwort.

<Ich habe euch nie verloren, Pearl>, antwortete eine Stimme in meinem Kopf und ich atmete erleichtert aus.

Ein lautes Pfeifen ließ meinem Blick zum Himmel gleiten, als eine weiße Gestalt so schnell im Sturzflug auf uns zukam. Im nächsten Moment stand ein weißer Hengst mit weißen prachtvollen Flügeln und grünen großen Augen vor uns. Darce schnaubte gelangweilt.

«Viel zu Griechisch, dieses Pegasus», sagte er, und Pount wieherte laut: <War der Greif das etwa nicht, du Idiot? Tut so, als wüsste er Bescheid, dieser nervtötende Macker.>

Ich konnte nur Lachen. «Ich finde deine Gestalt sehr schön», sagte ich, um ihn vom Fluchen abzubringen, und sofort strahlte sein Fell wieder. Dabei bemerkte ich, dass es nicht mehr aussah wie Schafswolle.

‹Du wirst besser, was?›, stellte ich fest, und stolz bäumte der Hengst sich auf: <Naja, wenn man davon absieht, dass ich schon absolut genial bin … ja.>

Ich rollte mit den Augen. Das war wieder so typisch. Warum fragte ich überhaupt?

<Hey, hey, hey, ich kann ja wohl nicht dafür, dass ich so toll bin>, sagte er.

‹Und nervig und eingebildet und arrogant›, fügte ich seinem Selbstbild hinzu.

Eingebildet streckte das Pferd die Nüstern in die Luft. <Pah! Weißt du, was ich an dir besonders mag, Pearl?, fragte er.

Ich antwortete zögerlich: ‹Nein ...› und wartete auf seine Antwort.

‹Siehst du, ich auch nicht.›

Gott sei Dank konnte dass niemand hören, denn der hatte gesessen! Und trotzdem musste ich lachen.

«Hey, hier ist noch eine dritte Person», sagte Darce und ich fuhr zu ihm herum.

‹Oh wow, er kann zählen!›

Ich war mehr als erleichtert, dass Darce ihn nicht hören konnte. Pounts Ego hatte gerade seine höchste Stufe erreicht.

‹Hey Pearl, sag ihm von mir, noch eine Gehirnzelle weniger, und er ist eine Pflanze.›

Langsam wurde ich wütend. ‹Es reicht!›, fauchte ihn in Gedanken an und wandte mich zu Darce um.

«Entschuldige, wir mussten was klären.»

Er nickte und sah in den Wald.

«Okay wollen wir los?», fragte ich und er schüttelte den Kopf. Für einen Moment dachte ich, er würde doch nicht mitgehen, aber dann knackte ganz in der Nähe ein Ast und es trat eine Person aus dem Schatten, die ich nur zu gut kannte. *Ariana.*

«Nicht wahr! Was machst du denn hier?», fragte ich während ich sie fest umarmte.

«Ich komme mit», antwortete sie und lächelte stolz. Erst jetzt sah ich, was sie trug. Ich hatte vorher nicht darauf geachtet. Ich konnte es kaum glauben. Sie trug einen schwarzen Lederanzug. Über die langen Ärmel hatte sie schwarze Handschuhe gestreift und hohe schwarze Stiefel zierten ihre Füße. Ihre Haare waren zu einem Pferdeschwanz zusammengebunden und sie selbst natürlich geschminkt. Über ihrer Schulter trug sie einen Bogen und einen Köcher, in dem die Pfeile steckten. Ich starrte sie mit offenem Mund an.

«Mund zu, Schätzchen, es zieht», sagte sie und ich besann mich wieder.

«Wie willst du denn damit kämpfen?», fragte ich – immer noch die Augen ungläubig geweitet.

«Der Anzug ist kugelsicher und nur ganz speziell angefertigte Schwerter kommen hindurch», erklärte sie. «Was guckst du denn so?

Dachtest du, dass wir Darce die ganze Arbeit überlassen? Oh nein! Viv und ich sind ausgebildete Kämpferinnen.»

Ich nickte nur benommen und sah an mir herunter. Meine Kleidung wirkt da ziemlich labbrig.

‹331›, flüsterte eine Stimme in meinem Kopf und es dauerte, bis ich verstand, worauf sich diese Zahlenkombination bezog. Dann zog ich den Ärmel meines linken Jackenarms zurück und drückte die Kombination, als hätte ich sie schon tausendmal gedrückt. Ein Zischen war zu hören und ein helles Licht zu sehen. Und plötzlich hatte ich ebenfalls einen Lederanzug an. Das einzige, was ihn von Arianas unterschied, war die Tatsache, dass ich noch einen Gürtel um die Hüften hatte, mit einer goldenen Gürtelschnalle, die trotz ihrer Winzigkeit viel hermachte und das Ganze gleich viel stylischer aussehen ließ. Ich betrachtete mich und war sehr zufrieden.

«Unglaublich, Pearl», entfuhr es Ariana. «Wie hast du das gemacht?», fragte sie.

Ich lächelte. «Das war ich nicht. Das war mein kleiner Freund. Er entwirft das alles für mich», erklärte ich und wies mit einem stolzen Blick auf den Hengst hinter mir, der seine weißen Flügel stolz emporstreckte.

«Cool! Aber was ist denn das? Dein Rücken ... da ist eine kreisförmige freie Fläche. Das ist gefährlich!», sagte sie. Ich versuchte sie zu sehen, doch ohne Erfolg.

‹Die freie Fläche ist extra. Du hast einen unsichtbaren Schutzschild an der Stelle aber trotzdem kommt Luft hindurch›, erklärte mir Pount und ich war ganz beeindruckt.

«Unglaublich Pount, wie kommst du nur darauf?», fragte ich und er wieherte laut. Ich wandte mich zu meinen Freunden um und erklärte ihnen den freien Platz.

«Cool», sagte Ariana und Darce nickte.

«Wir müssen los, Mädels», sagte er und wies auf den Himmel. «Bald werden mehr Menschen kommen», fügte er hinzu und wir stimmten zu.

«Einen Moment noch», stoppte uns Ari und führte ihren Finger zum Mund. Ein ohrenbetäubender schriller Pfiff entfuhr ihr und ich stöhnte laut.

«Ari, für was war das denn?»

Sie lachte und wies dann in den Wald, aus dem etwas Tierisches schlich. Als das Licht der Sonne es traf, erkannte ich eine große Rehkuh, die einen ihrem Fell angepassten Sattel trug. Sie lief direkt auf Ari zu ohne auch nur ein wenig Angst zu haben. *Wie ungewöhnlich.*

‹Allerdings. Göttin der Schönheit sagtest du?›

Zur Antwort nickte ich nur. Ariana schwang sich auf den Rücken der Rehkuh und sah uns erwartungsvoll an. Ich fing mich und ging auf Pount zu. Mit einem Satz sprang ich auf seinen Rücken, und nun stand nur noch Darce. Ari und ich lachten. «Tja Darce, der frühe Vogel fängt den Wurm», sagte Ari und lachte.

«Warum werden in der griechischen Mythologie immer Frauen vorgezogen?» wollte Darce wissen und setzte sich in Bewegung. Wir hatten noch einen ganz schön langen Weg vor uns.

Wir gingen stundenlang. Wir schwiegen die ganze Zeit, wappneten uns innerlich und versuchten angespannt, jedes Geräusch zu identifizieren. Keine Frage, wir waren alle angespannt, und je tiefer wir in den Wald liefen, desto angespannter wurden wir. Irgendwann fühlten wir uns so bedroht, dass wir alle eine Waffe in die Hand nahmen. Ich beobachtete die beiden anderen, und ihre angespannten Rückenmuskeln gaben mir zu denken.

‹Wir müssen eine Pause machen›, sagte ich zu Pount. ‹Wir laufen schon ewig und werden müde. Das macht uns unvorsichtig.›

Pount stimmte mir zu und mit einem gewaltigen Flügelschlag erhoben wir uns in die Lüfte. Der Pegasus glitt viel sanfter durch die Wolken als der Greif und ich spürte ein vertrautes Kribbeln, das es mir gut gehen ließ. Ich sah nach unten und blickte in die verdatterten Gesichter der beiden anderen. Nun sah ich den ganzen Wald von oben. Eigentlich war er wunderschön, aber eine so bedrohliche Aura wie hier hatte ich nicht einmal in diesem Restaurant gespürt. Wir waren wohl in die Höhle des Löwen spaziert.

In weiter Ferne erkannte ich die Bergspitze. Warum war sie so weit entfernt? Wir waren so lange gewandert, müsste sie nicht schon viel näher sein? Ich blickte hinunter und erkannte einen kleinen Pavillon, in dem man sicher sitzen konnte. Der perfekte Ort zum Rasten.

Pount glitt wieder hinab zu den anderen.

«Hey, da vorne können wir für einen Moment rasten», sagte ich, verschwieg aber, wieviel Weg wir noch vor uns hatten.

‹Natürlich verschweigst du das. Es sind ja auch nicht deine Füße, die dich da hoch tragen›, hörte ich seine sarkastische Stimme. Doch ich blendete sie einfach aus.

Die beiden anderen stimmten zu, eine Pause einzulegen. Beide sahen sehr angestrengt aus. Es dauerte keine fünf Minuten, da sahen wir unseren Rastplatz auch schon. Es war ein weißer Pavillon. Besser gesagt: Es war mal ein weißer Pavillon gewesen. Mittlerweile war die Farbe schon abgeblättert. Innen befand sich eine Runde Holzbank und in der Mitte eine aus Holz geschnitzte Säule, die das Dach hielt. Ich stieg ab und ging darauf zu. Darce räusperte sich.

«Setzt ihr euch nur hin. Ich würde lieber die Gegend checken.»

Ich nickte ihm zu, doch als ich zu Ariana sah, wirkte sie auch unschlüssig.

«Ich würde wirklich gerne einen Bach suchen, damit mein Reh etwas trinken kann», sagte sie zu mir gewandt. Ich stimmte ihr zu, obwohl ich ein ungutes Gefühl bei der Sache hatte. Ich war die einzige mit einem Beschützer. Die beiden wären bei einem möglichen Angriff allein. Aber ich wusste: Egal, was ich sagen würde, sie würden es besser wissen – also beließ ich es dabei und sah ihnen zu, wie sie beide in verschiedenen Richtungen, in dem dunklen Wald verschwanden.

Ich drehte mich zu Pount um und sah ihn an. Dann griff ich in meine Jackentasche und holte eine Tüte Kekse heraus. Ich wedelte vor ihm damit herum und er wieherte laut. Lachend nahm ich einen heraus und gab ihn Pount, der ihn genüsslich aß. Anschließend legte ich ihm die ganze Tüte auf den Boden und betrat den Pavillon. Die Holzbretter unter meinen Füßen knarrten bedrohlich und ich warf erst einen Blick nach unten auf die Dielen und dann nach oben auf das Dach. Wie gut würde es wohl halten? Immerhin schien es schon ziemlich alt zu sein. Ich hielt, ohne dass ich es bemerkte, die Luft an und bewegte mich vorsichtig auf eine der Bänke zu. Ich machte mich so leicht wie es ging, aber trotzdem knarrte der Boden. Federleicht setzte ich mich auf die Bank und atmete aus. Ich sah mich ein wenig um. Hier fanden sich keine Unterschriften und auch kein Graffiti, obwohl hier sicher schon viele Menschen gewesen sein mussten. Immerhin lagen hier Essensreste. Eine Mode-Zeitschrift zog meine Blicke auf sich. Erst war ich gespannt, doch dann erkannte ich, dass sie ziemlich zerrissen war. Es sah aus, als hätten Krallen sie zerfetzt. Vorsichtig hob ich die Zeitschrift auf und musterte die Kratzspuren. Ich schlug sie auf und betrachtete alles ganz genau. Die Zeitschrift war noch recht aktuell.

Ich blickte durch eines der Löcher, die die Kratzspuren verursacht hatten, und erkannte etwas sehr Ungewöhnliches an der Säule, die das Dach hielt. Ich legte die Zeitung auf die Bank und stand auf. Vorsichtig näherte ich mich der Säule. Ich hielt die Luft an, während meine Augen die Säule genau fixierten, ohne auf das Knarren unter mir zu achten. Ich musterte die Säule. So etwas hatte ich noch nie gesehen. *Kerben.* Sanft ließ ich meine Fingerspitzen über das Holz der Säule gleiten. Sie war mit tiefen Kerben versehen. Nicht von irgendwelchen Krallen, die daran gekratzt hatten, sondern tiefe Kerben. Sie waren wie in einer Formation angebracht. Ein richtiges Muster. Ordentlich reihten sie sich nebeneinander auf. Sie hatten schon Dreiviertel der gesamten Säule eingenommen und erstreckten sich weit hinauf.

Ich ging um die Säule herum und plötzlich rutschte mir ein Fingernagel in eine der Kerben. Sofort war ein ohrenbetäubender Schrei von einer Frau zu hören. Ich erschrak und stolperte ein paar Schritte zurück. Geschockt fiel ich auf die Bank. *Was war das?* Vom Dach bröckelte etwas herunter, aber darauf achtete ich nicht. Immer noch mit geöffnetem Mund schlich ich wieder auf die Säule zu und ließ ganz vorsichtig meine Hand in eine anderer Kerbe gleiten. Der daraufhin ertönende qualvolle Schrei eines Mannes erschütterte mich tief und ich wusste, dass ich diesen Laut nie vergessen würde. Ich tastete weiterhin die Schreie ab, und obwohl mir jeder einzelne in der Seele wehtat, schloss ich die Augen und versuchte herauszufinden, was mit diesen Menschen passiert sein könnte. Meine Augen weiteten sich bei jedem Schrei den ich hörte.

Die Erkenntnis kam wie ein kräftiger Schlag in die Magengrube. In diesen Kerben wurden die Todesschreie von Menschen festgehalten! Erschrocken trat ich einen Schritt zurück und mein Blick glitt vorsichtig die Säule empor, welche mir in diesem Moment gigantisch vorkam.

Das ist die Anzahl, der Toten hier!

Ich schrie so laut es ging und hoffte, dass egal wo Ari und Darce jetzt waren, sie mich hören konnten. Ich rannte aus dem Pavillon raus und schrie aus vollem Leibe: «Ariana, Darce! Das ist eine Falle!» Ich hoffte und betete dass sie mich hören würden.

Pount sah mich alarmiert an. ‹Du hast Recht, aber vielleicht wissen sie noch nicht, dass wir hier sind›, versuchte er seine eigene und meine Nervosität zu beruhigen. ‹Was ist das?›, fragte er plötzlich und starrte wie gebannt auf einen Punkt hinter mir.

Ich wagte es nicht, hinter mich zu sehen, doch ich hatte keine Wahl. Langsam und erfüllt von einer dunklen Vorahnung drehte ich mich um und meine Augen weiteten sich. Ich wurde blass und mein Herz hämmerte wie ein Maschinengewehr. Mein Atem beschleunigte sich und ich begann unkontrolliert zu zittern. Angst übernahm meine Reflexe. Und der erste war zu flüchten. Doch das Geschehen hielt mich fest.

Eine schwarze Kugel erschien vor der Sonne und begann alle Farbe aufzusaugen. Das Grün der Bäume, das Weiß des Pavillons, das Braun vom Holz und selbst die Farben meines Anzugs. Mit jeder Farbe, die die Kugel aufsog, wurde sie größer und drei Gestalten traten heraus, die meine bisherigen Vorstellungen von Monstern übertrafen: ein Löwe mit Flügeln und dem Schwanz eines Skorpions; eine Schlange, die größer als ich war und gewaltige Giftzähne hatte; und ein schon altbekanntes Monster: die Spinnenkreatur aus Amerika.

Ich konnte mich nicht bewegen, während sie mich bedrohlich anfauchten.

«Hallo Perle», zischten, brüllten, wieherten sie im Chor.

Kurz dachte ich daran zu winken, aber das hätte sie wahrscheinlich auch nicht abgelenkt. Ganz leicht drehte ich den Kopf zu Pount, meiner letzten Rettung, aber er war viel zu weit entfernt von mir. Sie hätten mich geschnappt, bevor ich ihn erreichen würde. *Ich kann diese Dinger nicht selber töten. Das schaffe ich nicht aber ich darf auch nicht einfach aufgeben.* Hinter mir brüllte Pount gewaltiger als je zuvor, und als ich einen kurzen Blick nach oben warf, erkannte ich einen mächtigen weißen Drachen. Ich war nicht alleine!

Ich stellte mich in Kampfposition (mehr oder weniger) und hob meine Hand. Schlingpflanzen fesselten die Spinne an den Boden und ich zog sie gehörlich fest. Dann wandte ich mich der Schlange zu, doch sie entglitt meinen Schlingen immer wieder. Kurz bevor sie vor mir war, erinnerte ich mich wieder an das Messer, das ich in der Gürtelschnalle stecken hatte und nahm es heraus. Bedrohlich hielt ich es ihr entgegen, doch die Schlange lachte nur zischend – und sie hatte Recht. Das Messer war winzig. Für einen Moment erhaschte ich einen Blick auf Pount, der versuchte, den Löwen zu verbrennen, während dieser immer wieder nach ihm stach. Schweiß lief mir die Stirn herunter und ich dachte angestrengt nach. Die Schlange sah mich mit ihren bösen engen Augen bedrohlich an. Als sie auf mich zukam, schrie ich. Einerseits vor Frustration, andererseits, um dem Messer, das ich in diesem Moment warf, Zug zu verleihen. Doch es geschah unabsichtlich noch etwas: Mit dem Messer, das meine Hand verließ, wurde auch eine Druckwelle entfacht. Diese schleuderte die Schlange mehrere Meter nach hinten, sodass sie auf dem Spinnenwesen landete, was aber deren Fesseln löste. *Oh nein!*

Die Spinne rannte mit hoher Geschwindigkeit auf mich zu. Mein Herz pochte, und für einen Moment hatte ich keine Ahnung, was ich tun sollte. Angst, falscher Mut und der Wille, am Leben zu bleiben, erfüllten mich, und ehe ich mich versah, umwaberten zwei grüne Bälle aus Macht meine Hände. Ich sah dem Spinnewesen entgegen und zielte ... Doch den grünen Giftbällen, die ich ihr zuwarf, wich sie wieder und wieder aus. *Was soll ich nur tun?*

Ich rollte mich zusammen und der Schutzschild über mir entstand wieder. Die Spinne sprang darauf.

«Kennen wir das nicht schon?», fragte sie und ich hörte ihr ekelhaftes Lachen.

Sie nahm gerade wieder Anlauf, als plötzlich Pfeile aus einer Baumkrone abgefeuert wurden und sie ganze drei Mal trafen. Ich sah mich zu dem Baum um, und auf einem der dicken Äste stand Ariana und hielt mutig ihren Bogen gespannt mit einem weiteren Pfeil. Die Spinne schrie laut auf, als sie auch dieser traf und rannte auf den Baum zu, auf dem Ari saß. Ariana bemerkte dies, sprang mit einem gewaltigen

Satz vom Baum und schoss im Sprung einen weiteren Pfeil ab, der die Spinne wieder traf.

Mit offenem Mund und durch meinen Schutzschild geschützt, sah ich ihr zu, wie sie fest auf dem Boden landete und der Spinne einen weiteren Pfeil in den Rücken jagte. Die Spinne schrie ein letztes Mal auf bevor sie in sich zusammensank und nichts mehr außer schwarze Asche von ihr übrig blieb.

Ariana drehte sich zu mir um und lächelte erleichtert, dann wandte sie sich der Schlange zu, die sich von hinten angeschlichen hatte. Doch Arianas Pfeile durchdrangen nicht mal ansatzweise die feste schuppige Haut der Schlange. Im Gegenteil, sie prallten ab und fielen herunter. Sie kam immer schneller auf sie zu, und zum ersten Mal sah ich Angst in Arianas Augen. Das überraschte mich. Ich musste ihr helfen. Mit einem Mal löste sich der Schutzschild über mir auf und ich sprang vor sie. Ich baute mich schützend vor ihr auf, und als die Schlange nur noch Millimeter davon entfernt war, mich zu verschlingen, schaffte ich es, den Schutzschild erneut zu aktivieren. Ich feuerte einen gewaltigen grünen Giftball auf das Schlangenmonster ab. Wieder einmal schleuderte ich sie damit meterweit nach hinten und sie zischte mich böse an. Schweiß rann mir übers Gesicht und Müdigkeit breitete sich in mir aus, doch ich musste weitermachen! Erneut rief ich die Quelle auf und schleuderte immer wieder Machtbälle auf die Schlange ab, doch auch die schienen sie nicht einmal zu kitzeln.

Warum starb sie daran nicht? Wieder und wieder versuchte ich sie aufzuhalten, doch ihre Haut war wie ein Panzer. Irgendwo musste sie doch eine Schwachstelle haben.

‹Pount, überlass Ariana den Löwen und hilf mir herauszufinden, wo die Schwachstelle, dieses Viehs ist›, bat ich ihn – und sofort war er bei mir und feuerte Feuerbälle auf ihre gesamte Haut ab.

‹Keine Schwachstelle am Außenkörper›, sagte er – und sie kam immer schneller auf mich zu. Dann wusste ich es. Natürlich!

‹Misch dich nicht ein, Pount. Egal, was jetzt passiert›, befahl ich ihm.

Der Drache wandte sich wieder dem Löwen zu. Die Schlange näherte sich mir und ihre Augen funkelten siegessicher, als sie bemerkte, dass ich nicht versuchte, mich zu wehren. Sie sprang auf mich zu und öffnete weit das Maul, um mich zu verschlingen. Das war meine Chance. Mit einer schnellen Handbewegung, warf ich einen Giftball in ihren Rachen. Ihr Maul schnappte zu und vor Überraschung funkelten ihre Augen. Angst spiegelte sich darin wider. Dann sank sie in sich zusammen und zurück blieb nur schwarzer Sand.

Erleichtert keuchte ich, da ich anscheinend die ganze Zeit die Luft eingehalten hatte. Ich sah mich um, während ich meinen Puls in jedem Winkel meines Körper spürte und Adrenalin wie ein Aufputschmittel, durch meinen Körper floss.

Ariana schlug den Löwen gerade mit ihrem Bogen, denn sie hatte anscheinend keine Pfeile mehr. Und tatsächlich: Der Löwe war geradezu durchlöchert. Sie hatte ihn wohl kein einziges Mal verfehlt. Er hatte einen gebrochenen Flügel, sein Fell war auf der linken Seite komplett verbrannt und sein Schwanz war abgetrennt. So wehrte er sich nun nur noch mit seinen Zähnen. Er tat mir schon ein wenig Leid, als ich mit den Fingern schnippste und Kletterpflanzen aus dem Boden krochen, sich um ihn schlangen und ihn zu Fall brachten. Ari gab ihm mit ihrem Bogen den Todesstoß, woraufhin er sich genauso auflöste wie die anderen beiden.

Erleichtert atmete ich tief aus und merkte erst jetzt, wie sehr ich außer Puste war. Ariana drehte sich schwer atmend zu mir um und ich sah, dass sich ein paar Strähnen aus ihrem Zopf gelöst hatten und sie ziemlich durchgeschwitzt war. Trotzdem grinste sie. Sie kam zu mir herüber und hielt die rechte Hand in die Luft.

«Highfive für die Frauenpower», keuchte sie. Und ich schlug genauso schwer atmend ein. Wir hatten sie besiegt. Wir hatten es echt geschafft, und obwohl ich aus der Puste war fühlte ich mich wie neu. Ich hätte einen Marathon laufen können.

‹Das ist das Adrenalin›, hörte ich Pount. ‹Als dieses Schlangending den Mund aufgemacht hat, hätte ich nie gedacht, dass du das überlebst›, gab Pount zu und ich lachte: «Ich auch nicht.»

Ich legte den Kopf in den Nacken und dann auf die Brust. Es krachte zwei Mal und das war's.

Auf einmal kam eine Gestalt aus dem Wald. «Hey Mädels! Alles klar bei euch?», fragte Darce, der tiefenentspannt auf uns zuging, doch als er bemerkte, wie wir aussahen, blieb er stehen. «Was ist denn mit euch passiert? Wir haben noch viel Weg vor uns. Was habt ihr euch dabei gedacht, euch so auszupowern?»

Ich schlug mir mit der Hand auf die Stirn, drehte mich um und ging zu Pount, um ihn zu loben

‹Sag ich doch›, hörte ich Pount ‹Idiot.›

Ich schüttelte nur erschöpft den Kopf und sah zu, wie Pount in seine Pegasusgestalt schrumpfte. Mit einem schweren Satz sprang ich auf seinen Rücken und viel direkt erschöpft in mich zusammen. Ich hörte, wie Ari Darce alles erzählte, doch dann hielt sie inne.

«Pearl?», rief sie meinen Namen und ich hievte mich von Pounts rücken.

«Ja?», fragte ich und konnte spüren, wie schwer meine Glieder waren.

«Wie hast du eigentlich das Schlangenmonster getötet?»

Ich war anfangs sehr unmotiviert, diese Geschichte jetzt zu erzählen, aber als ich Darce neugierige und bewundernd dreinblickende Augen sah, konnte ich gar nicht anders. Stolz ging ich auf die beiden zu und erklärte: «Ich habe keine Schwachstelle an der Außenhülle entdecken können, aber ich wusste von Pount, dass jedes Monster eine Schwachstelle hat. Also wartete ich, bis die Schlange so nah war, dass sie ihr Maul öffnete, um mich zu verschlingen, und als sie das tat, warf ich einen Giftball in ihren Rachen. Und – tada! – sie wurde vor mir zu schwarzem Sand.»

Ich sah die beiden an, die mich übertrieben bewundernd anblickten.

«Unglaublich. Das war sehr mutig», sagte Darce und ich wandte den Blick ab.

«Ich wäre nie darauf gekommen, Pearl», sagte Ari, und ich lächelte.

«Ach was! In *der* Situation denkt man sich doch alles Mögliche aus. Außerdem wäre es nie so weit gekommen, hättest du mich nicht vor dem Spinnending gerettet. Das war auch krass. Wie du von dem Ast gesprungen bist und trotzdem mit dem Pfeil getroffen hast. Das musst du mir beibringen!»

«Nee du. Viv ist die bessere Lehrerin. Ich habe wenig Geduld.» Das sagte sie mit solch einem unschuldigen Blick, dass ich lachen musste.

«So genug bewundert, ihr Wonderwomen. Wir müssen noch ein wenig laufen, bis wir ein Nachtlager aufschlagen können», tönte Darce.

Ari und ich nickten und gingen wieder zu unseren treuen Tieren zurück. Wir schwangen uns auf ihre Rücken – allerdings sah es bei Ariana doch eleganter aus als bei mir. Aber das wunderte mich mittlerweile kaum noch. Wie ich heute gesehen hatte, war sie eine ernstzunehmende Kriegerin. Ich konnte mir irgendwie nicht mehr so richtig vorstellen, dass sie wirklich die Erbin der Aphrodite sein sollte. Das passte einfach nicht. Sie müsste eher die Erbin einer Kriegsgöttin sein. Schulterzuckend betrachtete ich sie, doch nach einer Weile lehnte ich mich an Pounts warmes Fell und entspannte mich ein wenig.

Kapitel 15

Nach weiteren Stunden des Laufens begann die Sonne schon unterzugehen und ich bat Pount, noch einmal zu fliegen. Ich liebte Sonnenuntergänge – und dabei zu fliegen, ist der absolute Hammer! Die Sonne schien die Farben und das Licht mit sich hinter den Horizont zu ziehen. Das wunderschöne Gemisch der Farben raubte mir den Atem und ich wollte nie mehr aufhören hinzusehen. Nach einer ganzen Weile sah ich nach unten, um meine beiden Reisegefährten zu finden. Ich musste nicht lange suchen, denn weit waren sie nicht gekommen. Wir waren alle sehr müde und bewegten uns kaum vorwärts. Ich sah zum Gipfel und musste mal wieder erkennen, dass wir ihm kaum ein Stück näher gekommen waren.

‹Das ist doch komplett unmöglich, Pount. Wir wandern seit Stunden und kommen dem Gipfel einfach nicht näher.›

Ich wartete auf seine Antwort und er schnaubte zustimmend.

‹Ich spüre schon die ganze Zeit die Magie, die diesen Berg wie unsichtbarer Nebel umhüllt, aber ich weiß nicht, wo sie her kommt oder was sie bewirkt.›

Ich erschrak und drehte mich um. ‹Das kann doch nicht wahr sein. Wie ist das möglich Pount?›, fragte ich voller Ensetzen und er drehte sich auch um. Ich erwartete eine Erklärung, doch er schien genauso verdattert wie ich.

‹Ich habe keine Ahnung›, entfuhr es ihm, und dazu konnte ich nichts sagen.

Ich sah den Parkplatz, und wie es schien, hatten wir uns kaum von ihm entfernt, höchstens eine Stunde waren wir von ihm fortbewegt. *Magie, ganz klar. Das muss sie sein. Eine Illusion. Wir sind in der Illusion gefangen.*

«Wir müssen herausfinden was es damit auf sich hat», sagte ich, obwohl ich kaum die Augen offen halten konnte.

‹Nein Pearl, für heute haben wir genug. Jetzt müssen wir uns ausruhen.›

Seine ruhige Stimme machte mich sauer: «Nein! Wir müssen weiter», befahl ich, doch er begann schon, zurück auf den Boden zu fliegen. «Pount!» schrie ich, aber er blendete mich einfach aus. War das sein Ernst?

‹Ja das ist mein Ernst, Pearl. Wenn du heute noch weitergehen willst, musst du das wohl auf deinen eigenen Füßen tun.›

Beleidigt ließ ich mich runtertragen und stieg dann ab. Ich verstand, dass er müde war, aber es stand immer noch Lukes Leben auf dem Spiel! Rasch entfernte ich mich von ihm und ging auf meine beiden Freunde zu, doch dann merkte ich, dass nur Ariana da war. Ich sah mich nach Darce um, konnte ihn aber nirgends entdecken. Fragend blickte ich Ari an, die mir erklärte, dass er Holz sammeln gegangen sei.

«Willst du dich mal waschen gehen?», fragte sie und wies auf einen Punkt hinter mir. Ich drehte mich um und erkannte in der Ferne einen See, dessen Oberfläche im letzten Sonnenlicht leicht schimmerte. Ich nickte nur und ging darauf zu. Ein paar Augenblicke allein und ein Gefühl der Frische wären jetzt genau das, was ich brauchte. Also setzte ich meinen müden Körper in Bewegung, während ich darüber nachdachte, wie es nur möglich war, dass wir nicht weiter vorankamen, obwohl wir schon seit Stunden liefen. «Illusion» murmelte ich vor mich hin. «Eine magische Täuschung.» Scharf dachte ich darüber nach.

Am See angekommen ließ ich mich auf die Knie fallen. Die Dunkelheit hatte nun auch den letzten Funken Licht eingenommen und mich überkam wieder das Gefühl, beobachtet zu werden, doch ich konzentrierte mich auf mein Rätsel. Ich beobachtete meine Hände. «Illusion» flüsterte ich wieder und ließ anschließend meine Hand vorsichtig ins Wasser gleiten. Ohne das leiseste Geräusch glitt sie durch das Nass und ich beobachtete sie stumm. Einen Moment lang geschah gar nichts. Es sah aus wie normales Wasser, und ich war auch fest davon überzeugt, dass es das war. Aber als ich begann, mit den Fingern im Wasser zu spielen, merkte ich es. Es fühlte sich irgendwie anders an. Jeder kennt das frische Gefühl, wenn ihm Wasser über die Finger läuft, aber dieses hier war wabberig. Selbst ich, die auf die Täuschung gefasst war, brauchte einen Moment, um sie überhaupt zu erkennen. Normale Menschen hätten sie sicher nicht einmal bemerkt.

Plötzlich kam mir alles so unnatürlich vor und ich zog angewidert die Hand aus dem Wasser. Ich ließ mich auf meinen Po fallen und blickte stumm in den Sand, während mein müdes Gehirn konzentriert arbeitete. Ich fuhr mit dem Finger nachdenklich im Sand herum. Die Augen geschlossen richtete ich das Gesicht zum Himmel, während ich immer weiter im Sand herumstrich. Die Sterne funkelten am Himmel. Keine einzige Wolke verhinderte den Blick auf die strahlendschönen, wahrscheinlich gerade explodierenden Planeten.

Obwohl ich sehr müde war, machte es mich zappelig, nicht herausfinden zu können, was hier los war. Immer wieder bewegte ich die Füße und kreiste mit dem Finger im Sand herum. Als mein Körper komplett durchzudrehen begann, sprang ich auf und ging umher. Nach einer ganzen Weile des Herumlaufens und des scharfsinnigen Nachdenkens ärgerte mich der Sand in meinen Schuhen. Also zog ich sie raus und legte sie neben mich. Ich setzte mich wieder und starrte ein weiteres Mal einfach in die Ferne. Ich wusste nicht, worauf ich wartete. Vielleicht auf einen Geistesblitz oder ein Zeichen oder vielleicht wieder ein Monster? Ich hatte keine Ahnung. Ich wusste nur, dass ich in diesem Zustand unmöglich hätte schlafen können.

«Wir kommen keinen Schritt voran. Woran liegt das?», flüsterte ich vor mich hin und dachte immer wieder: *Ein Berg, ein Berg. Warum würde jemand einen Berg verzaubern?*

Der Sand unter meinen Füßen war leicht feucht. Warum wusste ich nicht. Geregnet hatte es nicht, aber tatsächlich war es ein wenig kühl. Kaum hatte ich daran gedacht, lief mir ein kalter Schauer über den Rücken und ich fröstelte ein wenig.

«Vögelchen?» Diese Stimme warf mich mit einem Mal aus meinen komplett verhedderten Gedanken. *Darce?* Ich drehte mich zu ihm um. Seine Augen leuchteten im Licht der Sterne, als würden sie es auffangen.

«Warum schläfst du nicht?», fragte er. Zur Antwort zuckte ich nur mit den Schultern.

«Mich hält irgendwas wach», fügte ich noch hinzu. Er nickte knapp und ich drehte mich wieder nach vorne. Nun konnte ich keinen klaren Gedanken mehr fassen. Ich spürte seinen Blick auf mir wie tausend Messer im Rücken und es macht mich verrückt. Plötzlich setzte er sich neben mich und sah auch in die Ferne.

«Teile deine Gedankengänge mit mir. Vielleicht kann ich helfen», bot er an und ich schüttelte den Kopf.

«Ach, ich vermisse es, als Physik mein größtes Problem war. Das waren noch Zeiten.»

Darce grinste schief. «Sag nicht, du findest es nicht irgendwie cool, besonders zu sein?»

«Kommt ganz auf den Blickwinkel an, Casanova», antwortete ich und lächelte.

Wir starrten beide wieder geradeaus.

«Darce?», fragte ich und er sah mich an. «Ich habe heute getötet. Ich habe ein Lebewesen ermordet.» Erst jetzt bemerkte ich, was das in mir auslöste. Ein Gefühl der Reue überschwemmte mich wie eine große Welle.

«Ja, das hast du, aber wenn du es nicht getan hättest, dann wärst du jetzt tot», erklärte er.

Ich konnte nichts erwidern. Ich richtete nur gezielt meinen Blick nach unten.

«Das wird wieder, Pearl aber auf deinem Weg wirst du leider nicht nur eine Leiche im Keller haben.»

Ich wagte nicht, ihn anzusehen, stattdessen blickte ich stur auf den See hinaus. «Ich habe Angst. Angst, was das hier aus mir machen wird. Angst, ob ich das nächste Mal genauso stark sein werde», sagte ich und sah zum Himmel. «Nur weil ich mich dem, was auf mich zugekommen ist, einmal gestellt habe, bin ich nicht mutig.»

Er nickte. «Mein Dad hat mir, bevor er starb, einmal etwas sehr Wichtiges gesagt, Pearl: Mut ist nicht die Abwesenheit von Angst, sondern vielmehr die Erkenntnis, dass etwas anderes wichtiger ist als Angst. Die Tapferen leben vielleicht nicht ewig, aber die Vorsichtigen leben überhaupt nicht.»

Ich lauschte seinen weisen Worten und lächelte. «Das hat dein Dad schön gesagt», flüsterte ich. «Vermisst du ihn sehr?»

Für einen Moment schien sein Blick in Erinnerungen verloren zu gehen. Schmerz und Wut überzogen sein Gesicht. Etwas belastete ihn, aber er war wohl noch nicht bereit, es zu teilen, denn er nickte: «Jeden Tag – und ich werde immer versuchen, ihn stolz zu machen.»

Darce sah in den Himmel, als wäre sein Vater dort oben und sähe auf ihn herunter. Das berührte mich tief.

«Wie ist es passiert?», erkundigte ich mich vorsichtig. Doch Darce schüttelte nur den Kopf. Es entstand eine kurze Pause und er schien zu überlegen. Er begann wohl abzuwägen, inwieweit er mir mittlerweile vertrauen könnte. Dunkle Schatten zogen über sein Gesicht und sobald sie verschwunden waren, begann er zu erzählen.

«Es war Abend und mein Dad und ich sahen uns gerade ein Footballspiel an. Meine Mutter war schon bei meiner Geburt gestorben, und wie jeden Abend sagte er mir, dass es nicht meine Schuld sei und dass er das Funkeln ihrer Augen in meinen sehe. Da klopfte es an der Tür. Er war ganz angespannt, als er plötzlich aufstand. Aber anstatt zur Tür zu gehen, ging er zu einem Schrank, der seit ich denken konnte fest verschlossen war. Er holte den Schlüssel aus seiner Hosentasche und nahm einen Umschlag auf dem mein Name stand aus dem Schrank. Ich werde nie den gehetzten Blick in seinen Augen vergessen. Er nahm meine kleinen Hände und legte den Umschlag hinein. ‹Geh in dein Zimmer und setze dich in deinen Schrank, dann nimmst du die Tablette, die darin ist und schluckst sie hinunter›, erklärte er mir. Das Klopfen an der Tür wurde aggressiver. Mein Dad gab mir einen Kuss auf die Stirn und umarmte mich fest. ‹Deine Augen funkeln so wie die deiner Mutter. Sie wäre so stolz auf dich.› Ich erinnere mich genau an die Träne, die ihm über die Wange lief, denn ich hatte ihn noch nie zuvor weinen sehen. Ich fragte ihn was los sei, doch er befahl mir, das zu tun, was er gesagt hatte. Währenddessen ging er zur Tür. Er sagte mir noch, dass ich seine Nase hätte. Dann verschwand ich in mein Zimmer und setzte mich in den Schrank. Ich verschloss ihn fest und schluckte die Tablette. Vor Angst ganz verstört hörte ich, wie die Tür aufgerissen wurde und mein Vater den Namen meiner Mutter rief. Sie haben ihn getötet ...»

Darce Augen waren ganz gerötet und ich wusste, dass er diese Geschichte noch nie jemandem erzählt hatte. Solche Wunden heilten niemals.

«‹Sie›?», fragte ich mit Tränen in den Augen.

«Die Halbgötter», sagte er und spuckte das Wort wie Gift aus. Ich nickte, schmiegte mich an ihn und legte den Kopf auf seine Schulter. Nach einer ganzen Weile des Schweigens setzte ich mich ein wenig weiter weg hin und beobachtete die kleinen Wellen, die sich im silbernen Mondschein bildeten. Ich richtete meinen Blick auf Darce. Tief im Herzen wusste ich, dass hinter dieser Geschichte noch viel mehr steckte. Doch ich wagte nicht zu fragen. Die Schatten, die jedes Mal über sein Gesicht zogen und seine Emotionen in sich aufsogen, wenn man ihn auf Vergangenes ansprach ... Irgendwann würde er es mir erzählen. Dann blickte ich hoch zum Mond selbst.

«Was beobachtest du?», fragte Darce ruhig neben meinem Ohr. Ein angenehmer Schauer lief mir über den Rücken, als ich seinen warmen, vertrauten Atem auf meiner Wange spürte. Etwas in mir wurde in Gang gesetzt und mein Bauch begann zu kribbeln, während mein Herz immer schneller schlug.

«Die Sterne ...», flüsterte ich und drehte den Kopf leicht zu ihm. Ich erschrak leicht, ihn so nah zu sehen. Seine grünen Augen suchten den Himmel ab und ich beobachtete sein wortwörtlich göttliches Gesicht. Seine kleinen Bartstoppeln verlangten quasi danach, berührt zu werden. Plötzlich reichte mir die Luft nicht mehr, die ich durch meine Nase bekam und ich öffnete den Mund leicht. Meine Augen erforschten jeden Winkel seines wohlgeformten Gesichts. Er drehte sich zu mir um, und seinem Atemstoß nach zu urteilen, war er ein wenig überrascht. Aber ich war längst nicht in der Verfassung, mich einfach so zurückweisen zu lassen, also sah ich ihm einfach weiterhin tief in die Augen. Sein Blick erforschte mich und blieb an meinen Lippen hängen.

«Und was beobachtest du jetzt?», fragte er mich durchschauend. Als ich sein Lächeln sah, konnte ich mir meines auch nicht mehr verkneifen. Aber dann verpuffte der Moment zwischen uns, denn Darce hob mich hoch und rannte mit mir los. Das alles ging so schnell, dass ich nicht mal handeln, geschweige denn mich wehren konnte. Von einer Sekunde auf die nächste warf er mich wie ein federleichtes Handtuch über seine Schulter und joggte mit mir los.

«Hey! Was wird das?», rief ich laut und mit vor Schreck geweiteten Augen. Als ich dann hörte, wie er ins Wasser trat, begann ich mich heftigst zu wehren. «Nein!!!», schrie ich und musste dabei laut Lachen. Er stimmte mit ein. Aber er lachte wahrscheinlich nur, weil meine Art mich zu wehren so jämmerlich war.

Immer tiefer trat er in den See und ich schrie weiter wie am Spieß. Ich hämmerte auf seinem Rücken ein, doch er lachte nur. Und noch bevor ich mit der Wimper zucken konnte, warf er mich in die Luft, sodass ich mit einem lauten, alles sagenden *Platsch* im Wasser des Sees landete. Wie ein Stein ging ich unter, doch reflexartig schwamm ich direkt wieder zur Oberfläche zurück. Das Wasser war eiskalt und weckte mich aus meinem Halbschlafmodus besser als jeder Kaffee es gekonnt hätte. ‹Halbschlafmodus?›, besser: *Energiesparmodus.*

Wieder an der Oberfläche angekommen umfing mich die Nachtluft und erzeugte bei mir einen kalten Schauer. Meine Haare hingen überall da, wo sie nicht hängen sollten und meine Klamotten klebten an mir. Wütend sah ich mich nach Darce um und glaubte kaum, was ich sah. Er versuchte gerade, sich aus dem Staub zu machen: einfach wieder aus dem See heraus.

Hah! Denkst du wirklich, es wäre so leicht? Ich streckte beide Hände nach ihm aus und grüne Funken umspielten meinen Oberkörper. Aus dem Wasser erhoben sich Schlingpflanzen und schlangen sich um seine Füße. Mit den Händen beschrieb ich einen großen Kreis, und Sekunden danach flog Darce durch die Luft, um danach nur wenige Meter neben mir im Wasser zu landen. Die Augen vor Schreck geweitet tauchte er wieder auf und ich konnte mich vor Lachen kaum halten.

«Dachtest du echt du entkommst mir so leicht?», fragte ich ihn unter Tränen und er schüttelte den Kopf.

«Aber ich bin ein Mann», sagte er und zwinkerte.

Ich lachte und tunkte ihn noch mal unter, bevor ich in Windeseile aus dem See schwamm.

«Hey!» rief er hinter mir. «Das bekommst du zurück!»

Er schnaufte und ich lachte laut: «Dafür musst du mich erst mal fangen!» Ich schwamm nun noch schneller, kletterte aus dem See und rannte direkt los. Darce war nämlich ein schnellerer Schwimmer als ich und nur noch wenige Meter hinter mir gewesen. Lachend rannte ich vor ihm weg, doch ich wusste, dass es nur eine Sache von Sekunden war, bis er mich eingeholt hatte. Trotzdem lief ich weiter vor ihm davon, und lachend rannten wir an dem in Dunkelheit liegenden Strand entlang. Doch schon bald hatte er zu mir aufgeschlossen und fasste mich an den Hüften. Er drehte mich einmal in der Luft und um mich festzuhalten schlang ich die Arme um seinen Hals. Meine nassen Haare und Klamotten tropften dabei in sämtliche Richtung und die kalte Nacht erforschte meinen nassen Körper. Doch ich spürte die Kälte nicht.

Als Darce stehenblieb, verlor er das Gleichgewicht und taumelte ein paar Schritte, bevor wir beide zu Boden fielen. Ich schrie laut auf, und als wir auf dem harten Boden landeten, stöhnte Darce – vor allem, da ich auf ihn gefallen war. Ich musste lachen. Und nach einem kurzen Moment lachte er mit. Plötzlich hörte ich auf zu lachen, denn ich bemerkte jetzt erst, wie wir lagen: ich auf seinem muskulösen Körper und nur seine und meine nassen Klamotten trennten uns.

Da sein Hemd durch die Nässe so eng anlag, konnte man sehr gut die Bauchmuskeln spüren. Doch ich hatte nur Augen für sein Gesicht. Er hörte ebenfalls auf zu lachen und sah mich an. Seine Augen funkelten und mein Herz klopfte laut. So laut, dass ich mich fragte, ob er es wohl hörte, jetzt, da ich auf ihm lag. Plötzlich spürte ich jede Kleinigkeit in meinem Körper: das Blut, das durch meine Venen floss, mein Puls in meinem Kopf, mein immer schneller werdender Atem, sein Körper unter meinem … Und dann zählte nichts mehr von diesen ganzen Dingen, sondern nur noch wir zwei.

Es war egal, dass unsere Klamotten nass und schlammig waren. Es war egal, dass seine Haare golden glänzten und meine komplett an Stellen hingen, an die sie nicht gehörten. Es war unwichtig, was morgen passieren würde. Es spielte keine Rolle, was bis zu diesem Zeitpunkt passiert war, und auch nicht, was woanders zu diesem Zeitpunkt geschah. Die Uhr hörte auf zu ticken. Die Grillen hörten auf zu zirpen. Die Zeit stand still und die ganze Menschheit hielt den Atem an, während wir uns einander nährten, den Blick abwechselnd von den Lippen zu den Augen gleiten lassend. *Wie im Märchen.*

Ungewollt begann mein Verstand wieder zu arbeiten und der Geistesblitz, auf den ich die gesamte Zeit gewartete hatte, kam im komplett falschen Moment. Doch ich konnte ihn unmöglich ignorieren. Ich hasste mich für das, was ich nun tat, aber ich konnte nicht anders. Die Mission hatte Vorrang.

«Wie aus dem Märchen!», rief ich erstaunt aus. «Das ist es!»

Beeindruckt sprang ich auf, drückte eine Kombination auf meinen Ringen und hatte wieder meinen Kampfanzug an. Darce sah mich verdattert an.

«Sorry, da komm' ich nicht mit», sagte er und ich bemerkte die Enttäuschung in seinen Augen. Ich wusste genau, wie er sich fühlen musste.

«Ich habe es euch bisher noch nicht gesagt, aber Pount und ich haben es gesehen: Wir haben uns seitdem wir losgelaufen sind kaum vorwärts bewegt. Der Parkplatz ist höchstens eine Stunde entfernt», erklärte ich aufgeregt und verhaspelte mich deshalb mehrmals.

«Nicht wahr!», sagte Darce aufgebracht und war nun auch wieder auf den Beinen. «Darüber hast du also die ganze Zeit nachgedacht», stellte er fest und ich nickte.

«Das Buch sagte, dass der Berg eine Illusion ist und es hatte irgendwie Recht, denn jedes Kind kennt die Geschichte von einem ganz bestimmten Berg», erklärte ich weiter und Darce hing wie gebannt an meinen Lippen. «Ich kannte die Geschichte auch mal, aber jetzt weiß ich kaum noch etwas von ihr. Menschen, die versucht haben, ihn zu erklimmen, sind immer wieder heruntergerutscht. Mehr fällt mir davon nicht mehr ein.»

Frustriert ging ich wieder auf und ab. «Die Götter verstecken einen der historischen Berge hier.» Ich kratzte mich am Kopf. Ich war so nah dran.

«Was ist das?», fragte Darce und wies auf eine Stelle hinter mir. Misstrauisch beäugte ich ihn und drehte mich dann langsam um. Er zeigte auf die Spur, die ich vorhin beim Laufen hinterlassen hatte, doch ich schüttelte nur den Kopf.

«Das ist nur die Spur, die ich vorhin gelaufen bin», erklärte ich, aber er schüttelte den Kopf.

«Siehst du das nicht? Für mich sieht das nach einem ‹G› aus.»

Ich schüttelte den Kopf: «Das kann unmöglich sein.»

Ich ging darauf zu. Der Sand knirschte unter meinen Füßen, als ich sah, dass er doch Recht hatte. Unbewusst war ich ein Wort gelaufen. Ich schnippte mit dem Finger und sofort hoben mich vier große Sonnenblumen hoch. Sie wickelten sich um meine Arme, und als sie fest waren, wuchsen sie in die Höhe. Binnen Sekunden konnte ich hinunter schauen und erkannte das Wort eindeutig: ***Glasberg***.

Wie ein Schlag ins Gesicht fiel es mir wieder ein. Die gesamte Geschichte des Glasberges auf dessen Spitze eine wunderschöne Prinzessin von einer bösen Hexe gefangen gehalten wurde. Ich hatte die Geschichte sehr gerne gehört, als ich noch klein gewesen war.

«Und was liest du da oben?», schrie Darce zu mir hoch. Trotzdem hörte ich seine Worte nur gedämpft. Langsam ließen mich die Blumen wieder herunter und er trat zu mir.

«Der Glasberg!», sagte ich triumphierend und erwartete etwas wie Einsicht von ihm, die aber leider nicht kam. Entsetzt blickte ich ihn an. «Die Geschichte von der Prinzessin, die auf dem Glasberg gefangen gehalten wird? Nein? Echt nicht? Oh Mann!»

Ich schüttelte den Kopf: «Ist ja auch egal. Das einzige, was für uns wichtig ist, ist, dass wir den Berg nicht zu Fuß erklimmen können. Wir würden die ganze Zeit wieder herunterrutschen und es durch die Illusion nicht einmal bemerken!»

Empört erzählte ich ihm wie ich das Puzzle zusammengesetzt hatte.

«Das heißt, dein geflügeltes Ding muss uns fliegen?», fragte er und ich nickte.

«Aber sag das besser nicht in seiner Gegenwart. Er steht nicht gerade auf dich», fügte ich grinsend hinzu. Dann drehte ich mich um und lief Richtung Schlafplatz.

Ich hatte das Rätsel gelöst! Ich hatte es geschafft! Aber ich hatte mich gegen den Kuss und für die Mission entschieden. War das richtig gewesen? Mein schlechtes Gewissen unterdrückte wieder das Gefühl des Erfolgs. Ich schüttelte den Kopf. Ich durfte nicht an mich denken. Nicht jetzt. Nicht, wenn Luke nur noch einen Tag zu leben hatte! Stur blickte ich nach vorne. Ich hatte das Richtige getan! Doch eine kleine Stimme in meinem Kopf flüsterte: ‹Rede dir das ruhig ein, kleine Perle. Alles, was dich nachts besser schlafen lässt.›

Erschrocken blieb ich stehen. Diese Stimme!

‹Lass mich endlich in Ruhe! Ich habe dich einmal besiegt, du mysteriöser Gott, glaubst du, ein zweites Mal wäre so abwegig?›, drohte ich.

Doch es kam nur ein tiefes, dunkles Lachen zurück: ‹Glaubst du wirklich, nur weil du ein Monster getötet hast, bist du bereit, es mit mir aufzunehmen? Ich denke, du solltest dich besser daran gewöhnen, immer über deine rechte Schulter zu schauen. Denn ich werde dich nie in Ruhe lassen!›

Mit dem letzten Satz verschwand das Etwas aus meinem Kopf und ich war wieder alleine. Es fröstelte mich ein wenig – oder war es der Schauer einer bösen Vorahnung? Ohne dass ich es wirklich registrierte, sah ich über meine rechte Schulter. Ich wusste nicht warum, aber eine Stimme in meinem Kopf sagte mir, dass das Etwas seine Drohung wahrmachen würde.

In der Ferne sah ich ein kleines Lagefeuer. Ari schlief auch noch nicht, sondern starrte stumm in die Flammen. Sie hatte eine Wolldecke um ihre Schultern gelegt und lächelte, als sie mich kommen sah. Sie wies auf den Platz neben sich, und als ich mich setzte, breitete sie ihre Wolldecke aus, sodass ich auch noch darunterschlüpfen konnte. Wir mummelten uns ein wenig ein und blickten in das Feuer. Nach ein paar Sekunden der Stille sah ich sie an und erzählte ihr alles, was ich eben herausgefunden hatte. Stumm und voller Unglauben in den Augen hörte sie mir zu.

«Nicht wahr ...», flüsterte sie, aber ich konnte nur nicken und verbittert grinsen. «Wie bist du drauf gekommen?», wollte sie wissen.

«Naja ich lag gerade auf ...» Ich schlug die Hand vor den Mund und dachte gehetzt nach. *Oh nein Pearl! Du kannst ihr doch nicht sagen, dass du auf Darce gelegen hast, du dummes Stück!* «... dem Sand», redete ich mich raus. Doch Arianas scharfsinniger Blick brauchte nur Sekunden, bis sie es in meinen Augen lesen konnte.

«Du hast auf Darce gelegen!», entfuhr es ihr und ich zuckte zusammen, als ich es aus ihrem Mund hörte. «Habt ihr euch geküsst?»,

Ich suchte verzweifelt nach einem Loch, in dem ich versinken konnte, aber anscheinend fanden die Götter meine Lage ganz amüsant, denn sie gaben mir gar nichts der gleichen. Also schüttelte ich den Kopf.

«Ich war ganz nah dran, und dann kam mir der Geistesblitz mit dem Glasberg und ... naja ... dann habe ich mich zurückgezogen», erklärte ich, während ihr Mund nach unten klappte.

«Hätte der Geistesblitz nicht warten können?», fragte sie empört.

«Das frage ich mich auch die ganze Zeit», antwortete ich.

«Aber wenn ihr euch küssen wolltet», begann sie wieder, «hast du mir ganz schön viel vorenthalten. Was ist während der letzten Wochen zwischen euch vorgefallen, und vor allem: Wenn ihr euch einmal küssen wolltet, dann lässt die nächste Gelegenheit sicher nicht lange auf sich warten, oder?», fragte sie.

Ich zuckte mit den Schultern: «Ich weiß es nicht.»

Sie schüttelte den Kopf: «Nee,nee,nee... so leicht kommst du da jetzt nicht raus. Man küsst sich nicht einfach so.»

Und ich musste einsehen, dass da etwas Wahres dran war. «Ich weiß nicht. Wenn ich ihn sehe, habe ich ein Kribbeln im Bauch, und wenn er meinen Namen sagt, dann werde ich rot. Aber ich glaube zwischen uns stehen einfach noch zu viele Zweifel und andere magische Dinge, verstehst du?

Sie nickte: «No risk, no fun, Schätzchen. Wenn du dich nicht traust, wirst du nichts gewinnen.»

Ich stimmte ihr zu. «Aber es geht hier nicht um ein paar Scheinchen, sondern um mein Herz», fügte ich hinzu.

Sie verstand zwar, was ich meinte, sagte dann aber: «Glaub mir, es lohnt sich.»

Ich gab ihr zu verstehen, dass sie Recht hatte, aber ich war zu müde, um weiterzudiskutieren und wollte wenigstens ein paar Stunden Schlaf haben. Ich lehnte mich bei ihr an und dankte allen Göttern, dass ich so tolle Freunde hatte.

Ich schlief ein und träumte davon, auf einer Wolke zu sitzen. Ich sah mich um. Irgendwo mitten im Himmel war ich, und komischerweise kümmerte mich das kaum noch. Als ich allerdings hinuntersah, konnte ich nichts erkennen. Nur endlosen Horizont und das in allen Richtungen. Ich machte mich auf der Wolke ganz klein. Was tat ich hier? Plötzlich erstrahlte ein heller Stern am Himmel und flog direkt auf mich zu. Er begann zu wachsen und zu wachsen, und ehe ich blinzeln konnte, stand eine Frau in einem weiß strahlenden Kleid vor mir. Ihr golden strahlendes Haar war geflochten und an ihrem Kopf festgesteckt. Auf ihrem Kopf funkelte ein Diadem. Sie trug keine Schuhe und ihr Gewand ging am Saum in Nebel, der sich ausbreitete, über. Sie lief einfach über den Himmel auf mich zu.

«Perle der Persephone», begann sie, und ihre Stimme war so sanft, dass die Macht, die darin mitschwang, kaum dazu passte. «Es ist mir eine große Ehre, die Erlöserin kennenzulernen. Ich bin Themis, eine der ersten Töchter des Uranos und der Gaia.»

Ich brachte kein Wort heraus, also kniete ich einfach nieder. Sie war eine Titanin. Sicher war sie mit Abstand eines der mächtigsten Wesen. «Die Ehre ist ganz auf meiner Seite», stotterte ich schließlich doch und sie lächelte.

«Erhebe dich!»

Als hätte man eine Taste gedrückt, stand ich auf, ging ihrem Blick aber aus dem Weg.

«Sieh mich an, Pearl», verlangte sie, und ganz langsam hob ich den Kopf und wandte meinen Blick von meinen Füßen ab. Ich sah ihr direkt in die Augen und es war, als könnte sie mich lesen, während ihre Miene kein bisschen verriet. Aber ihre Augen waren unglaublich. Sie leuchteten wie ihre Haare und ihr Diadem – so golden. Es war ein wunderschöner Anblick.

«Oh Perle, du bist hin- und her gerissen. Du hast Angst, dass dein Freund stirbt, und du hast Angst vor dem, was kommt. Du fürchtest eine Beziehung mit dem Mann, den du liebst, weil du Angst hast, ihn zu verletzen. Du hütest zwei so große Geheimnisse, dass es dich fast verrückt macht, und du fühlst dich von deiner eigenen Mutter betrogen – und leider weißt du noch nicht einmal alles.»

Ich war baff und starrte sie mit offenem Mund an. Wie konnte sie meine Gedanken mit einem Mal so ausbreiten? Plötzlich fühlte ich mich so nackt.

«Entschuldige, ich wollte dich nicht verunsichern. Ich wollte dir nur helfen, ein paar der Fragen zu beantworten, die du hast.»

Als sie den Satz beendet hatte, sprudelte ich schon los: «Woher weißt du das alles?», fragte ich.

Sie lächelte und ihre blutroten Lippen öffneten sich: «Viele Augen schauen auf dein Leben, kleine Perle. Wir alle sehen dir beim Wachsen zu.»

Ich nickte. Doch es war so schwer einzusehen. «Was hat es mit Ariana auf sich? Ich glaube nicht, dass sie die Erbin der Aphrodite ist.»

Themis nickte: «Da liegst du schon ganz richtig. Deine Freundin treibt schon lange ein falsches Spiel. Ihre Göttin ist Artemis, die Göttin der Jagd, aber das wusstest du schon, nicht wahr?»

Ich dachte nach. Ich hatte das Gefühl, dass Ari log und nachdem sie mit Pfeil und Bogen so gut umgegangen war, hatte ich heimlich gegoogelt und war auf Artemis gestoßen. Aber ich hatte mich für mich selbst geschämt und nichts gesagt.

«Was ist mit meiner Mutter los?», fragte ich sie, doch sie schüttelte nur den Kopf.

«Das kann ich dir nicht sagen. Das musst du selbst herausfinden.»

Ich stimmte zu, weil ich nicht wusste, was sie tun würde, wenn ich mich anders verhielte. Allerdings bestätigten sich meine Vermutungen über meine Mutter durch ihre eigene Aussage. Sie hatte also tatsächlich ein Geheimniss vor mir. Obwohl ich Themis nicht kannte, vertraute ich ihr blind. Einerseits, weil ich gelernt hatte, an die Göttlichkeit zu glauben, und andererseits, weil ich spüren konnte, dass ihre Worte der Wahrheit entsprachen.

«Du kannst noch eine Frage stellen. Es dämmert schon», sagte sie und sah mich ruhig an.

Was sollte ich fragen? Etwa etwas, das meine Zukunft betraf, oder vielleicht ob wir Luke retten würden? Nervös begann ich an meinen Fingernägeln herumzufummeln. Doch die eine Frage war mir einfach wichtiger: «Wird Luke sterben?»

Ich sah sie an. Ihr Gesicht verdunkelte sich und ich spürte meinen Puls überall. Das Ticken einer inneren Uhr machte mich komplett verrückt.

«Das kann ich dir ebenfalls nicht sagen, aber ich sage dir etwas anderes. Morgen, wenn der Sonne Licht durch des Mondes Schatten ersetzt wird und der letzte Strahl verschwunden ist, wird eine geliebte Person tot sein.»

Meine Augen weiteten sich und Angst legte sich um mich. *Morgen schon?* Das war nicht die Antwort, auf die ich gehofft hatte, und sie klang schon viel zu eindeutig.

«Ich verlasse dich jetzt, kleine Perle. Es war mir eine Ehre und eine Freude, der Erlöserin zu helfen. Aber vergiss nicht: Jeder ernste Kampf findet seine Versöhnung. Nur die Lüge, die innere Unwahrheit, ist zur ewigem Leid verdammt. Das ist mein Rat für dich. Vergiss ihn nie.»

Mit diesen Worten ging sie hinaus auf den Horizont zu und wurde wieder zu einem Stern, der blitzschnell dahin zurückkehrte, wo er hingehörte und ich? Ich stand auf und sah von meiner Wolke hinunter. Ich wusste, ich würde nur aufwachen, wenn ich spränge. Und so sprang ich.

Kapitel 16

Ich schlug die Augen auf. Das Feuer brannte nicht mehr, aber die Kohlen glühten noch leicht und ein dünner Rauchfaden stieg aus ihnen empor. Müde setzte ich mich auf und gähnte erst einmal laut und genüsslich. Ich streckte die Arme und fuhr mir durchs Haar, das Gott sei Dank getrocknet war. Nachdem ich mir die Haare zurückgebunden hatte, sah ich mich um: Weder Darce noch Ariana waren da. *Komisch.*

‹Pount!›

Ein weißer Hirsch kam aus dem Wald und hob stolz das Geweih. ‹Morgen›, rief er fröhlich.

‹Wie kannst du nur schon so früh wach sein?›, fragte ich schnaufend.

‹Der frühe Vogel fängt den Wurm›, antwortete er fröhlich.

‹Der frühe Vogel kann mich mal›, erwiderte ich mürrisch.

‹Bist du etwa ein Morgenmuffel?› Der neckende Unterton war kaum zu überhören. Also fragte ich nur: ‹Willst du es testen?›

Sofort ging das gewaltige Tier einen Schritt zurück. ‹Nee, nee. Hab' so einen komischen Krampf im rechten hinter Bein.›

Ich nickte belustigt, dann hörte ich eine Stimme.

«Was ist hier so komisch?», fragte Ariana, während sie gemeinsam mit Darce aus dem Wald gestapft kam. Sie lächelte mich lieb an, doch ich erinnerte mich wieder an meinen Traum.

«Wir haben nur gerade über Lügen gesprochen, Ari», sagte ich und genoss die Unsicherheit in ihren Augen, ärgerte mich dann aber über mich selbst. Sie hatte mir immerhin das Leben gerettet, aber Lügen unter Freunden ging gar nicht.

«Oh echt?» stotterte sie leicht und Darce sah mich ernst an.

Ich versuchte seinen Blick zu deuten, konnte ihn aber nicht entziffern, also wandte ich mich wieder Ari zu.

«Ja, echt. Und ich habe Pount gesagt, dass das Wichtigste bei Freunden, meiner Meinung nach, die Loyalität und die Ehrlichkeit ist. Was meinst du?», fragte ich.

Ari sah sich zögernd um. «Äh, da bin ich ganz deiner Meinung.»

Totenstille herrschte, als ich aufstand und mich den beiden gegenüber sah.

‹Was soll das Pearl? Du lügst auch!›

Ich wandte mich dem Hirsch zu.

«Tu doch nicht so, als hättest du es nicht die ganze Zeit gewusst», sagte ich laut, damit Ari es hören konnte.

«Ist alles okay, Pearl?», fragte Darce. Das Misstrauen, das in seinen Augen, aufblitzte, machte mich ganz wild.

«Du hinterfragst mich? Verständlich, aber wie wäre es, wenn wir bei ihr anfangen?» gab ich zornig zurück.

«Ich verstehe nicht, was du von mir willst!» Ari wurde wütend. Genauso hatte ich mir das vorgestellt.

«Oh, du weißt ganz genau, worum es geht, aber ich überlasse es dir, es ihm zu sagen.» Ich starrte sie böse an.

Ahnungslos blickte sie mich an und ich konnte auch sehen, dass ihre Hände zitterten.

«Du hast also keine Ahnung?», fragte ich noch einmal und sie schüttelte den Kopf. «Und warum zitterst du dann?»

«Pearl! Schluss jetzt! Was ist los?», unterbrach Darce und schlang die Arme um Ariana.

«Ich hatte im Traum Besuch von einer Titanin, ihr müsstet sie kennen. Ihr Name ist Themis, die Titanin der Ordnung. Und sie hat mir erzählt, dass Ariana uns alle schon ewig anlügt», erklärte ich. Da nahm Darce seine Arme zurück. Er sah Ariana geschockt an.

«Oder etwa nicht, Erbin der Artemis?», fragte ich.

«Artemis?», entfuhr es Darce, und ich nickte, während Ari sich ein paar Schritte zurückfallen ließ, als hätte sie die Einsicht selbst getroffen.

«Es ist nicht so, wie ihr denkt», begann sie, und obwohl ich sauer war, ließ ich sie sprechen.

«In der Nacht auf meinen 18. Geburtstag besuchte mich meine Göttin nicht, aber Aphrodite besuchte Viv. Sie hat sich unglaublich gefreut und war wunderschön, während ich immer noch ich war. Nicht einmal mein Aussehen hatte sich verändert. Auch in den nächsten Nächten kam sie nicht. Und dann, eines Morgens, war mein Gesicht wie neu. Meine Göttin hatte mich endlich gefunden, allerdings hatte ich sie nicht gesehen und wusste daher nicht, wer sie ist. Und wenn ein Gott sich seinem Erben nicht zeigt ...» Sie holte tief Luft und sah zu Boden.

«... ist man eine Schande für ihn oder sie», beendete Darce den Satz. Er sah plötzlich sehr traurig aus und auch ich verlor an innerer Wut.

Ari sah uns mit geradezu gläsernen Augen an: «Als ich an dem Tag zum Frühstück kam, fragten mich Darce und Viv, wer mein Gott wäre, und mir fiel nichts anderes ein, als zu lügen. Und seitdem lebe ich eine Lüge und warte darauf, dass meine Göttin mich endlich hört oder sieht.»

Arianas Geschichte traf mich sehr. Verachtet von ihrer Göttin, keine Familie und Angst davor, ihre einzigen Freunde zu verlieren. Ich sah zu Boden.

«Es tut mir so Leid», flüsterte ich.

Sie nahm meine Hand: «Nein, mir tut es Leid. Ich hätte von Anfang an etwas sagen sollen. Und endlich weiß ich, wem ich so ähnlich sehe.» Sie lächelte leicht.

Darce sah uns beide nicht an, dann drehte er sich mit einem Ruck um: «Uns wäre egal gewesen, wer du bist. Wir hätten dich trotzdem geliebt, du hättest nicht lügen müssen – und das hättest du wissen können.» Er rieb sich über den Bart und lief auf und ab. «Das hätte dir klar sein müssen ...», sagte er.

Ari ließ mich los und griff seine Hand: «Aber dann hättet ihr mich anders gesehen.»

Darce schüttelte den Kopf: «Unsinn.» Er befreite sich von ihrer Hand. «Pearl, wir müssen los. Wenn die Sonne untergeht, ist Luke verloren», sagte er zu mir und wandte sich dann Ari zu: «Ich denke, du findest den Waldausgang, ohne zu sterben.»

«Ich denke, das schaffe ich», antwortete sie und ich rief Pount zu, dass es gleich losgehen würde. Sofort stand ein Pegasus vor mir. Ich streichelte dem weißen Schimmel die Nüstern und Pount stupste mich leicht an. Mit einem Satz schwang ich mich auf seinen Rücken und sah zu Ari: «Sag Viv, dass ich ihn retten werde. Um jeden Preis!»

Ariana nickte: «Das weiß sie schon, Pearl. Sie glaubt an dich, und ich tue das auch.»

«Wir alle», fügte Darce noch hinzu und ich lächelte gerührt. «Es tut mir wirklich leid Ariana. Das nächstes Mal rede ich erst mit dir persönlich über alles.»

Sie nickte nur, während Darce sich hinter mir auf Pounts Rücken setzte. Das Pferd schnaubte.

<Was für ein Sack>, sagte er und ich musste mir fest auf die Lippen beißenn um nicht zu lachen.

«Auf, Pount!» befahl ich und er wieherte laut.

<Könnte heute länger dauern, mit der extra Last.>

Und schon schwang er sich auch in die Höhe und seine mächtigen Flügel pfiffen durch die Luft. Unter uns stieg Ariana gerade auf ihre Rehkuh und zusammen verschwanden sie im Wald. Sie würden auf direktem Weg zu Vivienne und Luke reiten, und das würden wir nachher auch tun.

Pount stieg immer höher und höher, bis die Bäume wie ein riesiger Fußabtreter aussahen.

«Wie hoch müssen wir noch steigen?», fragte ich laut. «Bis wir auf einer Höhe mit der Bergspitze sind. Dann fliegen wir aus der Illusion heraus», erklärte Darce und Pount wieherte zustimmend.

<Er hat Recht. Oh Mann, habe ich das gerade echt gesagt?>

Ich lachte nur. Ich staunte über das Grün unter und das Blau über mir. Ich griff nach den Wolken, die nun so viel näher schienen, und in der Ferne konnte ich schon die Spitze des Berges sehen. Pount trug uns noch zwei Flügelschläge weiter nach oben und hielt dann die

Höhe. Mit seinen riesigen Flügeln waren wir sehr schnell, und es war komplett anders als auf dem Greif: Der Pegasus glitt federleicht über die Wolken, während der Greif stürmisch gegen sämtliche Winde anflog. Eigentlich war der Pegasus dann intelligenter, als der Greif.

‹Aber dir ist schon bewusst, dass es eigentlich keine Greife gibt, oder?›, fragte eine Stimme in meinem Kopf. Da wurde mir dieses kleine Detail auch wieder bewusst und ich grinste verlegen: ‹Natürlich – und wühl nicht immer in meinen Gedanken rum!›

Ich bemerkte die Stille und drehte mich ein wenig zu Darce um: «Ariana wollte das alles nicht. Sie war angewidert von sich selbst. Das musst du verstehen», erklärte ich.

«Ich muss gar nichts verstehen. Sie war meine Freundin», sagte er und sah ernst in die Ferne, als würde er sich Erinnerungen hingeben.

«Sie ist deine Freundin.»

Darauf antwortete er nicht.

«Hey! Verstehst du ihre Lage denn so gar nicht?», fragte ich ihn und er sah mich entsetzt an.

«Verstehst du gar nicht meine Lage?»

«Natürlich verstehe ich deine Lage. Aber war sie nicht immer für dich da? Gib ihr eine zweite Chance. Irgendwann wirst du auch eine brauchen, und sie würde dann sicher nicht so lange nachdenken», schimpfte ich.

Nach ein paar Sekunden nickte er und sah mich bewundernd an: «Du wirst besser.»

Ich lächelte. «Ich hatte einen tollen Lehrer», sagte ich übertrieben und er lachte: «Darauf möchte ich wetten!»

Ich stimmte ein und lehnte mich dann an ihn, woraufhin er seine Hände um meine Taille umschlossen. Es fühlte sich überraschend gut an. Nach ein paar Sekunden, legte er seine Hände auf meine Schultern und Wärme umhüllte mich, während seine Finger meine Arme hinabglitten und meine Hände sich mit seinen verschränkten. Dann breitete er sie zu beiden Seiten aus, sodass ich sie nach rechts und nach links gestreckt hatte. Ich kicherte wegen des Kribbelns in meinem Bauch, und auch er lachte rau und tief direkt neben meinem Ohr. Ein angenehmer Schauer lief mir über den Rücken.

Dann begann er leise für mich zu singen. «I believe I can fly. I believe I can touch the sky ...»

Ich konnte mich nicht mehr halten: «Oh nein! Doch nicht dieses Lied!», lachte ich laut.

«Warum?», wollte er grinsend wissen.

«Du musst das Lied singen, das in TITANIC zu hören ist, als Jack und Rose am Bug stehen», erklärte ich breit grinsend und er nickte: «Okay Rose.»

«Jack! Ich fliege!», sagte ich theatralisch, und wir konnten uns kaum noch halten vor Lachen, als er dann auch noch mit dem Lied «Come, Josephine, in my flying machine» begann, ging gar nichts mehr.

«Was denn? Ich singe total schön», meinte er spielerisch.

«Ja, total schön», gab ich zurück und strich ihm über die Wange.

«Gut dann bist du jetzt dran, Rose», sagte er und ich lachte.

«Every night in my dreams, I see you, I feel you ...»

Er sagte keinen Ton, weshalb ich aufhörte und drehte mich zu ihm umdrehte. Er sah geschockt aus und doch lächelte er.

«Was? Was ist los?», fragte ich ihn und sah ihn noch immer an.

«Nichts, es ist nur, du hast eine wunderschöne Stimme», sagte er und sah mich voller ehrlicher Zuneigung an.

«Ach was», entgegnete ich.

Doch er nahm meine Hand: «Das habe ich nicht einfach so gesagt. Sie ist wirklich sehr schön.»

Ich schüttelte den Kopf, weil ich schon wieder dieses warme angenehme Gefühl empfand: «Darce ... nicht»

Er sah mich verständnislos an: «Wieso? Bestreitest du, dass da was zwischen uns ist? Denn ich kann so nicht länger weitermachen ...»

Erschrocken blickte ich ihn an und zog meine Hände zurück.

«Das ist nicht so einfach ...» versuchte ich zu erklären.

«Ach ja? Dann erklär mir bitte warum?»

Ich schüttelte den Kopf: «Wir müssen uns auf die Mission konzentrieren», versuchte ich der Unterhaltung zu entgehen.

Doch er ließ mich nicht: «Hör auf, immer Ausreden zu suchen.»

Ich drehte mich zu ihm um und legte meine Hand an seine Wange. «Ich kann die Gefühle, die ich für dich habe, nicht verstecken, aber das muss ich», erklärte ich.

«Wieso?», fragte er nur.

«Ich kann dich nicht lieben, solange ich nicht weiß, wer ich bin. Ich sehe Tag für Tag immer noch in den Spiegel und sehe eine Fremde. Du hast selbst gesagt, dass du dich selbst verloren hattest, damals. Mir geht es auch so, und ich muss mich selbst erst wiederfinden, bevor ich entscheiden kann, was das zwischen uns ist.»

So versuchte ich, es in Worte zu fassen, aber es fiel mir so schwer: «Es ist deine Entscheidung, ob du auf mich wartest oder nicht. Ich kann dich zu nichts zwingen.»

Ich sah in seine grünen Augen, die jedes Mädchen zum Stocken brachte.

«Stimmt, das kannst du nicht» antwortete er. «Aber ich werde immer auf dich warten», fügte er hinzu. Dann legte mir seine Hand auf die Wange und hob mein Kinn an, sodass ich nicht wegsehen konnte: «Du machst mich wahnsinnig, und das, obwohl wir auf einer Mission sind, in der ein Leben auf dem Spiel steht!»

Tränen schossen mir in die Augen und ich lächelte leicht, lehnte sich vor und seine Stirn berührte meine.

«Du bringst mich um den Verstand», flüsterte er wieder und sah mir in die Augen. Dann berührten seine Lippen hauchzart meine und ich schloss die Augen. Es steckte so viel Sehnsucht in dieser einen Berührung, und es fraß mich fast auf. Obwohl ich den Kuss nicht erwiderte, genoss ich ihn in vollen Zügen. Eine Träne vermischte sich mit dem Geschmack unserer Lippen.

Als er sich zurückzog, war Pount schon gelandet und Darce stieg ab. Wir waren auf der Spitze des Berges angekommen. Ich sah auf Darce herunter. Er drehte sich noch mal zu mir und packte mich an den Hüften, während er mich herunterhob. Als ich dann vor ihm stand, nur Zentimeter von ihm entfernt war, distanzierte er sich und ging einfach voraus. Ich sah ihm hinterher und schüttelte nur den Kopf.

‹Es war die richtige Entscheidung, Pearl›, sagte mein bester Freund, und ich streichelte ihm über das Fell.

‹Das wird sich noch ergeben. Jetzt muss ich erst einmal die Blume finden›, stellte ich fest und ging hinter Darce her, der wartend stehengeblieben war und zu mir herübersah.

«Kommst du?» rief er mir zu und ich nickte.

Im Laufen prüfte ich meinen Anzug und meinen Zopf. Als ich wieder bei ihm stand sprach er: «Jetzt liegt es an dir. Nur du kannst uns zu der Blume führen.» Und ich nickte zur Antwort. Dann setzte ich mich auf den Boden und prüfte die Steine an meinem rechten Arm. Ob alle Diamanten, Smaragde oder wie diese grünen Edelsteine auch hießen, auch da saßen, wo sie hingehörten. Ich legte meine Handflächen auf den Boden und versuchte ihn zu spüren. Ich lauschte den Vögeln, dem Wind und dem Zirpen der Grillen. Ich hörte meinen Atem und meinen Puls. Jedes noch so unwichtige Geräusch nahm ich in mir auf, und mit einem Mal wurden meine Hände warm und ich hörte ein vertrautes Knistern.

Ich wusste, dass die Funken sprühten und dann sah ich ein Bild. Es war wie in einem Traum. Ich ging einen Weg entlang, durch ein Steintor, geradeaus auf ein Blumenfeld zu mit einem Felsen. Dann sah ich eine kaputte Holzbrücke und ein weiteres Feld mit nur einer einzigen Blume. Während ich die ganzen Bilder wahrnahm, erhitzten sich meine Hände mehr und mehr. Und als ich das Bild von der Blume erblickte, schrie ich laut auf und öffnete die Augen. Vor Schmerz biss ich mir fest auf die Lippe und untersuchte meine Handgelenke. An meinem linken war alles in Ordnung, doch mein rechtes Handgelenk, an dem auch das Armband hing, hatte genau darunter eine Brandwunde.

«Alles okay?», fragte Darce und hockte sich neben mich hin.

«Ja, ich denke schon, ist nur ein wenig verbrannt», erklärte ich. Doch als Darce die Stelle berührte, schreckte ich vor Schmerz hoch. «Vorsicht!», fuhr ich ihn an.

«So viel also zu ‹nur› verbrannt ...», schmunzelte er. Und als er seine Hand ein weiteres Mal auf meine legen wollte, entzog ich sie ihm blitzschnell.

Herausfordernd sah er mich an: «Vertraust du mir?»

‹Keine Sorge, Pearl, wenn er dir weh tut gebe, ich ihm nur zwei Sekunden, um sich zu verabschieden›, bemerkte Pount aus seinem Beschützerinstinkt heraus und ich nickte.

«Zu viel Vertrauen ist manchmal eine Dummheit», sagte ich und sah ihn ebenso herausfordernd an.

«Misstrauen ist immer ein Unglück», sagte er und zwinkerte, bevor er meine Hand nahm und seine darauf legte. Ich schnappte vor Schmerz nach Luft, aber ich hielt es aus. Schwarzer Nebel kroch aus den kleinen Stellen, an denen er nicht seine Hand fest an meine presste, und umschlang unsere Hände. Überrascht sah ich dabei zu. Eine angenehme Kühle ging von dem Nebel aus und meine Hand kribbelte sanft. Es war ein befreiendes Gefühl, auch wenn es ein wenig schmerzte, als würde man ein Pflaster abziehen. Dann öffnete Darce seine Hände und der schwarze Nebel wurde von einer unsichtbaren Macht wieder dahin zurückgezogen, wo er hergekommen war.

Während Darce seine Hände zurückzog schüttelte ich den Kopf. Eine komische Müdigkeit überkam mich. Darce sah mich an und lachte: «Entschuldige, die Müdigkeit kam von mir. Heilende Prozesse haben meistens solche Nebenwirkungen.»

Ich nickte nur zugedröhnt und hob dann mein Handgelenk, um es zu mustern. Doch ich konnte keine Brandwunden mehr erkennen. War es vielleicht das andere gewesen? Ich hob nun dieses, aber auch hier war nichts zu erkennen. Wie hatte er das gemacht? Ich rollte mit den Augen. Ich musste endlich aufhören, mir immer wieder diese Frage zu stellen, denn die Antwort würde immer wieder dieselbe sein: Magie.

Noch einmal schüttelte ich den Kopf und stand dann auf. Wieder auf den Beinen, torkelte ich ein wenig, doch Darce war direkt an meiner Seite und hielt meinen Arm.

«Hätte ich gewusst, dass das so viel Einfluss auf dich hat, hätte ich nie so viel Kraft eingesetzt», murmelte er. Ich riss mich los.

«Willst du damit sagen ich bin schwach?», fragte ich wütend.

Erschrocken sah er mich an. Ich konzentrierte mich und der Schwindel verflog.

«Das habe ich doch gar nicht gesagt!», stritt er ab.

Ich wollte einen Schritt gehen, wankte aber erneut ein wenig. Sofort hielt er mir die Hand hin, doch ich winkte ab: «Aber du *denkst* es.»

Darce zog eine Augenbraue hoch, ich sah hochnäsig nach oben und torkelte vorwärts.

«Sagst du mir auch, wo es hingeht?», fragte er und lief mir hinterher.

«Folge mir einfach, oder kennst du jetzt neuerdings die Gegend?»

Er sah mich an als wäre ich ein Kind, dessen Witze überhaupt nicht komisch waren. Ich lief voran und dachte gar nicht an ihn, bis er plötzlich hinter mir lachte. Ich fuhr herum.

«Was?», fragte ich bissig und er hörte auf zu lachen und strich sich durch das goldene Haar.

«Naja, von hinten siehst du aus wie jemand, der zu viel getrunken hat.» Er grinste breit. Aus zu wütenden Schlitzen verengten Augen starrte ich ihn an, doch er lachte noch lauter. Ich wollte ihm eigentlich nichts tun, aber plötzlich schlangen sich von zwei Bäumen aus einer senkrechten Lage Schlingpflanzen um seinen Körper und zogen ihn in die Höhe. Da hing er nun – doch das Lächeln verschwand nicht aus seinem Gesicht.

«Ich sehe schon, Vögelchen, du stehst auf Spiele. Aber glaub' mir, mit meinen Händen könnte ich besser mitmachen.»

Völlig unbeeindruckt sah ich ihn an. «Kein Zweifel», sagte ich trocken und ließ ihn da oben hängen.

«Weißt du, Vögelchen, deine Tricks werden echt immer lahmer.» Herausfordernd sah er mich an und ich starrte zurück. Die Schlingpflanzen lösten sich auf und er fiel. Seine Augen waren vor Schreck geweitet, aber es wäre langweilig gewesen, also hielt ihn eine Schlingpflanze im letzten Moment auf, und zwar an seiner Unterhose. Und jetzt musste *ich* grinsen, dass Bild gefiel mir. Darce keuchte erschrocken und sah dann zu mir auf. Er bemerkte warum ich lachte und sagte: «Weißt du, du hättest mich auch einfach fragen können ob ich mich ausziehe. Ich sage nur sehr selten nein.»

Ich schüttelte den Kopf. Wie konnte jemand nur so von sich selbst überzeugt sein? Ich ging auf ihn zu und neben ihm in die Hocke. Die Schlingpflanze hatte ihn wenige Zentimeter über dem Boden aufgefangen.

«Darce, deine Sprüche werden echt immer lahmer.» Ich zwinkerte, drehte mich um und ging. «Ich werde dann jetzt weitergehen. Aber wenn du willst, kannst du gerne noch etwas länger da abhängen», sagte ich, ohne ihn anzusehen. Es dauerte nicht lange, da stand er schon wieder neben mir.

«Ich könnte natürlich locker dagegenhalten, aber ein Gentleman verletzt eine Frau nicht», meinte er stolz und ich lachte.

«Keine Sorge. Wenn wir wieder daheim sind, können wir uns ja gerne mal duellieren, und dann können wir für einen kurzen Moment vergessen, dass ich eine Lady bin.»

Ich sah ihn an und lächelte scheinheilig. Was dachte er wohl gerade? Wir liefen auf der Suche nach der Blume den Weg, den ich gesehen hatte, aber es schien mir wie eine Ewigkeit vorzukommen, und die Sonne rannte geradezu über den Himmel. Die Uhr tickte in mir immer lauter und Panik suchte mich heim wie eine Krankheit, die mit jeder Sekunde unheilbarer wurde. In meinem Traum war der Weg viel kürzer gewesen. Meine Beine taten weh und Darce hörte einfach nicht auf zu reden! Ständig fragte er mich, ob ich sicher sei, dass das der Weg wäre, und jedes Mal sagte ich «ja».

Ich war mir sicher, es war eine Art inneres Navigationsgerät, das mich leitete. Die Hitze machte uns zu schaffen und vereinfachte unsere Situation nicht gerade. Hitze, Stress, Schweiß, Verbitterung, Zeitdruck ... und da war noch etwas in der Luft, das unsere Wut geradezu herauskitzelte – aber was war es? Ich sah mich um, und plötzlich fühlte ich mich komisch. Beobachtet – aber wer sollte schon hier oben sein? Kein Mensch schaffte es hier hoch. Aber was, wenn die Märchen wahr wären und hier oben wirklich diese schreckliche Hexe mit der Prinzessin hauste? Die Vergangenheit hatte ja bewiesen, dass so einiges von den Legenden und Mythen wahr war. Wieso also nicht das? Ein kalter Schauer lief mir über den Rücken und ich zitterte.

«Was ist los?», fragte Darce und seine Stimme löste etwas in mir aus. *Hass?* Ich wusste es nicht, aber es war ein negatives Gefühl. «Pearl, würdest du mal bitte mit mir reden?», forderte er mich auf und ich drehte mich zu ihm um.

«Du laberst aber die gesamte Zeit, Darce!» fuhr ich ihn an.

«JA – mir ist eben langweilig!»

Ich atmete tief ein und aus. Irgendwas hier machte uns extrem reizbar. «Spürst du das nicht?», fragte ich und sah ihn an.

«Was?», fauchte er, und ich bemühte mich, mit all meiner Kraft Ruhe zu bewahren.

«Ich weiß es nicht, aber es macht uns sehr reizbar. Wir müssen tief einatmen und ....»

«Ja, du bist es! Mit deiner ständigen Wut!», fluchte er und ich sah ihn erschrocken an.

«Meine Wut? Vielleicht eher deine ...»

Ich schlug mir gegen die Stirn. «Merkst du das nicht? Das ist Magie! Kämpf dagegen an!», forderte ich ihn auf und schloss selber die Augen. Ich atmete tief ein und aus und er tat es mir nach. «Besser?», fragte ich und sah ihn erwartungsvoll an. Er nickte.

«Besser – aber was ist das?», fragte er und ich zuckte mit den Schultern: «Ich weiß es nicht. DU bist doch der Zaubermeister. Aber ich bin sicher, dass es eine Art Magie ist.»

«Dunkle Magie», murmelte er. Ich zuckte nur wieder mit den Schultern und drehte mich dann um. Wir tappten weiter durch den Wald. Nachdem wir eine ganze Weile umhergewandernt waren, öffnete sich der Wald und endlich sah ich das Feld! Unglaublich, ich hatte es geschafft. *Wir* hatten es geschafft. Der Duft von Blumen stieg mir in die Nase und meine Freude explodierte in mir.

«Wir haben es geschafft! Das ist der Ort, den ich gesehen habe!», rief ich freudestrahlend aus. Auch aus Darce' Gesicht war das Misstrauen verschwunden und wurde von Freude verdrängt. Jetzt konnten wir Luke retten.

‹Pearl, da kommt etwas auf euch zu. Es sieht aus wie ein Mensch.›

Pounts alarmierende Stimme ließ mich stocksteif innehalten. Ich sah mich zu allen Seiten um.

«Jemand kommt auf uns zu», erklärte ich meine Haltung und Darce sah sich ebenfalls um. In der Zeitspanne eines Wimpernschlags veränderte sich unsere Stimmung wieder und ich hatte das Gefühl, es würde dunkler, immer dunkler und dunkler. Ich ließ mich nicht von den Vögeln oder Windstößen ablenken, ich wollte nur wissen, was es ist und es zerstören, damit ich endlich Luke retten konnte. Ich hielt inne. Hatte ich gerade «zerstören» gesagt? Diese Welt machte mich kaputt! Das Töten fing an, sich wie eine Gewohnheit anzufühlen. Schockiert drehte ich mich zu Darce um.

«Eure Welt macht mich echt kaputt», sagte ich in der Erkenntnis, was sie mir alles genommen hatte.

«Pearl, wir hatten das doch alles schon. Es ist auch deine Welt, ob du willst oder nicht, interessiert niemanden. Und jetzt hör endlich auf, so rumzuheulen und konzentriere dich auf das Wesentliche.»

Ich stolperte ein paar Schritte zurück. Seine Worte hatten gesessen. Wie ein Schlag in die Magengrube, wie ein Schlag ins Gesicht oder wie Tauchen im atlantischen Ozean.

«Weißt du was?», fragte ich und die Wut kochte in mir.

«Was?», gab er bissig zurück.

«Ich habe mich gerade gefragt, warum du eigentlich mitgekommen bist. Du machst hier absolut gar nichts, außer dumme Sprüche zu reißen», fauchte ich ihn an und er blickte erschrocken auf mich.

«Ich kann kämpfen», verteidigte er sich.

Ich schüttelte den Kopf: «Vielleicht kannst du das, aber sind deine Kräfte eigentlich bisher gebraucht worden? Weißt du, wenn ich recht darüber nachdenke, hast du sie – abgesehen von dem einen Mal in den USA – noch nie wirklich gut gebraucht. Ari und ich mussten kämpfen und du warst nicht da! Also was machst du hier? Ich könnte das auch prima alleine.»

So giftete ich ihn richtig an und bemerkte seine Unsicherheit. Und es freute mich wie noch nie zuvor. Ich hatte Recht, bisher hatte er noch überhaupt gar nicht geholfen.

«Du hältst dich wohl für was Besseres. Aber du kennst meine Welt nicht! Du bist nur ein kleiner Punkt zwischen tausenden, ist dir das klar?»

Ich gab einen abwertenden Laut von mir: «Wenn du wüsstest.» Doch dann glitt Darce' Blick auf einen Punkt hinter mir und verlor sich darin.

«Hey, Darce? Bist du noch bei mir?», fragte ich bissig, doch er antwortete nicht. Ich winkte vor seinen Augen, aber er schenkte mir immer noch keine Aufmerksamkeit. Langsam folgte ich seinem starren Blick, um zu sehen, was er sah. Ich drehte mich also um, und was ich sah, war das, was mir noch gefehlt hatte. Obwohl ich sauer sein wollte, klappte mir der Mund nach unten und ich konnte trotz Kopfschütteln nicht aufhören hinzustarren.

Hinter einem Felsen kam eine wunderschöne junge Frau hervor. Ihre Haut war makellos und unglaublich rein und schön. Ihre Hände waren dünn, so wie sie auch. Eine zierliche, aber doch große Gestalt. Ihr Haar war strahlend hellblond und schmückte ihren Körper besser, als jeder Schmuck es hätte tun können. Es war dünn und lang und reichte bis kurz vor ihre Kniekehlen und umhüllte sie sanft. Ihr Gesicht war wohlgeformt und die Augenbrauen waren dunkel und schwungvoll. Sie hatte blutrote Lippen und große blaue Augen. Sie war die Personifikation von «perfekt». Nein, sie war mehr als perfekt. Sie sah aus wie ein Engel. Das einzige, was mir so gar nicht gefiel, war die wortwörtlich nackte Tatsache, dass sie splitterfasernackt war – sie trug nicht mal ein Tuch oder ein Höschen.

Verzweifelt versuchte ich, mich zu entspannen, den Mund zu schließen und vielleicht etwas zu sagen. Mit aller Kraft riss ich meinen Blick los und sah zu Darce. Erschrocken musste ich feststellen, dass er kurz davor war zu sabbern. Hass erfüllte jede Pore meines Körpers. Bissig wandte ich mich diesem totaaaal hässlichen Mädchen zu und funkelte es böse an.

«Na, aus welchem Puppenhaus bist du denn ausgebrochen?», fragte ich schnippisch. Neben mir regte sich Darce und ich war fest davon überzeugt, dass er lachen würde, aber stattdessen boxte er mich: «Hör auf damit. Sie bekommt noch Angst.»

In seinen Augen spiegelte sich ein Lechzen wider, das mich fast dazu brachte, mich zu übergeben.

«Bist du jetzt komplett bescheuert? Sie ist doch kein Tier, du Idiot», fuhr ich ihn an und sah kurz zu ihr hin. Ihre Miene hatte sich gewandelt, sie sah verletzt aus.

«Ach, hör doch auf», sagte Darce und wandte sich der Göre zu. «Geht es dir gut? Was ist dir passiert?», fragte er sie so sanft er nur konnte während er sie musterte. Ich wollte gar nicht wissen, wohin er am meisten starrte. Wütend drehte ich mich um, als sie nicht sprach.

«Ja, Fernsehtittchen, was ist los?»

Darce schüttelte nur den Kopf.

«Ich wurde überfallen», sagte sie, und ihre sanfte Stimme löste in mir eine Harmonie aus, die sofort zu Asche wurde, denn das Feuer das in mir brannte, war nicht zu löschen.

«Das tut uns sehr Leid. Geht es dir gut?», fragte Darce und ich rollte entnervt mit den Augen.

Noch bevor sie antworten konnte sagte ich: «JA, das freut uns, wenn es dir gut geht. Aber wir müssen jetzt auch weiter. Du findest doch sicher allein runter.»

Ich stieß Darce vorwärts, doch er hielt mir stand.

«Meine gute Freundin Pearl macht nur Witze. Sie wollte eigentlich fragen, ob wir dir helfen können», sagte er.

«Nein, das wollte ich nicht», fügte ich mit einem Huster hinzu. Und hatte er gerade «gute Freundin» gesagt?

«Könntet ihr mir vielleicht für eine Nacht Unterschlupf gewähren und etwas zum Anziehen geben?», fragte sie und sah ihn mit ihren hässlichen Barbieaugen an.

‹Ist das zu fassen Pount?› fragte ich ihn in meiner ganzen Wut

‹Ich weiß gar nicht, was du hast, sie ist sehr hübsch.›

Argh!

«Natürlich können wir das …», begann Darce.

«Nein, können wir nicht», sagte ich gleichzeitig. «Wir müssen jetzt gehen. Ciao!»

Wieder schubste ich Darce vorwärts. Doch dieses Mal reagierte er härter. Mit einer Handbewegung schleuderte er mich mehrere Meter in eine andere Richtung. Hart kam ich auf dem Boden auf und keuchte schwer. In meinem Kopf explodierte der Schmerz, und für einen Moment drehte sich alles. Ich blieb so liegen, wie ich aufgekommen war. Nach ein paar Sekunden der Erholung setzte ich mich auf und rieb mir den Kopf. Strähnen hatten sich aus meinem Zopf gelöst und an dieser Stelle blutete ich auch ein wenig. Als ich die rote Flüssigkeit auf meinen Fingern sah, konnte ich es nicht fassen. Darce hatte seine Kräfte gegen mich eingesetzt! Er hatte mich mit Magie verletzt. Mit vor Schreck geweiteten Augen sah ich ihn geschockt an. Und in diesem Moment tat etwas viel mehr weh als mein Kopf. Und ich wusste, dass ich diesen Schmerz nicht mit ein wenig Verbandszeug lindern könnte. Für einen Moment sah ich Darce in die Augen und schüttelte nur den Kopf. Er kam auf mich zugelaufen und sah aus wie komplett durch den Wind.

«Es tut mir so Leid. Bei mir sind die Sicherungen durchgebrannt», versuchte er zu erklären und reichte mir die Hand. Ich betrachtete seine Hand nicht einmal und erst recht antworten ich ihm nicht. Stattdessen fasste ich mir erneut an den Kopf. Und als ich meine Hand zurückzog war sie komplett blutig. Erschrocken keuchte er und starrte die Hand an. Auch ich war überrascht, gab aber keinen Ton von mir. Ich sah ihn nur kalt an: «Es kommt dir gar nicht komisch vor? Ein nacktes Mädchen, viel zu perfekt, auf einem Berg, den Menschen nicht mal erklimmen können?»

Er dachte nicht einmal nach, sondern schüttelte auch nur den Kopf.

«Dann bist du bekloppter, als ich gedacht hatte», sagte ich ganz ruhig und sah ihn offen an. «Aber das ist mir egal. Ich werde jetzt gehen. Ich würde mich nämlich niemals gegen meine Freunde wenden.» Meine Stimme klang so kalt, dass ich selbst ein wenig erschauerte. Er schüttelte den Kopf, brachte aber kein Wort heraus.

«Pearl», mühte er sich schließlich ab, aber ich schüttelte heftigst die mit Blut beschmierte Hand.

«Lass es einfach. Ich will nichts hören. Tu, was du nicht lassen kannst.»

Wankend kam ich hoch und musste erst einmal die Augen schließen als sich alles um mich wieder zu drehen begann. Nach ein paar Sekunden spürte ich eine Hand auf meiner Schulter. Ich wankte mehrere Schritte nach vorne.

«Fass mich nicht an!», fauchte ich. Er sah erschrocken und tief verletzt aus. Wenn er nur gewusst hätte, wie ich mich fühlte.

«Sie braucht unsere Hilfe», wurde er lauter. Wieder schüttelte ich den Kopf.

«Ich hätte deine Hilfe auch gebraucht – und ich war deine Freundin», antwortete ich nur, ohne ihn anzusehen.

«War?» flüsterte er. Ich nickte. «Pearl, ich …» Verletzt sah ich ihn an. Nur für eine Sekunde ließ ich ihn in meine Seele sehen: «DU hast mich verletzt, Darce. Du hast mir wehgetan, du hast deine Kräfte gegen mich verwendet. Wir sind keine Freunde, kein Team. Dagegen ist Lügen gar nichts.» Ich wandte mich ab und sah zu dem Mädchen hin. Für einen Moment glaubte ich ein Grinsen auf ihren Lippen zu sehen, doch ich kümmerte mich nicht mehr darum.

Meine Schritte waren noch unsicher, als ich mich von dem Ort entfernte und einfach weiterging. Ich stolperte andauernd und wankte mehr, als dass ich lief. Ich hielt immer wieder die Luft an, bis ich einen Abstand zwischen das Geschehen und mich gebracht hatte. Dann drehte ich mich um und sah Darce, wie er auf das Mädchen zuging und sie gemeinsam den Berg hinabstiegen. Es würde nicht lange dauern und dann wären sie bei ihm daheim. Tränen stiegen mir in die Augen und jetzt war es unausweichlich. Ich schluchzte laut und die Tränen flossen wie aus Eimern über meine Wangen. Nur noch beim Schluchzen kam Luft in meine Lungen und ich hielt mir die Hände vor das Gesicht. Meine Nase lief eklig, doch es war mir egal, denn ich hatte ihn verloren! Ich stützte mich an einem Baum ab und rutschte an ihm hinunter. Weinend sah ich in den Himmel.

«Warum? Weil ich etwas Gutes tun möchte? Weil ich ein Leben retten will?», fragte ich, obwohl ich wusste, dass niemand antworten würde. Doch ich erinnerte mich an die Worte von Themis: *Wir sehen dir alle beim Wachsen zu, kleine Perle.* Immer wieder schüttelte ich heftig den Kopf: Womit hatte ich das verdient? Meine Knie fühlten sich wie Wackelpudding an und ich war einfach fix und fertig. So saß ich da und weinte, während ich mir endlich selbst eingestand, was ich für den Mann empfand, der eben gegangen war. Ich hatte so etwas noch nie für jemanden empfunden und es war mir jetzt so klar wie noch nie zuvor: Ich liebte Darce! Ich war in ihn verliebt! Ich liebte seine Stimme, sein Aussehen, seinen Charakter und seinen Spitznamen für mich. Ich liebte es, wie er mich ansah und wie er sich für mich in jede Gefahr stürzte. Ich liebte ihn. Und es war mir egal, wer ich war oder wie ich aussah. Mir war nur wichtig, dass mein Herz sich nach ihm sehnte, dass alles in mir schrie, zu ihm zu laufen und ihn zu küssen, mich zu entschuldigen. Doch das wäre nicht möglich, niemals. Er war gegangen, obwohl ich mir so gewünscht hatte, dass er mich aufhalten würde. Aber das hatte er nicht getan! Er war gegangen. Mit dieser Frau. Ich schrie vor Wut und Frustration und schlug gegen einen Baum.

Vor mir landete ein weißes, geflügeltes Pferd und kam auf mich zugetrabt. Es blieb vor mir stehen und seine grünen Augen sahen mich voller Mitleid an. Ich lehnte meinen Kopf gegen seine Stirn und verweilte so.

‹Pearl, geht es dir gut?›, fragte Pount nach einer ganzen Weile. Ich nickte und log natürlich.

‹Wir müssen weiter›, sagte ich, und das Pferd wieherte zustimmend. Es setzte sich vor mich, sodass ich ganz leicht aufsteigen konnte. Meine Augen waren geschwollen und wahrscheinlich total rot.

<Ja, sie sind sehr rot, aber ich kann etwas dagegen machen>, bot er an. Ich nickte. Binnen Sekunden schwollen meine Augen ab und meine Hand hörte auf weh zu tun.

‹Danke›, sagte ich mit gebrochener Stimme. «Warum fliegen wir nicht?», fragte ich laut.

<Ich habe Angst, dass du fällst>, sagte die Stimme in meinem Kopf. «Ach Quatsch, mir geht's gut», gab ich zurück.

<Du hast aber nicht vergessen, dass ich in deinem Kopf bin oder?>, fragte er und zauberte mir damit ein kleines aber unscheinbares Lächeln auf die Lippen.

‹Wie könnte ich?›, fragte ich sarkastisch und er lachte.

<Ruh dich ein wenig aus. Ich kenne den Weg>, wieherte er und ich lehnte mich gegen seinen Hals, während er lostrabte. Meine Augen fielen ganz von alleine zu und ich schlief ein.

<Pearl>, rief mich eine sanfte Stimme und ich öffnete die Augen. Laut gähnte ich. <Geht es dir besser?>, fragte die Stimme wieder, und erst jetzt registrierte ich, dass es Pount war.

‹Ja viel besser. Danke, Pount›, antwortetet ich und fuhr mir durchs Haar. Der Schlaf hatte erstaunlich viel gebracht und ich war ungewöhnlich wach.

<Dank mir nicht für solche Sachen. Sieh nach vorne, Pearl. Wir sind da.>

Sofort war ich hell wach und sah mich um. Wir traten gerade wieder aus einem Waldstück heraus auf eine Lichtung zu. Die Sonne strahlte mir freudig entgegen und wärmte mich. Die Augen weit aufgerissen erkannte ich eine unendlich weite Wiese mit den schönsten Blumen, die ich je gesehen hatte.

«Was ist das?», fragte ich verblüfft.

<Man sagt, dass Persephone hier ihren Sommersitz hatte. Wenn Hades sie aus der Unterwelt hatte gehen lassen, dann kam sie hierher.> Pounts Stimme klang mal wieder sehr fachlich, aber ich hörte sie kaum. Die Schönheit, die ich vor mir erblickte, nahm mich komplett ein. Ich stieg von Pount ab.

«Das ist mit Abstand das Schönste, was ich je gesehen habe», flüsterte ich. Ich ging geradewegs auf die Blumen zu und die schönsten Gefühle überkamen mich: Glück, Freude, Liebe und Geborgenheit. Die Blumen zogen mich magisch an und reckten sich leicht nach mir. Ich ließ meine Hand über viele von ihnen gleiten und sie erblühten noch schöner als zuvor. Sie strahlten geradezu und das zauberte mir ein Lächeln auf die Lippen.

«Ich kann sehr gut verstehen, warum Persephone gerne hier war», sagte ich und hinter mir miaute es. Ich drehte mich um: Ein weißer Kater mit grünen Augen kam auf mich zu. Ich lachte: «Du und deine ständigen Verwandlungen.»

Der Kater setzte sich und leckte seine Pfote: ‹Wer's kann, der kann's›, meinte er nur. Ich schüttelte nur den Kopf und wandte mich den Blumen zu.

‹Wow, kann das sein?›, hörte ich seine erschrockene Stimme in meinem Kopf. Aber bevor ich noch etwas sagen konnte, lief der Kater los, und ich sah nur noch eine weiße Gestalt, durch das hohe Gras hüpfen. Ich lief ihm hinterher und achtete sorgsam darauf, auf keine Blume zu treten. Aber das war nicht leicht, denn sie reckten sich alle in meine Richtung. Ich sah Pount aus der Ferne bei ein paar ganz besonderen Blumen sitzen. Fasziniert starrte er sie an. Vorsichtig trat ich neben ihn und ging in die Hocke. Als ich ihn mir näher ansah, sah er fast schon traurig aus. Ich betrachtete die Blumen, von denen er so fasziniert war, und dann erkannte ich sie auch wieder. Wie konnte ich nur so vergesslich sein! Das war die Blume gewesen, aus der Pount mehr oder weniger geschlüpft war!

‹Pount, geht's dir gut?›, fragte ich, und es war das erste Mal seit Stunden, dass ich wieder in Gedanken mit ihm sprach.

‹Ja, es ist nur... unglaublich, aber auch ein wenig merkwürdig, wenn man sieht, woher genau man kommt.›, sprach er kläglich aussehend. So hatte ich ihn noch nie gesehen. Eine seiner weißen Pfoten strich federleicht über eine der goldenen Blumen. Ich blickte zum Himmel und die Wolken verschwanden, die Sonne kam zum Vorschein und nun konnte man die kleinen Körperchen sehen, die in den Blumen herumflogen und darauf warteten, dass ihre Herren kamen und sie befreiten.

Neben mir verwandelte Pount sich in seine natürliche Gestalt und seine kleinen grünen Flügelchen flatterten aufgeregt. Ich hielt ihm die Hand hin und er setzte sich darauf. Ich sah ihm in seine grünen Augen: «Ich bin doch deine Familie», flüsterte ich ihm zu, und glaubte, ihn lächeln zu sehen.

‹Wirst du jetzt etwa sentimental?›, fragte er mich und ich grinste.

‹Hast du gerade ‚wirst' gesagt?›, lachte ich, und tatsächlich stimmte er mit ein. ‹Komm, lass uns diese Blume finden und dann nach Hause gehen›, schlug ich vor und Pount flatterte los.

Ich stand auf und ging weiter geradeaus über die Wiese, doch davor sah ich mich noch einmal um. *Es hatte alles mit dem Traum von diesen Blumen angefangen.* Ich sah wieder zum Himmel und konnte die Augenpaare spüren, die auf mir ruhten. Hofften sie, ich wäre Rettung? Oder Versagen? Gehörten sie alle zu guten Göttern? Oder verfluchten mich einige? So viele Fragen, die selbst der unendliche Horizont nicht beantworten konnte. Ich ließ meinen Blick wieder zurück auf den Boden gleiten. Während ich lief, hielt ich den Blick gesenkt, um auf keine Blume zu treten. Ich suchte die gesamte Wiese ab, doch ich fand nichts. Keine besondere Blume, keine…

‹Pearl, Stopp!›, rief eine alarmierende Stimme in meinem Kopf. Ich schrak hoch und sah mich vor einer steilen Klippe stehen. Der Schock stand mir ins Gesicht geschrieben. Es hätte nur Zentimeter gebraucht und ich wäre in den Tod gestürzt. Mein Atem ging stoßweise und eine Schweißperle rann mir über die Stirn. Das war knapp gewesen! Ich stolperte mehrere Schritte zurück und ließ mich ins Gras fallen. Pount flog auf mich zu und setzte sich auf mein Knie. Mit seinen großen Augen sah er mich wütend an.

‹Bist du eigentlich noch ganz dicht? Wozu hast du eigentlich diese Dinger, die man Augen nennt, im Kopf?›, fragte er. Und bei der Vorstellung, dass er vor Wut rot anlaufen würde, musste ich kichern.

‹Nicht alle haben so große Augen wie du›, meinte ich dann und stand auf.

‹Schönheit ist eben etwas, das nicht vielen Gestalten vergönnt ist. Ich meine, sieh dich an!›

Entrüstet sah ich ihn an, lächelte dann aber – ich wusste, dass er es nicht so meinte. Er war eben arrogant, doch verdammt niedlich dabei.

‹Hast du die Blume gefunden?›, fragte ich ihn und betete dafür. Der Tag ging langsam zu Ende, ich musste endlich diese Blume finden!

‹Nein›, antwortete er. Ich schnaubte hoffnungslos. ‹Aber du›, fügte er noch hinzu, und sofort war ich wieder hellwach.

‹Ach ja?›, hakte ich nach und sah mich um.

‹Hättest du deine Augen mal nach vorne gerichtet, hättest du sie sogar gesehen›, sprach er entnervt und ich drehte mich zur Klippe um. Neben dem Abhang stand eine Art Grabstein, allerdings standen auf diesem Stein weder Name oder Todesdatum, sondern eine Weisheit:

«Selbstvertrauen ist die wichtigste Vertauensart. Vertraue dir selbst und deinem Können, um in andere Vertrauen zu können. Wer die Blume der ewigen Heilung möchte, muss lernen sich selbst zu vertrauen.»

Ich konnte es kaum glauben. ‹Das kann ich nicht, Pount›, sagte ich in Panik.

‹Doch, Pearl, du musst es können!›, ermutigte er mich, doch das half mir eigentlich gar nicht. Ich schüttelte den Kopf und stolperte vor dem Stein zurück.

‹Pearl, als ich dich kennengelernt habe, warst du so überzeugt, alles zu schaffen. Was ist los?›

Ich sah ihn mit vor Angst weit aufgerissenen Augen an: Ich habe nie an mich geglaubt», flüsterte ich. «Ich habe immer noch Angst vor dem, was ich bin. Ich kann unmöglich ... unmöglich ... ich kann nicht!»

Mein Körper zitterte.

‹Darce sagte dir, dass es nicht schlimm ist. Für wen kämpfst du, Pearl? Für wen stehst du jeden Tag auf, obwohl du solche Angst hast?›, fragte er und hörte sich so erwachsen an.

Für meine Familie und meine Freunde», flüsterte ich.

‹Für wen?›, rief Pount laut aus.

«Für meine Familie und meine Freunde», sagte ich nun ein wenig lauter.

‹Für wen?›, schrie Pount und ich setzte mich aufrecht hin.

«Für meine Familie und Freunde!», sagte ich bestimmt und Pount nickte.

‹Vielleicht vertraust *du* dir nicht, aber *sie* tun es. Sie sitzen in diesem Moment bei Luke und vertrauen dir, dass du ihn noch vor Sonnenuntergang retten wirst. Sie glauben an dich! Ist das nicht alles, was du jemals wolltest?›, fragte er.

Er hatte Recht. Ich hatte mir immer solche Freunde gewünscht. Zwar nie so ein Leben, aber ich musste endlich aufstehen und kämpfen. *Genug rumgeheult, kleine Perle.* Ich sah nach oben und erinnerte mich wieder: «*Wir sehen dir beim Wachsen zu, kleine Perle.*»

Ich stand auf und rief in den Himmel: «Höchste Zeit, dass eure kleine Perle wächst!»

Die alten Zeiten mussten endlich vorbei sein. Genug der Selbstverleugnung. Ich war, wer ich war, und ich musste stolz darauf sein, und das war ich. Ich würde jetzt Luke retten, und zwar indem ich an mich glaubte. Und dann würde ich Darce sagen, dass ich ihn liebe.

‹So gefällst du mir!›, sagte Pount.

Ich stand auf, stolzierte auf den Stein zu und las den Vers erneut und laut. Die Erde unter meinen Füßen begann zu vibrieren und ich ging zwei Schritte zurück. Steinchen auf dem Boden begannen wild herumzuspringen und dann bebte die Erde immer heftiger. Ein Erdbeben suchte uns heim, und noch ehe ich lange darüber nachdachte, riss es mich von den Füßen und ich fiel hin. Ich krallte mich auf dem Boden fest und kniff die Augen zu. Was geschah hier? Erdbröckelchen kamen in meine Lunge und ich begann wild zu husten. Der Wind peitschte über meinen Rücken, doch ich ließ nicht los. Ich glaubte an mich und daran, dass ich es schaffen würde. Langsam ließ das Beben endlich wieder nach. Als es komplett abgeklungen war, versuchte ich, wieder wankend auf die Beine zu kommen. Mein Kopf schmerzte erneut an der Wunde von vorhin und ich hustete immer noch. Eerschöpft strich ich mir die Haare aus dem Gesicht, und was ich sah, war kaum zu fassen: Dort, wo vor ein paar Minuten noch eine tiefe Schlucht gewesen war, stand nun eine steinerne Brücken, aber ... naja ... ohne Geländer. Sie war außerdem sehr schmal und sah ziemlich brüchig aus. Wahrscheinlich war sie auch nicht sonderlich stabil. Ich schluckte. Ungefähr auf der Hälfte des Weges auf die andere Seite, endete sie dann einfach. Aber dort war die Blume, die ich überall gesucht hatte, für die ich so viele Opfer gebracht hatte. Und jetzt schwebte sie da einfach – nur zehn Schritte entfernt. Ich wäre sofort darauf zugelaufen, hätte ich nicht das Gefühl gehabt, dass es zu einfach gewesen wäre. Ein bisschen Selbstvertrauen und das war's? So wäre es vielleicht in meiner alten Welt gewesen, aber in meiner neuen Welt? In einer Welt, die genauso schön wie grausam sein kann, galten andere Regeln. Tod oder Sieg.

‹Du schaffst das, Pearl›, sagte Pount noch, und dann stürzte ich mich auf die Brücke.

Kapitel 17

Auf dem ersten Stein blieb ich erst einmal stocksteif stehen und checkte die Lage. «Das ist doch ganz leicht, Pearl», flüsterte ich mir zu. «Du musst einfach nur bis zur Blume kommen.»

‹Und dabei versuchen nicht zu verrecken›, hörte ich Pount.

‹Ich bin eigentlich davon ausgegangen, dass du mich rettest, wenn ich falle?, fragte ich nervös.

Er lachte. ‹Bin noch am Überlegen›, antwortete er frech.

‹Du bist nicht witzig!›, rief ich ihm zu.

‹Also ich finde das irre lustig›, sagte er lachend.

Entnervt und von Nervosität und Zitteranfällen geplagt rollte ich mit den Augen, dann atmete ich tief ein und aus und tat den nächsten Schritt. Nichts geschah. Ich ging noch einen Schritt und wieder geschah nichts. Ich lächelte: «Hey, das geht ja eigentlich ...»

Aus Versehen verlagerte ich mein Gewicht falsch und der Stein kippte nach links um – und ich mit ihm.

‹Pearl!›, hörte ich Pounts aufgeregte Stimme, während ich wie am Spieß schrie. Ich verlor den Halt und fiel. Doch im letzten Moment hielt ich mich an irgendeiner Pflanze vom Stein fest.

«Pount!», schrie ich so laut ich konnte und klammerte mich an die Liane. Sie war das einzige, was mich vor dem unmittelbar Tod bewahrte.

«Pount!», schrie ich wieder.

‹Ich kann nicht, Pearl! Hier ist eine unsichtbare Voliere. Ich kann nicht zu dir! Lebst du noch?›

Seine Stimme klang so ruhig, dass es mich zum Kochen brachte.

«Ja, du Schwachmat! Was soll ich jetzt machen?», schrie ich ihn an.

‹Versuche, dich hochzuziehen und glaub an dich!›

Ich kochte über, während ich ihm zuhörte.

«Ich gebe dir gleich Glauben an dich selbst!», keifte ich und versuchte mich dann hochzuziehen, aber meine Arme zitterten. Ich fand keinen Halt, also rutschte ich immer wieder herunter. Ich sah in die schwarze Tiefe unter mir und wieder zitterte ich, dann hörte ich von oben ein reißendes Geräusch. Mein Blick fuhr blitzschnell nach oben und suchte alles nach dem Geräusch ab. Was ich sah, ließ mich erneut vor Panik schreien. Die Liane begann zu reißen!

«Nein!», schrie ich immer wieder und versuchte nachzudenken, was ich machen konnte. Ich spürte einen inneren Timer, der von 10 herunter zählte. Immer wieder sah ich von oben nach unten, bemerkte, wie die Liane immer schneller riss, und hörte gleichzeitig meinen inneren Timer. Ich löste meine rechte Hand in den letzten zwei Sekunden und hielt sie nach oben – in diesem Moment riss die Liane komplett durch und fiel mit mir zusammen in die Schlucht. Während ich fiel, begann meine Hand zu glühen, und ich schrie so wie noch nie zuvor. Eine Schlinge wand sich um mein Handgelenk und stoppte meinen Fall, bevor ich aufschlug.

Wie ein Maschinengewehr ging mein Atem. Ich schluchzte. Die Liane zog mich hoch und ich versuchte langsamer zu atmen. Es war sehr dunkel da unten gewesen und meine Augen mussten sich erst einmal wieder an das Licht der Sonne gewöhnen. Die Lianen zogen mich bis kurz vor den Stein und begannen dann, mich hin- und herzuschwingen, immer höher, bis ich nach ein paar Sekunden auf dem Stein landete.

‹Pearl!›, rief Pount freudig aus, doch ich hatte mich noch nicht von dem Schock erholt. Ich fiel auf die Knie, da sie so immens zitterten. Ich wartete bis sich mein Atem beruhigt hatte.

«Du musst aufstehen, Pearl!», flüsterte ich mir zu und sah dann ernst dem nächsten Stein entgegen. «Steh auf!»

Ich stand auf und achtete darauf, mein Gleichgewicht zu halten. Ich atmete vor Erleichterung tief ein und aus und sah dann zu der Blume. Ich trat auf den nächsten Stein, der gefährlich zu bröckeln begann. Erst wankte ich ein wenig, doch fing mich dann schnell wieder. «Komm schon!»

Ich balancierte weiter, bis ich kurz vor der Blume war. Doch der letzte Stein erwies sich als ziemlich instabil, und als ich mein Gewicht verlagern wollte, brach er hinter mir entzwei. Mir blieb nichts anderes übrig, als nach vorne zu springen. Der kleine Teil, auf dem ich stand, wackelte zu allen Seiten, und vor Schreck biss ich mir so fest auf die Lippe, bis ich einen metallischen Geschmack im Mund spürte. Ich kniff die Augen zusammen und richtete meine beiden Hände nach unten – gerade in dem Moment, als der Stein unter meinen Füßen zerbrach und in die tiefe Schlucht fiel. Gott sei Dank waren meine Blumen schneller und hielten mein Gewicht locker aus.

Jetzt oder nie! Ich sah auf zu der Blume und streckte meinen Arm nach ihr aus. Ich spreizte die Finger und stellte mich auf die Zehenspitzen aber ich bekam sie nicht zu fassen. Mehrmals griff ich nach ihr, doch es war geradezu hoffnungslos.

«Komm schon!», schrie ich vor Frustration. Ich sah ein, dass es so nicht funktionierte und zog meinen Arm zurück. Ich musterte die Blume. Es gab nur einen Weg, und wenn ich versagen würde, wäre ich mit Sicherheit nicht schnell genug, um ein Netz zu zaubern das mich halten würde. Entweder so oder gar nicht.

‹Pearl, was hast du vor?›, hörte ich Pounts panische Stimme.

Ich lächelte und spannte meine Beinmuskeln an. «An mich glauben!», antwortete ich, und im selben Moment stieß ich mich von meinen Blumen ab und streckte die Arme aus, um die Blume zu fassen. Ich hörte meinen Puls ganz laut und spürte ihn überall im Körper. Mein Herz klopfte so extrem wie noch nie und meine Augen fixierten mein Ziel. Ich konnte es schaffen! Für Luke!

Meine Fingerspitzen berührten den Stängel der Blume und schlossen sich krampfhaft darum. Es waren Sekunden. Sekunden, in denen ich den grün glänzenden Stängel berührte und durch ihn irgendwie, verschwand. Als ich die Augen wieder öffnete, war die Schlucht verschwunden und ich saß im Gras – mit der Blume in der Hand. Mit großen Augen betastete ich meine Beine und Arme. Ich lebte! Ich hatte es geschafft. Es war unglaublich! Ich betrachtete die Blume in meinen Händen und Tränen der Freude füllten meine Augen. Es war kaum zu glauben. Ich hielt die Blume in den Händen.

«Ja!» Vor Freude hätte ich Saltos machen können. Ich hatte es geschafft! Ich! Die nie an das, was sie ist, geglaubt hatte. Ich hatte es geschafft! Ich sah in den Himmel. Die Sonne stand noch gut. Es waren noch Stunden bis Sonnenuntergang!

«Pount!», schrie ich und sah mich auf der Wiese um.

‹Pearl!›

Ein weißer Hengst galoppierte auf mich zu und bäumte sich auf: ‹Du hast es geschafft! Sogar ohne meine Hilfe!›

«Ja, ich weiß, kaum zu glauben oder?» Ich schüttelte immer wieder den Kopf und sprach stumme Dankesgebete.

‹Ich habe immer gewusst, dass du es schaffst, Pearl. Ich habe die ganze Zeit an dich geglaubt›, sagte er und wieherte freudig.

Ich strich ihm über die Stirn. «Danke. Ohne dich hätte ich das nie geschafft. Du bist der Beste.»

Er sah mich voller Zuneigung an: ‹Es war mir eine Ehre … Wow, die Blume sieht ja unglaublich aus!›

Erst jetzt betrachtete ich sie richtig. Es war eine weiße Lilie. Eigentlich ganz normal, doch sie war verziert mit grünen Schnörkeln und anderen alten Zeichen. Sie sahen wie von einem ausgezeichneten Künstler gemalt aus, aber die Magie war kaum zu übersehen. Die grünen Schnörkel und Zeichen waren nämlich immer in Bewegung. Sie flossen immer wieder in dieselbe Spur. Wunderschön. Eine weiße Aura umhüllte die Blume, und ich wusste, dass es ein Zeichen der Reinheit war. Ich verspürte plötzlich das dringende Bedürfnis, sie zu berühren und löste meine rechte Hand vom Boden. Langsam schwebte mein Finger auf eines der Blütenblätter zu, und je näher ich der Blume kam, desto stärker wurde ich von ihr angezogen.

‹Was tust du Pearl?›, wollte Pount wissen, doch ich konnte nur den Kopf schütteln.

‹Es ist wie eine Anziehungskraft›, schickte ich ihm meine Gedanken rüber.

Ein Kribbeln suchte meinen Zeigefinger heim, als ich die reine weiße Blüte berührte. Ein helles strahlendes Licht ging von meinem Finger aus und Pount musste wegsehen. Ich aber ließ die Augen offen. Die grünen Schnörkel und Zeichen flossen nun einen anderen Weg. Die grüne Masse flog direkt auf meinen Zeigefinger zu. Mir lief ein eiskalter Schauer über den Rücken, als sie mich berührte. Doch anstatt auf meinem Finger zu laufen, machte sie irgendetwas anderes, das mich zum Keuchen brachte. Die grüne Masse ging unter meine Haut und kroch meinen Zeigefinger hoch bis in mein Handgelenk. Ohne auch nur den leisesten Ton von mir zu geben, starrte ich auf das grüne Zeug, das sich unter meiner Haut bewegte. Ich muss zugeben, mir wurde ein wenig übel bei dem Gedanken, dass die grüne Masse unter meiner Haut herumwaberte. Aber irgendwie war es auch magisch, cool, beeindruckend. Als die grünen Zeichen und Schnörkel an meinem Handgelenk angekommen war, bildete sie eine kleine Blume und zog dann weiter Richtung meiner Schulter.

‹Schnell, Pount, eine Kombination für etwas ohne Ärmel!›, rief ich aus.

‹112›, sagte er und sofort tippte ich die Zahlen. Meine Kleidung verschwand und stattdessen trug ich lauter Blätter. Blätter?

‹Darüber kannst du dir später Gedanken machen›, meinte Pount.

Die grüne Masse fühlte sich angenehm kühl an und es war, als ob sie schon meinen gesamten Körper berührt hätte. Ich fühlte mich rundum wohl, empfand es nicht als Bedrohung, hatte aber trotzdem ein ungutes Gefühl. Doch ich denke, so würde es jedem an meiner Stelle gehen.

Gemeinsam verfolgten wir die grüne Spur meinen Arm hoch, und langsam verstand ich, worauf sie sich zu bewegte. Meine Lilie! Lila leuchtete sie und sah wunderschön aus, während sich das grüne Zeug ihr näherte. Was würde es denn mit ihr machen? Ich war sehr angespannt, als die grüne Farbe meine Lilie berührte, doch dann sah ich, was es die gesamte Zeit vorhatte. Eine warme Welle durchflutete meinen Körper, als die grüne Farbe meine Lilie berührte. Ich schloss die Augen und genoss das Gefühl. Es war, als würde ich mächtiger werden. Mehr Energie, mehr Kraft. Es war ein tolles Gefühl. Es war geradezu berauschend.

Als ich wieder zu der Lilie auf meiner Schulter sah, leuchtete sie noch viel heller, als zuvor. Sie strahlte und funkelte, wie ein neuer Stern am Himmel und ich lächelte. Die grünen Schnörkel und Zeichen zeichneten sich nun auf meiner Lilie ab und ganz plötzlich verstand ich die Sprache, die die Schnörkel und die geheimnisvollen Zeichen schrieben. Freiheit, Hoffnung, Selbstvertrauen und Stärke.

‹Oh wow, Pearl, deine Augen haben eben grün geleuchtet!›

Seine faszinierte Stimme machte mich furchtbar stolz. Eine fremde Stimme in meinem Kopf sagte: «Nun kannst du die Blume zur Heilung benutzen. Benutze nur ein Blütenblatt und hebe die Blume gut auf, sie wird dir noch sehr nützlich sein, wachsende Perle.»

Ich lächelte bei den letzten zwei Worten und war sehr geschmeichelt.

«Das wird dir helfen, sie nicht zu verlieren», hörte ich die Stimme noch ein letztes Mal, bevor der Stängel der Blume sich um mein Handgelenk zu winden begann. Er zog sich ganz fest und wurde dann an einem Ende hart und metallisch. Verdutzt bestaunte ich das metallische Glänzen und wie es begann, das Grün des Stängels zu überdecken. Das metallische Material schlang sich um die gesamte Blume, bis die heilende Pflanze ein metallisches Armband war. Ich schreckte hoch. Wie sollte ich sie denn jetzt benutzen? Vorsichtig, berührte ich eines der Blätter mit meiner Fingerspitze. An dieser Stelle schmolz das Metall weg und ein weißes Blütenblatt erschien. Sobald ich meinen Finger wieder von dem Blatt löste, wurde die freie Stelle wieder zu Metall. Das gefiel mir, es war ein mega-cooler Zauber!

Ich schmunzelte, als ich wieder an die Worte der Stimme in meinem Kopf dachte. Die kleine Perle war gewachsen! Ich betrachtete die Blume und dann den Horizont. ‹Danke, Themis.›

‹Themis? Ich bin Pount. Und das gerade eben war übrigens echt cool›, sagte er.

Da hatte er Recht. Ich stand auf und konnte es immer noch nicht fassen, aber dafür war auch später noch Zeit. Eine Freundin wartete auf mich.

‹So, und jetzt auf, wir müssen deinen Freund noch retten›, wieherte er laut und ich sprang ohne zu zögern auf seinen Rücken. Pount rannte so schnell wie noch nie auf die Klippe zu und sprang dann ab. Seine mächtigen Schwingen hoben uns hoch in die Lüfte und trugen uns durch den Himmel voran. Die kühle Luft erfrischte mich angenehm und das hartnäckige Grinsen in meinem Gesicht wollte gar nicht mehr verschwinden. Ich sah noch einmal zurück auf den Berg. Nie wieder würde ich dort hingehen wollen, aber ich konnte wohl kaum leugnen, dass dieser Berg mich zum Besseren verändert hatte.

In diesem Moment dachte ich an alles zurück, was ich erlebt hatte, und es war definitiv unvergesslich gewesen – obwohl wir fast alle drauf gegangen wären. Aber es zählte nur die Gegenwart. Und in der Gegenwart galoppierten wir gerade durch den Himmel, nach Hause. Es war das erste Mal, dass ich diesen neuen, unglaublichen Ort ‹zu Hause› genannt hatte, und es hörte sich irgendwie gut an.

Obwohl es mir so gut ging, durfte ich aber nicht vergessen, was alles geschehen war. Ich wusste immer noch nicht, was mit meiner Mom los war oder wer mir schaden wollte. Ich hatte auch noch niemandem von dieser Prophezeiung erzählt, die aber immer realer wurde. Jetzt, nachdem ich gegen Monster gekämpft hatte und an mich selbst glaubte, jetzt, da ich meine Mom hinterfragte und endlich einsah, wer ich war, war für mich so ziemlich alles real und irgendwie auch normal. Naja, so weit wollen wir noch nicht gehen.

Der Wind fegte mein Haar nach hinten, während die Sonne sich langsam entschied, Richtung Horizont zu wandern. In diesem Moment musste ich wieder an Darce denken. Was tat er wohl gerade? War er mit dieser Frau zusammen? Hatte er sie geküsst oder schon mit ihr geschlafen? Mein Herz wurde schwer und ich hoffte, dass er nie so etwas tun würde. Nicht, solange er Gefühle für mich hegte und ich für ihn. Ich fuhr mir durchs Haar. War ich nicht gerade eben noch bei netten Gedanken gewesen?

‹Nein, eigentlich hast du über deine schräge Zukunft nachgedacht›, sagte Pount, und schon wieder erinnerte ich mich daran, dass er, wann immer es ihm beliebte, in meinen Gedanken rumpfuschen konnte.

‹Ich finde, du solltest es deinen Freunden sagen›, meinte er plötzlich. Ich rätselte: Da gab es so viel, was sie nicht wussten.

‹Was genau meinst du?›, hakte ich nach.

<Du solltest ihnen von der Prophezeiung erzählen und von dieser Kreatur, die dich immer angreift>, antwortete er sachlich.

Mein Blick glitt nach unten. ‹Nein›, antwortete ich ihm lediglich.

<Nein?>, bohrte er weiter.

Ich nickte. ‹Zum einen habe ich Angst, dass dieses Etwas sie dann auch verfolgt, und zum anderen möchte ich sie nicht in meine Angelegenheiten reinziehen›, stellte ich klar und wollte eigentlich keine Antwort. Aber da es Pount war, mit dem ich mich austauschte, war das eigentlich nicht möglich.

<Sie sind deine Freunde. Sie wollen da mit reingezogen werden. Dafür sind sie da. Um dir zu helfen.>

Er war felsenfest davon überzeugt.

‹Nicht alle sind so wie du, Pount›, sagte ich und betrachtete die winzigen Autos auf der Autobahn unter mir.

<Niemand ist so wie ich, aber trotzdem …> Er ließ einfach nicht locker.

‹Aber zu meinem ersten Punkt sagst du gar nichts? Was ist, wenn das Ding sie dann auch verfolgt und sie verletzt? Das würde ich mir nie verzeihen!›

Heftig schüttelte ich den Kopf. Das hätten sie nicht verdient, und um ehrlich zu sein, hatte ich ihnen doch schon genug eingebrockt.

<Zusammen seid ihr aber viel stärker, Pearl. Das musst du zugeben. Lass sie entscheiden, ob sie in den Krieg reingezogen werden wollen oder nicht>, meinte er.

‹Und lass du mich entscheiden, wem ich was erzähle›, fauchte ich in Gedanken. Ich hatte dieses Thema nun wirklich satt. Ich würde es ihnen sagen, wenn die Zeit gekommen wäre, und ich würde auch entscheiden, wann die Zeit gekommen ist. Genervt schnaubte Pount und galoppierte ein wenig schneller durch den Himmel. Seine mächtigen Schwingen pfiffen gefährlich und er wieherte. ‹Dummes Mädchen› hörte ich ihn. Gott, er war immer so theatralisch.

Ich beobachtete die Sonne wie einen Käfer und obwohl meine Augen schmerzten, konnte ich sie nicht abwenden. Ich versuchte sie vorm Untergehen aufzuhalten, aber so groß war nicht einmal meine Macht. Dann kam mir ein Gedanke.

«Pount? Wie heißt noch mal der Gott, der die Nacht bringt und den Schlaf und alles?», fragte ich ihn nachdenklich.

‹Selene ist die Göttin des Mondes und die, die die Sonne vertreibt. Nyx ist die Göttin der Nacht›, erklärte er mir und ich nickte nachdenklich.

Da ich Angst hatte wer uns belauscht, sprach ich in Gedanken weiter :‹Wenn wir diese beiden töten würden, dann würde die Sonne doch nicht untergehen oder?›, hakte ich nach, und ich wusste, wie absurd das klingen musste. Aber, hey, was an dieser neuen Welt war denn bitte nicht absurd?

‹Das ist tatsächlich absurd. Pearl, du hast mit Glück gegen ein paar Monster gewonnen, aber du willst dich sicher nicht gegen die Göttin der Nacht und ihre Horde Vampire stellen›, erklärte er mir, als wären die vielen Details in seinem Satz komplett normal.

‹Sag nicht, die gibt es wirklich!›, flippte ich fast aus. Mein erster Gedanke galt Eduard Cullan und dann Damon Salvatore von VAMPIRE DIARIES. Schmachtend starrte ich auf den Horizont.

‹Es ist so unglaublich, wie diese TV-Shows dich verzerren. Diese Vampire werden sich sicher nicht in dich verlieben. Außer vielleicht in dein Blut, und sie zögern keine Sekunde, um es zu kosten. Außerdem hat jeder von ihnen besondere Fähigkeiten. Willst du dich wirklich mit Nyx' unbesiegbarer Streitmacht messen?›, wollte er wissen. Aber ich schüttelte nur heftig den Kopf: ‹Nee, dann eher doch nicht. Aber warum habe ich diese Vampire noch nie gesehen?› Ich starrte ängstlich in den Himmel.

‹Sie leben in einer Art Paralleluniversum, halb hier, halb da, damit sie den Menschen nichts antun können. Aber falls Nyx irgendwann kämpfen muss, hat sie eine gewaltige Streitmacht.›

Ich hinterfragte nicht, was er gesagt hatte, ich schüttelte lediglich den Kopf. Wenn er nur wüsste, wie unmöglich sich das anhörte. Doch dann kam mir ein anderer Gedanke.

‹Na endlich, ich dachte schon, du kämest nie darauf›, meinte Pount gelangweilt.

‹Sie könnte mir gegen diesen Feind helfen, in der Prophezeiung!› Ich setzte mich aufrecht hin.

‹Aber jetzt müssen wir erst einmal Luke retten. Sieh nach vorne, Pearl. Da ist die Lichtung.›

Mit weit geöffneten Augen sah ich nach vorn und war ganz hippelig. Die Sonne war noch nicht untergegangen und hier war ich, mit der Rettung im Gepäck.

«Wir haben es geschafft, Pount! Ich kann es einfach nicht fassen!», rief ich aus und dann landeten wir.

Das Gras funkelte so energiegeladen wie das letzte Mal und der See fing das letzte Licht der Sonne auf, um es strahlend widerzuspiegeln. Blumen verzauberten mich und ich grinste breit, während ich auf Ari und Viv zulief.

«Ariana, Vivienne! Hier bin ich! Ich hab die Blume!», schrie ich.

Die beiden saßen neben einer weißen Blume, deren Blütenblätter sich schon braun verfärbt hatten. Die Blume welkte ungemein schnell. Das Lächeln verschwand aus meinem Gesicht, als ich mich neben den beiden niederließ.

«Pearl!», riefen sie beide und ich umarmte sie. Dann wandte ich mich blitzschnell Luke und der Blume, die seinen momentanen Zustand spiegelte, zu.

«Oh je, er sieht schlecht aus», meinte ich mehr zu mir selbst als zu den beiden, doch beide nickten und Vivienne liefen ein paar Tränen über die Wange.

«Kannst du ihn retten?», schluchzte sie, und es schmerzte mich, sie leiden zu sehen. Ich ließ meine Hand in einer kreisförmigen Bewegung über der Blume schweben und grüne Funken regneten herunter. Die Blume begann hell zu leuchten und mein Tarnzauber hob sich auf. Als ich Luke in seiner menschlichen Gestalt sah, zuckte ich zusammen. Aus seinem Körper war alle Farbe gewichen und er atmete nur noch sehr flach. Sein Gesicht war schmerzerfüllt verzogen, und ab und zu zuckte er gequält zusammen. Das Gift hatte sein Herz erreicht. Jetzt mussten wir handeln. Ich sah nach oben in den Himmel. Die Sonne nahm ihren Lauf.

«Wo ist die Blüte, Pearl?», fragte Ariana und sah mich erschrocken an. Ich lächelte und wies auf meinen rechten Arm. Das Armband ließ ihre Augen leuchten. Ich berührte eines der Blütenblätter und die Metallische Form begann zu schmelzen, bis nur noch das weiße Blatt übrig war. Die anderen Blütenblätter blieben metallisch miteinander verschmolzen, nur dieses eine ließ sich nun ganz einfach lösen. Ich schloss die Augen und stellte mir vor, wie die Blüte Luke half. Meine Hände begannen zu glühen und Funken zu sprühen. Ich öffnete die Augen erst, als das Knistern der Funken alles in meinem Umfeld übertönte. Funken umschlangen das Blütenblatt und trugen es zu Luke. Je näher ihm das Blütenblatt kam, desto weniger verzog sich sein Gesicht und sein ständiges Zucken stellte sich ein. Von dem Blütenblatt ging ein besonderer Duft aus, der sich auch um mich schlang und ich spürte, wie sämtliche blauen Flecken und wunden Stellen heilten. Auch meine Wunde am Kopf schloss sich und tat kaum noch weh. Ariana hatte immer noch eine kleine Wunde an der Stirn. Das Blut war nur noch eine Kruste, aber trotzdem schloss sich die Wunde und nicht einmal eine Narbe blieb zurück.

Viv hörte auf zu weinen und betrachtete den Vorgang mit großen Augen und Ariana fasste sich verwundert an die Stirn und sah mich dann überrascht, aber auch erleichtert an. Von einer unsichtbaren Macht wurde Luke das Hemd aufgerissen und machte seinen Körper frei. Das Blütenblatt schwebte auf ihn zu und legte sich dann an die Stelle, an der sein Herz schlug. Es leuchtete hell und strahlend. Seine grelle Farbe fuhr nun verschnörkelte Muster auf seinem gesamten Oberkörper nach, die mit denen auf meiner Lilie identisch waren. *Freiheit, Hoffnung, Selbstvertrauen und Stärke.*

‹Die wichtigsten Eigenschaften eines Erben›, sagte mir Pount und ich nickte.

Die helle Farbe erstrahlte noch einmal und dann zog sich alles auf die Stelle zurück, an der das Blütenblatt gelandet war und drang in die Haut ein. Wir beobachteten, wie Luke wieder Farbe bekam und binnen Sekunden schwer atmend hochfuhr. Seine Augen öffneten sich und er sah sich keuchend um.

«Die Perle der Persephone», flüsterte er und schüttelte heftig den Kopf. Sein Blick wanderte zu mir. Vor Schreck stolperte ich zwei Schritte zurück. In einem Moment schienen seine Augen blutrot zu sein und im nächsten schon wieder hellblau.

Misstrauisch musterte ich ihn: «Luke?»

Anscheinend erkannte er mich erst, als er mich zum zweiten Mal ansah.

«Pearl?», fragte er. Ich nickte bestätigend. «Ich hatte einen so krassen Traum. Du hast mich vergiftet und ich bin fast gestorben», begann er zu erzählen, doch weiter kam er nicht, denn Viv umarmte ihn fest und drückte ihre Lippen auf seine. Er stöhnte auf und schlang die Arme um sie. Ihr goldenes Haar versteckte die Beiden gut und so drehte ich mich zu Ariana um, die mich angrinste und dann fast umarmte.

«Du hast es geschafft! Ich wusste, du würdest es schaffen», quasselte sie los. Ich lachte nur erleichtert, während die Sonne dem Horizont schon sehr nahe war.

«Du musst mir alles erzählen! Aber zuerst ...» – sie sah sich auf der Lichtung um und abrupt verzog ich das Gesicht – «Wo ist Darce?»

Ich sah auf den Boden.

«Habt ihr euch gestritten?»

Ich biss mir auf die Lippe.

‹Das wird lustig›, hörte ich Pount und hätte ihm am liebsten gezeigt, was lustig gewesen wäre.

«Mehr oder weniger» antwortete ich und zuckte mit den Schulter.

Ari sah mich ernst an. «Was ist passiert?», hakte sie weiter nach, und wieder zuckte ich die Schultern.

«Naja, wir waren gerade erst ganz oben angekommen und dann stand da so eine Tussi», erzählte ich.

Aris fragendes Gesicht sah genauso wie meines vorhin aus: «Eine Tussi? Wie sah sie aus?»

«Naja, ich glaube, das wesentlichste Detail war wohl, dass sie nackt war. Und sie hatte blondes langes Haar, und ich glaube blaue Augen.»

Während ich erzählte, wurde Ariana immer blasser.

«Und du hast ihn einfach gehen lassen?», fragte sie mich wieder.

«Er hat mich verletzt!» Ganz unbewusst fasste ich mir an die Stelle, die vor wenigen Sekunden noch eine Wunde war.

«Scheiße!», fluchte sie und ich sah sie verwirrt an.

«Eine Banshee», hörte ich nun Viviennes erschrockene Stimme.

Ich verstand nicht, was sie meinten, aber ich verstand, dass es definitiv nichts Gutes war. Hilfesuchend sah ich sie an und sie sahen in den Himmel.

«Wir müssen sofort hin!», schrie Ariana.

«Nein!», schrie Vivienne wieder. «Das ist viel zu gefährlich. Sie wird uns alle töten!»

Ich sah zwischen den beiden her und warf ein: «Er würde dasselbe für uns tun!»

Viv schüttelte den Kopf. «Du weißt doch gar nicht was los ist!», rief sie empört.

«Es ist keine Zeit zum Streiten. Es sind nur noch Minuten bis Sonnenuntergang!», schrie Ariana wieder und die Panik in ihrer Stimme machte mir Angst.

«Was ist denn hier los?», schrie ich lauter als alle anderen.

Ariana kam auf mich zu und nahm meine Hände. «Eine Banshee ist ein verfluchtes Wesen aus der Unterwelt», erklärte sie. Ich schüttelte den Kopf und betete, dass sie falsch lag, doch alles in ihren Augen sagte mir, dass sie die Wahrheit sprach.

«Tagsüber schön wie ein Engel, nachts ein nach Tod dürstender Teufel», fügte Viv hinzu und meine Augen weiteten sich vor Panik.

Ari nickte: «Nachts treten die blutroten Augen hervor, und nur ein Schrei reicht, um alle Menschen innerhalb eines bestimmten Sektors zu töten.»

Meine Hände zitterten und ich hatte das Gefühl, keine Luft mehr zu bekommen. Ari und Viv sahen mich an. Vor meinem inneren Auge spielte sich eine so grausame Szene ab, dass ich mich nicht mehr bewegen konnte. Ich sah in den Himmel. Er durfte nicht sterben. Das würde ich niemals zu lassen! Niemals! Ich drehte mich um und rannte so schnell ich konnte über die Lichtung, hinein in den Wald.

«Pearl! Nein!», schrie Vivienne, doch ich überhörte sie einfach. Ich würde ihn nicht sterben lassen. Ich betete zu allen Göttern, dass ich nicht zu spät kommen würde.

‹Was hast du vor? Da reinrennen und dich selber umbringen?›, hörte ich Pounts Stimme.

‹Dieses Arschloch hat mir einmal zu viel das Leben gerettet. Ich bin es ihm schuldig, es zu probieren!›, machte ich ihm klar und erreichte in dem Moment auch die Straße, die aus dem Wald führte. Ich sprang auf den Bürgersteig, als ich Hufe auf dem Asphalt hörte. Ein weißer Hengst galoppierte hinter mir her.

<Na, kann ich helfen?> fragte er und ich sprang auf seinen Rücken.

‹Ich bräuchte zwar jetzt eher einen Greif oder einen Pegasus ... aber das ist auch nicht schlecht›, meinte ich, während er lospreschte.

<Was soll ich sagen? Du hast dich so schnell dazu entschieden aus dem Wald zu rennen, dass ich zur Abwechslung mal nicht hinter her gekommen bin>, erklärte er sich und ich nickte nur zur Antwort.

Der Wind fegte mein Haar nach hinten, doch meine Angst und meine Verzweiflung konnte er nicht wegblasen. Die Hufe donnerten auf dem Boden. Ich war noch nie so schnell geritten, vor allem nicht ohne Sattel. Durch sein weißes Fell spürte ich das Feuer, das in ihm brannte und ihn antrieb, so schnell wie noch nie zu galoppieren. Ich spürte seine Muskeln, fest und in Bewegung. Pount wusste genau, wo er entlang musste und ich hatte fast das Gefühl, er flog den Weg mehr als er galoppierte.

Ich visierte die Sonne an und anfangs befahl ich ihr, langsamer unterzugehen, doch nach einer Weile flehte ich nur noch, denn es waren nur noch kleine Strahlen, die den Himmel lila färbten.

‹Bitte nicht!›, flehte ich in Gedanken. Leute sprangen auf dem Bürgersteig zur Seite und fluchten hinter mir. Ich entschuldigte mich nicht einmal. Stattdessen starrte ich geradeaus, so lange bis die Sonne sich tatsächlich verabschiedet hatte. In eiskalter Vorahnung rann mir eine Träne über die Wange.

«Schneller Pount», schluchzte ich, und in dem Moment preschte er um die Ecke, wo Darce' Haus stand. Ich sprang auf und rannte auf das Tor zu, doch ich stockte noch, bevor ich es öffnen konnte. Auf dem Boden vor dem Tor lag ein älteres Pärchen, tot. Ich schlug mir die Hand vor den Mund. «Oh nein», schluchzte ich und ging in die Knie. «Es tut mir so Leid.» Die Worte kamen stotternd und unter Tränen. Ich streckte meine zitternde Hand nach den beiden aus und schloss ihre starr ins Nichts sehenden Augen. Angsterfüllt sah ich nach oben zu dem gewaltigen Haus. Ich stand auf und rannte auf die Haustür zu. Wie eine Irre klingelte ich und schlug auf die Tür ein. Ich schrie seinen Namen, doch es machte niemand auf. Also streckte ich die Hand aus und die Tür wurde aufgeschleudert und ins Innere des Hauses gefeuert. Ich achtete nicht auf den Schaden, sondern rannte einfach ins Haus hinein.

«Darce!», rief ich seinen Namen und meine Tränen hörten für einen Moment auf zu kullern aber er antwortete nicht. Ich betete, dass er sie losgeworden war noch bevor die Sonne untergegangen war. Doch als ich die Treppe hochsprintete und dabei immer mindestens zwei Stufen auf einmal nahm, überkamen mich Zweifel. Ich lief in sein Zimmer, und was ich da sah, ließ mich innehalten. Meine Tränen hörten auf, mir über die Wange zu laufen und ich hörte auf zu schluchzen. Meine Augen weiteten sich und Unglauben ersetzte Schmerz. Aber nur für eine winzige Sekunde. Kälte schoss in mir hoch und ich hatte das Gefühl, nackt durch einen Schneesturm zu laufen. Darce war da. Auf dem Boden. Er atmete nicht mehr.

«Nein!», schrie ich und sackte in mich zusammen. Ich lehnte mich an die Wand und schluchzte. «Nein!» schrie ich wieder und wieder. Ich stützte mein Gesicht in meine Hände und weinte. Es fühlte sich wie eine Ewigkeit an, und irgendwann sah ich auf. Ich kroch auf ihn zu und setzte mich neben ihn. Seine einst so wunderschönen Augen, starrten kalt und leblos an die Decke und aus seiner Haut war jede Farbe gewichen. Selbst seine Lippen waren verblasst. Wieder kullerten mir Tränen über die Wange. Ich strich durch sein nun blasses Haar und meine Tränen tropften auf sein Gesicht. «Es tut mir so Leid», flüsterte ich und ließ seine eisige Kälte nicht an mich rankommen.

«Ich tu alles, nur bitte, bitte verlass mich nicht.» Ich flehte ihn an und meine Stimme zitterte so sehr, dass sie am Ende versagte. Ich schluchzte. «Ich liebe dich.» Ich sprach es endlich laut aus, doch diese Erkenntnis ließ mich noch lauter und verzweifelter schluchzen. Ich legte meinen Kopf auf seine Brust, die sich nicht mehr hob und senkte. Der Schmerz stach wie ein riesengroßes Loch im Herzen, das drohte, jegliche schönen Gefühle zu verschlingen. Dunkelheit umhüllte mein Herz und ich versuchte, mich innerlich gegen sie zu wehren. Doch es war zu spät. Alle Hoffnung in mir war gestorben. Genau wie der Mann, den ich liebte und dem ich mein Herz schenken wollte. Ich sah ihn nur verschwommen und nahm seine Hand. Ich legte sie an meine Wange.

«Spürst du das?», fragte ich ihn, obwohl ich wusste, dass er nicht antworten würde. «Wärme, Puls. Du musst aufwachen, Darce! Wer bin ich denn ohne dich?»

Ein weiterer Heulkrampf überkam mich. Ich schüttelte immer wieder den Kopf. Aus Frustration schlug ich auf seine Brust ein, aber es half nichts. Er war fort. Durch ein Fenster sah ich hinaus in den Himmel. Auf wackeligen Knien stand ich auf und torkelte zum Fenster. Meine Knie schmerzten, doch nichts tat so weh wie das Gefühl, ihn für immer verloren zu haben. Ich öffnete das Fenster und schrie dem Himmel zu gewandt: «Ich liebe ihn!»

Mein Hals rasselte vor Anstrengung, doch ich würde nicht aufgeben. Er hatte mich auch nie aufgegeben. «Und ich werde nicht zulassen, dass du ihn mir nimmst!», schrie ich, und die Macht in meiner Stimme schwoll an. Wut ersetzte den Schmerz und ich kostete von dem Gefühl der Rache. Ich wandte mich Darce zu und richtete beide Hände auf ihn. «Du wirst mich nicht verlassen!», befahl ich ihm mit tiefer Stimme. «Du, der mich nie aufgegeben hat und mich mit seinen Sprüchen fast wahnsinnig gemacht hat», rief ich voller Verzweiflung, und ein Glas zersprang im Zimmer. Dann zersprang noch eins, und noch eins. Ich sah mich nicht nach den Gläsern um, sondern redete weiter: «Du hast mir das Leben gerettet, ohne mich zu kennen.»Ich spürte, wie jede Pore meines Körpers geballte Macht ansammelte. «Du hast mich geliebt, als ich dir nur Abweisungen gegeben habe.» Das Zerspringen von Gläsern hörte gar nicht mehr auf. «Du hast mit mir zwei lebensgefährliche Abenteuer durchlebt und mich nie im Stich gelassen, war die Gefahr auch noch so groß.» Meine Hände begannen zu glühen und die Steine an meinem Armband heiß zu werden. «Und, verdammt ja, ich liebe dich dafür!» Funken tanzten gefährlich um mich herum. «Und ich werde nicht zulassen, dass du mich jetzt verlässt», schrie ich und meine Augen brannten.

In dem Moment, als ich den Satz zu Ende gesprochen hatte, zersprangen sämtliche Fenster in seinem Zimmer und die Splitter flogen durch die Luft. Scherben schnitten mich und Blut spritzte, doch ich blieb felsenfest stehen. Die Funken sprangen wie wild über und schlossen sich dann zusammen.

«Pearl?», rief eine Stimme, doch ich blendete alles aus und konzentrierte mich nur auf ihn. Ich schloss die Augen und gab in dem Moment, als Ariana und Vivienne das Zimmer betraten, meiner Macht den Befehl: *Jetzt oder nie!*

Alle Funken verschwanden in meiner Hand und mit dem Öffnen meiner Augen entzündete sich ein Strahl aus Macht, der aus meiner Handfläche schoss. Meine Haare wurden nach hinten geweht und meine Sicht ganz klar. Ich biss die Zähne zusammen, denn das Gefühl des Machtverlustes drohte, mich zu überwältigen. Ich wusste, dass ich zu viel einsetzte, doch es war mir egal. Es war mir alles egal. Ari und Viv staunten mit offenen Mündern und wurden Zeugen der Macht, die ich versteckt hielt – bis zu diesem Zeitpunkt, selbst vor mir. Meine Hände begannen zu zittern und ich wusste, dass ich aufhören musste.

«Pearl!», hörte ich Ari.

«Deine Tränen!», schrie Viv und hielt sich erschrocken die Hand vor den Mund.

Ich visierte eine meiner Tränen an. Sie war grün! Langsam wurde mir schwindelig und ich hörte auf. Die Macht hörte einfach auf, aus meiner Handfläche zu strömen. Schwach und mit halb geöffneten Augen sah ich zu den beiden Mädchen. Dann zu Darce, der sich noch immer nicht regte. Viv kam auf mich zu, während Ari sich neben Darce hockte und zu weinen begann. Vivienne redete mit mir, doch ich verstand kein Wort. Ich hörte nur ein Rauschen und dann kippte ich um. Ich verlor das Gleichgewicht und das Bewusstsein. Das war's. Jetzt würden wir zumindest zusammen sterben.

Kapitel 18

Ich öffnete die Augen und sah … den Himmel. «Ist das das Paradies?», fragte ich mich selbst und setzte mich auf.

«Nein sicher nicht!», hörte ich eine wütende Frauenstimme, und sofort erkannte ich den Ort. Das war Persephones Schloss! Ihr normalerweise wunderschönes Gesicht war wütend verzogen und trotzdem sah sie noch unglaublich aus.

«Persephone?», fragte ich und sie nickte.

«Wie konntest du nur?», fragte sie empört, und es dauerte ein paar Sekunden, bis ich begriff, was sie meinte.

«Darce!», rief ich aus und sprang auf die Beine. «Lebt er?» Ich sah sie an.

«Das wirst du wohl selbst herausfinden müssen», entgegnete sie und kam dann zum Punkt: «Das Schicksal der gesamten Welt lastet auf deinen Schultern und du musst dein Leben aufs Spiel setzen? Warst du nicht schon oft genug in Lebensgefahr?»

Der Himmel zog sich grau und dunkel zu. Ihr Zorn könnte mir noch schwere Schmerzen zubereiten. «Du bist die Perle aus der Prophezeiung! Auf deinen Schultern lastet ein nur schwer zu tragendes Schicksal, aber deine Sicherheit ist wichtiger als jedes Leben!», redete sie mir scharf ein. Ich wusste, dass ich Ärger bekommen würde, aber ich widersprach ihr: «Was wäre ich für eine Retterin, wenn ich den Einzelnen auslasse?»

In ihren Augen loderte ein gefährliches Feuer: «Diesen Kampf gewinnst du nicht, wenn du auf den Einzelnen achtest! Dieser Krieg wird viele Opfer fordern, und du bist die einzige, die diese Anzahl zumindest verringern kann!», schrie sie und ein Blitz zuckte am Himmel. Ich fuhr zusammen und machte mich klein.

«Ich liebe ihn», flüsterte ich.

Nach ein paar Sekunden wurden ihre Züge weicher: «Das weiß ich, aber du bist unsere einzige Hoffnung.»

Sie hatte Recht, und trotzdem wusste ich, dass ich das Richtige getan hatte.

«Deine Aktion haben sämtliche Götter mitbekommen und waren sichtlich beeindruckt. Du bist definitiv die mächtigste Erbin und jetzt so in größerer Gefahr als zuvor», erklärte sie mir. Der Himmel beruhigte sich ein wenig, doch ihr Gesicht wurde traurig.

«Ich kann dich nicht vor allem beschützen, Pearl. Aber ab jetzt beginnt dein Wettlauf gegen die Zeit, und glaub mir, deine Hindernisse und Feinde sind sowohl zahlreich als auch mächtig.»

Ihre Worte jagten mir eine solche Angst ein, dass ich vergaß zu atmen: «Wie soll ich das schaffen?»

Sie antwortete nicht. Ich wartete darauf, dass sie weitersprach, aber das tat sie nicht, und trotzdem sah ich etwas in ihren Augen, das mich beunruhigte.

«Was ist los?» hakte ich nach, und als sie mich ansah, wusste ich, dass ich einen Stuhl benötigen würde.

«Unser aller Feind ist ins Licht getreten und hat uns den Krieg erklärt», sagte sie. Vor Schreck stolperte ich zwei Schritte zurück. Angst breitete sich beißend in mir aus und ich erstarrte, als sie die Person beim Namen nannte. Ihre Augen waren dabei tieftraurig: «Hades.» Sie sprach den Namen voller Furcht, aber doch traurig aus. Sie wandte den Blick ab, während ich keuchte.

«Was?», wollte ich wissen und schüttelte heftig den Kopf. «Unmöglich er war mein Freund!», warf ich ein und sie nickte.

«Ja, er war unser aller Freund, bis er uns den Krieg erklärt hat. Und er ist mächtiger als jemals zu vor. Kein Gott kann es mit ihm aufnehmen, Pearl. Wir brauchen dich.»

Ich konnte es nicht fassen. Ihre Worte klangen wie eine fremde Sprache und in ihrer Stimme lag so viel Flehen, dass es mir Angst machte. Sie hatte Angst. Sie, eine Göttin! Ich dachte an ihn zurück. Sein Lächeln, seine Witze, seine ganze Art. War das alles gespielt gewesen? Die Erkenntniss traf mich wie ein Schlag in die Magengrube. Ich war meinem Erzfeind so nah gewesen und hatte es nicht einmal gemerkt! Doch eine Frage kam in mir auf.

«Er hatte mehrmals die Möglichkeit mich zu töten. Warum hat er es nicht getan?», fragte ich sie und hielt mir die Stirn.

Mein Ebenbild schüttelte nur den Kopf: «Niemand versteht Hades' Psychospielchen, aber hinter ihnen steckt immer ein vernichtender Plan», erklärte sie mir ruhig. Sie seufzte. «Pearl, Hades ist ein mächtiger Gott. Einer der Mächtigsten. Und es wird viele Götter geben, die sich aus Angst auf seine Seite stellen. Du brauchst Verbündete.»

Während sie sprach, sah sie mich eindringlich an und ich nickte. Ihre Worte waren so scharf, dass sie sich in meinem Kopf ständig wiederholten. *Verbündete?*

«Du brauchst Götter, die hinter dir stehen und dir ihre Armeen bereitstellen», versuchte sie mir klarzumachen.

Ich rieb mir verzweifelt die Schläfe. «Ich? Gegen den Gott der Unterwelt?», murmelte ich eher zu mir selbst, aber sie antwortete darauf.

«Ich verstehe es auch nicht», sagte sie und ich sah zu ihr auf. Ihre Worte waren nicht hilfreich. «Aber das Orakel von Delphi hat gesprochen und es hat sich noch nie vertan.»

Obwohl sie sehr überzeugend sprach, hörte ich ein Zittern in ihrer Stimme. Sie hatte Angst und sie glaubte nicht an das Orakel. Wie sollte *ich* das dann? Außerdem hatte ich gelesen, dass das Orakel schon viele Menschen getäuscht hatte.

«Du musst nur an dich glauben», fügte sie nach einer Weile hinzu, als müsste sie mich noch überzeugen.

«Jetzt tu doch bitte nicht so als hätte ich eine Wahl. Wenn ich es nicht tue werde ich sterben. Also – wenn ich Wert auf mein Leben lege, werde ich sowieso kämpfen müssen», sagte ich schnippisch. Ich hatte es satt. Am Ende würden es nicht klappen und dann wäre wegen mir die Welt untergegangen.

Sie stellte sich aufrecht hin und nun sah sie endlich wieder wie eine mächtige Göttin aus: «Stimmt, du hast keine Wahl, aber du hast es selbst auf dem Glasberg gesagt: Die Spielregeln sind ganz einfach. Kämpfe oder stirb.»

So gefiel sie mir besser und ich nickte. Ich würde kämpfen, selbst wenn zwanzig Götter hinter mir her waren. Ich war nicht mehr der Feigling, ich war die Perle. Und ich wurde sicher nicht umsonst auserwählt.

Der Himmel verdunkelte sich und ich musterte ihn misstrauisch, dann sah ich zu Persephone, deren Gesicht kalkweiß wurde.

«Du musst gehen. Sofort!», rief sie mir zu und wandte sich dann dem Himmel zu.

«Perle der Persephone», hörte ich eine lästernde, neckende Stimme, die diesen Namen wie Gift ausspuckte, wie jedes Mal wenn ich ihn hörte. Doch eines war diesmal anders. Diesmal erkannte ich den Sprecher. *Hades.* Ich starrte in den Himmel ohne mich zu bewegen.

«Verschwinde, Pearl!» schrie Persephone wieder und Blitze zuckten am Himmel. Ich wandte mich zum Gehen, drehte mich dann aber wieder um. Ich musste ihr helfen. Gegen Hades würde sie alleine nicht ankommen. In ihren Augen las ich so viel Zuneigung.

«Wir werden uns bald wiedersehen, Pearl», erklärte sie mir ruhig. «Ich glaube an dich», flüsterte sie und ich hörte es. Dann traf Persephone ein Blitz und sie schrie laut auf. Ihr Haar verlor an Farbe und sie fiel zu Boden.

«Nein!», schrie ich, aber ich wusste, dass ich gehen musste. «Ich werde dich töten!» schrie ich und sah noch ein letztes Mal zu Persephone, bevor ich in das Gartenhäuschen rannte und verschwand. Zurück in meine normales Leben. Doch das tiefe bösartige Lachen verfolgte mich auch in diese reale Welt.

Ich öffnete die Augen und Sonnenstrahlen begrüßten mich. Müsste es nicht tiefste Nacht sein? Ich setzte mich auf, streckte mich wie nach einem langen Schläfchen und sah mich dann um. Ich lag in Darce' Zimmer. In seinem Bett. Darce! Ich sah mich um: Die Fensterscheiben waren zerbrochen und überall im Zimmer lagen Splitter. Ich sah auf dem Boden nach, doch Darce war nicht da. Ich warf die Bettdecke zur Seite und rannte aus der Tür raus.

«Ariana, Vivienne?», rief ich und lauschte nach einem Geräusch. Ich preschte die Treppe hinunter und sah schon auf halbem Wege, dass unten ein Licht brannte. Ich wurde langsamer und hörte einen Fernseher. Während ich den zweiten Fuß auf den Boden setzte, starrte ich auf die Couch. Ari und Viv lagen gemeinsam aneinandergekuschelt unter einer Decke und schauten einen Film. Fassungslos starrte ich sie an. Vivienne schaute zu mir und schaltete den Fernseher aus.

«Hey Süße, geht's dir besser?», fragte sie und Ari sah mich freundlich an. Ich ging nicht auf ihre Fragen ein, weil sie mir zu diesem Zeitpunkt vollkommen idiotisch vorkamen.

«Wo ist Darce?», fragte ich und beide schauten zu Boden. Meine Augen weiteten sich: Also hatte es nicht geklappt. Ich senkte meinen Blick.

«Oh, man weiß erst, wie absolut fantastisch mein Name klingt, wenn du ihn laut aussprichst», hörte ich eine Stimme und konnte es nicht fassen. Ungläubig sah ich auf. Aus einer Ecke kam ein blonder Kerl hervor, mit Augen so grün wie eine Wiese im Sommer. Fassungslos starrte ich ihn an, und dann überwältigten mich so viele Gefühle – Freude, Glück, Trauer und Wut.

«Du mieser Idiot!», schrie ich ihn an und näherte mich ihm mit dem Finger wedelnd, während er breit grinste. Mehrmals boxte ich ihm gegen seine Brust und sprach wild weiter: «Wie konntest du nur?!»

Er nahm meine Hände und hielt sie fest. «Lass mich los!», sagte ich, und noch ehe ich weitermotzen konnte, küsste er mich. Seine Lippen fühlten sich so weich an, so verlockend. Ich legte meine Arme um ihn und zog ihn tiefer zu mir herunter. Er stöhnte und sein Geschmack vermischte sich mit dem meiner Tränen. Mit seinen Händen auf meine Hüften zog er mich noch näher an sich heran, sodass uns nichts mehr trennte. Ich wollte nie mehr aufhören ihn zu spüren, ich wollte ihn nie mehr loslassen, doch nach einer ganzen Weile ließ er schwer atmend von mir ab. Ich keuchte und er grinste mich an.

«Wenn das schon viel für dich war, ahnst du nicht, was dich noch erwartet», sagte er und zwinkerte verführerisch.

Ich lachte, doch dann hielt ich inne. «Für einen Moment dachte ich echt, ich hätte dich für immer verloren», sagte ich ganz sentimental und sah ihm tief in seine unglaublichen Augen, in welchen sich tief Traurigkeit spiegelte.

«Das dachte ich auch, aber dann kam meine krasse Freundin vorbei und meinte, dass sie mir noch was schuldet, und ich dachte *Ja, gut, eigentlich würde ich jetzt viel lieber chillen, aber okay.*»

Ich lachte. *So ein Idiot*! Doch dann fiel mir etwas auf. «Hast du etwa alles mitbekommen?», fragte ich nach. Er nickte. «Aber wie? Du hast nicht mehr geatmet!»

Er legte mir eine Hand auf die Schulter. «Es war sonderbar und ich kann es selbst kaum erklären. Ich erinnere mich nur vage. Es war, als würde ich im Raum umherschweben, und dann bist du hereingekommen. Ich habe dir zugesehen, wie du geweint und dich neben mich gesetzt hast.» Er strich mir sanft über die Wange. «Als du angefangen hast zu zaubern, habe ich mich plötzlich zu meinem Körper hingezogen gefühlt, und als dann dieser Strahl aus deiner Hand auf meinen Leichnam schoss, war es wie in einem Strudel oder als wäre mein Körper ein Staubsauger, der versuchte, mich zu greifen und einzusaugen. Mein schwebendes Ich gelangte wieder in meinen Körper und das war's. Mehr weiß ich nicht.»

Staunend nickte ich. «Es hat also echt geklappt», schmunzelte ich.

«Natürlich hat es das, denn wir haben ein sehr wichtiges Detail übersehen», meinte Ariana und ich drehte mich zu ihr um.

Verwirrt sah ich sie an. «Ein Detail? Bei was denn?»

Statt Ari antwortete mir Viv: «Persephone ist nicht nur die Göttin der Vegetation, sondern auch die Königin der Unterwelt!»

Ich staunte. Das hatte ich wirklich noch nicht gewusst. «Also habe ich irgendwie auch den Tod unter Kontrolle?», fragte ich zögernd nach. Beide nickten. «Wow», flüsterte ich.

«Allerdings ...», fügte Ariana hinzu, «... dachten wir, Persephone wäre nur eine unbedeutende Nebenrolle in der Geschichte der Götter», erzählte Viv weiter. «Aber wir haben herausgefunden, dass wir uns getäuscht haben. Sie ist die Tochter der Demeter gewesen und hatte in der gesamten Geschichte immer eine bedeutende Rolle, vor allem gegenüber den drei großen Göttern.»

Ich versuchte einigermaßen mitzukommen: «Das heißt?»

Die beiden sahen sich mit großen Augen an: «Dass du weitaus mächtiger bist als wir dachten.»

Ich versuchte erstaunt zu tun, aber ich war viel mehr damit beschäftigt zu beten. Hoffentlich fanden sie nichts über die Prophezeiung raus. Um das Thema zu wechseln drehte ich mich wieder zu Darce um.

«Erinnerst du dich an noch etwas Bestimmtes?», fragte ich und er schüttelte den Kopf.

«Nichts, abgesehen von der Tatsache, dass du total heiß aussahst, als du mir das Leben gerettet hast», meinte er breit grinsend.

«Oh Mann. Ich liebe dich», sprach ich es endlich laut aus, und jetzt breitete sich ein Lächeln ganz anderer Art auf seinen Lippen aus. Ein überraschtes, stolzes Lächeln. Er küsste mich noch einmal hauchzart und sagte dann: «Ich liebe dich auch.»

Ich strahlte und wusste, dass meine Augen funkeln mussten. Mein Bauch kribbelte vor Aufregung und Glück und ich wusste, dass dieser Moment der bisher schönste in meinem Leben war. Hinter uns räusperte sich Viv.

«Hey ihr Turteltäubchen», begann sie.

«Wir sitzen hier auch noch», fügte Ari hinzu und beide lachten. Ich drehte mich zu den beiden um und Ari erzählte weiter.

«Viv und ich haben uns vorgenommen, ein wenig zu recherchieren, vielleicht finden wir ja noch mehr über deine Herkunft heraus», sagte sie zuversichtlich, aber das konnte ich nicht geschehen lassen.

«Ach, das müsst ihr doch nicht», sagte ich.

«Aber das machen wir doch gerne, du bist doch jetzt eine von uns!» betonte Viv. Ich rang mir ein Lächeln ab. Ich musste unbedingt das Thema wechseln!

«Apropos, Viv, was ist eigentlich Nummer 1 deines Diven-Gesetzbuches?», fragte ich und war sehr gespannt. Hinter meinem Rücken hielt ich Darce' warme Hand gedrückt, und es war ein unglaubliches Gefühl sie warm zu spüren.

Viv setzte sich aufrecht hin und lachte: «In einem Streit gibt es nur zwei Standpunkte: meinen und den falschen.»

Ich schüttelte lachend den Kopf. «Ich habe euch so lieb», sagte ich und ging auf die beiden zu, um sie zu umarmen.

«Wo ist eigentlich Luke?» wollte ich wissen, da ich ihn nirgends entdecken konnte.

«Er hat einen Auftrag von Poseidon bekommen. Anscheinend war es super wichtig, denn der Gott ist höchstpersönlich gekommen», meinte sie und meine Augen wurden groß.

«Ach ja?», versuchte ich meine geschockte Miene zu verstecken.

«Ja. Aber er kommt bald zurück.»

Ich nickte nur. Meine Gedanken kreisten um den bevorstehenden Krieg. Poseidons plötzliches (wortwörtliches) Auftauchen hatte sicher etwas damit zu tun, aber im Moment konnte ich nichts machen, außer abzuwarten und die Zeit, die ich noch hatte, zu genießen.

Viv ließ den Film wieder weiterlaufen und zusammen sahen wir ihn uns an. Ich lehnte mich an Darce' Schulter und er küsste mich auf die Stirn. Ich sah aus dem Fenster in den sich aufhellenden Himmel, der so heil und vielsprechend aussah.

Heil war diese Welt schon lange nicht mehr, aber der einen Aussage gab ich Recht: Die nächsten Monate versprachen sehr viel. Ich hatte Luke das Leben gerettet, genau wie Darce', aber die Bedrohungen, die sie überstehen mussten, waren nichts gegen die, die mich in die Enge trieben. Trotzdem blieb ich bei meiner Meinung, es ihnen nicht zu sagen.

Ein weißer Kater kam um die Ecke gehuscht und setzte sich auf meinen Schoß. Seine Augen sahen mich warnend an.

‹Das ist nicht nur dein Krieg. Wenn es soweit ist, werden sie alle hineingezogen werden›, sagte er und legte sich dann hin. Seine Worte schwirrten in meinem Kopf umher. Jetzt noch nicht. Ich werde es ihnen sagen, aber jetzt noch nicht.

Draußen begann es zu regnen, und das Geräusch des Niederprasselns entspannte mich ein wenig, konnte aber nicht die blutroten Augen und das grausame Lachen aus meiner Psyche entfernen. Ich schüttelte den Kopf. Ich konnte Hades einfach nicht verstehen. Was hatte er vor? Warum hatte er sich erst bei mir eingeschleimt und sich dann als mein größter Feind geoutet? Fragen, die in meinem Kopf umherkreisten, die ich nicht beantworten konnte. Noch nicht. Alles, was ich wusste, war, dass ich die Perle war, und dass es meine Aufgabe wäre, sie alle zu retten.

Ich schaute in die Runde. Ich musste sie schützen. Sie würden meine stärksten Verbündeten sein in diesem Krieg. Noch eine Frage mehr. Wie nur sollte ich weitere Verbündete bekommen? Warum sollten sich Götter *mir* anschließen? Ich fuhr mir durchs Haar. Ich sollte mich besser mit Fragen beschäftigen, die ich beantworten konnte, und die wichtigste Aussage in diesem Moment war die Tatsache, dass Hades dort draußen irgendwo war und auf mich lauerte. Er würde warten und mich dann töten wie eine Raubkatze ein Kaninchen. Aber ich würde vorbereitet sein.

Wo immer Hades in diesem Moment auch sein mochte – es dürstete ihn nach meinem Blut.

Danksagung

Zuallererst möchte ich dem Verlag und meinen dortigen Ansprechpartnern Jenny Fantasia und Hartmut Harfensteller danken. Danke für eure Unterstützung und Hilfe. Danke, dass ihr dem Werk eine Chance gegeben habt; ich hoffe es hat sich gelohnt.

Direkt danach gehen mein innigster Dank und meine größte Bewunderung an dich, Erik Schüßler. Ich war nur ein Mädchen mit einer in Schrift gesetzten Idee, aber keinem Plan, wie ich damit weiter verfahren sollte. Du hast mich an die Hand genommen, hast mir zur Seite gestanden, bei Fragen geholfen. Ohne dich gäbe es dieses Werk nicht. Ohne dich wäre es wohl ein vergessener Traum eines jungen Mädchens. Danke, dass du Geduld mit mir hattest und dich als Lektor wohl der schwierigsten Aufgabe entgegengestellt hast. Dass es Menschen wie dich in dieser Welt noch gibt, zaubert mir ein Lächeln ins Gesicht und spornt mich dazu an, ebenso zu sein.

Als nächstes möchte ich meiner Familie danken. Ihr habt nie aufgehört, an mich zu glauben. Das Wissen, euch hinter mir zu haben, macht mich stark und baut mich immer wieder auf. Ihr habt mich gelehrt, wie wichtig Beharrlichkeit ist und Geduld. Sicher die beiden wichtigsten Eigenschaften, wenn man ein Buch schreibt. Ein einfacher Dank wäre nicht genug und er wird es nie sein. Trotzdem, lasst mich euch Danke sagen. Ich liebe euch. Ganz besonders möchte ich an dieser Stelle meiner kleinen Schwester danken. Layla, du glaubst an mich wie kein anderer, du liebst mich wie kein anderer es jemals tun wird. Jedes Mal, wenn ich nicht weiter wusste oder es mir schlecht ging, warst du da, hast mich in den Arm genommen und mir auch mal eins auf die Mütze gegeben, wenn es nötig war. Deine unerschütterliche und unermüdliche Liebe bedeutet mir alles, und ich möchte, dass du weißt, wie stolz ich auf dich bin.

Nun folgt ein etwas außergewöhnlicherer Dank, aber ich muss ihr trotzdem danken: Casey. Du hast vielleicht nicht die größten Ideen geliefert, du warst auch kein Grundstein, aber du warst meine Hündin. An dich konnte ich mich immer lehnen, auch dann, wenn du in deinem Körbchen Ruhe wolltest. Unsere Gassi-Gänge haben mir alles bedeutet und haben mich auf so manche guten Ideen gebracht. Nun bist du leider fort, niemand kann dir das hier vorlesen, aber ich hoffe, du weißt trotzdem, wie dankbar ich dir bin. Ich liebe dich und werde es immer tun.

Ich möchte an dieser Stelle auch meinen Großeltern danken, die geduldig viele Lesungen über sich haben ergehen lassen, nur damit ich ein besseres Gefühl bekam.

Im selben Atemzug möchte ich meinen besten Freundinnen danken: Lisa, Shari, Merve, mit euch hat diese Reise begonnen. Zusammen haben wir angefangen, Geschichten zu schreiben, und plötzlich entwickelte sich aus einer der Geschichten ein Buch. Ohne euch hätte dieses Buch, nicht einmal die Idee, je existiert. Ich hätte sie nie weiter ausgebaut, hättet ihr mich nicht dazu gedrängt, hättet ihr mir nicht Mut zugesprochen. Hättet ihr mich nicht aus meinen Schreibblockaden geholt und mir geholfen, neue Ideen zu entwickeln, dann wäre dieses Werk wohl nur ein Schatten seiner selbst. Euer Glaube und euer Enthusiasmus haben mich erst dazu verleitet weiterzuarbeiten, kreativer zu sein.

Besonders Shari möchte ich noch mal danken. Dein Mut und dein Glaube haben mich inspiriert. Du hast mich nie aufgegeben, nicht eine Sekunde. Du hast dieses Buch genauso gelebt wie ich. Auf meinem ganzen Weg warst du immer die Krücke, die ich zum Gehen brauchte, das Licht am Horizont, das mir Hoffnung sandte, die federnde Matte, die mich auffing, wenn ich fiel, aber mich sofort wieder auf die Beine katapultierte. Danke, dass du immer für mich da warst, ob Nacht oder Tag.

Mein Dank geht auch an meine vielen anderen Freunde, die mich ebenfalls tatkräftig unterstützt und mir immer wieder Mut zugesprochen haben. Eure Freundschaft bedeutet mir viel.

Und nun möchte ich zwei ganz besonderen Personen danken. Zuerst Frau Wittener. Sie haben mir das Schreiben beigebracht und Ihre Kompetenz und Ihr Dasein haben dieses Buch wohl erst möglich gemacht. Auch Ihnen gilt mein Dank.

Als nächstes möchte ich einem weiteren Lehrer danken, der mich erst auf den Geschmack des Geschichten-Schreibens gebracht hat: Herr Kohrs. Vielen Dank, dass sie trotz meiner Rechtschreibung nie den Kopf verloren haben. Danke, dass sie mich unterstützt haben und den Unterricht um einiges angenehmer machen. Danke, dass sie mich gefördert haben, mir eine neue Herausforderung gegeben haben.

Ich möchte einer weiten außergewöhnlichen Person danken, die obwohl sie nicht mit mir verwandt ist, trotzdem einen riesigen Platz in meinem Herzen einnimmt: Regina, seit ich drei bin, liebe ich dich wie ein Familienmitglied, und auch du hast hierzu beigetragen. Dein unerschütterliches Vertrauen in meine Fähigkeiten und mein Können haben mir Mut gemacht. Du warst dir immer sicher, dass dieser Tag kommen würde, und tatsächlich ist er nun gekommen. Danke für alles und noch so vieles mehr.

Ich danke euch allen von ganzem Herzen.

Verlagsinformation

Wir bieten neben bekannten und prominenten Autoren auch für noch unbekannte Erst-Autoren die ideale Plattform für Buchveröffentlichungen. Thematisch setzt sich der Verlag kaum Grenzen. Es werden sowohl von bekannten als auch unbekannten Autoren Bücher verschiedenster Themen veröffentlicht. Damit trägt der Verlag zu einer Bereicherung auf dem Literaturmarkt bei, kann so ein breites lesebegeistertes Publikum ansprechen und gibt damit den Autoren eine optimale und wirtschaftliche Lösung zur Veröffentlichung ihrer Buchmanuskripte. Ein Vorteil für die Buchautoren besteht unter anderem darin, dass Bücher, je nach Auflagenhöhe, im Verfahren „Books on Demand" (Digitaldruck) oder – bei höheren Auflagen – im Offsetdruck hergestellt und veröffentlicht werden können.

www.JoyEdition.de

Joy Edition · H. Harfensteller
Gottlob-Armbrust-Str. 7 · D-71296 Heimsheim
Telefon 07033 306265 oder 306263
Fax 07033 3827 · Hotline 0171 3619286
info@joyedition.de